KB109231

집요하네,

잘있어게,

초판 1쇄 인쇄일 2017년 05월 18일
초판 1쇄 발행일 2017년 05월 24일

지은이 | 초절정진서방
펴낸이 | 김기선

편집장 | 김은지
편집부 | 임종성, 박지은, 김지현, 정미정

펴낸곳 | 와이엠북스(YMBOOKS)
출판등록 | 2012년 7월 17일 (제382-2012-000021호)
주소 | 서울시 도봉구 노해로 379, 802호(창동, 대성빌딩)
전화 | 02)906-7768 / **팩스** | 02)906-7769
E-mail | ymbooks@nate.com

ISBN 979-11-322-4177-5 03810

값 9,500원

초절정진서방

장편소설

YMBOOKS
ROMANCE
STORY

진요하게,

장편소설

BOOKS

차 례

프롤로그

소문. 당사자는 모르는, 그 말도 안 되는 소문이 돌고 있다는 이
야기를 들은 순간 다예는 마시고 있던 술잔을 거칠게 내려놓았다.
잘못 들은 게 아닐까 몇 번이고 되물었지만 돌아오는 답은 같았다.

"네가 그랬다며. 한 번만 만나달라고. 아니면 죽겠다고 했다던
데, 아니었어?"

"맞아, 나도 그렇게 들었어. 졸졸 쫓아다니는 거 지겨워서 겨우
만나주기로 했다던데. 다 오해였던 거야?"

다예는 헛웃음이 터져 나왔다. 누가 누구한테 매달려서 사귀게
됐고, 누가 누구한테 죽는다고 협박을 했다는 건가.

머리가 뱅뱅 돈다. 주량을 넘어선 술기운이 머리를 잠식했다.

헤어진 지 한참이 지난 오늘이었다. 그런데 왜, 하필이면 왜, 오

집요하게, 7

늘 같은 날 이런 이야기를 듣게 된 것일까. 주변 사람들은 왜 모든 것이 끝나고 나서야 뒤늦게 말을 해주는 것일까. 긴 한숨이 터져 나왔다. 역시 인생이라는 건 드라마처럼 아름답게 흘러가주지 않는다. 답답한 마음에 빈 잔에 술을 채웠다. 난감해하는 사람들의 시선을 묵묵히 견디며 술잔을 비웠다.

"그 자식, 지금 어디에 있는지 알아봐줄래?"

말실수를 한 건 아닌지 걱정하며 다예를 살피던 동기들이 서로 어색하게 웃으며 눈치를 나눴다. 이내 그 녀석과 친했던 여자 동기 하나가 '오늘 생일파티 한다고 들었어. 무슨 클럽이라고 하던데.' 라고 대답했다.

다예는 끓어오르는 화를 억누르며 자리에서 일어섰다. 그러자 동기들이 또 한 번 동요하는 모습이었다. 그 모습이 보기 싫어 자리를 털고 나왔다. 은강과 유주가 있었더라면 오늘의 상황은 조금 달라졌을까. 친하지도 않은 동기 모임에 끼어든 자신의 미련함을 탓했다. 아침에 걸려온 한 통의 전화가 아니었더라면, 보고 싶고 그리웠던 엄마에게 그 마음을 전할 수 있었더라면 괜찮았을까. 답답함에 어디론가 뛰쳐나가고 싶어 했던 충동을 모른 척했어야 했다. 그랬다면 오늘의 하루는 지금과는 판이하게 달라졌을지 모른다. 하지만 이미 듣지 말아야 할 말을 들어버렸고, 그걸 참는다면 모든 걸 다 인정해버리는 꼴이 된다.

차라리 무시해. 똥이 무서워서 피하니? 라는 누군가의 목소리가 들리는 듯했지만 오늘은 그러고 싶지 않아졌다. 하고 싶은 말을 하지 못하고 사는 건 정말이지 지겨운 일이었으니까.

다예는 도로로 나가 택시를 잡았다.

금요일 밤, 누군가에게는 불금이라 불리는 그날 밤. 다예는 클럽 앞에 서 있었다. 작정하고 온 사람들 사이에서 그녀는 마치 이방인이라도 되는 것 같았다. 화려한 화장, 짧은 스커트, 하이힐. 현란하고 요란법석 것들로 중무장한 사람들 속에 다예는 너무나도 평범했다.

그 흔한 립스틱조차 바르지 않은 그녀를 이상하게 바라보던 클럽 앞 문지기가 비웃듯 웃으며 손짓했다.

"오늘은 불금데이라서 콘셉트에 맞지 않는 의상을 입으신 분들은 입장하실 수 없습니다."

흰 티에 청바지를 입고 운동화를 신은 너는 못 들어간다, 이 말이야. 라는 눈빛을 보내며 귀찮은 티를 낸다.

"찾을 사람이 있어서 온 거예요. 금방 나올 테니……."

"안 됩니다."

말이 채 끝나기도 전에 입을 막아버린다. 그러고는 귀찮으니 저리 가란 식으로 어깨를 밀자 한껏 술이 오른 다예의 몸이 흔들림과 동시에 기분이 바닥으로 추락했다.

누구 하나 잡아주는 이 없이 다들 모르는 척 입구로 몰려들자 그 부산한 움직임에 치여 다예의 무릎이 꺾였다. 당장에라도 엉덩방아를 찧겠구나, 하던 순간 누군가의 팔이 그녀의 허리를 감싸 안았다.

정말 1초만 늦었더라도 바닥에 곤두박질쳐져 온갖 망신을 다 당했을 순간이었다. 안도의 숨을 내쉬며 자세를 다잡을 때쯤 누군가가 흘러내린 그녀의 머리칼을 쓸어 넘겨주었다. 마치 원래부터 알고 지낸 사람처럼 다정하게.

"아, 감사……."

"일행이십니까?"

감사하다는 말을 전하기도 전에 문지기가 물어왔다.

일행? 아뇨, 저 혼자. 대답을 하려던 찰나 몸이 돌려세워졌다. 그 순간 문지기와 눈이 마주쳤지만 잠시뿐이었다.

"문제 있습니까?"

힘이 잔뜩 실린 손이 다가와 그녀의 어깨를 감쌌다. 그 느낌이 너무나도 자연스러워 차마 거부할 수 없었다. 문지기는 잠시 당황한 얼굴을 하더니 머리를 긁적이며 난색을 표했다.

"말씀드렸다시피 오늘은 불금데이라서."

그 어떤 것도 오늘의 클럽과 어울리지 않는다는 소리를 에둘러 말한다. 하지만 자신의 편이 되어주는 이 남자는 문지기의 말을 무시하며 아까보다 한층 더 낮아진 목소리로 읊조렸다.

"그래서, 문제가 있냐고 물었습니다."

어깨에 닿아 있는 손만큼의 힘이 목소리에도 묻어 있었다. 거부했다가는 무슨 일이 생길지도 모르는 그런 힘. 그 압도적인 목소리에 문지기는 애꿎은 입술만 깨물었다.

"아닙니다. 입장하셔도 됩니다."

뭐? 아까는 안 된다며? 불금데이가 어쩌고저쩌고하더니.

다예는 기가 막힌 얼굴로 그를 노려보았다. 하지만 어찌 된 영문인지 문지기는 더 이상 볼일 없는 사람처럼 두 사람의 앞을 열어줄 뿐이었다. 다예가 입을 쩍 벌리고 따져 물으려는데 자신의 어깨를 감싸고 있던 낮은 목소리의 남자가 그녀의 귓가에 속삭였다.

"무슨 문제 있습니까?"

들어가라는데도 왜 바보처럼 서 있냐, 안 들어갈 거냐. 하고 묻는 말처럼 들렸다. 그 순간 다예는 자신이 왜 이곳에 와 있는지, 왜 이곳을 들어가야만 했는지를 떠올리며 고개를 저었다. 그러고는 씩씩하게 한 걸음 내디뎠다.

"없어요. 가죠."

마치 일행인 듯 자연스럽게 걸으며 문지기를 흘겨주었다. 그 느낌이 미묘하게 짜릿해 머리가 뱅뱅 돌았다.

클럽 안으로 들어오자 더욱 어지러워졌다. 화려한 불빛과 시끄러운 음악 소리가 한데 섞여 미칠 듯한 어지럼증을 가져왔다. 잠시 멈춰 선 다예가 관자놀이를 누르며 길게 호흡을 뱉자 곁에 서 있던 남자가 조심스레 물어왔다.

"괜찮습니까? 어디 안 좋은 것 같은데."

"아……."

그제야 남자의 존재를 깨달은 다예가 몸을 돌려 그를 바라보았다. 불금데이에 맞춰 쫙 빼입은 근사한 슈트가 눈부시게 잘 어울리는 남자였다. 말끔한 얼굴과 장난기 가득해 보이는 분위기는 자신이 잘 알고 있는 누군가를 연상시킬 만큼 친근하게 느껴졌다. 마치 오랫동안 품고 있던 첫사랑 같은 아련한 분위기. 딱 그만큼의 호감이 다예의 눈에 스쳐 지나갔다.

시끄러운 음악과 함께 다예의 가슴이 요란하게 쿵쾅거렸다.

자신보다 한참이나 큰 남자를 올려다본 순간 두 사람의 눈동자가 한곳에서 마주쳤다. 다예의 얼굴을 확인한 남자의 입술이 살며시 올라간다. 무슨 의미일까, 생각하던 다예는 지금의 장소를 떠올렸다. 클럽, 불금. 그 단어들이 의미하는 것들을 조합해보았을 때 이 남자의 호의는 무엇을 담고 있을까, 의심을 불러일으켰다.

어지러운 머릿속을 부여잡으며 다예는 그를 향해 고개를 까딱였다.

"일단 감사해요."

"뭘?"

"들어올 수 있도록 도와주신 거요."

시끄러운 음악과 분주한 움직임 속에서 자신의 목소리가 그에게 잘 전달될까 걱정이 되던 찰나 남자의 허리가 굽어졌다. 다예의 입가로 귀를 가져다 대는 모양이다. 다예는 한 번 더 감사의 마음을 전하며 여전히 자신의 어깨에 걸려 있는 남자의 손을 탁 쳐냈다. 그러자 남자의 눈썹이 활처럼 휘었다.

"그런데 이건……."

"……."

"이만 사양하겠습니다."

명백한 거부. 더 이상의 호의는 필요 없다는 의미로 내뱉은 말에 남자의 표정이 더욱 짓궂어진다. 다예는 흐트러질 것도 없는 흰 티셔츠를 털어내며 그를 뒤로한 채 걷기 시작했다. 보지 않아도 알 수 있는 뜨거운 시선이 그녀의 등 뒤로 꽂히는 듯했으나 무시했다. 지금은 이 남자보다 다른 놈이 더 급했으므로.

쿵타타, 쿵타, 빰빠바, 빰빠.

현란한 조명 밑, 음악에 취해 혹은 술에 취해 춤을 추고 몸을 흔
들어대는 사람들에게로 시선을 돌렸다. 고막이 찢어질 것처럼 웅
웅거리는 이 공간에서 그 자식을 찾을 수 있을까. 어지럼증을 넘어
선 두통이 두뇌를 괴롭히고 있었다. 하지만 더 이상은 참을 수가
없었다.

사귀어달라고 졸졸 쫓아다닌 건 그 자식이었다. 만나주지 않으
면 옥상에서 뛰어내릴 거라며 협박 아닌 협박을 했던 것도 그 자
식이었다. 겨우 밥 한 번 먹고, 영화 한 번 보는 일을 세상천지 제
일 행복한 일이라 짖어대던 놈도 그놈이었다. 그런데 지겨워서 겨
우 만나주기로 했다고?

그뿐만이 아니었다. 동기들은 다예가 술집을 채 나서기도 전에
끝내지 못한 말들을 줄줄이 내뱉었다.

'사귀는 100일 동안 손만 잡았다던데? 남자 하나 유혹 못 하는
목석이라면서. 얼굴만 반반하지 실속 없다면서 엄청 까더라.'

'그래서? 키스도 못 했다는 거야?'

'키스는 무슨. 벌벌 떨더래.'

누가? 내가? 그놈이 아니라 내가?

장대비를 맞으며 만나달라 구걸하는 놈과의 연애는 그저 시간
낭비일 뿐이었다. 연애라고 할 것도 없는 그 시간조차 아까웠는데
손을 잡고 키스는 무슨. 근거 없는 헛소리로 허세를 떨어대는 놈

잠오하게, 13

때문에 서다예의 이미지는 바닥을 쳤다. 나만 떳떳하면 된다고 다 독여보고 싶지만 여자로서의 자존심은 땅바닥에 뱉어진 껌만도 못하게 됐다. 도무지 그냥 넘어갈 수 없는 문제였다. 제발 걸리기만 걸려. 가만 안 둘 테니까.

다예는 이를 갈며 열심히 주위를 살폈다. 그리고 마침내 스테이지에서 멀지 않은 테이블에 앉아 있는 놈을 발견했다. 다예는 성큼성큼 다가갔다.

쿵, 쿵, 쿵, 쿵! 레디~ 고! 빰빰빠바바밤, 빰빰빰!

쿵쿵거리는 소리와 함께 다들 미친 듯이 스테이지에서 뛰기 시작했다. 열기는 점점 더 뜨거워지고 현장의 분위기는 더욱 아찔해진다. 남자와 여자가 섞여 낯 뜨거운 줄 모르고 몸을 비비는 모습들을 바라볼 여유도 없이 다예는 곧장 그놈에게로 달려갔다. 아무것도 모르고 있던 놈이 달려오는 다예와 눈이 마주친 순간, 입을 떡 벌리고 놀란 표정을 지었다. 다예는 씨익 웃어 보였다.

"서, 서다예? 어떻게 여길?"

놀란 녀석은 당황한 표정이 역력했지만 자신을 둘러싼 주변의 친구들에게 들키지 않으려 애를 썼다. 그러고는 어색하게나마 어깨를 펴며 건방진 시선을 다예에게로 쏟아냈다. 그러자 친구들이 키득키득 웃어댔다. 그 순간 다예는 알아차렸다. 다 한통속이구나. 그 악질의 소문은 모두 이놈들 입에서 나온 거구나.

부들부들 떨리는 주먹을 쥐며 테이블로 다가간 다예는 비릿하게 웃으며 빈 술잔에 맥주를 가득 부어 그 녀석에게 건넸다.

"생일 축하해."

생각지도 못한 다예의 말에 녀석이 이마에 흐르는 땀을 닦으며 어색하게 웃었다. 죄인이 된 것 같은 얼굴로 벌벌 떠는 게 꽤 재밌어진 다예는 받지 못하고 어정쩡한 자세로 서 있는 녀석에게 다시 한번 술잔을 건넸다.

"수래기, 생일 축하한다고. 안 마셔?"

"마, 마셔. 고마워."

래기는 다예의 눈치를 살피며 술잔을 건네받았다. 아니, 받으려 했다. 래기의 손끝에 술잔이 닿자 다예는 그대로 손을 놓아버렸다. 쨍그랑, 하는 소리가 음악에 묻힌 걸 다행이라 해야 할까. 래기의 바지 위로 흘러내린 맥주가 작은 웅덩이를 이루자 주위의 친구들이 웅성거리기 시작했다. 그러거나 말거나 다예는 흐트러진 머리카락을 쓸어올리며 래기 앞으로 다가갔다. 그러고는 참지 못한 화를 담아 그의 허벅지를 발로 찼다. 조금만 더 가까이 찼더라면 그의 중심이 큰일 날 뻔한 순간이었다. 윽, 하는 소리와 함께 래기의 허리가 굽어졌다.

"만나달라고 조른 게 누군데? 미친놈. 세 달을 졸졸 쫓아다니면서 울고불고 죽겠다면서 협박한 게 너잖아, 이 자식아. 뭐? 목석같은 여자? 실속이 없어? 정신 차려, 미친놈아."

"윽."

"안 봐도 네놈 싸이즈 딱 나온다. 물건이 그렇게 작아서 큰일 해내겠어? 난 작은 놈 취급 안 해. 더러운 놈. 어디 할 짓이 없어서 뒷담화질이야? 한 번만 더 이상한 소문 들려봐. 그땐 나도 안 참아!"

다예가 씩씩거리며 달려들자 래기는 습관처럼 몸을 웅크렸다.

그 모습에 화가 난 친구들이 순식간에 다예를 둘러싸며 으르렁거렸다. 여전히 래기를 괴롭히며 달려드는 게 다예라고 생각한 모양이다. 어찌나 말도 안 되는 헛소리를 해댔는지 래기의 인성을 잊은 놈들은 다예의 만행에 분노하고 있었다.

"니들도 정신 차려! 쓰레기랑 어울리면 니들도 다 쓰레기 되는 거야!"

"너 말 다 했어?"

분위기는 순식간에 험악해졌다. 자존심이 상한 래기의 친구 한 놈이 성큼 걸어나와 다짜고짜 다예에게로 손을 뻗었다.

그 순간 다예는 피해야 한다는 생각보다 맞으면 엄청 아프겠다, 라는 한심한 생각만 하고 있었다. 술 기운에 판단력이 흐려진 다예는 피하기는커녕 눈을 질끈 감아버렸다.

곧 이어 퍽, 하는 소리와 함께 여자들의 비명 소리가 들려왔다. 놀란 다예가 눈을 떠 주변을 살피자 한 손에 양주잔을 든 남자가 서 있었고, 다예에게 손을 뻗었던 래기의 친구 놈은 앞으로 꼬꾸라지듯 넘어져 낑낑거리고 있었다.

순식간에 벌어진 일이었다. 다예는 놀란 눈으로 그를 바라보았다. '문제 있습니까?'라고 말하던, 그 문제의 남자. 그 남자가 아무렇지 않게 서 있었다.

뭐야? 왜? 의문이 가득한 얼굴로 그를 바라봤지만 호의를 베풀었던 그 남자는 사람 좋은 얼굴로 웃고 있었다. 하지만 눈은 그 어느 때보다 차갑게 느껴졌다. 그 모습이 이상할 정도로 잘 어울려 시선이 갔다. 이 남자는 눈으로는 상대를 제압하고 입으로는 호의를 베푸는 척 여유로움을 치장하는 게 익숙한 남자였다. 그 행동들이 너무나 자연스러워 마치 그런 모습이 진짜인 것처럼 보일 정도였다. 하지만 그의 눈은 누구보다 싸늘했음을, 누구보다 매서웠음을 알아차린 다예는 익숙한 기시감에 몸이 떨려왔다.

"물건 작은 놈들, 상대하지 말라 그랬잖아? 작으면 작을수록 손버릇이 아주 나빠. 왜? 내세울 게 하나도 없는 놈들이라서."

능청스럽게 웃던 그 남자가 천천히 다가와 다예의 옆에 섰다. 그러자 다예를 비웃던 사람들, 욕하던 사람들의 눈이 한순간에 휘둥그레졌다. 저 남자랑 무슨 사이야, 라고 묻고 싶은 마음이 굴뚝같은 표정들이었다. 그러거나 말거나 다가온 남자는 흘러내린 다예의 머리칼을 쓸어올렸다.

"어디 다친 데 없어?"

"……네?"

"에이, 신발 더러워졌다. 그러게 한글은 선생님에게, 약은 약사에게, 쓰레기는 오빠에게. 응?"

다가온 남자의 말에 다예는 당황스러웠다.

오빠, 라니. 통성명도 이루지 않은 두 사람 사이에 '오빠'라는 단어를 서슴없이 내뱉는 이 남자의 행동에 다예는 온몸이 굳었다. 어떻게 해야 될지를 몰라서였다. 장단을 맞춰줘야 할지, 누구세요? 라며 그의 손을 내쳐야 할지 알 수가 없었다.

그 순간 멍하니 그를 바라만 보고 있는 다예가 답답했는지 남자의 입술이 다가와 그녀의 귀에 속삭였다. 시끄러운 음악 속에서도 그의 목소리는 선명하게 귀에 꽂혔다.

"……도와줄까?"

그러고는 다시 시선을 맞춘다. 대답을 기다리는 사람처럼.

도와준다고? 뭘?

또 한 번 바보처럼 그를 바라보자 남자는 피식 웃고 말았다. 그 모습이 너무나도 해사해 다예는 배 속에 남은 술기운이 부글부글 끓어오르는 것만 같다.

"이럴 땐 고개를 끄덕."

다시 다가와 말한다. 어린아이에게 방법을 알려주는 선생님처럼.

미소가 만연한 그의 얼굴을 본 순간 다예는 또 한 번 기시감을 느꼈다. 웃는 모습 한 번에 설레고, 잔뜩 굳은 모습에 슬프고. 여러 번 느꼈던 것 같은 이 감정이 술에 취해서인지, 아니면 원래 자신이 갖고 있었던 것인지 헷갈렸다.

그러다 문득 헛된 기대감이 피어오른다.

꿈이라도 좋으니 내 편이 되어주었으면 좋겠다고. 처음 만난 당신이지만 모두가 래기의 편인 이곳에서 유일하게 내 편이 되어주었으면 좋겠다고 생각했다.

이건 우연치고 너무나도 강렬한 끌림이었다.

다예가 본능적으로 고개를 끄덕였다.

인간은 아군과 적군을 구별해내는 능력이 탁월하기에, 그 본능적인 감각으로 다예는 눈앞의 남자를 아군이라 판단했다.

"그럼 조금 더 가까이."

다시 다가온 남자의 목소리에 다예는 자신도 모르게 움직였다. 그가 이끄는 대로, 그의 손길에 따라 몸을 맡겼다. 어느새 그는 테이블

끄트머리에 엉덩이를 붙이고 앉아 있었고, 다리 사이에 다예를 세운 채 뒤에서 그녀의 어깨를 감싸 안았다. 그의 가슴이 다예의 등에 닿자 이상하리만큼 심장이 뛰었다.

"자연스럽게."

목덜미에 스쳐 지나가는 그의 호흡에 다예의 온몸이 잔뜩 긴장으로 굳어졌다. '자연스럽게'라는 말을 어떻게 표현해야 될지 몰라 더욱 그랬다. 하지만 다예의 허리를 감싸 안는 팔의 온기에 무장해제된 사람처럼 그에게로 몸을 기대버렸다.

이렇게 복잡한 상황에서 '아, 술배 나왔을 텐데'라는 생각이 떠오른다는 게 어이가 없어 웃음이 나왔다.

그러자 주변의 사람들이 조금씩 웅성거리기 시작했다. 수군수군, 무슨 말을 하는지 알 수 없지만 듣지 않는 게 오히려 좋을 말이라는 것쯤을 알 수 있었다. 다예는 눈을 질끈 감았다 뜨며 이를 악물었다.

"이게 뭐 하는 짓이야? 당신은 누구고?"

아차. 잠시 이 남자의 행동에 정신이 팔려서 그놈을 잊고 있었다. 수래기의 친구, 방금 남자의 주먹에 맞아 떨어진 놈. 등을 차여 바닥으로 얼굴부터 꼬꾸라진 놈이 일어나며 씩씩거렸다. 당장에라도 맞은 주먹을 되돌려주고 싶은데 상대의 기세가 평범한 남자의 것과는 차원이 달라 쉽게 덤벼들지 못하는 것 같았다.

그 모습을 물끄러미 바라보던 남자가 주머니에서 담배 한 개비를 꺼내 입에 물었다. 금연구역인데, 라는 말을 건네기도 전에 치익, 하고 담배 끝에 불이 붙었다.

"내가 누군지 알아서 뭐 하게? 알면 네놈 손핼 텐데."

"뭐?"

"보기 같잖아야 말이지. 뭣도 아닌 것들이 여자 하나를 둘러싸고 기세등등해하는 모습이, 큭. 코미디보다 더 재미가 없어서."

후, 담배를 길게 빨아들인 남자가 후, 하고 내뱉는 소리에 다예는 팔을 쓸어내렸다. 이상하게 그 소리가 싸늘해서, 담배 연기 속에서 얼굴을 찡그리고 있을 것만 같은 그 모습이 소름 끼칠 것 같아서였다.

"물건 달린 아가들아. 여자 때리고 그러면 못써. 알았지?"

"……."

"아, 그리고 거기 너희들."

남자가 다예의 앞으로 걸어 나와 멀리 시선을 두었다. 그러자 키득거리고 웃어대던, 짧디짧은 옷을 입고 화장을 떡칠한 여자들을 바라보며 말을 이어갔다.

"한 번만 더 이 여자 뒤에서 키득거리고 웃으면, 여자고 남자고 안 가리고 혼내준다. 응? 오빠가 아주 착하게 생겼지만 생각보다 성질이 더럽거든. 그러니까……."

"……."

"조심들 하세요. 씨발."

다예는 오소소 소름이 돋는 팔을 쓸어내렸다.

무섭다. 오로지 입에서 흘러나오는 몇 마디일 뿐인데도 그 온도가 너무나도 낮아 자꾸만 한기가 들었다. 그건 다예뿐만이 아닌지 주변의 사람들 역시 입을 다문 채 그 어떤 대답도 하지 못하고 있었다.

남자는 경고하듯 주변을 훑어본 후 뒤돌아섰다. 그리고 다예의 손목을 낚아채고서는 허리를 끌어안았다. 그 순간 얼어 있던 몸이 그의 품에 갇힌 것처럼 안겨들었다.

"갈까?"

방금 전 싸늘하게 욕을 내뱉던 남자가 맞나 싶을 정도로 다정한 목소리로 물어오자 다예는 자신도 모르게 그의 옷자락을 움켜쥐었다. 그러자 남자가 기분 좋게 웃었다.

"예쁘네."

내가 제대로 들은 게 맞나? 예쁘다고 했어, 지금?

다예가 시선을 그에게로 옮기자 남자는 자연스럽게 다예를 끌어안은 채 그곳을 빠져나가기 시작했다.

뒤에서 들리는 수군거림, 그러나 누구 하나 달려들어 두 사람을 막는 이는 없었다. 이 사람의 공기가 위험하다는 것을 알아차렸기 때문일까. 사람들의 시선을 따갑게 받으면서도 다예는 돌아보지 않았다. 그녀를 감싸 안은 그의 팔의 온기가 따스해서. 그녀를 무시하는 사람들 사이에서 유일한 편이 되어주는 그가 좋아서. 누군가가 나를 위해 앞에 나서주었다는 점이 통쾌해서. 묵은 체증이 훅, 하고 내려가는 기분이 들었다.

다예는 보이지 않게 웃었다.

누구세요? 왜 이렇게까지 도와주세요? 라고 묻기도 전에, '고마워요'라는 말이 먼저 나올 것 같아서였다. 생각지도 못한 오늘 하루의 끝이 어울리지 않게 달콤해서 기가 차 웃음이 터졌다.

쿵, 쿵. 여전히 시끄러운 비트와 어지러운 공간 속을 빠져나가는 다예의 심장도 음악에 맞춰 쿵, 쿵 울려댔다. 그건 통쾌함을 동반한 즐거움이자 남자에 대한 고마움, 약간의 두근거림 때문일 것이다. 하지만 그땐 알지 못했다. 그 울림은 위험을 알리는 경고음이었다는 것을.

고마움을 가장한 이 기대심리는…….

"……혹시 시간 있어요?"

우발적인 사고로 이어진다는 것을, 그땐 몰랐다.

그리고 그것이 그녀의 권태롭고도 답답했던 삶을 몽땅 흔들어 놓을 만한 위험한 도전이자 최선의 방어였음을 알아차리지 못했다.

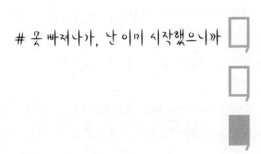

못 빠져나가, 난 이미 시작했으니까

인적 하나 없이 조용한 강의실에서 다예는 이마를 책상에 내리찍었다. 콩, 콩, 콩, 하는 반복적인 소리가 강의실에 울려 퍼졌다.

과도한 생각이 불러낸 두통과 수면 부족은 다예를 피폐하게 만들었다.

벌써 일주일도 더 지난 일이었다.

클럽에서 그 남자를 만났고, 시간은 흘렀다. 그럼에도 불구하고 그날의 기억은 다예에게 달라붙어 떨어질 줄을 몰랐다. 잊고 싶은데, 제발 머릿속을 텅텅 비워버리고 싶은데 그게 쉽지 않았다.

"미친 거지, 서다예."

미쳐도 한참을 미쳤다. 아니, 완전히 맛이 가버렸다. 그렇지 않고서야 그날, 처음 본 남자의 손을 잡아끌 리가 없었다.

꿈일 거야, 꿈이지? 이건 말도 안 되잖아! 도대체 왜!

수없이 물어봐도 현실은 달라지지 않았다. 잊으려 할수록 또렷해지는 건 그날의 감각이고, 흐릿해져가는 흔적들 뒤로 선명해지는 것은 그의 눈빛과 목소리였다.

다예는 쓰러지듯 책상 위로 얼굴을 파묻었다.

제발, 시간을 돌릴 수 있다면 그를 만났던 그 순간들로 돌아가고 싶다.

"······혹시 시간 있어요?"

그 말은 정말 한 치의 계산도 없이 본능적으로 튀어나온 말이었다. 충동적이라고 해도 좋고, 진심이라고 해도 좋다. 하지만 그때까지만 해도 말 그대로 '시간'의 유무를 알고 싶었을 뿐이었다. 그런데 남자는 장난스러운 얼굴로 물어왔다.

"시간? 글쎄. 있을 수도 있고, 없을 수도 있지."

"바쁘신 거면······."

"글쎄?"

여유롭게 웃는 남자의 표정은 해볼 테면 해봐라, 네가 어떻게 하느냐에 따라 원하는 대답을 주겠다, 라는 의미가 잔뜩 담겨 있었다. 그 여유로움이 부러워 피식 웃었다. 이상하게 마음이 편해졌다.

오늘의 고마움을 전하고 싶은데 단순히 말로는 부족할 것 같고, 그렇다고 무얼 하자니 이 남자는 오늘 처음 본 남자였다. 서로에 대한 아무런 정보도 없이 무턱대고 무얼 시작할 수도 없는 상황이었다. 그래서였을까. 용기를 낸 것은.

"시간 좀 내주실 수 있을까요?"

"내주면? 나랑 뭘 할 건데?"

뭘 해야 될까요. 커피를 한잔할까요, 아니면 식사를…… 하기엔 시간이 너무 늦어버렸다.

"술 한잔하실래요? 제가 살게요."

이미 머리끝까지 술이 올라 있었고 방금 전의 일로 부글부글 끓어오를 정도로 열이 잠식한 상태였다. 그런데도 이 남자를 그냥 보내고 싶지 않았다. 고마우니까. 그래, 고마우니까. 그 핑계를 대서라도 오늘의 이 꿀꿀한 기분을 함께 나눠줄 사람이 필요했다. 어쩌면 오늘이 지나면 이 남자를 다신 볼 수 없을지도 모른다는 생각에 더욱 그를 붙잡고 싶었는지도 모른다.

황당할 법도 한 술 제안에 잠시 침묵을 유지하던 남자가 다예의 머리를 헝클고는 덥석 손을 잡았다. 마치 연인처럼, 오래된 인연처럼 자연스럽게 움직이는 행동에 다예의 가슴이 뛰었다. 그가 이끄는 곳으로 걸었다. 그곳이 어디든 상관없을 것만 같은 이 충동적인 마음. 그게 그날, 다예를 한껏 설레게 했다.

도착한 곳은 꽤나 비싸 보이는 술집이었고, 클럽처럼 시끄럽지도 요란하지도 않았다. 딱 그 남자의 스타일과 잘 어울리는 단정하면서도 깔끔하고, 고급스러운 곳이었다. 그곳에서 그들은 술을 마셨다.

한 잔, 두 잔, 나눠 마시는 동안 서로에 대해 묻지 않았다. 이름이 뭔지, 나이는, 직업은 뭔지. 불필요한 탐색전이 오고 가지 않아 더욱 편안한 시간이었다. 그래서였을까, 묻지도 않는 말들을 줄줄 꺼내놓은 게.

"오늘 하루 정말 힘겨웠어요. 감정에 치인다는 게 얼마나 괴로운지 알면서도, 지독하게 겪어봤으면서도 적응이 잘 안 돼요. 평소 같았으면 신경 끄고 지나갈 일이었는데, 컨트롤이 되지 않아 당황스러울 정도였어요."

"……."

"그래서 그쪽에게 더 고마운지도 몰라요. 늘 혼자였어서, 누군가의 최선이 되어본 적이 없어서 외로웠거든요. 외로웠다는 말도 쉽게 할 수 없는 처지라. 어찌 됐건 그 악당 무리에서…… 풉, 악당이라고 하니까 정말 웃긴데. 어쨌든 편이 되어줘서 고마워요. 나 그 순간 정말 든든했어요."

혼자라는 건 정말 지겨운 일이었다. 멀리 떨어져 있는 가족들이 찾아간 행복 속에 나는 없는 걸까, 라는 생각도 지겹고. 보고 싶다는 말 한마디가 상처가 될까 건네지도 못하는 이 마음. 도대체 그 행복이 뭐기에 자신은 혼자 남아 모든 걸 다 감당해야 될까, 싶었다. 그 무게는 명치에 무거운 무언가가 내려앉아 빠지질 않는 괴로움의 연속이라는 걸, 외로움과 고통의 연속이라는 것을 누구도 모를 일이었다.

게다가 오늘은 수래기까지. 평생 남에게 피해 주고 산다 생각하지 않았는데 누군가가 자신에게 피해를 준다는 것, 그로 인해 지금까지의 인생이 와르르 무너져버리는 기분을 느껴야만 한다는 건 참 거지 같은 일이었다. 그런데 그 틈을 비집고 남자가 들어왔다. 정의로운 사도의 출현으로 악당에게서 탈출한 공주가 된 기분이었다. 그 기분이 황홀할 정도로 좋아서, 잠시뿐이라고 해도 너무 즐겁고 유쾌해서 이 남자가 멋진 왕자님처럼 보였다.

한 잔, 두 잔. 늘어가는 술잔 속 대화는 많지 않았다. 일방적으로 떠드는 건 다예 쪽이었고 대화를 들어주는 건 그 남자 쪽이었다. 그 고요함은 의외의 힘을 가지고 있어 들어주는 것만으로도 그녀에겐 큰 위로가 되었다. 그래서였다. 조금만 더, 조금만 더 욕심내어 보고 싶어진 것이.

"오늘, 같이 있어줄래요?"

어쩌면 인생 최대의 미친 짓일지 몰랐다.

오늘 처음 본 남자에게 같이 있어달라니.

놀란 남자의 시선이 다예에게로 날아들었다.

"왜? 더 고마워해야 할 게 남았나?"

남자는 물어왔다. 다예의 질문이 생각 밖의 것이어서인지, 아니면 술에 취해 건네는 장난이라 생각했던 건지. 농담처럼 치부하고 웃어넘기며 묻자 그 모습에 욱, 하고 무언가가 치밀어 올랐던 것 같다.

"같이 있고 싶어서요."

"물에 빠진 사람 구해줬더니 이젠 보따리까지 내놔라?"

"빼앗겨줄래요?"

당돌한 다예의 시선에 흥미를 느낀 남자가 피식, 하고 웃더니 술잔을 입에 털어 넣었다. 그러고는 가식이 전혀 담기지 않은 솔직담백한 웃음을 지었다.

"이거 진짜 무서운 아가씨네."

장난처럼 내뱉는 그의 대답 속에서 뜨거운 감정이 묻어 나왔다. 다예는 덥석 그의 손을 잡았다. 그 순간 두 사람의 눈이 마주쳤다.

"그러니까 내놔요, 그 보따리."

두 사람은 어둡고 조용한 선율이 흐르는 술집에서 입을 맞췄다.

아, 이런 미친! 제발 머리에서 사라지라고!

그날의 기억을 훠이, 훠이 날려버릴 수만 있다면.

다예는 손을 들어 허공에서 휘저었다. 그러다 제 풀에 지쳐 고개를 박은 채 눈을 감았다.

똑똑. 엎어져 있던 다예는 얼마 가지 못하고 고개를 들어야만 했다. 어느새 수업 시간이 되었는지 강의실은 북적거리고 있었고 바로 옆, 다예의 친구인 유주와 은강이 와 있었다. 셋은 어릴 때부터 함께 자라온 친구였으나 유주와 은강은 최근에 연인이 되었다.

"언제 왔어?"

유주가 묻자 다예는 찌뿌듯한 몸을 펴며 신음했다. 그러자 은강이 손을 들어 자신의 입을 틀어막으며 혀를 찼다.

"아무리 4학년이라지만 그놈의 추리닝 좀 벗을 수 없어? 요즘은 꾸미지 않으면 왕고라고 끼워주지도 않아! 제발 그 멀쩡한 얼굴이랑 몸매, 활용 좀 해라. 응?"

은강은 질린다는 얼굴로 빽 소리를 질렀지만 다예는 개의치 않았다. 다예만 보면 못 잡아먹어 안달인 은강의 잔소리가 실은 애정이 듬뿍 담긴 친구의 충고라는 걸 알기 때문이다.

다예는 웃으며 두 사람에게로 시선을 돌렸다. 4학년임에도 불구하고 샤방샤방, 빛이 나는 유주는 누가 봐도 이제 막 연애를 시작한 예쁜 여대생이었지만 다예는 편하기 그지없는 추리닝을 입고서 화장도 하지 않은 눈을 벅벅 비비는 동네 누나 같았다. 그러니 얼마나 비교가 되겠는가.

"그게 서다예 매력이라고들 안 해? 지나가는 남자들이 서다예만 보면 껌뻑 죽었다가 털털한 모습에 까무룩 다시 죽는다며."

"이 학교 남자들 눈이 다 삔 거지."

편을 들어주는 유주의 말에 다예는 배시시 웃었다. 그러자 은강은 그게 마음에 들지 않는 듯 고개를 절레절레 흔들며 투덜거렸다.

'만사불만러'의 투덜거림을 들으며 다예는 모르는 척 팔에 얼굴을 묻었다. 잠을 자는 척이라도 하면 잔소리를 그만하겠지 싶어서였다.

눈을 감으려는 찰나, 강의실의 문이 벌컥 열리고 시끄럽게 떠들던 학생들의 목소리가 순식간에 사라졌다. 하지만 그것도 잠시, 다시 수군거리는 소리가 번져가기 시작했다. 다예는 이상한 분위기에 놀라 고개를 들며 주변을 살폈다.

"엇, 새로운 교수님 맞지? 그 초빙교수님!"

다예는 강단에 서서 출석부를 바라보느라 고개를 숙이고 있는 남자에게로 시선을 돌렸다.

원래는 한우석 교수의 전공과목이었는데 논문 관련 문제로 외국에 나가게 되면서 그를 대신해 강의를 해줄 셀럽을 초대한 자리였다. 실무 중심의 수업을 생동감 있게 전달받을 수 있을 거라며 호기롭게 자랑하던 한 교수의 모습이 떠오른 다예는 미소 지었다.

길게는 한 학기를, 짧게는 몇 주의 강의를 대신해줄 거라던 교수님은 생각보다 젊었다. 반듯한 뒤통수와 깔끔한 헤어라인이 단정한 이미지를 전해주었다.

"너무 젊은 거 아니야? 누구지?"

고개를 들 생각이 없어 보이는 교수의 모습에 다들 궁금증이 인 모양이다. 엉덩이를 들썩이며 그의 움직임을 주시하는 학생들의 시선이 늘고 있다.

"강의실에 꽃이 필 것 같은 이 기분 뭐지?"

"그르게. 고개를 든 순간!"

"꿈에 그리던 왕자님일 것 같은?"

유주가 장난처럼 운을 띄우자 다예가 맞받아쳤다. 그 장단에 묘한 음이 들어 있어 자못 신이 난 것처럼 느껴졌다. 그 모습에 은강이 투덜거렸다.

"기럭지만 멀쩡한 왕두꺼비여라!"

와장창, 산통이 깨지는 순간이었다.

이 자식이!

생각만으로도 오금이 저리는 은강의 말에 유주와 다예의 시선이 나란히 칼날처럼 날아가 박혔다. 그 모습에 흠흠, 하고 목을 가다듬으며 시선을 피하는 은강이었다.

"진짜 두꺼비면 다 네 탓이다?"

"왜?"

"그냥 온 지구의 모든 악은 너야!"

퍽. 울분을 가득 담은 유주의 주먹이 사랑스러운 남자친구의 뒤통수에 내리꽂혔다. 그 소리가 얼마나 큰지 주변의 학생들이 뒤를 돌아볼 지경이었다. 깜짝 놀란 다예가 입을 가린 채 웃자 은강이 아프다며 울먹거렸다.

"거기 뒤에, 조용 좀 하지?"

등장 이후로 한마디도 하지 않던 교수가 드디어 입을 열었다. 하지만 그 시선이 세 사람에게 꽂히자 강의실 내 학생들의 시선마저도 함께 날아들었다. 민망함에 다예는 빠르게 고개를 숙였다. 윽, 창피해! 조용해지는 틈을 타 시선을 돌리니 다예처럼 고개를 숙인 두 사람이 서로의 옆구리를 찔러가며 으르렁거리고 있었다.

잠시 후, 교수로 추정되는 남자의 말이 이어졌다.

"일단 내 소개 먼저 하지. 한 학기 동안 강의를 하게 된 박태진이라고 한다. 월요일 5교시부터, 세 시간 연강. 중간에 쉬는 시간은 딱 한 번. 그때 외에 강의실을 빠져나가면 결석 처리한다."

깜짝 놀란 다예가 그제야 고개를 번쩍 들었다.

뭐? 누구라고? 박태진? 눈으로 그를 확인한 다예의 입이 떡 하고 벌어졌다. 맙소사, 대박!

"몇몇은 알아본 것 같은데, 그럼에도 불구하고 친절히 설명해준다. 일단 내 주업은 카피라이터(Copy Writer). 부업은 그날그날 끌리는 일이라면 뭐든지 서슴없이 도전하는 프리맨. 그게 내 스타일이고 내 일상이다. 닉네임은 크리브진. 아, 물론 여기서 크리브는 다른 뜻이 아니라 크리에이티브의 줄임말, 그리고 내 이름을 붙인 닉네임이니 딴생각은 하지 말도록."

카리스마 있는 말투와 눈빛. 자유분방함이 느껴지는 자기소개에 학생들의 눈이 커짐과 동시에 곳곳에서 함성이 터져 나왔다. 말도 안 돼, 크리브진이라니! 대박이야, 대박! 다 같은 마음의 수군거림이 강의실을 들썩이게 했다.

크리브진, 그가 누구던가. 광고계에서 제일 잘나가는 카피라이터 아닌가. 다양한 제품군에서 한 번 들으면 잊히지 않는 카피를 써내고, 브랜드 이미지와 충성도를 높게 하는 핵심적인 인물, 박태진. 그뿐인가, 그가 말하는 '프리맨'은 그의 또 다른 별칭이었다. 카메라를 만지는 일에도 소질이 있는 그는 가끔 직접 영상을 찍기도 하고, 광고를 만들기도 한다.

인간 박태진은 광고계의 살아 있는 로망이자 많은 이들의 워너비 스타였다. 등장과 동시에 라이징스타라는 별명을 얻어 승승장구하기 시작한 그는 젊은 나이임에도 불구하고 이 분야에서 최고의 위치에 오르며 대박 행진을 이루었다. 기획력과 추진력, 어마어마한 상상력과 감성을 지닌 그는 철두철미하고 진취적인 성향을 가진 '맹수'라 불렸다. 자신의 일에 누구보다 열정적인 남자. 자존감이 높고 욕심이 많은 남자. 원하는 게 있으면 무엇이든 쟁취하고 마는 남자였다.

그래서인지 박태진은 인기가 많았다. 일적으로도 훌륭한 반면, 그는 연예인 못지않은 기럭지와 마스크로도 많은 사람들의 관심을 끌었다. 최근에는 톱모델과 스캔들이 나 더욱 유명해지기도 했다. 살인적인 스케줄과 집요한 관심을 받는 그가 이곳에 와 있다. 분 단위로 시간을 쪼개 움직이는 1인 기업 박태진이 대학교 강단에 서 있다. 그것도 일주일 중 단 하루, 가장 피곤하고 따분한 시간인 월요일 오후에 말이다.

이미 그들 사이에서는 신처럼 떠받드는 롤 모델이었기에 학생들의 얼굴은 기대감으로 상기되어 있었다.

"일단 출석부터. 강윤진."

출석을 부른다. 이런 환호가 별일 아니라는 듯 시큰둥한 모습이었지만 그 모습을 훔쳐보던 다예의 심장이 거칠게 뛰었다.

그가 있다. 그가 눈앞에.

카피라이터라는 진로를 정하게 되면서 제일 먼저 존경의 대상으로 삼았던 그. 하늘의 별이고 마음속 빛 같은 존재, 크리브진. 그가 눈앞에 서 있다니. 이건 정말 로또에 당첨되는 경우와도 같은 일이었다.

떡 벌어진 입은 다물어질 줄을 몰랐다. 두근두근. 뛰어대는 심장의 소리가 유주에게 들릴까 걱정이 될 정도로 그녀는 흥분해 있다.

와, 크리브진이다. 정말 크리브진이야.

수려한 외모, 군더더기 없는 저 이목구비! 게다가 여심을 녹이는 저 목소리! 설레지 않을 수 없었다. 두근거리지 않을 수 없었다. 혼자서 팔을 허둥대며 기쁨을 삼키고 있는데 출석을 부르던 태진이 고개를 들었다. 그 순간 두 사람의 눈이 공중에서 부딪쳤다.

쿵! 다예는 저도 모르게 숨을 삼켰다.

잠시 마주친 시선 속에 낯익은 무언가가 스쳐 지나갔다. 잡지며, 인터뷰며 그에 대한 자료는 빠지지 않고 보았기에 익숙한 거겠지 싶었다. 하지만 뭔가 달라. 뭐지? 알 수 없는 감각, 그 감각을 알아차리기도 전, 그녀의 가슴이 쿵, 쿵 하고 도끼질을 했다.

그녀가 잡았던 손을 이끈 건 그였다. 잡기는 다예가 잡았지만 끌어당긴 건 그 남자였다. 그 곱고 예쁜 손에서 느껴지는 힘에 다예는 잠시라도 좋으니 기대고 싶었는지 모른다.

완벽하게 찾아든 어둠. 그 틈을 열고 들어오는 달빛이 두 사람의 존재를 알게 해주는 유일한 빛이었다. 그 빛에 용기를 내 다예는 다가오는 남자의 입술을 더 깊게 받아들였다.

남자의 입술은 꿈에 그렸던 누구의 것과 비슷한 느낌이었다. 달콤하고 부드러운, 생크림 같은 입술. 그런 표현은 여자에게나 쓰는 줄 알았는데 아니었다. 여자보다 더 예쁘고 부드러운 입술에 한껏 취해버리고 말았다. 다예는 눈을 감고 남자가 주는 느낌을 만끽했다. 처음이라는 불안감도, 수치심도 느껴지지 않았다. 그 남자가 주는 손길 하나하나가 너무나도 정성스러워서, 그 정성이 고집스럽게 다예를 달래놔서. 그래서였을까, 눈물이 왈칵 나올 것만 같은 애무에 웃음이 흘러나왔다.

"웃을 여유가 있다 이거지?"

웃는 다예가 얄미운지 남자는 그녀의 가슴을 덥석 물고는 잘근잘근 씹었다. 그 미칠 듯한 감각에 다예의 허리가 비틀렸다.

"아!"

생경한 감각이었다. 이건 살아생전 느껴보지 못한 짜릿함과 아찔함이 뒤섞인 느낌이었다. 그 입술이 주는 화려한 감각에 다예의 눈이 질끈 감겼다. 그리고 폭풍처럼 휘젓고 다니는 남자의 손가락과 입술은 그 어떤 생각도 하지 못할 만큼 그녀의 혼을 빼놓았다.

"읏!"

마침내 남자의 것이 다예의 몸을 꿰뚫었을 때, 다예의 눈이 번쩍 떠졌다. 그제야 현실 감각이 돌아왔기 때문이다.

내가 지금 뭘 하고 있는 거지? 나는 왜, 여기서, 이 남자와!

하지만 그런 생각은 채 오래가지 못했다.

찌르르 울려 퍼지는 통증은 그녀의 하체뿐만 아니라 정신까지 잠식했기 때문이다. 고통을 참는 건 비단 다예뿐만이 아닌지, 남자의 입에서도 인내하는 신음 소리가 툭, 하고 터져 나왔다.

"읏, 제길."

그 목소리가 묘하게 섹시해 다예의 심장이 쿵, 하고 울렸다.

뭔지 잘 모르겠다. 뭔지 잘 모르겠는데, 내가 이 남자를 힘겹게 만들고 있다는 사실에서 터져 나오는 이 희열감이 짜릿하다.

목석이니 어쩌니 하는 헛소리를 지껄여대는 수래기 놈에게 소리치고 있는 기분까지 들 정도였다.

"딴생각할 여유까지 있으시다?"

진득한 땀방울이 툭, 하고 떨어졌다. 그와 동시에 장난처럼 비꼬는 남자의 목소리가 들려왔다. 다예는 그제야 정신이 번쩍 들어 그를 바라보았다. 욕망에 휩쓸린 채 둔탁해진 그의 눈동자 속으로 다예의 얼굴이 박혔다.

"이젠 안 봐준다."

경고. 그건 너무나도 아찔한 경고였다.

그의 허릿짓이 빨라짐과 동시에 다예의 숨이 가빠왔다. 통증이 밀려옴과 동시에 알 수 없는 감정이 피어오르고, 남자의 얼굴이 가까워졌다 멀어질 때마다 숨이 터졌다. 점점 속도가 빨라지면서 남자의 얼굴이 터질 듯 붉어졌다. 다예는 그 모든 것을 지켜보았다. 이루 말할 수 없는 경이로움이 피어오르는 듯한 기분이었다. 그 순간만큼은 이 남자만 보였다.

"하앗!"

점점 빨라지는 만큼 두 사람의 신음 역시 천장을 찌를 듯 높아졌다. 그의 목소리와 다예의 하모니가 섞여 마치 한 곡조를 뽑아내는 듯했다. 아찔하다. 너무나도 짜릿하다!

발끝에서 치밀어 오르는 감각이 그와 부딪칠 때마다 더욱 깊어지고 더욱 강렬해졌다. 숨이 차오르는 만큼 두 사람의 입술이 (맞부딪쳤다. 그리고 그 순간!

"……!"

아, 이런 기분이구나. 하늘을 붕, 하고 날아오르는 기분.

끊임없이 조여드는 여체를 느끼는 남자의 표정 역시 같은 것이었다. 남자는 남아 있는 모든 걸 털어 넣고서는 다예의 입술에 입을 맞췄다.

"생각보다 위험하네."

방금 전 모든 걸 다 쏟아낸 남자의 목소리는 지극히도 낮고 섹시했다. 늦은 밤, 잠에 취한 목소리로 '잘 자요'를 속삭인다면 이런 기분일까. 꿈속으로 빠져 들어가게 만드는 목소리. 그 강약에 속수무책으로 밀고 당겨질 것 같은 목소리였다.

"뭐가요?"

"너."

남자는 더욱 가까이 다가왔다. 다예는 천천히 남자의 얼굴을 두 손으로 감쌌다. 처음 본 남자, 처음 나눈 경험, 처음 갖게 된 이상한 믿음. 오늘만 지나면 꿈처럼 잊힐 허상의 것들이라 여기며 그를 바라보며 웃었다.

"닮았어요."

"……누구랑?"

그 사람이랑. 내가 너무나도 좋아하고 존경하는 그 사람.

이곳에 있을 수 없는 꿈같은 존재.

"제가 존경하는 이상형의 사람과."

"남자?"

"음. 노코멘트요."

그 말에 남자의 얼굴이 실룩거렸다. 뭔가 기분이 상한 듯한 표정이었던 것 같기도 하고. 뭐라 지적해주기도 전에 다예는 잠에 빠져들었다.

그리고 눈을 떴을 때, 남자는 없었다. 큰 침대에 덩그러니 누워 있는 건 다예 혼자였다.

허리를 세워 앉으니 꿈이 아니었는지 온몸이 아프다고 아우성이었다. 욱신거리는 몸을 달래며 주변을 살폈지만 남자는 없었다.

잠이 들기 전 황홀했던 기억들은 금세 사라졌다. 혼자라는 게 익숙해질 만도 됐는데, 또 한 번 느껴지는 외로움에 안타까운 숨이 터져 나왔다.

차라리 잘됐다, 다행이라 생각하자. 지금은 좀 더 자고. 아무렇지 않게 생각하려 애쓰며 눈을 감았다. 그리고 다시 잠이 들었다.

다시 눈을 떴을 때는 밤. 결국 꽉 채운 하루를 호텔에서 보내고 몸을 일으켰다. 여전히 회복되지 않은 몸은 괴롭다 소리를 질러댔다. 다리에 힘을 주는 일이 매우 불편했지만 샤워라도 하고 싶어 몸을 일으켰다. 가볍게 샤워를 한 후 룸을 빠져나가려는데 화장대 거울에 포스트잇 하나가 붙어 있었다.

<010.XXXX.XXXX>

다예는 그 종이를 떼어내 한참을 바라보았다.

이름도 없이 남겨진 이 전화번호. 이건 무슨 의미일까.

한참을 고민하던 다예는 그 포스트잇을 떼어냈다. 그리고 몇 번이고 그 열한 개의 숫자를 읽고 또 읽었다.

그 종이 한 장이 주는 힘은 대단했다. 적어도 서다예가 그에게 하룻밤 상대만은 아니었다는 것. 다시 연락을 바라는 남자의 쪽지에 묘한 안도감이 느껴졌다. 버려지지 않았구나, 혼자 남겨지지 않았구나, 라는 안도감.

그러나 결론적으로 다예는 혼자였다. 그가 자신을 두고 가버렸건, 급한 일이 있어서 먼저 나갔건, 그건 상관없었다.

다예는 한참 동안을 고민하다 결국 그 포스트잇을 휴지통에 넣고서 호텔을 빠져나왔다.

카피라이터를 꿈꾸는 다예에게 크리브진은 하늘에 별이었다. 존경의 대상이며, 인생의 모토였다. 그런 그를 눈앞에서 보는 감격스러움을 느끼기도 전, 일주일 전 만났던 그 남자가 떠올랐다. 크리브진을 닮았던 그 남자, 눈앞에 있다면 이런 느낌일까, 싶을 정도로 매력적이던 남자. 하지만 한여름 밤의 꿈같은 남자. 그날, 다예는 어떠한 감정에서든 그에게 끌리고 있었다. 그건 분명한 사실이었다. 크리브진과 닮아 있었기에 더욱 호감을 느꼈는지도 모른다. 그래서일까, 왠지 간담이 서늘하다. 마치 그 남자가 이곳에 있는 것처럼 느껴져 얼굴이 붉어졌다.

자라 보고 놀란 가슴 솥뚜껑 보고 놀란다더니. 그 말이 딱이었다. 다예는 크리브진과 눈을 마주칠 수가 없었다. 숨고 싶다. 이 남자와 하룻밤을 보낸 게 아님에도 불구하고 창피해 죽을 것만 같다.

그걸 아는지 모르는지, 교수 크리브진의 목소리가 들렸다.

"서다예."

다예는 손을 들어 대답을 해야 한다는 사실을 알고 있었지만 쉽사리 입이 떨어지지 않았다.

"서, 다예."

나지막한 목소리. 깊이가 느껴지는 울림에 온몸이 저려왔다. 목소리도 비슷해. 그 남자가 부르고 있는 것만 같아. 아윽, 미치겠다.

반복되는 교수의 부름에도 대답이 없자 유주가 놀라 왜 그러냐며 물어왔다. 하지만 다예는 홍당무처럼 빨개진 뺨을 감싸며 이러지도 저러지도 못한 채 머뭇거렸다.

"서다예. 없나?"

그리고 다시 한번 들려오는 남자의 목소리.

쿵, 쿵. 다예의 얼굴이 미친 듯이 타올랐고, 심장은 덜덜거리며 바닥으로 떨어지는 것 같았다.

"여기요! 여기 있어요."

할 수만 있다면 아예 강의실에서 사라져버리고 싶은 심정인데 친절한 한유주 양께서 다예의 손을 잡아 아는 체를 해주었다.

'제발 이러지 마'라고 협박을 했지만 유주는 눈치 없는 사람처럼 씩 웃으며 실실거렸다. '나 잘했어?'라는 얼굴로다가.

다예는 절망에 빠졌다.

제길, 이렇게 된 이상 더 이상 도망칠 곳이 없다. 사실 저 남자가 그 남자도 아니잖아? 그런데 혼자서 뭐 하는 짓이야? 혼자 창피해하고, 혼자 오버하는 거, 저 남자랑은 상관없다고! 닮았을 뿐이야! 그러니까 제발 정신 차려, 서다예!

다예는 몸을 바르게 세우며 마른침을 삼켰다. 그러고는 용기 내 그에게로 시선을 돌렸다. 그 순간 태진의 올곧은 눈이 그녀에게 파고들었다.

"네가 서다예, 맞나?"

태진이 물어왔다. 다예는 피할 수 없는 눈동자를 맞받아치며 이

집요하게, 39

를 악물었다. 이 남자는 그날의 자신을 모른다. 아무런 상관도 없는, 오로지 꿈속에서나 그리는 나의 이상형일 뿐이다.

"네. 맞습니다."

다예의 대답을 들은 태진은 마음에 들지 않는다는 표정으로 다예를 차갑게 내려다본 후 출석부로 시선을 돌렸다. 그리고 아무 일 없었던 사람처럼 그다음 사람의 이름을 불렀다. 다예는 팽팽하게 조여져 있던 긴장이 툭, 하고 풀어지는 기분이었다. 어이없는 웃음이 툭 하고 튀어나왔다.

뭐야, 설마 나 기대하고 있었던 거야? 이 남자는 그 남자가 아니야! 그러면서도 혹시 이 남자가 아닐까? 하는 착각. 그래서 그가 그날의 그 남자로서 날 알아보면 어쩌지? 하는 말도 안 되는 상상을 했다가 모르는 사람처럼 시선을 돌리는 모습에 서운함을 느끼다니. 이 말도 안 되는 이율배반적인 감정들을 어찌해야 되나.

정말 최악이다, 서다예. 너 진짜 말도 안 되는 진상녀야.

다예는 고개를 절레절레 흔들었다.

잊자, 잊어. 쉽게 잊히지 않는 게 미련 때문이라면 그냥 다 지워버리자. 훌훌 털어내버려. 크리브진을 닮은 그 남자는 이젠 없어. 그러니까 제발 정신 차려, 서다예.

뼛속까지 다짐을 심어 넣은 다예가 후후, 숨을 내쉬며 여러 번 심호흡을 했다. 어느 정도 마인드컨트롤이 되었다 싶을 때쯤 고개를 들었다. 그 순간 탐탁치 않아 하는 그의 시선과 마주쳤다. 다예는 무너지듯 다시 고개를 숙였다.

윽. 그래도 아직 눈은 못 마주치겠다. 보고 있으면 그날의 내가, 그

날의 그 남자가 떠올라서 집중을 할 수가 없을 것 같아. 하……. 마인
드컨트롤. 마인드컨트롤.

책에 고개를 파묻은 다예는 어서 이 시간이 끝나기를 바랐다.

"이번 주는 정정기간이라고 들었다. 어차피 전공수업이라 정정
할 것도 없겠지만 첫 주부터 꽉 막힌 수업 하면 욕먹는다는데, 그
런가?"

태진의 물음에 학생들이 웃으며 긍정을 표했다. 태진은 언제 매
서운 눈초리를 했냐는 듯 피식, 하고 바람 빠진 웃음을 흘렸다. 그
러자 여학생들이 들리지 않게 환호성을 내질렀다.

"좋다. 그러면 수업은 다음 주부터 하는 걸로 하고, 오늘은 간단
한 테스트 정도 해볼까?"

"아우, 교수님~ 차라리 수업하는 게 나아요. 첫날부터 테스트라니."

여학생들이 혀끝에 애교를 달고 칭얼거렸다. 조금이라도 관심
받고 싶어 하는 여자의 심리를 누가 모르겠는가. 하지만 왠지 얄미
워 다예는 남모르게 툴툴거렸다.

"음. 그럼 테스트라 생각하지 말고 편하게 떠올려봐. 자, 여기 인
간 박태진을 브랜드라 생각하고 떠오르는 이미지나 의견들을 짧
게 표현해본다. 브레인스토밍(brainstorming), 지겹게 해봤지? 누
가 먼저 해볼까?"

"저요!"

태진의 말에 여러 여학생들이 번쩍 번쩍 손을 들었다. 남학생들
은 존경과 질투가 섞인 눈빛으로 여학생들을 노려보았다. 그러거
나 말거나 유연하게 움직이던 태진은 적극적으로 수업에 참여하

는 학생들의 말에 귀 기울였다. 엉뚱한 대답엔 미소를, 황당한 대답엔 박수를 쳐주는 신사다운 모습 역시 모든 학생들을 홀리기에 충분했다. 그러다 문득 옆에 앉아 있던 은강이 손을 번쩍 들어 강력하게 자신을 어필했다. 그 모습에 태진의 시선이 세 사람 쪽으로 돌아왔다.

"홀라홀라, 카사노바!"

컥. 다예는 혹시라도 눈에 뜨일까 고개를 푹 숙이던 찰나였다. 그런데 이 미친 차은강이 헛소리를 내뱉는다. 그것을 알아차린 건 다예뿐만이 아닌지 강의실의 분위기가 순간 서늘해졌다.

"무슨 의미지?"

태진이 한 걸음 다가온다. 조금 더 거리가 가까워질수록 다예의 눈이 쭉 찢어졌다. '차은강, 제발 잘못했다고 말하고 앉아!' 노려보듯 시선을 주어도 그는 열정적인 발표를 이어갈 뿐이었다. 제길, 태진이 조금 더 가까워졌다. 그의 스킨 향이 훅, 하고 밀려들어온다.

"누가 봐도 머발완이신 교수님께서는 여러 방면에서 다양한 활동을 하고 계시며, 많은 이들의 인기를 얻고 계시잖아요? 그래서 그 자유분방함과 열정적인 모습이 흡사 카사노바를 연상시켰기 때문입니다."

머발완은, '머리부터 발끝까지 완벽하다'의 줄임말이었다. 친구들 사이에서나 쓰는 저속한 표현을 교수님께 한 것도 창피한데, 단어와 맞지 않는 뜻풀이는 쥐구멍에라도 쑤셔 넣고 싶을 만큼 손발이 오글거렸다. 내 친구지만 창피하다. 아.

다예는 손바닥으로 얼굴을 가리며 시선을 돌렸다. 그러자 같은 자세를 취하고 있는 유주가 눈에 들어왔다. 하, 네 남친이지만 창피하지? 그렇지? 나만 그런 거 아니지? 두 사람은 손가락 사이로 시선을 나누다 동시에 고개를 숙였다.

하지만 태진의 반응은 사뭇 달랐다.

"재밌네. 일단 호기심을 이끌었다는 점에서 꽤 좋은 점수를 줄 수 있는 답이었다. 다만, 조금 더 진지할 필요는 있다."

"감사합니다!"

칭찬받은 강아지처럼 꼬리를 살랑살랑 흔들던 은강은 자리에 앉으며 브이를 그렸다. 그 모습에 다예는 고개를 절레절레 흔들며, 그가 어서 멀어지길 기다렸다.

"자, 그럼 그 옆에 학생."

그러나 그는 쉽게 갈 생각이 없어 보였다.

"서다예."

그녀의 귓가에 파고든 교수의 목소리에 다예의 온몸이 굳었다. 여태껏 출석을 제외하고 학생의 이름을 부르지 않았던 태진이 그녀의 이름을 정확히 불렀다는 것에서 온 충격이 그녀를 휘감았다. 다예는 당황하지 않으려 애를 쓰며 자리에서 일어났다.

"이어가봐."

그의 독촉에 다예는 말문이 턱 막혔다. 이런 식으로 자신에게 물어올 줄은 꿈에도 생각하지 못했을뿐더러 아무런 준비도 없이 그의 질문에 대답할 용기가 나지 않았다.

어떻게 해야 되지. 어떻게, 뭐라고 말해야 돼?

머릿속이 텅 빈 것 같다. 그러던 찰나 그의 강렬한 눈빛이 자신에게로 꽂혀 있음을 알아차렸다. 그리고 다예의 대답이 이어졌다.

"……집요한 맹수."

"어떤 의미에서?"

흥미진진한 얼굴로 그녀에게 되물어온다. 다예는 마른침을 삼켰다.

평소 크리브진은 일에 대한 집착이 남달랐다. 한 줄의 카피에서도 그의 열정과 사상이 올곧게 담겨 있음을 알아차린 사람이라면 그의 성격 또한 쉽게 파악할 수 있었다.

감성을 자극하면서도 지극히 현실적인, 현실적이면서도 이상적인. 그의 카피는 그 말도 안 되는 간극 사이를 날카롭게 파고들곤 했다. 그렇기에 그의 카피엔 모든 것을 꿰뚫는 날카롭고 신랄한, 완벽함을 위한 집요함이 있었다. 그 집요함의 힘이 크리브진이라는 사람을 더욱 견고하고 완벽하게 만들었다는 걸 오랜 팬인 다예는 알 수 있었다. 하지만 지금 그런 것을 말할 수가 없었다. 연예인을 쫓아다니는 10대 소녀처럼 느낄까 봐. 맹목적인 관심이 들통날까 봐 두려웠다.

그러자 제대로 된 대답을 하지 못하는 것이라 생각했는지 태진의 목소리가 한껏 날카로워져 다가왔다.

"4학년이지?"

"네."

"브레인스토밍을 할 때는 자유분방하고 독창적인 아이디어가, 혹은 가끔은 엉뚱하고 말도 안 되는 아이디어가 핵심 키워드가 되곤

한다. 그렇지만 분명 그 키워드 안에는 그것을 뒷받침하는 이유가 있어야 돼. 그래야만 그것이 힘이 되는 법이거든."

결국 그녀의 대답은 쓸모없는 것이라고 채찍질하는 것 같았다. 얼굴이 붉어진 다예는 이를 악물었다.

"……"

"서다예 학생은 졸업 후에 어떤 쪽의 진로를 생각하고 있지?"

낮고 깊은 울림. 다예가 좋아하는 그의 목소리와 놓아주지 않을 것처럼 옭아매는 그의 시선이 다예를 통째로 집어삼키는 듯한 기분이 들었다. 그날처럼, 집요하게 자신을 놓아주지 않던 그 남자의 것처럼.

젠장! 또! 이러지 마, 이러면 안 돼.

태진 모르게 양손으로 뺨을 때리며 정신을 차리려 애를 썼다. 잠시 숨을 고르고는 날아드는 그의 시선을 맞받아쳤다.

"저 역시 교수님처럼 멋진 카피라이터가 되고 싶습니다."

"나처럼?"

"네."

"서다예가 생각하는 나는 어떤 사람인데?"

"군더더기 없이 깔끔하고, 뒤끝을 남기지 않는, 그러면서도 시선을 떼지 못하게 하는 사람입니다."

"어떻게 확신하지?"

"교수님께서 쓰신 카피를 좋아합니다. 머리에 남기보다 가슴에 남아 기억하고 있습니다."

어느새 크리브진으로 돌아와 있는 남자를 바라보며 숨겨왔던 당돌한 고백의 메시지를 전했다.

그 진심에 태진은 당황해하지도, 그렇다고 기뻐하지도 않았다. 묵묵히 다예의 말을 들을 뿐이었다. 잠시 후 그 어떠한 말도 해주지 않은 채 태진은 방향을 틀어 다른 학생에게로 걸어갔다. 그리고 이야기는 새로 시작되었다. 다예는 머쓱함에 오른 열을 달래기 위해 손부채질을 했다.

이것도 오버인가? 아, 너무 훅 갔어…….

자책을 하듯 입술을 깨무는데 은강이 훅 하고 끼어들어 속삭였다.

"A+ 받으려고 무진장 애쓴다, 너? 은근히 줄 서는 스타일이었냐?"

"그래 보였어?"

"어. 완전 속 보임."

"망했네. 에라잇."

하지만 진심이었다. 그건 크리브진을 동경했던 한 팬으로서의 솔직한 발언이었다. 그럼에도 불구하고 어쩐지 낯 뜨겁다. 열이 오른 얼굴을 손바닥으로 식히며 차츰 안정을 찾아갔다.

브레인스토밍이 얼마간 이어졌을까. 어느 정도 순서가 돌아갔는지 차츰 마무리를 하는 분위기였다.

"오늘은 여기까지만 한다. 다음 주부터는 1분도 안 봐주니까 그렇게들 알아. 이상."

"수고하셨습니다, 교수님."

학생들의 반응은 반반이었다. 일찍 끝내준 건 좋은데, 왠지 아쉽다. 다음 주부터는 세 시간을 연속으로 볼 수 있는 크리브진이지만, 동경해오던 인물이 멀어진다는 것에서 오는 아쉬움은 미련처럼 그의 뒷모습을 좇았다. 다예 역시 멀어지는 태진에게 다가갈 용기조차 내지 못한 채 한숨만 푹푹 내쉬었다.

바보, 서다예.

아무런 상관도 없는 교수님 앞에서 이 무슨 한심한 짓인가? A+은커녕 밉상으로 찍힌 건 아닌지 걱정이 되었다.

"와, 진짜 잘생기긴 끝장나게 잘생겼다."

"뭐가 잘생겨? 다 사진빨이더만! 잡지에서 본 것보다 훨 별론데?"

"그런 놈이 머발완 교수님이라면서 아부를 떠냐?"

유주와 은강이 서로 투덜거리며 대화를 나누는 모습에 다예는 피식 웃고 말았다. 누가 봐도 실물이 더 근사한 교수님이 분명한데도 유주가 그를 보며 멋있다 칭찬을 하니 은강의 입장에선 질투가 난 모양이었다.

바퀴벌레 커플! 흥, 아무 데서나 애정행각이야.

가방을 챙겨 든 다예가 자리에서 벌떡 일어나서 손을 흔들었다.

"그럼 난 이만."

"어디 가?"

"집에."

"누가 집순이 아니랄까 봐. 그러지 말고 개강 기념 치맥 한잔하지?"

"대낮에 무슨 치맥. 둘이 오붓하게 데이트하세요."

다예가 사람 좋은 얼굴로 웃자 은강이 고개를 끄덕이며 다예의 어깨를 두들겼다.

"잘 생각했네, 제군. 사람은 역시 분위기를 파악하며 살아야 돼."

빠져줘서 고맙다는 뉘앙스의 말에 뒤에 서 있던 유주의 주먹이 그의 등에 꽂혔다. 왜에~ 하며 울먹이는 은강의 모습에 큭큭대던 다예는 강의실을 빠져나왔다.

햇볕이 따뜻했다. 그래서일까, 온몸에 힘이 쭉 빠지더니 나른함이 몰려들었다. 얼른 집에 가서 쉬고 싶다. 불과 한 시간도 채 되지 않는 시간 동안 너무 긴장했어.

"그러니까 누가 그렇게 의식하래?"

전혀 의식할 사람이 아니었다. 물론 애태우며 좋아했던 이상형의 그였지만 어디까지나 팬심으로만 바라봤어야 했다. 괜히 그를 닮은 그 남자를 떠올리느라 혼자서 청승 떤 걸 생각하면 아우, 정말 누가 알까 무서울 정도로 창피했다. 다예는 다시금 오르는 열을 무시한 채 성큼성큼 걸음을 옮겼다.

빵빵, 그 순간 뒤에서 클랙슨 소리가 울렸다. 비키라는 건가 싶어 살짝 방향을 틀어 걷는데, 또 한 번 같은 소리가 울렸다. 다예는 뒤를 돌아보았다. 잘빠진 벤츠 한 대가 그녀의 뒤를 따라오고 있었다. 뭐지? 싶어 걸음을 멈추자 정차한 차의 창문이 스르륵 내려갔다. 궁금함에 허리를 숙여 높이를 맞추자 생각지도 못한 인물이 앉아 그녀를 바라보고 있었다.

"타, 서다예."

태진이었다.

벌써 가버린 줄 알았는데, 왜 아직도 학교에 남아 있지? 놀란 다예가 그를 올려다보자 태진은 표정 없는 얼굴로 다예를 재촉했다.

"빨리 타는 게 서로에게 좋을 것 같은데."

"네? 제가 교수님 차를 왜 타요?"

"궁금하면 타는 게 좋을걸. 내가 내리면 일이 더 커질 것 같은데."

"왜, 왜 내려요?"

"네가 안 탄다면 내가 내리는 수밖에. 결정해라, 학생들 가까워진다."

다예는 주변을 살폈다. 최신형 외제차가 다예의 앞에 서 있으니 호기심이 인 모양인지 한두 명씩 주춤주춤 다가오는 게 느껴졌다. 하지만 그렇다고 해서 교수님의 차를 덥석 탈 수는 없지 않은가? 왜 태진이 자신의 차를 타라고 하는지, 왜 타지 않으면 그가 내리겠다 협박 아닌 협박을 하는지 이해가 되지 않았다.

"타."

혼란스러운 이 상황에 날카로운 태진의 목소리가 들려왔다. 그제야 정신이 번쩍 든 다예는 자신도 모르게 차 문을 벌컥 열었다. 그리고 숨듯이 몸을 날려 문을 닫았다. 그 순간 내려져 있던 창문이 스르륵 올라가고, 차가 움직이기 시작했다.

도, 도대체 이게 무슨 상황이야? 정신을 차리기도 전에 태진의 못마땅한 목소리가 툭, 하고 들려왔다.

"내가 지금 학생을 태운 거냐, 사모님을 태운 거냐?"

"네?"

"기사도 아니고, 아무리 그래도 뒷자리에 앉는 건 무슨 매너야?"

"죄송합니다."

"됐다."

다예는 뒷좌석에 앉은 자신이 어색해 머리를 긁적였다.

차는 얼마 가지 못하고 한적한 곳에 멈춰 섰다. 고개를 돌려 주변을 살피자 신축 건물을 짓기 위해 방치해둔 체육관이 눈에 들어왔다.

"옮겨."

"네?"

"자리 옮기라고. 기사 노릇 하기 싫으니까."

짜증이 잔뜩 난 태진의 목소리에 다예는 자신도 모르게 조수석으로 자리를 옮겼다. 열린 문을 채 닫기도 전에 날카로운 태진의 시선이 다예에게로 달려들었다. 주춤, 문을 닫자 태진이 손을 내밀었다.

"서다예. 휴대폰 줘봐."

"네?"

"휴대폰 줘보라고."

"제가 왜요?"

정말 알다가도 모르겠다. 막무가내로 차를 타라고 하더니, 이젠 휴대폰을 줘보란다. 왜? 내가 왜요? 라고 따져 묻듯 바라보자 태진의 얼굴이 일그러졌다.

"됐고. 본론으로 들어가자. 그날, 내 쪽지 못 봤어?"

"그날이요?"

"그래, 그날."

그날이라니. 도대체 그날이 언제야?

다예는 앞뒤를 알 수 없는 그의 말에 혼란스러움을 느끼고 있었다.

"도대체 무슨 말씀을 하시는지 모르겠어요. 제발 하나씩 말씀해 주실래요? 제가 왜 교수님 차에 타야 했고, 왜 휴대폰을 요구하시는지, 지금 말씀하시는 그날은 뭔지 도무지 하나도 모르겠어요."

"몰라?"

"네. 저흰 오늘 처음 만났는데, 왜……."

"처음?"

그래요, 처음!

당당한 다예의 대답을 들은 태진의 표정이 잔뜩 일그러졌다.

"처음이라니. 너 기억 안 나? 아니면 기억 안 하고 싶은 거야?"

다예는 그의 말이 이상하게 들렸다. 도대체 무슨 기억을 말하는 걸까? 기억 안 하고 싶은 건 또 뭐고? 혼란스러움이 머리를 타고 올랐다. 그러자 태진이 이마에 손을 얹으며 하하, 웃었다.

"아, 그러시겠다?"

"……."

"기억 안 나는 척을 하시겠다?"

"아니, 교수님."

"그렇게 나오면, 곤란한데."

태진의 목소리가 조금 낮아졌다. 마음에 들지 않는 듯, 탁하게 가라앉은 음성이 그녀의 귓가에 울렸다. 그리고 그 순간, 이상한 기분이 다시금 느껴졌다. 어디서 많이 들어본 목소리, 어디서 많이 본…….

툭툭. 태진이 핸들을 두드렸다. 툭툭, 이걸 어떻게 한담. 뭔가 결정을 내리기 전 고민하는 행동이었다. 그 행동을 물끄러미 지켜보던 다예의 얼굴이 차츰 일그러졌다.

낯이 익은 손가락이었다. 어디선가 본 그 손가락은 유난히도 길고 예뻐 탐이 났었다. 남자 주제에 손이 이렇게 고와서 어따 써? 하던 찰나 유연한 움직임을 보이던 그 손가락은 그녀의 가슴을 움켜쥐기도, 그녀의 은밀한 곳에 깊게 파묻히기도 했었다.

"……!"

헉. 말도 안 돼. 설마.

다예의 얼굴이 빨갛게 상기되었다.

감히 상상할 수도 없는, 절대 그럴 리가 없는 일이 눈앞에서 아른거렸다. 그리고 마주쳤다. 그의 시선과.

그 순간 태진이 장난스럽게 웃더니 벨트를 풀기 시작했다.

"기억이 안 나면 어쩔 수 없지. 내게 해주는 수밖에."

혹. 운전석에 앉아 있던 태진의 몸이 다예에게로 다가왔다. 놀란 다예의 눈이 커지자 코앞까지 다가온 태진이 씩 웃는다. 당황한 다예는 그를 밀어내며 빽, 소리를 질렀다.

"교, 교수님. 차 안에서 안전벨트는 필수거든요. 그렇게 헐겁게 하시고 막 요리조리 움직이시면 위험합니다."

"주행 중이 아니라 별문제가 없을 것 같습니다만?"

"하하. 그, 그런가요?"

"……기억났지? 그렇지?"

기억. 기억? 기억!

그랬다. 그날의 기억이 불쑥 하고 피어올랐다.

눈앞에 다가온 생크림처럼 부드러운 입술이 다예의 입술은 물론이고 목덜미, 가슴, 그리고…… 화르륵. 생각하기도 민망한 곳까지 모조리 삼켰었다. 그걸 왜 모르겠는가. 하지만 사실일까? 크리브진을 닮았다고 생각했던 남자가 진짜 크리브진이라고?

"그날, 정말 교수님이셨어요?"

"왜. 네가 존경하는 이상형의 남자가 아니라서 실망했어?"

"……!"

다예는 순간 소름이 돋는 팔을 쓸어내려야만 했다.

'닮았어요'라고 했던 그날의 기억이 확실히 떠올랐기 때문이다. 그리고 사람을 옭아매는 저 눈, 장난기 잔뜩 배인 저 입술, 그리고…….

꿀꺽. 다예는 긴장감에 침을 삼켰다.

"보따리까지 뺏겨준 사람한테 이런 대우는 너무한 거 아닌가?"

악! 다예는 귀를 틀어막았다.

내가 그날 무슨 말을 한 거지? 아, 미쳤어. 미쳤어! 말도 안 돼, 정말 말도 안 돼! 닮아서 유독 끌렸던 그 남자가 진짜 이 남자였다. 하필이면, 하필이면 그가 크리브진이자 교수님이라니! 말도 안 돼.

"그, 그날은요, 교수님. 그게요!"

"왜? 실수였어요. 하게?"

"술이 많이 취해서……!"

"그럼에도 불구하고 나를 기억하잖아?"

다예는 그의 말대로 제길, 이라는 표현을 쓰며 눈을 질끈 감았다 떴다. 쿵쿵 울리는 심장 소리가 그날과 같았다. 그게 너무나도 요란하고 시끌벅적해 창피해 죽을 것만 같다.

"서다예. 그날 쪽지 봤어, 안 봤어?"

쪽지. 그 열한 개의 숫자가 남겨져 있던 그 쪽지. 보지 못했을 리가 없다. 한참을 보고, 또 보고, 고민을 했었으니까.

"응?"

애타게 묻는 남자에게로 시선을 돌리자 눈이 마주쳤다. 답을 듣고야 말겠다는 의지의 눈동자였다. 다예는 길게 한숨을 내쉰 후 목을 가다듬었다.

"봐, 봤어요. 정독했습니다."

"근데 왜 연락 한 통이 없어?"

"굳이 전화해야 할 필요를 못 느꼈어요."

"왜?"

전화해서 뭐라고 할까? 그쪽이 두고 가 홀로 남은 여잡니다. 아니면 술에 취해 하룻밤을 보낸 여자인데요. 라고?

"필요를 못 느꼈다? 이건 쿨하다고 해야 돼, 아니면 미련하다고 해야 돼?"

"왜요?"

"이보세요, 철딱서니 없는 아가씨. 그날, 우리가 피임을 했는지에 대해 생각이나 해봤어?"

피임. 그건 정말 생각지도 못한 대답이었다.

드라마나 영화 속에서는 이런 경우 '너를 잊지 못하겠어! 하룻밤뿐이지만 난 너에게 빠졌어!'라고 하지 않나? 역시 영화는 영화이고, 드라마는 드라마인가 보다. 지독히도 현실적인 대답이 들려오자 다예는 허무함에 맥이 탁 풀렸다.

그래, 그런 걸 떠올리지 못할 만큼 빠져 있었다. 처음 치른 열락 같은 시간들은 모든 걸 잊게 했고, 떨리게 했고, 벅차오르게 했다. 날이 새도록 안아주던 남자의 모든 것들이 그녀를 위로하듯 격려해주었으니까. 하지만 이런 식으로 신랄하게 물어올 줄은 꿈에도 생각 못 했다. 너무 배려가 없는 거 아닌가, 싶을 정도로.

"적어도 그 문제에 대해서 따져 물어야 할 거 아냐? 막말로 피임 안 해서 애기 생기면 스물세 살에 애기 엄마 될 자신 있어?"

"아뇨. 근데 걱정 안 해도 돼요. 위험한 시기 아니었어요."

"애기가 시기 따져서 생긴다고 누가 그러든?"

따져 묻듯 달려드는 태진의 말이 마치 세상 물정 모르는 어린애 취급하는 것 같아 기분이 확 상했다.

하룻밤이었다. 그 시간이 지나면 만날 일 없다고 여겼고, 만나더라도 이런 상황은 아닐 거라 생각했다. 상상조차 할 수 없는 상황이었다. 그런데 이 좁은 차 안에서, 남들의 시선을 피해 겨우 하는 말이 혹시 생길지 모르는 일에 대한 잔소리라니. 정말 최악이었다.

"위험한 시기 아니라니까 왜 그러세요? 혹시 애기 생길까 봐 걱정이셔서 이렇게까지 난리 피우시는 거예요? 절대 생길 일 없으니까 걱정 마시고요, 설령 생기더라도 교수님한테 책임지라고 안 할 테니까 신경 끄세요!"

"까분다."

"아니면 소문낼까 봐 그러세요? 잘나가는 크리브진 이미지를 제가 다 망칠까 봐? 저도 성인이거든요? 그런 거 생각 못 할 만큼 바보 아니구요. 걱정을 가장한 협박도 잘 알아들었으니 걱정하지 않으셔도 됩니다. 제가 알아서 해요!"

"알아서 하긴 뭘?"

이 남자가 진짜! 왜 이렇게 꼬투리를 잡고 늘어져?

짜증이 치밀어 올랐다. 불과 몇 시간 전까지만 해도 이 남자는 내게 동경의 대상, 단 하나뿐인 이상형이었는데! 이젠 하룻밤을 보내고 시비 거는 남자로밖에 느껴지지 않는다. 화가 난다. 이미 삐딱선을 탄 마음은 더욱 못된 말을 내뱉게 만들었다.

"그러고 보니 되게 웃기네. 아니, 무슨 교수님이 아무 여자랑 원나잇을 해? 게다가 연락처만 남기고 말도 없이 사라지질 않나, 이제 와서 임신 걱정을 하지 않나. 교수님 자질이 너무 없으신 거 아닌가요?"

열이 뻗쳤다. 그렇지 않아도 창피해서 숨고 싶은데, 이 남자는 한 치의 거리낌도 없이 이야기를 한다. 게다가 뻔뻔한 얼굴로 자신을 뚫어져라 쳐다본다. 이 상황이 재밌다는 듯, 즐기고 있는 사람처럼 웃는다.

"너랑 잔 남자는 교수가 아니라 박태진이었어. 크리브진도 아닌 남자 박태진. 지금 여기에 앉아 있는 것도 그날 그 남자고."

"허."

"갑자기 일이 생겨서 급하게 나가게 된 거야. 연락처 남겨놓았잖아? 그게 무슨 의미겠어? 그럼에도 불구하고 사라진 건 너야! 연락조차 하지 않은 것도 너고!"

"핑계 대지 마세요. 어쨌든 혼자 남겨진 건 저였어요!"

"설명하자면 길어. 두고 나간 건 미안하지만 하룻밤으로 끝낼 생각하고 사라졌던 건 아냐."

"어쨌든 이제 됐어요. 이제 그쪽은 교수님이시고 이쪽은 학생인데. 이 낯 뜨거운 대화, 그만하죠?"

"미안해서 어쩌지. 이런 대화를 하고 싶어 여기까지 온 거거든."

"뭐라고요?"

도통 알 수 없는 말만 툭툭 내뱉는 태진의 모습에 다예의 기분은 더욱 바닥을 쳤다. 혼자만 여유롭고, 혼자만 즐거워하는 모습이 마치 다예를 가지고 장난하는 것처럼 느껴졌기 때문이다. 황당하고 어이가 없어 홱, 하고 고개를 돌리려는데 그의 양손이 그녀의 뺨을 감싸 쥐었다.

"뭐 하시는 거예요? 지금?"

"서다예."

"이것 좀⋯⋯!"

"연애하자."

뭐? 다예의 입이 떡 벌어졌다.

지금 이 남자, 뭐라고 하는 거야? 제정신인 거야? 지금 이 타이밍에, 그런 말이 나오는 게 맞다고 생각해? 황당함에 목이 턱 막혀왔다.

"연애요? 연애? 미쳤어요? 하룻밤 잤다고 연애를 해요? 그것도 교수님이랑 나랑?"

"그래. 서다예, 난 너에게 끌려."

"기가 막혀. 하룻밤 잤다고 사랑이라도 느끼게 된 거예요? 교수님, 그렇게 안 봤는데 몸 섞으면 사랑에 빠지는 타입이세요?"

"끌린다고 했지, 사랑한다고는 안 했는데?"

하! 다예는 기가 막히다는 얼굴로 그를 노려보았다.

"서다예. 너도 나한테 끌렸잖아. 아니야? 부정할 수 있어?"

"교수님!"

"부정할 수 없을걸. 끌리지 않았더라면 수업 시간 내내 시선을 피하느라 애쓰지 않았을 테니까."

윽. 정곡을 찌르는 남자의 말에 다예는 말문이 막혔다.

그래, 인정한다. 난 그 남자에게 끌렸다. 처음 본 남자이지만 그 짧은 시간 동안 수많은 감정을 교류했다. 공감해주고 이해해주는 남자의 이해와 배려가 그녀를 다독여주었다는 점에서, 그리고 무엇보다 하룻밤이지만 다예를 아껴주었던 그 감정에서 다예는 그에게 끌렸었다. 하지만 그건 어디까지나 그 남자였을 때의 일이었다.

"아뇨. 그 감정은 그날로 끝났어요. 그 남자가 절 두고 나간 이후로 깡그리 잊었다고요!"

"거짓말."

그래, 거짓말이다. 미련퉁이처럼 미련을 줄줄 달고 크리브진을 닮은 그를 수업 시간 내내 떠올렸으니까. 그 남자가 눈앞의 이 남자인 줄도 모르고 바보처럼 어쩔 줄 몰랐으니까! 하지만 그렇다고 해서 뭐? 연애? 말도 안 되는 일이다.

"어쨌든 싫어요."

싫은 이유를 백 가지도 말하라면 할 수 있을 것 같다.

일단 크리브진의 나이는 올해로 서른셋. 다예와 열 살 차이였다. 그뿐인가, 그는 광고계에서 유명인사였고 가진 게 많은 남자였다. 자신은 외로움밖에 남지 않은 어린 여자일 뿐이고, 게다가 이제 이 남자는 교수다, 교수. 한 학기뿐이라고 할지언정 교수님이라고 불리는 사람이고, 자신은 그 수업을 듣는 제자이다.

충동에 이끌려 하루를 보낸 것도 지극히 후회스러운데 이 말도 안 되는 관계로 다시 만나 연애를 하자고? 고작 한 번. 그래, 딱 두 번 본 사이에 연애? 교수님과 학생의 관계에서 연애? 말도 안 된다. 말이 안 될뿐더러, 절대 학교 내에서 일어나선 안 되는 일이기도 했다. 다예는 단호하게 고개를 저으며 정색했지만 그 모습을 바라보는 그의 모습은 처음처럼 여유로웠다.

"네가 내 시선을 끌어. 그래서 난 널 더 알고 싶어."

"싫습니다."

"상관없어. 말과 다르게 넌 충분히 날 의식하고 있으니까."

"교수님!"

"서다예. 첫인상이 결정되는 데 걸리는 시간이 몇 초라면, 자신의 짝을 알아차리는 본능은 그만큼의 시간도 걸리지 않아. 그건 원초적인 거니까. 남자와 여자, 두 사람이 만들어내는 감정은 뇌가 알아차리기도 전에 시작되거든."

발악을 하듯 손을 휘젓는 다예의 두 손목을 낚아챈 건 순식간이었다. 운전석에서 거대한 남자의 몸 반절이 훅, 하고 조수석으로 밀려들어왔다. 그와 동시에 그의 거친 입술이 다예의 입술을 삼키고, 그의 크고 단단한 손이 그녀의 허리를 감싸왔다.

읍, 하는 소리와 함께 삼켜진 입술은 그의 혀에 의해 철저히 짓눌리고 빨렸다. 다예는 숨도 쉴 수 없는 다급하고 거친 키스에 그의 가슴을 밀어내며 두들겼다. 하지만 철옹성처럼 단단한 그의 몸짓은 한참 동안이나 그녀를 몰아세운 후 차츰 멀어졌다. 그러다가도 혹, 하고 밀려들어와 다예의 입술을 핥듯 그 위에서 유영했다. 짧은 입맞춤이 몇 번 더 오가려는 찰나, 그의 손에 잡혀 있던 다예의 손이 툭 하고 풀어지며 허공을 갈랐다. 순식간에 그의 뺨으로 날아가던 손은 허무하리만큼 쉽게 태진에게 잡혔다.

"그날 벌벌 떨면서도 무너지지 않던 그 눈빛으로 넌 외롭다고 울었어. 편이 되어준 게 너무 든든해서 행복하다며 울었어. 그 눈빛에서 난 알 수 없는 기분에 휩싸여야만 했고, 정신을 차렸을 때 난 이곳에 와 있었어."

"……무슨 말씀이세요, 지금?"

"그러니 난 알아야겠어. 이 감정이 단순 호감인지 아니면 지나가는 바람인지."

"저하고는 상관없다니까요!"

달려드는 다예의 눈빛에 태진의 시선이 날카롭게 변했다. 더 이상 어영부영 장난처럼 넘어갈 분위기는 끝이 났음을 알아차렸기 때문이다.

"그럼 무시했어야지. 크리브진을 보고 닮은 누군가를 떠올리지 말든가, 집요한 맹수라며 시선을 끌지 말든가. 사람 마음 뒤집어놓고 너는 빠져나가시겠다?"

빌어먹을 브레인스토밍. 그 순간은 정말 그가 크리브진인 줄만 알았다. 정말, 그랬었다.

"못 빠져나가. 난 이미 시작했으니까."

"교수님!"

"발버둥 칠 때까지 쳐봐, 난 집요한 맹수라 쉽게 포기하는 법이 없거든."

다예는 그 순간 숨을 참아야만 했다. 이글이글 타오르는 눈동자와 거침없이 내뱉는 저 입술. 청량감이 느껴지는 그의 체취가 그녀에게 스며들어 다신 놔줄 것 같지 않았기 때문에. 그런 다예의 혼란을 즐기기라도 하는 듯 남자의 표정엔 미소가 가득했다. 처음엔 장난처럼 느껴졌던 그 미소가 이제는 조금 무서워졌다.

그는 낚시꾼이었다. 잡고자 하는 물고기가 좋아하는 먹이를 매달고는 사정없이 흔들고 있었다. 약점을 잡힌 물고기는 파닥인다. 싫다고, 잡혀가지 않겠다고. 하지만 잠시의 반항일 뿐이다. 물고기의 약점이 외로움임을 아는 어부는 능숙한 손길로 물고기의 등을 토닥여줄 것이다. 그럼 잡히겠지, 잡아먹히겠지.

그게 무섭다. 그런데 심장은 두근두근, 거칠게 뛴다. 어떤 의미를 가지고 있는지 모르겠지만 일단은 도망쳐야 했다. 지금의 감정에 휩싸여 무턱대고 달려들기에 어부는 너무나 강한 상대였다.

다예는 긴장으로 땀이 난 손을 바지 위에 쓱 문지르더니 여유를 부리고 있는 태진을 확인한 후 차 문을 벌컥 열었다. 에어컨으로 시원했던 차 내부와는 달리 더운 바람이 훅, 하고 밀려들어왔다. 그 순간이었다. 정신없이 차에서 빠져나온 다예는 있는 힘을 다해 문을 닫았다. 차체가 흔들리는 느낌이 들었지만 무시한 채 성큼성큼 앞으로 걸어 나갔다.

말도 안 돼, 저 남자가. 저 남자가…… 생각을 해야 돼. 이 말도 안 되는 상황을 정리할 시간이 필요해. 침착하게, 침착하게.

갑자기 들이닥친 일들은 과부하가 걸릴 지경으로 다예를 몰아세우고 있었다. 그렇기에 더욱 빠르게 발걸음을 옮겼다. 할 수만 있다면 사라져버리고 싶었다. 그의 시야에서.

하지만 급하게 걷던 다예의 걸음이 우뚝 멈춰 섰다.

어디선가 들려오는 여유로운 휘파람. 그게 다예의 신경을 확 잡아끌었기 때문이다. 성질이 나 돌아보자 차체에 기대 팔짱을 낀 그의 모습이 눈에 들어왔다. 눈이 마주친 순간, 그가 피식 하고 웃는다.

젠장, 열 받아!

왠지 모든 상황에 휘둘리고 있는 건 자신뿐인 것 같다. 그게 황당하고, 어이없고, 화가 난다. 다예는 다시 몸을 확 돌리고서는 더욱 빠르게 걸었다.

더 이상 저 남자는 크리브진이 아니야! 악마야, 악마! 저 남자는 악마라고!

오소소 소름이 돋는 팔을 쓸어내리던 다예는 등 뒤로 쏟아지는 그의 집요한 시선을 무시하려는 듯 뛰기 시작했다.

태진은 멀어지는 다예의 뒷모습을 보며 흐뭇하게 웃었다. 처음 만났던 그날의 서다예가 맞나 싶을 정도로 파닥이는 그녀의 모습은 그의 흥미를 끌기에 충분했다.

일주일 전, 클럽에서의 만남은 생각지도 못한 일이었다.

문 앞에서 안절부절못하는 여자, 누군가가 밀친 힘에 휘청거리는 여자, 술을 많이 마셨는지 희미하게 술 냄새가 맡아지던 여자. 평소 같았으면 술주정하는가 보다, 하고 지나갔을 텐데 그날은 왜 그랬을까. 아마 평범해 보이는 옷차림에서 느껴지는 절박함. 그 때문이었을 것이다.

그곳에 들어가야 하는 이유 따위 묻지 않았다. 하지만 알 수 있었다. 그녀는 분노하고 있었고, 억울해하고 있었다. 몸에서 뿜어져 나오는 그 에너지가 태진의 시선을 끌었었다.

클럽 안에서 여자는 휘청거리면서도 꼿꼿하게 자신을 밀어냈다. 고맙다면서, 더 이상은 사절이라니. 풋. 그 뉘앙스가 너무나도 어울리지 않아 웃음이 터졌다. 그래서였다. 저 여자가 이곳에 온 목적이 무얼까, 궁금해진 것이.

약속 시간이 얼마 남지 않았을 때부터 울려대던 석우의 전화는 이미 관심 밖이었다. 천천히 걸음을 옮겨 그녀가 시야에 닿는 곳으로 자리를 잡았다. 그리고 한참을 바라보았다.

흔한 일이었다. 클럽에서 흔히 일어날 수 있는 일. 그런데 그게 참 보기 싫었다. 많은 사람이 몰려 있는 그 중심에서 여자는 혼자였다. 멸시하고 조롱하는 사람들의 시선 앞에 저 여자는 혼자였던 것이다. 그 상황이 이유 없는 화를 불러일으켰다.

그리고 더 화가 나는 건 금방이라도 쓰러질 듯하면서도 누군가를 잡아먹을 듯 노려보는 그 눈빛만은 죽지 않고 반짝였다는 것. 수많은 사람들의 시선을 받으면서도 꼿꼿하게 버티고 서 있는 여자였다. 그 눈빛이 앉아 있던 태진을 일으켜 세웠다. 그렇게 잠시의 망설임도 없이 움직였고, 다가갔다.

충동적이었다. 그 여자의 어깨를 끌어안은 건. 여자의 여린 어깨와 손은 보이지 않게 바들바들 떨리고 있었다. 그런데도 그 눈에 독기는 매섭도록 서려 빠지질 않았다. 많은 사람들의 시선을 받아내면서도 절대 물러서지 않더라. 마치 지면 죽을 것 같은 사람처럼, 그렇게 버티고 서 있더라.

그래, 그 상황까지는 괜찮았다. 신기하기도, 놀랍기도 해서 즐겁기까지 했다. 그런데 그다음 순간이 문제였다. 독이 바짝 든 여자의 시선이 자신과 마주치는 그 순간이 문제였다.

힘이 잔뜩 들어가 바들바들 떨리던 그 어깨가 순식간에 무너졌다. 언제 그랬냐는 듯 기대며 안겨오는 여자의 몸이 순식간에 부드러워졌다. 그 순간 마음속 무언가가 울컥, 하고 치밀었다. 이를 바득바득 갈아야 하는 이 상황에서 자신을 의지하듯 다가온 여자는 알 수 없는 책임감을 불러일으키게 만들었다. 유치하게나마 나쁜 놈, 착한 놈으로 편을 가른 것 같은 기분이 들었다.

그래서였을 것이다. 이상한 영웅심리에 휩싸인 것은.

이 시선들 속에서, 사람들이 지껄여대는 상황 속에서 이 여자를 구해내고 싶었다. 홀로 서 있는 이 여자의 버팀목이 되어주고 싶었다. 그 순간만은 슈퍼맨이든 베트맨이든 상관없을 것 같았다.

"이 나이 먹고 영웅놀이라니."

자신이 생각해도 기가 찼다. 하지만 후회가 되지 않는 건 왜일까. 내면의 대답을 기다렸다. 쉽게 나올 리 없는 대답. 그럼에도 자꾸만 묻고 싶은 그날의 모든 것.

그녀도 같은 생각이었을까. 그 여자가 다가왔다. '시간' 있냐는 질문에 태진은 웃을 수밖에 없었다. 이미 내게 있는 시간은, 아니 석우에게 가야 할 시간이 당신에게로 가 있어. 방금 전에도, 지금도.

이 여잔 뭐가 이렇게 쓸쓸하고 외로울까.

뭐가 그리 힘들어 그 많은 시선 속에서도 독한 얼굴로 서 있어야만 했을까. 때려주지도 못하면서, 악을 지르고 미친 사람처럼 한바탕 할 것도 아니면서 바들바들 떨고만 있었을까.

첫 잔을 기울이는 손끝에 외로움이 묻어 나왔다.

두 번째 잔을 기울이는 손끝에 슬픔이 묻어 나왔다.

그리고 마지막 잔을 기울이는 손끝에는 알 수 없는 감정이 묻어 나왔다.

그래서 그 여잘 혼자 두고 갈 수가 없었다.

함께 있어달라는 여자의 말을 뿌리치고 싶지 않았다. 그건 어디까지나 충동, 암묵적으로 허락된 충동이었다.

우린 그 밤, 함께였다.

품 안에 안겨 울듯 신음하는 여자의 울음소리가 외로움을 잊은 듯했다. 그 순간만큼은 이 여자와 둘뿐인 것만 같았다. 꺼버린 전화기도, 신음밖에 들리지 않는 공간도, 마음대로 벗어둔 옷가지들도, 모두 이 세상에 두 사람밖에 없는 것처럼 느껴지게 했다. 그게 태진의 마음을 덜컹, 하고 흔들어놨다.

꺼놓은 전화기를 켠 건 더 이상 숨을 쉴 수조차 없을 만큼 두 사람의 몸과 마음이 가까워졌을 때였다. 휴식이 필요했고, 여자는 잠들어버렸다.

당장에라도 쫓아올 듯한 석우의 전화에 나갈 준비를 했다. 곧 돌아올 테지만, 혹시 모를 일을 생각해 흔적을 남겨야만 했기에 메모지를 찾았다. 아무리 찾아도 없던 메모지는 다예의 작은 백 안에 들어 있었다. 휴대폰도 함께 들어 있었지만 배터리가 없는지 꺼진 상태였다. 어쩔 수 없이 포스트잇을 손에 들었다.

<대국대학교>

포스트잇에 새겨진 글자를 한참을 바라보던 태진은 전화번호를 남긴 후 그곳을 떠났다.

그리고 다시 돌아왔을 때, 여자는 사라지고 난 후였다.

윙, 윙. 생각 속에 빠져 있던 태진이 아까부터 울리는 휴대폰을 들어 올렸다. 여전히 남아 있는 서다예의 여운을 즐기고 싶은데, 이놈은 참 눈치도 없다. 태진은 차에 올라타며 전화를 받았다.

-형님! 어디세요?

석우였다.

"어디면 뭐, 왜, 뭐?"

-아이, 왜 또 까칠하게 그러세요?

"용건."

-학교 가신 일은 잘 하셨어요?

마누라처럼 살랑살랑 묻고는 있지만 사실 사고 치진 않았냐, 라는 뉘앙스를 내포하고 있는 안부였다. 빤한 그의 수법에 태진은 툴틀거렸지만 5년이란 세월 동안 그의 매니저로 있으면서 나름의 방법을 터득한 석우는 그의 말본새를 가볍게 맞받아치고 있었다.

-뭐, 당연히 잘 하셨겠죠. 우리 형님이.

"할 말이나 해. 왜 전화했어?"

-저녁에 후일전자 사장님과 미팅 있으신 거 안 잊으셨죠?

"도대체 몇 번을 확인하나?"

-형님이 워낙 바쁘시니까 혹시, 아주 혹시 잊으셨을까 해서요.

"됐어. 끊어, 인마."

-아 참, 아까 한 교수님께 전화 왔었어요. 오늘 형님 학교 가신 거 궁금하시다고 전화 주시라던데요?

석우의 말에 태진은 한 교수를 떠올렸다. 오늘 이 자리에 있을 수 있도록 지대한 도움을 준 인물, 한우석 교수.

잔소리를 늘어놓는 석우의 목소리를 가볍게 무시하며 태진은 그의 번호를 눌러 통화를 시도했다. 신호음이 몇 번 가는 듯싶더니 이내 반가운 목소리가 들려왔다.

-태진, 아니 이젠 박 교수라고 불러야 되나?

"어색하게 왜 그러세요."

-강단에 서 있을 모습을 상상하니 꽤 근사할 것 같네. 오늘 어땠어? 우리 학과 학생들이 꽤나 모범적이라 무례하게 굴진 않았을 것 같은데.

"네. 교수님 제자들답게 센스 있고, 분위기 좋던데요?"

제자들에 대한 사랑이 지극한 한우석 교수는 태진의 대답에 흐뭇하게 웃었다.

-그렇고말고, 하하. 그나저나 찾는 사람은 찾았고?

"네. 교수님 덕분에요."

-누군지 궁금해지네. 몇 달 내내 초빙교수로 와달라고 꼬셔도 넘어오지도 않던 녀석이 먼저 하겠다고 해서 얼마나 놀랐는 줄 알아? 예정된 일정이 취소되는 바람에 한가해진 나는 어쩌라고 무작정 엉덩이를 들이대?

"너무 섭섭해하지 마세요. 한 학기 동안 푹 쉰다고 생각하시면서 재충전하시면 되죠."

-네놈이 놀아줄 것도 아니면서 그런 소리 말아라. 어쨌든 한 학기 동안 잘 부탁한다. 우리 제자들 예쁘게 봐주라고.

"그럼요. 함부로 했다가 삼촌한테 얼마나 깨지려고요? 무섭습니다."

-알면 됐어.

기분 좋게 전화를 끊은 태진은 한우석 교수를 떠올리며 그날의 기억을 다시 한번 되새겼다.

익숙한 로고와 학교명.

"운명이었던 거야."

그래, 어쩌면 이미 예정되어 있는 만남일지 모른다. 궁금증을 남겨놓고 사라진 그 여자에 대한 호감, 다시 만나보고 싶은 욕구. 그건 이미 정해져 있는 수순이었는지 모른다.

그래서였다. 몇 번의 거절로 인해 포기한 한 교수의 제안을 받아들이게 된 것이. 외국포럼이 취소되면서 굳이 맡아주지 않아도 된다며 거절하던 외삼촌에게 매달리게 된 것이. 겨우겨우 승낙을 받아낸 태진은 운명처럼 다예의 앞에 나타났다. 아닌 척, 모르는 척, 그날의 남자가 아닌 척 멋있게 그녀의 앞에 섰지만 다예는 모를 것이다. 자신이 얼마나 긴장을 하고 있었는지를. 얼마나 반가웠는지를.

도망가는 그 뒷모습이 눈앞에 선명하다.

그래도 처음 만난 날처럼 우울해 보이지 않아 다행이라는 마음과 함께 어디로 튈지 모르는 엉뚱발랄한 서다예를 알게 되어 기분이 좋아졌다. 앞으로 이 여자는 어떤 모습으로 자신을 기쁘게 해줄까. 어떤 얼굴로, 어떤 마음으로 자신을 설레게 해줄까.

보고 싶다. 곁에 두고 싶다. 호기심이든 뭐든 간에 허울 좋은 핑계를 대서라도 옆에서 지켜보고 싶다.

서다예, 너 꼭 내 여자로 만들고 만다.

기대감이 무럭무럭 솟아나며 알 수 없는 소유욕에 휩싸였다.

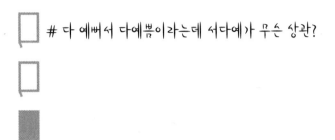

다 예뻐서 다예쁨이라는데 서다예가 무슨 상관?

"서다예! 듣고 있어?"

며칠 후, 금요일. 정정기간임에도 불구하고 풀강을 하시는 교수님의 수업을 듣는 둥 마는 둥 하던 다예는 결국 조모임에서도 넋을 놓고 있었다.

"서, 선배님?"

"어? 어디까지 했지?"

가장 나이가 많은 4학년 다예와 유주를 필두로 1학년 한 명, 2학년 한 명, 3학년 한 명. 이렇게 다섯 명이 팀이 되었다. 이 수업은 팀별로 미션을 나눠 2주에 한 번씩 발표를 하고 팀을 바꿔 새로운 미션을 진행하는 형식이었다.

'H사'의 광고 사례를 분석하고 더 나은 방향으로의 의견을 제시하는 아이디어 회의가 한창 진행되는 중에 다예는 조장인 유주의 말에 귀 기울이지 못하고 정신이 팔려 있었다.

"어제 잠 못 잤어? 얼굴이 퀭한 게 영 컨디션 안 좋아 보인다?"

유주의 말에 별일 아니라며 손을 흔들어 보였지만 사실 컨디션이 영 별로였다. 어젯밤만 잠을 못 잔 게 아니었기 때문이다.

그를 만나고 난 월요일부터 계속 이 상태였다. 공부를 하려고 책을 펴면 자신을 뚫어져라 바라보던 그 시선이 떠올랐고, 머리를 말리려 화장대 앞에 앉아 있으면 약 올리듯 웃던 그 미소가 떠올랐다. 밥을 먹을 때도, 옷을 갈아입을 때도 그는 환영이 되어 다예의 곁을 맴돌았다.

괴로움에 잠이라도 자면 좋을까 싶어 눈을 감으면 꿈속에서도 그가 불쑥 나타났다.

'서, 다예.'

이름을 불러주던 그 목소리는 지극히 섹시했고.

'딴생각할 여유가 있으시다?'

그녀를 품에 안고 으르렁거리던 남자의 목소리는 거칠었으며.

'연애하자.'

황당한 상황에서 툭 하고 내뱉던 남자의 목소리는 지극히도 달콤했다.

그 목소리에 빠져 허우적대다 보면 길고 고운 손가락이 툭 튀어나와 다예의 온몸을 구석구석 만지고 돌아다녔다.

'제길, 좁아. 웃.'

끝은 늘 똑같았다. 욕망에 가득 찬 목소리와 눈빛. 또르륵 흘러

내리는 땀까지. 그 순간 다예는 악, 소리를 내며 몸을 벌떡 일으키곤 했다. 미치고 팔짝 뛴다는 말은 이럴 때 쓰는 말이지 않을까. 일상생활이 불가능하다. 어디서든 튀어나와 그녀를 놓아주지 않는 집요한 맹수 한 마리를 키우고 있는 기분이었다.

"자, 그럼 자료들을 모아서 다시 회의하는 걸로 하자."

"그럼 발표는 누가 하는 게 좋을까요?"

머리를 쥐어뜯으며 혼자 절규하던 다예에게로 시선이 모아졌다. 마지막 질문에 답은 모두가 알고 있다는 얼굴로.

"서다예 선배님께서 하시겠습니다."

유주의 장난 섞인 목소리가 들려오고, 환호성이 터졌다. 이건 빼도 박도 못하게 하려는 행동들이 분명하다. 다예가 조원들을 저지하며 고개를 절레절레 흔들지만 씨알도 먹히지 않았다. 완강한 그들은 구세주를 만난 얼굴로 다예를 찬양하듯 바라보고 있었기 때문이다.

"명성은 익히 들어 잘 알고 있습니다, 선배님."

"광고학과계의 아나운서시라고요."

1학년 때부터 차곡하게 쌓아올린 다예만의 장점이자 기술력이 바로 '프레젠테이션'이었다. 준비한 PPT의 내용보다 훨씬 더 많은 정보력을 보유하고 있으며 늘 핵심을 파고들어 명확한 분석을 해냈다. 또한 요점 정리의 능력이 뛰어나 듣는 이로 하여금 이해력을 높여주고 부족한 부분에 대한 설명까지 완벽하게 해내는 그녀였다.

"1학년들은 아직 칼폭녀의 모습을 보지 못했겠구나?"

멀쩡한 모습일 때는 여리여리한 여성상을 띠고 있으면서 성격은 털털하고 서글서글. 가끔은 엉뚱하고 황당한 게 매력이 되곤 한다. 그런데 그런 다예가 프레젠테이션을 할 때만큼은 백팔십도 다른 사람이 된다. 내재되어 있는 '카리스마'가 폭발하는 순간이라고나 할까. 그래서 붙여진 별명이 '칼폭녀'란다.

후암, 그러거나 말거나 다예는 피곤한지 하품을 했다. 그러자 아직 칼폭녀의 모습을 보지 못한 1학년들이 의심의 눈초리로 다예를 바라보았다. 딱 봐도 예쁜 얼굴, 큰 키에 늘씬한 몸매. 어디 하나 빠지는 구석이 없을 정도로 예쁜 여자이긴 한데…… 오늘은 좀 심하다 싶다. 턱까지 내려온 다크서클과 축 늘어진 어깨, 대충 차려입은 옷은 '네 몸이랑 얼굴, 그렇게 막 쓸 거면 나 줘.'라는 말이 절로 나올 모습이었다.

"어쨌든 각자 맡은 분량들 꼭 채워서 와. 월요일 날 다시 뭉쳐서 회의하자."

유주의 말과 동시에 조회의는 끝이 났다. 정신없이 책가방을 챙겨 나가는 후배들의 모습을 바라보던 다예는 책상 위에 철퍼덕 엎드려버렸다. 아, 피곤해. 졸려. 감겨오는 눈을 벅벅 비비며 눈을 감자 유주의 매서운 손길이 등짝으로 날아들었다.

"아얏!"

"요즘 왜 그래? 무슨 걱정 있어?"

"……없습니다."

"근데 왜 힘없는 말 대가리처럼 그러고 있냐고."

힘없는 말 대가리…….

정말 한 치 앞도 내다볼 수 없는 유주의 언어폭력이란. 기가 막힌 다예가 픽, 하고 웃어버렸다.

"하긴 4학년 멘탈이 멀쩡한 것도 문제가 있다. 그치? 학점이니 취업이니 면접이니. 하, 생각만 해도 머리가 터질 것 같다."

"그 정신에 연애까지 하시니 오죽하겠습니까?"

"왜, 부럽냐?"

"아니. 절대로. 차은강 같은 남친 절대 사절임."

"은강이가 뭐가 어때서?"

사랑을 가장한 두 사람의 관계에서 느껴지는 다양한 감정들을 떠올리며 고개를 절레절레 흔들었다. 만사 불평불만인 차은강을 주먹질과 욕설로 제압하는 한유주. 그러다가도 바퀴벌레 한 쌍처럼 붙어만 있으면 좋다고 물고 빠는 두 사람. 함께해온 세월이 무색할 정도로 두 사람은 다예의 연애관을 쫙쫙 깨놓았다.

"만수무강, 오랫동안 행복하세요, 두 분."

다예의 어색한 축하에 유주의 얼굴이 구겨졌다. '놀리냐?'라고 묻는 말에 '응'이라고 대답한 다예는 날아오는 주먹을 피하며 무작정 강의실을 빠져나가 뛰기 시작했다. 뒤에서 전력질주로 달려오는 유주의 발걸음에 모든 걸 다 잊은 사람처럼 미친 듯이 뛰었다. 그리고 마침내, 구세주 차은강을 발견했다.

"야, 차은강! 나 좀 구해줘!"

앞에 서서 두 사람의 모습을 지켜보던 은강은 으르렁거리며 달려오는 유주의 얼굴을 힐끔 보더니 휙, 돌아서 뛰기 시작했다. 뭐, 뭐야? 당황한 다예가 자신보다 앞서 달리는 은강을 보며 이를 갈

왔다. 이것들이! 어쩌다 보니 은강, 다예, 유주 순으로 건물 안을 뛰기 시작했다. 시끄럽고 요란스러운 유주의 목소리가 당장이라도 발목을 잡을 것 같아 두려울 지경이었다.

미친 듯이 달리던 다예는 점점 힘이 빠졌다. 어딘가에 숨을 곳이 없나 싶어 유주를 따돌리고 주변을 돌아보던 순간 온몸이 굳었다.

익숙한 곳, 익숙한 상황. 뛰느라 미처 잊고 있었던 그 남자.

연애하자며 차 속에서 달려들던 그 남자와의 그 공간!

달리다 보니 어느새 체육관까지 와 있었다.

"하……."

다시 뛸까. 뛰는 동안 박태진이라는 인물에 대해 잊고 있었다. 그 남자에 대한 상념들로 가득 찼던 시간들이 언제였나 싶을 만큼 개운했었다. 그런데 또 제자리다. 또, 제자리!

"아악."

다예는 주저앉아 팔로 머리를 감쌌다.

어느새 금요일도 저물어간다. 그리고 월요일이 다가온다. 피하려야 피할 수 없는 만남. 이젠 방법이 없다.

정면돌파를 시도하거나 아예 모른 척하거나.

결단을 내려야 한다. 결단을!

집요한 그 맹수로부터 살아남을 수만 있다면 무엇이든 해야 된다. 일단 마인드컨트롤, 절대 그 남자 앞에서 허점을 보이지 말 것. 절대로 말려 들어가지 말 것! 절대로, 절대로!

다예는 저물어가는 해를 바라보며 주먹을 움켜쥐었다.

잘못한 건 없어. 그날의 충동? 상관없어. 이미 물은 엎질러졌고, 이미 돌이킬 수 없어. 그러니 앞으로의 일만 생각해.

정정당당하게! 어깨 펴고!

"아자, 아자, 아자!"

다예는 희망찬 외침에도 북북 기어오르는 불안감을 애써 무시했다. 절대로 휘말리지 않겠노라, 당당하게 맞서 싸워주겠다는 의지를 불태우며 달려왔던 길을 되돌아갔다.

일상 속에서 불쑥불쑥 튀어나오는 남자의 환영을 애써 지우며 주말을 보냈다. 과제도 하고, 공부도 하고, 음악을 들으며 기분도 달래고, 맛있는 걸 먹으며 그날의 기억들을 잊어가기 시작했다. 그리고 돌아온 월요일. 다예는 이를 악물며 학교로 향했다.

강의실로 들어온 다예가 자리를 잡고 유주와 이야기를 나누고 있는 얼마간의 시간이 지나자 긴장했던 마음이 차분하게 가라앉는 게 느껴졌다. 주말 동안 마인드컨트롤을 했던 게 도움이 되었는지 생각보다 여유로운 기분까지 들 정도였다. 역시 시간이 약이라며 스스로를 위로했다. 그리고 그 순간, 강의실의 문이 열리고 태진이 들어왔다.

두근, 잠시 조용했던 가슴에서 작은 파장이 일어났지만 무시하며 긴장의 숨을 토해냈다.

강의실로 들어온 태진은 여유로운 모습으로 학생들을 훑어본 후 출석부를 들어 올렸다. 허리를 굽히고 강단에 두 팔꿈치를 댄 그가 출석부를 들자 얼굴이 잘 보이지 않았다. 눈만 겨우 보일 정도의 자세를 취한 그가 학생들의 이름을 부르기 시작했다.

"강윤진."

매번 느끼는 거지만 그의 목소리엔 군더더기가 없다. 뭐랄까, 불필요한 것들을 최소화한 느낌이랄까. 그래서 진중한 목소리처럼 들리는 건지도 모르겠다. 듣고 있으면 편안해지는, 오랫동안 들어도 지루할 것 같지 않은 목소리였다.

고작 출석 부르는 일인데도 노랫소리처럼 느껴져 다예는 자신도 모르게 흥얼거리지 않으려 애써야만 했다. 어느새 다음 차례가 된 다예는 입술이 바짝바짝 말랐다. 아닌 척하곤 있었지만 사실 긴장이 돼서 미칠 것만 같았다. 분명 그가 없는 곳에서는 괜찮았는데, 태진이 강의실로 들어온 순간 통제를 벗어난 심장은 제 위치를 모른 채 펄펄 뛰고 있었다. 그리고 그 순간.

"서다예."

그녀의 이름이 불렸다.

쿵. 심장이 나락으로 떨어졌다.

왜일까, 저 사람이 불러주는 이름의 무게는 왜 이리도 무거운 걸까. 혼자 힘으로는 절대 들 수 없을 것처럼 버거워 다예는 숨이 턱턱 막혀왔다.

"서다예?"

대답이 없자 태진이 출석부 사이로 고개를 들었다. 그 순간 두 사람의 눈이 마주쳤고, 다예는 흘러나오지 않는 목소리를 쥐어 짜내며 대답했다.

"……네."

잠시 침묵이 이어진다.

"두 번은 불러야 대답하는군."

귀찮다는 목소리로 지적하는 태진 때문에 다예의 얼굴이 시뻘게졌다. 또다, 또. 결국 참지 못한 다예가 고개를 푹 숙였다.

섭섭함이 몰려든다. 절대로 휘둘리지 않겠다고 마음먹었는데도 불구하고 무뚝뚝하다 못해 귀찮아하는 음성이 들리자 어이없게도 서운함이 몰려들었다.

연애하자며, 호감이 있다며. 좀 더 다정하게 불러주면 안 돼요? 라고 투정 부리고 있는 이율배반적인 심장이 못내 밉고도 한심했다. 서다예, 너 진짜 이럴래? 마인드컨트롤은 개뿔. 감정이 널을 뛴다.

고개를 파묻고 한탄하는 동안 출석 부르기를 끝낸 태진이 출석부를 거칠게 내려놓았다.

"정정기간 끝났으니 오늘부터는 빡세게 수업해도 되겠지?"

태진의 웃음기 담긴 말에 학생들은 '네에' 하며 말의 끝을 늘렸다.

"음, 내 수업은 책 필요 없다. 카피라이터로서의 내 인생에 대한 이야기들을 들려줄 것이고 그 속에서 얻을 수 있었던 다양한 경험, 그로 인한 성공과 좌절이 주된 수업 내용이 될 것이다."

"교수님~ 첫사랑이나 연애 이야기는 없나요?"

누군가가 장난스럽게 묻자 태진의 눈매가 매섭게 굳어졌다.

"그런 게 궁금하면 그쪽 관련 수업을 듣지그래?"

"죄, 죄송합니다."

"내 수업 들으러 왔으면 적어도 한눈팔 생각 하지 마."

생각지도 못한 날카로운 대답에 순식간에 분위기가 싸늘해졌다. 가볍게 물어온 질문에 태진의 기분이 상한 탓이었다.

그는 직업에 대한 자존감이 높은 타입이었다. 어린 시절 부유한 집안 환경이 아니었기에 뭐든 혼자서 짊어져야 할 것이 많았다는 인터뷰 기사를 본 적이 있다. 돈이 없어도 성공할 수 있는 길, 성공하기 위해 돈이 필요하지 않은 일을 찾고 또 찾다가 머리를 쓰기 시작했었다 했다. 아이디어라는 건 시간과 공간에 제약을 받지 않으며, 돈이 없어도 마음껏 꿈꿔볼 수 있는 엄청난 일이라는 것을 안 순간부터 그의 꿈은 아이디어를 현실로 만드는 일이 되었다고 했다.

아이디어만으로 자수성가하기까지 얼마나 많은 고난이 있었는지도 자세히 나와 있었다. 그 시간 동안 혼자 견뎌내야 했을 외로움에 얼마나 힘들었을까 싶어 몇 번이고 읽고 읽으며 마음을 나눴던 적이 있었다. 그렇게 힘들게 성공한 그가 강단에 서 있는데 첫사랑 이야기라니. 단 일분일초가 아까워 잠시도 생각하는 것을 멈추지 않았다는 사람 앞에서 듣기에만 좋은, 뒤돌아서면 잊어버릴 이야기를 해달라고 하다니. 그건 명백한 학생의 실수였다.

하지만 저렇게 윽박을 지를 필요까진 있었나 싶다. 유연하면 좋았을 텐데. 일에 대해서는 철두철미한 그의 성격은 본능이었기에 어쩔 수 없는 문제라 생각할 수밖에 없었다.

다예는 눈매가 서늘하게 굳어진 태진을 바라보았다.

"현실은 현실. 말이 좋고 운이 좋아 카피라이터이지, 날개를 달지 못하면 그저 글 쓰는 백수일 뿐이다. 말로써라도 현장감을 느끼고, 자신을 재정비하는 것. 그것이 내가 바라는 학생들의 태도다."

결국 참지 못하고 툭, 하고 터트린다. 하지만 그 누구도 반박하지 못했다. '현실'이라는 단어. 그건 정말 소름 끼칠 정도로 와닿는 것이기 때문에.

"일단 가장 기본적인 것부터 알고 시작한다."

태진이 뒤돌아서 칠판에 글씨를 쓰기 시작했다. 휘갈기듯 써 내려가는 글씨에서 그의 마음이 전해져온다.

태진은 많은 학생들을 바라보며 그들의 시선을 리드했다. 억양 하나하나에도 흐트러짐이 없고, 발음 하나도 허투루 흘리는 경우가 없었다. 상대방을 정확하게 내려다보는 눈빛과 필요에 따라 거드는 그의 손짓은 정말 유능한, 멋진 교수님 같았다.

크리브진. 존경하던 나의 이상형. 그는 정말 멋진 사람이었다.

그뿐인가. 머리부터 발끝까지 신경 쓰고 온 그는 남자로서 보기에도 근사했다. 180센티미터가 훌쩍 넘는 키에 긴 다리, 다부진 상체는 운동선수라고 해도 믿을 만큼 탄탄함을 자랑했다. 게다가 몸에 걸친 아르마니 슈트는 애인이라도 되는 양, 그의 몸에 완벽하게 핏 되어 있었다. 움직일 때마다 울려 퍼지는 구두 소리는 어찌나 고급스럽게 느껴지는지 다예는 넋을 놓고 그를 바라보았다.

그러다 그날의 태진이 떠올랐다.

입은 몸보다 벗은 몸이 더 훌륭했다. 우락부락한 몸이 아님에도 불구하고 군살 없이 탄탄한 잔근육들이 움직일 때마다 넘실거렸다. 어깨부터 허리까지 떨어지는 라인이 얼마나 근사하던지. 게다가 하체는, 크흡. 말로 할 게 못 됐다.

처음인 다예를, 경험이 없는 다예를 천국에 올려놓았다 내려놓았다를 반복했다. 잔뜩 열이 들뜨게 해놓고도 애간장을 태웠고, 식을 만하면 온도를 높였었다. 그는 지치지 않는 야생마 같았고 끓어오르는 용암과도 같았었다.

화르륵, 그 생각을 하자 다예의 얼굴이 또 한 번 붉게 달아올랐다. 이러면 안 되는데, 이러면 안 되는데. 하면서도 달려드는 남자의 적극적인 구애에 온몸이 빨려 들어갈 듯 그에게로 흔들리고 있었다.

그래, 난 저 남자가 좋다.

이상형이었던 크리브진으로도, 남자인 박태진으로서도.

그가 말하는 '호감'을 느끼고 있다. 하지만 그건 어디까지나 먼 이야기였다. 두 사람은 교수와 제자. 저 사람은 하늘 높은 곳에서 둥둥 떠다니는 크리브진, 자신은 평범한 대학생. 제약이 너무 많았다. 두 사람이 진심을 다해 사랑한다고 해도 그 사랑이 얼마나 갈지, 또한 그 사랑의 깊이를 아무런 편견 없이 봐줄 사람이 몇이나 될지.

무엇보다 저 남자를 견뎌낼 자신이 있냐고 내 스스로에게 물을 때마다 답은 늘 'NO'였다. 별은 멀리 있을 때 간절하고, 소원은 이루어지지 않아 더욱 애달픈 거라 했다. 그런데 그런 그를 덥석, 하고 품에 안으면 분명 탈이 날 것 같다. 아플 것 같다. 힘들 것 같다. 그러니 마음속으로만 좋아하자, 그냥 크리브진으로써 존경만 하자. 들키지 말고 혼자서만 응원하자.

다예는 결심했다는 듯 이를 악물었다. 그러고는 이전과는 달라진 마음으로 힘을 주어 눈을 떴고, 그를 바라보았다. 그 순간 태진과 눈이 마주쳤다.

쿵. 또 한 번 울리는 경고음에 어지럼증이 느껴졌다.

왜일까, 저 눈만 보면 아무것도 할 수가 없어진다. 그가 하자는 대로, 그가 이끄는 대로 끌려갈 것만 같은 기분이 든다.

다예는 급하게 다른 곳으로 시선을 돌렸다. 하지만 그것은 잠깐의 반항일 뿐이었다. 허공을 가르던 시선은 어느새 태진에게로 달려갔고, 기다렸다는 듯 그와 시선이 부딪쳤다. 한 치의 틈도 없이 맞받아치는 태진은 잠시도 다예에게서 눈을 떼지 않았다. 그 시간이 지나치게 뜨겁고 강렬해 온몸이 찌릿했다.

결국 다예는 견디지 못하고 자리에서 벌떡 일어났다. 순식간에 학생들의 시선이 다예에게로 달려들었다.

"서다예 학생, 왜 그러지?"

방금 전 느꼈던 열기는 이미 사라진 후였다. 무표정한 그의 얼굴과 짜증스러운 목소리가 다예에게로 달려들었다.

왜 그러냐고? 왜? 답을 모를 리 없는 남자의 질문에 다예는 숨이 턱턱 막혔다.

"화장실 좀 다녀와도 될까요?"

"첫날 말했지. 내 수업은 중간 휴식 시간 외에는 나갈 수 없어. 나가면 결석 처리한다고 했던 것 같은데?"

차갑다. 얼려버릴 듯 차가운 그 목소리에 다예는 입술을 깨물었다. 나올 것 같지 않은 목소리로 죄송하다는 말을 전한 후 자리에 앉았다. 그러자 태진의 입에서 깊은 한숨 소리가 흘러나왔다.

"흐름 끊겼으니 10분만 쉬자."

쉬는 시간이란 말에 한 사람씩 자리에서 일어나는데도 다예는 자리에 부득부득 앉아 있었다. 차마 일어날 수가 없어 자리를 지키는 것인데, 그걸 알 리 없는 은강이 다가와 그녀의 어깨를 툭 쳤다.

"화장실 안 가?"

"안 가고 싶어졌어."

"참으면 요실금 걸려."

"차은강, 저리 가."

"너무 참아서 얼굴이 누렇게 뜬 거 아냐?"

속도 없는 차은강은 계속해서 다예를 놀려댔다. 누렇게 뜬 볼이라며 양쪽에서 꾹 눌렀다. 그 힘에 다예의 입술이 붕어처럼 툭 튀어나왔다.

"주그래? 이 손 아 나?"

볼이 잡혀 말이 어눌하게 나오자 은강은 재밌는지 깔깔거렸다.

"와, 눈 큰 붕어 같아."

"다쳐라!"

닥치라고 옥박을 지르는데도 은강은 실실 쪼개고만 있다. 안 되겠다 싶어 회심의 주먹을 날리려는데 멀리서 묵직한 남자의 목소리가 달려들었다.

"어이, 서다예."

움찔. 순간 온몸이 딱딱하게 굳어지는 게 느껴졌다. 조심스레 고개를 돌리자 이글이글 타오르는 태진의 눈빛이 은강에게로 달려들었다. 다예를 불러놓고 은강을 노려보다니.

은강은 순간 소름이 돋아 그녀를 잡았던 손을 휙 놓았다.

"화장실 가고 싶다고 한 게 누구더라? 흐름 끊어놓을 땐 언제고, 넌 왜 거기 앉아 붕어놀이 하는데?"

"아."

"멍 때리지 말고 화장실로 튀어가라."

"……네!"

정말 '튀어'가지 않으면 안 될 것 같아 자리에서 벌떡 일어난 다예는 미친 듯이 강의실을 뛰쳐나갔다. 그 모습을 물끄러미 바라보던 태진의 시선이 은강에게로 돌아왔다. 뭐라 말하지 않아도 그의 눈빛이 '경고'를 외치고 있음을 느낀 은강은 어쩔 줄 몰라 땀이 차오른 양손을 주무르며 자리에 털썩, 주저앉았다. 교수님의 시선이 들고 있던 책으로 돌아간 후에야 안도의 한숨을 내뱉었다.

"유주야. 아무래도 교수님한테 찍힌 것 같아."

"왜?"

"눈빛이 살벌해. A+은커녕 F…… 큰일이다."

"너 이번에 F 나오면 학점 모자라는 거 아냐?"

"아니, 나 말고 서다예."

"다예가 왜?"

"교수님이 다예를 바라보는 시선이 엄청 살벌해. 아무래도 쟤, 이번에 백퍼 F야. 4학년 1학기 때 이게 무슨 날벼락이니."

하지만 엉뚱한 차은강은 태진의 '경고'를 이상한 쪽으로 해석한

듯싶다. 아무것도 모르는 얼굴로 다예가 불쌍하다며 고개를 절레
절레 흔들었다.

잠시 후 10분의 휴식 시간이 끝났다. 다들 왜 수업을 안 하나 궁
금해할 때쯤 강의실의 뒷문을 열고 조심스레 다예가 들어왔다. 그
때까지만 해도 모른 척 책을 읽던 태진은 다예가 자리에 앉는 것
을 확인하고는 책을 덮었다. 수업은 다시 시작되었고 세 시간은 훌
쩍 지나갔다.

정말 1분의 쉬는 시간도 없이 타이트하게 수업을 이끈 태진은
정확한 시간에 강의실 문을 열고 나갔다. 그 순간 지친 학생들의
긴 한숨이 터져 나왔다.

"다 좋은데, 너무 빡세다."

그의 수업은 메모하지 않고서는 견딜 수 없을 정도로 알찼다. 강
의실에 앉아 공부만 해야 되는 학생들에게 실무란 정말 귀한 정보
이자 선망의 그림자였던 것이다. 그러나 문제는 혼을 빼놓는 속도
였다. 숨을 쉴 틈도 없이 몰아쳐 학생들은 그야말로 녹초가 되고 말
았다.

다예 역시 마찬가지였다. 하지만 조금 다른 의미로 피로감을 느
끼고 있었다.

그는 수업 시간 내내 완벽한 교수님의 모습을 하고 있었다. 힘
들 법도 한데 흐트러짐 하나 없이 매끄럽게 수업을 이어갔다. 절제
된 움직임과 분위기. 그건 박수쳐줄 정도로 멋진 모습이었다. 그러
나 군데군데 묻어나는 그의 시선. 그건 다예의 말초신경을 자극시
킬 정도로 집요하게 따라다녔다.

"휴……."

집중하려 뺨을 때려보고, 허벅지를 눌러보아도 소용없었다. 다 부질없는 짓이었다. 그 남자, 박태진이라는 존재만으로도 충분히 버거웠기 때문에. 강의실을 나가는 그의 뒷모습을 보며 해방감을 느낄 정도로 녹초가 되어 있었다. 한 학기 내내 이런 상태여야 하나, 걱정이 된 다예는 마른 얼굴을 쓸어내렸다.

"혼을 빼놓는다, 이번 수업. 30분 뒤에 조모임 있는데 집중이나 할 수 있을지 모르겠다."

"다음부터는 월요일엔 무조건 시간 빼자. 좀 쉬지 않고서는 아무것도 못하겠어."

"그러게. 좀 출출하다, 뭐라도 좀 먹으러 갈까?"

"응."

유주의 말에 다예와 은강이 축 늘어진 몸을 세우며 건물을 빠져나왔다. 입 속으로 뭐라도 넣지 않고서는 힘이 날 것 같지가 않아 걸음을 재촉했다.

본관에 도착한 다예는 화장실을 간다는 두 사람에게 손을 흔들어주고 편의점 안으로 들어갔다. 가장 먼저 눈에 보이는 음료 코너로 가 오렌지주스로 손을 뻗었다. 손에 닿는 시원한 느낌이 좋아 배시시 웃으며 뒤돌아서려는 순간 목 뒤에서 차가운 기운이 느껴졌다.

"엄마야!"

갑작스러운 냉기에 놀란 다예가 목덜미를 손으로 잡으며 휙 돌아서자 콜라를 손에 들고 흔들며 넉살 좋게 웃는 남자와 눈이 마주쳤다. 두근. 누군지 확인하기도 전에 심장이 먼저 격렬히 뛰었다. 다예는 놀란 가슴을 쓸어내리며 얼굴을 구겼다.

"뭐, 뭐 하시는 거예요?"

"보시다시피."

한 손에 편의점 바구니를 들고 흔들자 그쪽으로 자연스럽게 시선이 갔다.

아니, 얼마나 배가 고프기에 이 많은 음식을 사? 놀란 다예가 고개를 들자 태진이 피식, 웃는다. 그 의미를 알다가도 모르겠는 다예는 휘둘리지 않기로 한 자신을 다독였다.

"그럼 뭐든 맛있게 드세요."

툭 내뱉고 돌아서려는데 다예의 뒤쪽에서 상처받은 목소리 하나가 그녀의 귓가에 날아들었다.

"서다예, 그렇게 안 봤는데 진짜 양심 없다."

"뭐가요?"

"물에 빠진 사람 구해줘, 보따리까지 빼앗겨줘. 그런데 넌……."

생각지도 못한 공격에 다예의 눈앞이 아찔해졌다.

불과 10분 전까지만 해도 그는 유능한 교수이자 냉철한 크리브진이었다. 그런데, 그런데!

"응? 양심이 너무 없는 거 아닌가?"

능글능글 웃는 저 얼굴, 뻔뻔하게 들이대는 그 웃음!

그날의 남자로 돌아온 태진의 모습에 다예의 눈이 세모꼴로 변했다. 그러고는 침착하자, 침착하자 마인드컨트롤을 하며 짧게 심호흡했다.

"네. 양심 무거워서 집에 두고 다니거든요."

"아, 그럼 양심 구경하러 집에 놀러 가야겠네? 이런 식으로 초대 받을 줄이야."

뭐? 초, 초대? 하, 정말 어이가 없어서.

다예는 치밀어 오르는 묵직한 무언가를 꿀꺽 삼키며 다시 심호흡했다. 휘둘리지 마, 휘둘려선 안 돼!

"저기요, 교수님."

"음?"

"앞으로 박태진 교수님을 오로지 교수님으로만 대할 거니까 교수님께서도 그 이상의 행동은 자제해주셨으면 좋겠어요."

"자제라. 인생에서 제일 재미없는 단어가 바로 그 단어거든? 살면 얼마나 산다고 하고 싶은 걸 꾹꾹 참아가면서 살아?"

"보통의 사람들은 다들 인내하며, 자제하며 살아가거든요."

"내가 특별하다는 걸 돌려 말하는 건가? 오호, 이런 깊은 뜻이 있을 줄이야."

"됐습니다. 뭘 바랍니까. 아무튼 제 의사는 전했으니까 그렇게 아세요."

다예는 확 뒤돌아섰다. 일말의 머뭇거림이라도 보이면 그 틈을 파고들까 봐. 단호하게 의사를 전한 후 매몰차게 계산대로 향했다. 혹시라도 뒤에서 갑자기 달려들진 않을까 우려하는 마음도 있었지만 다행히 조용했다. 그사이 유주와 은강은 화장실을 다녀왔는지 편의점 문밖에서 자신을 기다리고 있었다. 괜히 태진과 같이 있는 모습을 들켜서 좋을 게 없단 생각이 든 다예는 정신없이 지갑을 열었다.

'천이백 원입니다'라는 알바생의 말에 지폐를 꺼내려는데 불쑥 무언가가 그녀의 옆구리로 끼어들더니 계산대 위에 놓여졌다. 그의 묵직한 장바구니였다.

뭐 하는 거냐며 황당한 얼굴로 그를 바라보자 태진은 묵묵히 지갑 속 카드를 꺼내 알바생에게 내밀었다.

"계산은 이걸로."

다예의 오렌지주스까지 끌어 자신의 것처럼 행동하는 태진의 모습을 물끄러미 바라보던 알바생은 말없이 계산을 했다.

"사인해주세요."

태진은 무심한 손길로 사인을 했다. 그사이 다예는 자신의 것이 계산되는 것도 모른 채 그의 장바구니를 힐끔 살펴보았다. 쇼핑할 때 가장 위험한 상태가 바로 배고픈 상태라더니. 도시락, 샌드위치를 비롯해 음료수와 후식까지 알뜰하게 담겨 있는 덕에 영수증의 길이가 길어졌다. 알바생이 봉투에 물건들을 담아주자 태진은 그것을 받아 들어 오렌지주스를 건네주었다.

"오렌지주스 좋아해?"

"네."

"나도 좋아해?"

"네. 네?"

나도 좋아하는데, 라는 말이 들려올 줄 알고 미리 선수 쳐 대답했다. 이 상황을 빨리 벗어나고 싶어서. 그런데 이 능글맞은 남자가 물어오는 답은 '나도 좋아해?'였다. 순식간에 당한 그의 말장난에 다예는 오렌지주스를 열어 벌컥벌컥 마셨다. 그 모습을 흥미롭게 바라보던 태진.

"나만 보면 목이 타지?"

"네. 아주 그냥 답답해서 미쳐버릴 것 같아요."

"나랑 증상이 비슷한데?"

"네?"

휙, 그는 다예가 마시고 있던 주스를 빼앗아 꿀꺽꿀꺽 마시더니 마지막 한 모금을 남겨두고 그녀에게 건넸다. '마셔'라며 그녀를 재촉하는 손길에 다예는 입 안 가득 오렌지주스를 머금었다. 그 순간 말갛게 웃던 태진이 다예의 곁으로 훅, 다가와 속삭였다.

"너에 대한 지독한 갈증이 날 미쳐버리게 만들거든."

"푸읍."

생각지도 못한 태진의 말에 다예는 삼키지 못한 음료를 그의 얼굴에 뱉을 뻔했다. 깜짝 놀라 입을 틀어막았으나 경로를 이탈한 내용물들은 그의 얼굴로 툭툭, 튀고 말았다.

"생일이 언제야?"

"가, 갑자기 생일은 왜요?"

"턱받이라도 선물해줘야 하나 싶어서."

이렇게 흘리고 먹으면 못써, 라는 말을 덧붙이며 얼굴에 튄 주스를 닦으며 쯧쯧거리는 그였다.

누구 때문인데! 턱받이는 개뿔!

참을 인 세 번이면 살인도 면한다고 했어. 그러니까 참자, 참자.

"우리 애기 턱받이 사주기도 전에 서다예 턱받이부터 사주게 생겼…… 읍!"

못, 참, 아!

태진의 입을 틀어막으며 그를 최대한 구석으로 끌어당겼다. 질질 끌려가는 시늉을 하며 황당해하는 액션을 취하던 태진의 입에 걸린 미소가 다예의 성질을 건드렸다. 이 인간이 정말!

"진짜 계속 이러실 거예요? 도대체 왜 이렇게 조심성이 없어요? 여긴 학교라고요! 괜한 구설수로 인생 망치고 싶으세요?"

"아, 그래?"

"제발 진지하게 들어주실래요?"

"서다예와 어떤 구설수로 엮이게 될지 상상하는 것만으로도 온몸이 찌릿거려. 흥분되기도 하고?"

"교수님!"

다예는 힐끔힐끔 두 사람을 관찰하는 알바생의 눈을 피해 작게 윽박질렀다. 하지만 그런 것이 통할 리 없는 상대는 뭐가 재밌는지 쿡쿡, 웃기만 했다.

"정말 재밌다, 서다예."

"재미요? 지금 교수님 재밌자고 절 이렇게 놀리시는 거예요? 수업 시간 내내 사람 황당하게 만들더니 그것만으로는 부족하세요?"

"내가 언제 널 황당하게 만들었어?"

"그러셨잖아요! 뚫어져라 쳐다보는 그 눈빛이요. 마치 나는 다 알고 있다. 응? 우리 사이가 어떤 사이다! 이렇게 놀리는 것처럼 느껴졌다고요!"

"그래서? 기분 나빴어?"

"당연하죠! 기분 나쁨을 넘어서 이상야릇한 기분까지 느껴야……"

"이. 상. 야. 릇?"

악! 젠장. 잡혔다, 결국 잡혔어. 꼬투리!

다예는 머리를 부여잡으며 절망했다.

위험하다고 했다, 저 남자의 페이스! 절대로 휘둘려선 안 된다고 했다, 저 능글맞은 페이스에! 그런데 잠시 이성을 잃었다. 장난을 걸듯 물어오는 남자의 집요함에 제 정신이 날아가버린 것이다.

절규하는 다예의 곁으로 성큼 다가온 태진이 즐겁다는 듯 다예의 머리를 쓰다듬고는 다시 속삭였다.

"양심만 없는 줄 알았더니 내숭도 없네."

할짝. 그러더니 슬쩍 다예의 귓가를 핥는다.

다예가 펄쩍 뛰며 그를 밀어내자 태진은 무슨 일 있었냐는 듯 순진한 표정을 지었다.

"진짜 죽고 싶어요?"

결국 다예는 참고 참았던 화를 내질렀다. 그 속에는 분노가, 창피함이, 쥐구멍에라도 숨고 싶은 민망함이 모두 내재되어 있었다. 악을 지르는 다예의 목소리에 알바생이 힐끔, 이쪽을 바라보는 게 느껴졌다.

"하던 일 하세요. 하하, 이쪽은 별일 없어요."

다예가 어색하게 웃으며 알바생에게 말하자 그는 원체 제삼자의 일에 관심 없다는 듯 시큰둥해하며 고개를 돌렸다.

"애쓴다, 우리 서다예."

"자꾸 머리 쓰다듬지 말아욧!"

"그럼 어디, 여긴 괜찮아?"

장난스럽게 허리 쪽을 감싸오자 다예는 더 이상 참지 못하고 발로 그의 정강이를 퍽, 하고 차버렸다. 생각지도 못한 공격에 태진이 옥, 하는 소리를 내며 몸을 반으로 접자 다예는 그제야 개운하다는 듯 이마에 맺힌 땀방울을 닦으며 헤헤, 웃었다.

"그러기에 적당히 하셨어야죠."

"그렇다고 학생이 교수를 때려? 옥. 너 지금 말로만 교수 대접이지? 방금 이거 학점에 반영할 거야!"

움찔. 학점? 불리하면 학점 타령이고 억울하면 교수 타령이지! 다예는 한 대 더 차버릴까 싶다가 이내 마음을 가다듬었다. 현실은 현실, 눈앞의 학점을 놓칠 수가 없었다. 아, 이 미천한 자여.

다예는 다시 이성을 되찾은 얼굴로 폴더처럼 접혀 있는 그의 몸을 상냥하게 일으켜 세워주며 웃었다. 그러자 태진은 병 주고 약 주냐며 다예를 노려보았다.

"존경하는 교수님."

"들었다 놨다, 볶았다 지졌다. 제 맘대로 하는구만, 아주."

"정당방위에 대해 들어보셨죠? 그러니 좋게, 좋게 합의 보시는 게……."

"합의? 웃기시네. 진단서 떼서 너 달달 볶을 거야!"

무슨 양판 줄 아세요?

어린애 투정 부리는 그의 말에 다예는 묘한 승리감을 맛봤다.

뭐든 말을 안 들으면 이렇게 때려줘야 되는구나. 아, 옛말 틀린 거 하나 없어. 끓어오르는 기쁨에 다예는 씨익 웃었다.

"이왕 떼시는 거 한 대 더 차드려요?"

"뭐?"

"한 대 맞아서는 티도 안 나잖아요. 이왕 끊으실 거 화끈하게 차드릴게요. 아이, 왜 그렇게 인상을 쓰세요? 다 교수님 잘되시라고 하는 이야긴데. 아니면 말 것이지."

어쭈. 태진의 눈꼬리가 해보자는 식으로 휘었다.

"티가 나는지 안 나는지는 의사가 진단 내릴 일이지! 그러니 서다예 학생은 딱 대기하고 있으라고."

"네. 원하신다면야."

"나쁜 서다예. 이렇게 근사한 다리에 상처를 남기다니. 너 내 다리가 얼마짜린 줄 알아?"

"……백만 불?"

태진이 다리는 백만 불짜리 다리!

몇 년 전 보았던 영화 속의 대사를 떠올리며 내뱉자 그의 눈이 사납게 휘었다. '장난쳐?'라는 얼굴이었다. 그 얼굴이 얼마나 통쾌한지 다예는 웃음을 참는 일이 고역이었다. 하지만 방심은 금물이다. 그는 틈을 보이는 순간 치고 들어오는 무서운 맹수였으니.

"하긴 너도 봤지? 내 다리."

"네. 네?"

"다리만 봤어? 더한 것도 봤잖아. 그날 밤, 흡!"

다예는 또다시 황급하게 남자의 입을 틀어막으며 입술을 손바닥으로 찰싹찰싹 때렸다.

이놈의 입이 문제야, 입이! 사정없이 휘갈기자 태진은 반항하듯 움직이며 무언가를 불쑥 다예의 앞으로 들이밀었다. 휴대폰이었다.

"입력해라."

"뭘요?"

"가해자 전화번호."

"그 가해자가 누군데요?"

다예가 묻자 태진이 뻔뻔하다라는 표정으로 턱을 들어 다예를 가리켰다. 그러자 다예가 '설마 저요?'라고 물었다.

"찍어. 발뺌해도 소용없으니까."

"이런 식으로 번호 따는 거, 굉장히 옛날 방식인 것 같은데요."

"내가 지금 서다예 전화번호 달래? 가해자 전화번호 찍으라고, 인마! 어디서 오버야? 주위에서 예쁘다 예쁘다 하니까 진짜 예쁜 줄 알지?"

태진의 말에 다예의 얼굴이 부글부글 타올랐다.

"시간 없다. 빨리해. 안 찍고 가면 뺑소니야."

"무슨 말도 안 되는 소리예요? 뺑소니는 무슨."

"어쨌든 피해가 발생했는데 도주하면 뺑소니지. 꼭 단어 그대로를 해석해야겠어? 공부 못하는 것들이 꼭 그러더라."

"저 공부 잘하거든요?"

"축하한다. 그러니 입력해라. 안 그러면 나 간다?"

"아 진짜 유치해! 줘요, 줘! 한다고요!"

다예는 태진이 건넨 휴대폰을 받아 들고서는 번호를 꾹꾹 입력했다. 그러다 얼마 입력하지 못하고 손가락을 멈췄다. 이미 등록된 번호였기 때문이다.

"이게 뭐예요?"

"뭐가?"

"'다예쁨.' 이거 제 번호 아니에요?"

"아닌데. 그건 내 애인 번혼데."

지금 장난하는 거냐고 따져 물을 틈도 없이 태진이 휴대폰을 휙, 하고 빼앗아갔다.

"가해자 번호 입력 끝났냐?"

"지금 뭐 하시는 거예요?"

다예는 정말 궁금해 물었다. 이미 전화번호를 알고 있으면서 왜 입력하라고 한 거야? 라는 얼굴로 그를 바라보자 태진의 얼굴이 살짝 붉어졌다. 뭔가 쑥스러운 듯 고개를 돌리며 허공을 바라보고 있었다.

순간 다예의 입이 떡 벌어졌다. 크리브진일 때는 만사 냉정하고 매서운 남자가 박태진으로 돌아오면 전혀 다른 사람이 된다. 말장난은 상대가 되지 않을 만큼 유려했고, 얼굴색 하나 변하지 않고 능청을 떨었다. 게다가 어떤 상황에서도 여유로워 뻔뻔스럽게까지 느껴졌다. 그런데…… 그런 그가 얼굴을 붉힌다.

설마 이 남자, 쑥스러워하는 건가?

"저장해놓은 걸 잊고 있었어. 연락한 적이 있었어야 말이지."

"제 번호는 어떻게 아셨어요?"

"조교한테 물어보니까 알려주던데?"

"이런 걸 두고 권력남용이라고 하죠? 됐고요, 다예뿜은 뭐예요?"

"아, 됐어. 가해자 주제에 관심도 많다."

태진은 주머니에 휴대폰을 넣으며 투덜거렸다. 그러고는 갑자기 부산을 떨며 내려놓았던 봉투를 다예의 손에 쥐여주었다.

"이걸 왜 줘요?"

"너랑 실랑이하느라 약속 시간 다 됐어. 먹을 시간 없어서 주는 거니까 착각하지 마라. 간다."

"교수님, 다예뿜이 뭐냐고요!"

"다 예뻐서 다예뿜이라는데, 서다예가 무슨 상관?"

래퍼세요? 무슨 라임이 저렇게…….

"아까는 오버라면서요?"

"그랬나 보지."

"지금은 아니라는 거예요?"

"그럴 수도."

다예는 긴 한숨을 내쉬었다. 역시 말상대가 되지 않아. 절대 이길 수 없어. 다예는 포기했다는 듯 두 팔을 번쩍 들었다. 그 모습에 태진이 피식 웃더니 다예의 머리를 쓰다듬어주었다.

"밤 10시 20분에 전화한다. 안 받으면 신고할 거야."

"네?"

"다예뿜으로 대기하고 있어라."

딸랑, 무슨 말인지 채 묻기도 전에 태진은 편의점 밖으로 사라졌다. 밖에서 유주와 은강이 인사를 하는 모습이 보였지만 다예는 움직일 수가 없었다.

폭풍우가 휩쓸고 지나간 것만 같다. 그 짧은 몇 분의 상황들이 그녀의 정신을 앗아갔다. 남은 건 묵직한 봉투뿐. 획 던지고 간 그 봉투 안에 들어 있는 음식들을 힐끔 바라보던 다예는 음식들 위에 올려진 영수증으로 시선을 옮겼다. 49,820원이라니. 대박. 이 남자 정말 돈을 물 쓰듯 쓰네. 경제관념이 별로야, 하고 투덜거리는데, 사인란에 휘어갈긴 그의 글씨가 눈에 들어왔다.

<남기지 마라.>

"음?"

잘못 봤나? 눈을 뜨고 다시 봐도 분명 '남기지 마라'였다.

마치 다예에게 하는 말처럼 느껴져 얼굴이 확, 붉어졌다.

"나 먹으라고 사준 건가?"

에이, 그럴 리 없어. 편의점에 들어온 내내 장난만 치던 남자였잖아. 근데 왜 이렇게 가슴이 뛰냐.

쿵, 쿵, 쿵. 시끄럽고 요란한 소리가 한참 동안 가슴속에 맴돌았다.

"……10시 20분이라."

다예는 북적거리는 심장 소리를 무시한 채 손목시계를 바라보았다. 아직도 한참이나 남은 시간.

다예뿜으로 대기하고 있으라는 뜻은 뭘까.

후…… 모르겠다. 도무지 종잡을 수가 없다.

내 마음처럼, 그 남자도.

태진은 훨씬 지나버린 약속 시간에 난감해하며 회의실의 문을 열었다. 그 안에는 카리스마 작렬로 유명한 후일전자의 대표이자 태진의 친한 형인 윤정후가 앉아 있었다. 노크도 없이 문을 벌컥 열자 서류를 바라보고 있던 정후가 고개를 돌려 태진을 바라보았다. 그러고는 본인의 손목시계로 시선을 돌리더니 인상을 썼다.

　"몇 시냐?"

　"오래 기다렸어?"

　"오래? 며칠 기다렸다."

　정후의 말에 태진은 하하, 웃어버렸다.

　태진은 넉살 좋게 정후의 맞은편에 앉으며 그의 안색을 살폈다. 저번 주말에도, 당장 오늘 낮에도 그와의 회의를 미루었으니 지금은 그의 기분을 맞춰줘야 한다는 판단이 섰기 때문이다.

　"형수님은 잘 계시지?"

　"안부 너무 자주 묻는다. 저번 주에도 물어본 것 같은데."

　"자주라니. 벌써 일주일이나 지났는데."

　"잘 계시겠지."

　"무슨 대답이 그래?"

　둘째가라면 서러운 애처가 윤정후는 설아 이야기만 나오면 자연스럽게 입꼬리를 올리곤 했다. 언제 화가 났는지, 언제 심기가 불편했는지 잊은 사람처럼 팔불출이 되어 있었다.

　"설마 아프리카?"

　긴 한숨을 내쉬는 정후의 모습에 태진은 큭큭거렸다.

천방지축인 형수님을 누가 이기려나.

이제 제법 알려진 로맨스소설 작가인 설아는 아프리카를 배경으로 한 메디컬물을 써보고 싶다고 했었다. 혼자서 가겠다는 와이프를 말리느라 한동안 골머리를 썩은 정후를 알기에 태진은 안쓰러우면서도 한편으로는 새로운 모습의 정후를 보게 되어 즐거워하곤 했었다.

"한 작가님 열정이 너무 대단하신 거 아냐?"

"휴."

"어째 허락을 했네?"

"……."

"설마 또?"

"그렇게 됐다."

심각하게 서류를 바라보는 척하는 정후의 모습에 태진은 배꼽을 부여잡고 웃기 시작했다.

"무슨 애기 욕심이 그렇게 많아? 둘 낳고도 부족해?"

"……."

"몇 명이나 낳을 건데? 애기나 들어봅시다."

"장가도 안 간 놈이랑 나눌 애기 아니거든."

"큭큭."

"너도 서른셋이다, 인마. 적당한 여자 만나서 결혼하지?"

"적당한 여자가 어떤 여잔데?"

"음. 한설아 같지 않은 여자?"

"평범한 여자 만나라는 거네. 형수는 평범과는 거리가 먼 스타일이니까."

두 남자는 동시에 고개를 끄덕였다.

몇 년을 알아왔지만 아직도 정후의 와이프인 설아에 대해 완벽하게 파악하지 못했다. 좋게 말하면 매력덩어리, 나쁘게 말하면 왈가닥인 그녀를 감당하고 사는 정후가 대단해 보일 정도였으니까.

"음. 어째 평범한 여자 만나기는 그른 것 같기도 하고."

"여자 있어?"

"음. 아마도? 있다고 해야 되나, 없다고 해야 되나."

"썸인가 뭔가 그런 거냐?"

정후의 말에 태진은 어깨를 들썩였다.

시도 때도 없이 아른거리고 궁금한 여자가 있긴 있다. 외로움으로 무장한 발랄한 여자가, 평범하면서도 시시각각 그를 즐겁게 하는 여자가 떠올라 피식하고 웃어버렸다.

"형이 형수랑 몇 살 차이가 나지?"

"여섯."

"오호, 도둑놈."

"너는?"

"열."

"뭐? 열? 이 상도둑놈아! 누구더러 도둑놈이래?"

태진은 날아드는 정후의 주먹을 피하며 낄낄거렸다. 그 후로도 정후의 질문공세가 이어졌지만 태진은 노코멘트했다.

사실 얘기해줄 이야기가 없긴 했다.

정확히 우리 사이가 연인입니다, 라고 말할 수 있는 것도 아니고 그렇다고 교수와 학생입니다, 라고 말할 수 있는 것은 더더욱 아니었다. 서로에게 호감이 있는 것은 분명한데 예쁜 서다예가 마음처럼 확 잡아당겨지지가 않는다.

그래서일까, 애가 타는 건 늘 태진 쪽이었다. 내색하지 않으려 여유로운 척하곤 있지만 사실 궁금하고, 갖고 싶은 마음에 하루 종일 머릿속이 복잡했다.

태진은 시계를 바라보았다. 10시 20분이 되려면 아직 멀었다. 오늘의 일정상 그 시간 정도는 돼야 통화가 가능할 것이다. 아쉽지만 참을 수밖에. 씁쓸해하는 표정을 보고 지레 겁을 먹은 정후가 조심스레 물어왔다.

"시계는 왜 봐? 설마 오늘 회의 중간에 도망갈 생각 아니지?"

"설마요, 사장님."

"어째 여자 뒤꽁무니 쫓아다니는 강아지 같아 불안하다? 일하는 동안은 제발 그놈의 스캔들, 자중해라."

"예에."

"계약서는 가져왔냐?"

계약 하면 윤정후, 윤정후 하면 계약서. 모든 일을 철저하게 문서화하시는 후일전자 사장님을 빤히 바라보던 태진은 매니저 석우가 건네주었던 계약서를 가방에서 꺼내 밀어주었다.

"크리브진을 잡아두고 싶어 하시는 사장님의 마음을 잘 아는 남자니까?"

"아주 배짱이 두둑하네."

"제가 이 정돕니다, 사장님."

거드름을 피우는 태진을 힐끔 바라보던 정후는 혹시나 그를 놓칠까 싶어 미리 준비된 사인란에 사인을 휘갈겼다. 그러고는 만족스러운 듯 살며시 웃었다.

"이제 한눈 못 판다. 후일전자 신제품에 올인해라."

"난 이렇게 온몸으로 부딪쳐오는 고백, 영 별론데?"

"죽고 싶지?"

"큭큭. 아, 형수님은 언제 오시려나? 아프리카 초원에서 얼룩말은 만나셨으려나?"

"박태진."

태진의 말에 정후의 눈썹이 한껏 휘었다.

태진은 연신 노려보는 정후를 무시한 채 회의를 위해 준비해 온 자료들을 꺼냈다. 관심을 가져오는 윤 사장과의 사업적인 대화가 시작되면서 태진은 박태진이 아닌 크리브진으로 돌아가 있었다. 서류를 바라보는 그의 눈빛은 날카로웠고, 펜을 쥔 그의 손목은 유연한 그림을 그려나갔다.

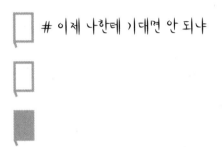

이제 나한테 기대면 안 되냐

다예는 자꾸만 밀려드는 잠을 떨치려 애를 썼다.

수업을 끝내고 오후 내내 이어진 회의와 취업을 위해 틈틈이 준비하는 공부들로 녹초가 된 상태였다.

늦은 시간 집에 들어와 씻고 누우니 벌써 10시가 넘었다. 평소 같았으면 잠자리에 들었을 텐데, 20분 후면 울릴 전화벨 소리를 놓치지 않기 위해 귀를 쫑긋 세우느라 잠이 쉽사리 오지 않았다.

결국 참지 못하고 침대에서 일어난 다예는 방을 빠져나가 주방으로 향했다. 냉장고에서 시원한 음료수를 꺼내 한 모금 들이켰다.

"피곤해."

눈을 벅벅 비비며 뒤돌아서다 툭 하고 내뱉은 그 한마디에 다예는 인상을 구겼다.

"아니, 근데 나 왜 기다리고 있는 거야? 잠 오면 자! 그러면 되잖아?"

그랬다. 의식하지 말자, 휘둘리지 말자 해놓고서는 또 이러고 있다. 전화 한 통이 뭐기에. 장난처럼 툭 하고 내뱉은 말일지도 모르는데 잔뜩 기대해서는 잠도 못 자고, 이게 뭐야?

자신도 모르게 태진에게로 흘러가고 있는 마음을 깨달은 다예는 눈을 부릅뜨며 양 뺨을 두들겼다.

"절대로 기다리는 거 아냐. 절대로!"

주문을 외우듯이, 마치 자기 자신에게 세뇌를 시키듯이 중얼거렸다. 당장 돌아가서 잠을 자야지. 손에 들고 있던 음료수를 테이블에 내려놓고 뒤돌아섰다.

그 순간 방 안에서 전화벨 소리가 들렸다. 다예는 생각할 틈도 없이 후다닥 뛰어 들어가 전화기를 손에 쥐었다. 짧은 거리임에도 불구하고 숨이 가빠오는 게 느껴졌다. 발신자를 확인하니 모르는 번호였다. 약속한 시간은 10시 20분. 지금은 10시 5분. 아직 시간이 좀 남았는데…… 라고 생각하면서도 어느새 통화 버튼을 누르고 있었다.

"여보세요?"

심드렁한 척, 절대 기다린 게 아니라는 척하며 전화를 받았다. 그런데 생각지도 못한 남자의 목소리가 들려왔다.

-서어다예에!

뭐, 뭐야? 깜짝 놀란 다예는 휴대폰을 귀에서 떼었다.

취객인가? 놀란 다예가 전화를 끊으려는데 정체 모를 남자의 목소리가 다시 들려왔다.

-우씨. 서다예! 여보세요?

"누구세요?"

-벌써 내 목소리 잊었어? 나야. 래기.

듣기만 해도 짜증이 치밀어오르는 이름 하나에 다예는 긴장의
끈이 확 풀어졌다.

"네놈이 무슨 낯짝으로 이 시간에 전화질이야?"

-다예야, 사실은 나 많이 후회하고 있어. 너도 나랑 헤어지고 너
무 힘들지? 지난번에 클럽에서 다른 남자와 함께 있는 모습을 보
고 깨달았어. 넌 그 남자에게 너무 아까운 여자야. 넌 내 옆에 있을
때 가장 빛나, 다예야.

미친놈. 다예는 혀를 끌끌 찼다.

예나 지금이나 헛소리하는 데는 일등이다, 일등!

"미친놈."

있을 때 잘하라는 말은 이럴 때 쓰는 말이었다.

오징어 같은 놈, 불쌍해서 만나줬더니 분수도 모르고.

-우훅. 다예야, 보고 싶어. 내가 잘못했어. 우리 다시 만나.

또, 또 시작이다. 눈물을 질질 흘리는지 훌쩍이는 소리가 전화기
를 타고 흘러들어왔다. 정말 가지가지 하는구나. 다예는 깊게 끓어
오르는 화를 억누르며 이를 악물었다.

"나는 너랑 다시 시작할 마음이 없으니까 다신 전화하지 마. 만
나도 아는 척하지 말고. 한 번만 더 아는 척하면 그땐 나도 가만있
지 않을 거야."

-너무 냉정한 거 아냐? 나의 열렬한 마음을 이렇게 짓밟아도 돼?

뚝. 다예는 거침없이 종료 버튼을 눌렀다.

속이 다 후련했다. 진작 이럴걸, 매사 꾹 누르고 참지 말걸. 끊어낼 건 후련하게 끊어냈어야 했다.

개운함도 잠시. 전화벨은 금세 다시, 끈질기게 울려댔다.

"여보세요?"

-어흑. 다예야. 제발 나 좀 받아줘. 응? 나 너밖에 없단 말이야.

뭐야, 이 자식.

귀찮아진 다예는 짜증스러운 목소리로 되받아쳤다.

"내가 미쳤니? 버린 쓰레기를 주워다가 재활용하게? 넌 재활용도 안 되는 쓰레기야."

-다예야, 그렇게라도 네 화가 풀린다면 마음껏 해. 그리고 받아줘, 응?

다예는 성질을 팍 내며 전화를 뚝 끊었다. 한 번만 더 전화 걸어봐 쌍욕을 퍼부어줄 것이다! 라고 외치고는 휴대폰을 휙, 침대 위로 던져버렸다. 그러고는 남겨둔 음료수를 마시러 돌아서는 순간 전화벨이 울렸다.

수래기 이 자식이!

"야. 너 진짜 죽고 싶어 환장했어? 왜 자꾸 전화질이야? 술 먹었으면 곱게 집으로 쳐 들어가라고 했지? 한밤중에 전화해서는 왜 생지랄이냐고! 너 진짜 뜨거운 맛 좀 볼래?"

-곱게 쳐 들어가는 중인데.

"도대체 술을 얼마나 처마셨길……."

-이젠 내 숨소리에서도 술 냄새가 느껴져? 날 너무 좋아하고 있는 거 아냐?

"여보세요? 수래기 아니세요?"

-아니신데요.

"교수님? 교수님이세요?"

-이 시간에 술 처마시고 전화질하는 쓰레기 새끼는 누구냐?

헉. 다예는 놀라 고개를 들어 시계를 확인했다.

정확히 10시 20분. 다예의 입이 떡 벌어졌다.

-서다예. 나 말고 다른 남자, 있냐?

태진의 말에 다예는 마치 그가 앞에 있는 것처럼 양손을 뻗어 흔들었다. 절대 아니에요, 절대요! 라고 말하면서 손을 흔들자 그 기세에 놀란 휴대폰이 바닥으로 뚝 떨어졌다. 깜짝 놀라 휴대폰을 주워 귀에 대자 긴 한숨 소리가 들려왔다.

-대답하기 싫어서 휴대폰 집어 던진 거냐, 지금?

"아닌데요! 절대로 아니에요!"

-뭐가?

"음, 그러니까 둘 다 아니에요!"

내가 왜 이러지? 굳이 이렇게까지 할 필요 없어, 서다예. 정신 차려!

빨간 불이 다예의 귓가에서 윙윙 울려대고 있었다. 하지만 그걸 알아차릴 여유가 없었다. 왠지 억울했다. 해명하고 싶어 미칠 것만 같았다.

-그러니까 뭐가?

"없어요! 교수님 말고 다른 남자 없어요! 그리고 휴대폰 집어 던진 것도 아니…… 윽."

-음. 날 남자로 인정했다는 뜻으로 해석 가능?

아……. 다예는 털썩 주저앉았다.

나 지금 뭐 하는 걸까? 이 나이 되도록 감정 컨트롤 하나 제대로 못하고는 뭐 하는 걸까? 응? 도대체 뭐 하니, 서다예야. 아주 스스로 무덤을 파는구나. 누울 자리가 어딘지 기억하지 못할까 봐 미리미리 체크해두는구나.

긴 한숨이 흘러나왔다.

"그런 건 아니고요. 절대 오버하지는 말아주세요. 제가 잠시 미쳤었나 봐요."

-뭐 하냐?

"그냥 있는데요?"

-다른 남자한테 쌍욕하면서?

"싸, 쌍욕이라뇨. 제가 언제요."

-격한 단어들이 오고 가던데, 그중 뜨거운 맛은 어떤 맛일지 궁금하던 찰나.

태진의 말에 다예는 입을 삐쭉 내밀었다. 하여튼 이상한 분위기로 이끌고 가지 않으면 박태진이 아니지. 단 한순간도 쉽게 넘어가는 법이 없어요.

"교수님은 몰라도 되거든요."

-이미 난 알거든요. 서다예의 뜨거운 맛.

"아, 진짜! 끊어요, 끊어! 하여튼 야한 얘기 아니면 대화가 안 되죠?"

-왜? 어느 부분이 야했는데?

"뜨거운 맛이니 뭐니! 자꾸만 이상한 소리 하잖아요!"

-내 정강이를 차던 너의 차진 킥이 뜨거웠다 표현한 건데.

"그, 그러니까요! 그, 그 뜨거운 맛이요. 하하, 아까 맞으신 정강이는 괜찮으세요?"

다예는 식은땀이 났다. 농담처럼 건네는 말임에도 불구하고 괜히 밝히는 여자처럼 비춰질까 당황스러웠던 것이다. 그렇기에 후딱 화제를 돌렸다.

-안 괜찮으면?

"괜찮으시라 기도할까요?"

-괜찮으면?

"안 괜찮으시라 기도할 순…… 없겠죠? 하하."

-은근히 까부는 거 알아?

"칭찬 감사합니다."

-다예쁨으로 대기하고 있으랬더니 깐족이로 대기하고 있네. 마음에 안 들어.

"네. 그러시면 어쩔 수 없죠."

다예는 모른 척하며 침대에 벌러덩 누워버렸다.

그가 옆에 있는 것도 아닌데 있는 것보다 더한 열기가 방 안을 가득 채우고 있는 것 같아 손부채질을 하며 바람을 일으켰다.

-집?

"네. 교수님은요? 밖이신가 봐요?"

-곱게 쳐 들어가는 중이라고 말했잖아.

"교수님께 한 말 아니니까 그렇게 꼬투리 잡지 마세요."

-미안해서 어쩌지.

"뭐가요?"

-꼬투리 잡으러 왔는데.

"네?"

딩동. 그 순간 초인종 누르는 소리가 그녀의 귓가를 때렸다.

"누구세요?"

휴대폰을 귀에서 뗀 채 묻자 낮은 목소리가 들려왔다.

-들어가도 되냐?

다예는 시선을 돌려 휴대폰을 귀에다 댔다.

방금 전의 말은 문 앞에서 들리는 소리인지 아니면 휴대폰에서 들리는 소리인지 분간이 가질 않았다. 어리둥절한 얼굴로 입을 다물고 있던 다예의 귓가로 나지막한 목소리가 다시 들려왔다.

-열어줘.

지독히도 섹시한 그 한마디에 온몸이 굳어버렸다. 전율이 느껴지는 그의 낮은 울림은 그녀의 귓가를, 그리고 그녀의 심장을 미친 듯이 두들기고 있었다.

다예는 침대에서 벌떡 일어나 아무것도 하지 못한 채 서 있기만 했다. 그러는 사이 다행히도 휴대폰과 초인종은 아무런 소리를 내지 않았다. 마치 다예를 기다려주고 있는 것처럼, 결정을 기다리는 것처럼 조용했다.

-서다예?

한참 동안 말이 없자 슬슬 기다림이 지루해진 태진이 먼저 다예를 불렀다. 그 순간 다예는 아차 싶었다.

"설마 지금 집 앞에 와 계신 거예요?"

-아마도?

어렴풋이 짐작은 하고 있었지만 태진에게 확답 비스무리한 것을 듣고 나니 찬물이 끼얹어진 것처럼 정신이 번쩍 들었다.

다예는 잠시 방 안을 왔다 갔다거리며 안절부절못했다. 그러나 그것도 잠시, 다예는 빠르게 걸음을 옮겨 화장대 앞에 앉았다.

뭐부터 해야 되지? 왜 연락도 없이 와가지고 사람 정신없게 해? 윽, 민낯인데.

불쑥 찾아온 남자의 무례함을 따질 겨를도 없이 다예는 무의식 중에도 그에게 예쁜 모습만 보여주고 싶었다. 휘둘리지 않겠다며, 무시하라며! 또 한 번 외치는 누군가의 목소리는 어느새 외면한 지 오래였다.

다예는 손에 잡히는 화장품들을 급하게 찍어 바르기 시작했다.

-언제까지 세워둘 건데? 열어주든지 아니면 꺼져요, 이 쓰레기만도 못한 교수님아. 라고 욕을 하든지.

무언가 부산스러운 움직임을 알아차린 태진이 조바심을 내며 물어왔다. 그러자 다예는 눈으로 다음 화장품을 찾으며 대답해주었다.

"……정말 그렇게 욕해도 돼요?"

-하고 싶냐?

"굳이 그런 건 아니지만 어떤 반응이실지는 궁금해요."

-궁금하면 해봐.

"꺼져요, 이 쓰레…… 엄마얏!"

말이 채 끝나기도 전에 갑자기 쿵, 쿵, 쿵 하는 소리가 들려왔다. 의도적으로 문을 차는 발길질 소리였다. 그 소리에 놀란 다예가 문 쪽을 힐끔 바라보며 따져 물었다.

"뭐, 뭐 하시는 거예요?"

-이유 없이 욕먹는 거, 생각보다 억울해서.

"언제는 해보라면서요?"

투덜거리면서 '호랑말코 같은 교수님'이라 덧붙였다. 당연히 들리지 않을 것이라 생각하고 무의식중에 내뱉은 말인데 그걸 알아들었는지 문을 차는 소리가 더욱 크게 울려 퍼졌다.

"그만하세요. 엄청 시끄럽단 말이에요."

요란스러운 소리에 놀라면서도 화장품을 찍어 바르는 일을 게을리하지 않았다. 그 짧은 시간에 얼굴에 무언가를 바르고 입술에 색을 입힌 다예는 헝클어진 머리를 정리하며 자리에서 일어났다. 마지막으로 거울에 자신의 모습을 비춰본 다예는 긴장한 듯 가슴을 쓸어내렸다.

-인마, 아무리 그래도 호랑말코가 뭐냐?

"잘못 들으신 거 아니에요? 호랑말코가 아니라 호랑이처럼 용맹하고, 날렵하며……."

아, 나 뭐라고 하는 거야.

다예는 이 말도 안 되는 상황에 당황한 얼굴로 머리를 긁적이며 문 앞까지 걸어왔다. 이 문 너머에 태진이 있을 것이라 생각하니 온몸이 긴장으로 똘똘 뭉치는 것 같았다.

-말도 안 되는 소리 하지 말고 열어.

"왜 오셨어요?"

-보러.

"뭘요?"

-서다예 얼굴.

능청스러운 태진의 말에 다예의 얼굴이 시뻘게졌다. 화르륵 불타오르는 얼굴이 스스로 민망해 손부채질을 했다. 그러면서도 괜히 부끄러워하는 모습을 들키고 싶지 않아 농담을 툭, 하고 뱉었다.

"아, 그 예쁘다는 서다예 얼굴요?"

-하, 원래 밤에 더 뻔뻔하냐?

"낮져밤이랄까. 하하."

-낮뻔밤뻔이겠지.

까분다, 아주. 툴툴거리는 소리가 수화기 너머로, 문 너머로 들려왔다. 다예는 문 앞에 조금 더 다가갔다.

"얼굴만 보고 가실 거죠?"

-일단 열어봐.

"분명 약속하세요. 얼굴만 보시는 거예요?"

-응.

다예는 순순한 태진의 대답을 믿어야 할지 말아야 할지 고민이 되었다. 하지만 되돌려 보내고 싶지 않았다. 그건 본능적인 움직임이었다. 다예는 조심스레 현관문의 잠금을 해제했다. 성격상 문을 확 잡아당기지 않을까 싶어 잠시 기다리는데 생각보다 조용해 문밖의 상황이 궁금해졌다. 다예는 살며시 문을 열었다. 그러자 기다렸다는 듯 문 앞에서 손을 흔들고 있는 태진이 보였다.

"안녕, 서다예?"

밝게 인사를 건네는 목소리를 듣는 순간 다예의 심장이 덜컹하고 내려앉았다. 그리고 미친 듯이 속도를 내는 심장을 들키지 않으려 헛기침을 여러 번 내뱉었다.

오늘 태진은 평소 슈트 차림이던 모습과는 달리 편안한 모습이었다. 화이트 톤의 피케셔츠에 청바지. 그리고 흰색 스니커즈를 신은 그는 서른셋의 나이보다 훨씬 더 어려 보였고 건강미가 넘쳐 보였다.

"아, 네. 안녕하세요."

다예는 어색하게 그의 인사를 맞받아쳤다.

무턱대고 찾아온 태진의 행동이 갑작스러웠음에도 불구하고 기분이 나쁘거나 화가 나지 않는 건 좀 외외였다. 오히려 약간 설렌다고 해야 되나. 기분이 오묘했다.

그 순간 자신을 유심히 바라보고 있던 태진이 허리를 굽혀 배꼽을 잡고 웃기 시작했다.

"큭큭, 서다예. 너 진짜, 큭큭."

가, 갑자기 왜 저래?

혹시 뭐가 잘못됐나 싶어 옷을 살폈다. 편안하게 입은 티셔츠에 트레이닝 바지. 지극히 평범한 모습이었다.

집요하게, 115

"왜 웃으세요?"

이유를 알 수 없어 어리둥절한 표정으로 고개를 들자 어느새 태진이 한 걸음 다가와 다예의 앞에 섰다. 겨우 한 뼘밖에 차이가 나지 않는 거리였다. 다예의 심장이 또다시 뛰기 시작했다. 그런 다예를 바라보는 태진의 입가에 희미한 미소가 떠다녔다.

"옷차림을 봐서는 어디 나갈 사람 같진 않고, 설마 나 왔다고 급하게 화장이라도 한 거야?"

장난처럼 물어오는 태진의 말에 허를 찔린 다예의 얼굴이 홍당무처럼 변했다.

"왜? 나한테 예쁘게 보이고 싶었어?"

"그, 그런 거 아니거든요! 착각하지 마세요!"

"그럼 원래 화장 실력이 별로야?"

"흥. 뭐가 어때서요? 뭐가, 어디가, 어떻게 별론데요?"

"입술 번졌어."

"네?"

태진은 손을 뻗어 다예의 입가를 어루만졌다.

딱 봐도 급하게 바른 태가 나는데도 아니라며 씩씩대는 모습이 사랑스러워 견딜 수가 없다.

"이제 됐어요?"

귀여워 몇 번 만졌을 뿐인데 번진 입가를 정리해주는 줄 알았나 보다. 태진은 물어오는 다예를 지그시 바라보며 살며시 미소 지었다.

"아직. 잘 안 지워지네."

지울 생각이 1퍼센트도 없는 태진을 모른 채 다예는 붉어진 얼굴로 그의 시선을 애써 피하려 했다. 허공을 바라보는 눈동자의 노력을 높이 평가해주고 싶지만 그러기에 다예는 이 순간마저도 참 예뻤다. 그 예쁜 얼굴을 말없이 바라보던 태진의 얼굴에 미소는 어느새 사라진 후였다.

도대체 왜일까, 왜 이 여자만 보면 철부지 아이가 되는지 모르겠다. 장난치고 싶고 심술부리고 싶어지는 마음. 스물셋에도 안 했을 법한 개구쟁이의 모습을 자꾸만 끄집어낸다, 이 여자가.

외롭고 쓸쓸해 보여 안아주고 싶었던 그 여자는 어디에도 없다. 그의 호감을 끌었던 그 안쓰러움은 없다. 그런데도 자꾸만 보듬어주고 싶은 건 왜일까, 그 핑계를 대서라도 난 이 여자 곁에서 웃고 싶은 게 아닐까?

아무것도 가진 게 없던 시절, 무언가를 갖기 위해 애써야 했던 그때의 절박함을 이젠 이 여자로부터 느껴지게 된다. 너무나 힘들어서 다신 돌아가고 싶지 않은 순간이었는데, 지금 돌이켜보면 최고가 되기 위해 애썼던 그 시간들이 어쩌면 가장 행복했던 건지도 모른다. 다 이뤘다, 싶을 땐 허무해졌고 그걸 유지하기 위해 달리기 시작하면 또다시 힘들어졌다. 차라리 다 내려놓고 싶을 정도로.

그런데 이 여자 앞에 서면 세상 모든 것이 암흑이 된다. 처음과 끝이 깜깜해서 그 어떤 것도 신경 쓰지 않아도 되는 그런 어둠. 그 어둠 속에 이 여자가 웃고 있다. 해맑게, 황당하게, 그리고 쓸쓸하게. 그게 좋다. 나를 서다예라는 사람만 바라보게 만드는 기분이, 그 어떤 것도 하지 않아도 될 것 같은 무기력이 즐거움으로 바뀌는 순간들이 참 좋다.

"지, 지우고 계신 거 맞아요?"

한참을 바라보고 있는데 그제야 이상함을 느낀 다예가 물어온다. 여전히 고개를 삐뚜름하게 돌린 채. 턱과 목의 색깔이 달라 웃음이 터진다. 그런데 그 노력이 가상하고 기특한 건 정말 이상할 일이다.

"아, 이거 틴트라서 그래요. 착색되는 거라…… 흡."

한참 동안 같은 자세로 서 있음에도 불구하고 태진에게서 기척이 느껴지지 않자 불편함을 참지 못한 다예가 고개를 돌리며 묻지도 않은 말을 먼저 꺼냈다. 그러고는 어색하게 그를 올려다봤다. 그 순간, 태진의 입술이 다예의 입술을 삼켰다. 문을 채 열지도 닫지도 못한 상태라 현관 문턱을 경계로 다예는 안쪽에, 태진은 바깥쪽에 서서 입을 맞추는 형태가 되었다. 아슬아슬한 위치에 서 있음에도 불구하고 다예의 허리를 감싼 태진의 손이, 다예의 뺨을 어루만지는 태진의 다른 손이 다예에게 안정감을 전해주었다.

태진은 여느 때와 달리 급하지 않았고 장난을 치지도 않았다.

그 느릿한 박자가 이상한 안도감을 가져다주어서, 밀어내지 말라는 기분을 불어넣고 있었다. 다예는 가만히 눈을 감았다. 뭐라 시끄럽게 떠들어대는 복잡한 감정들을 모른 척 묵인하고 싶었다.

그의 키스에서 미세한 술 냄새가 났다. 술 냄새가 이렇게 야할 수가 있을까. 후각을 잠식한 냄새는 다예의 몸 안 모든 감각을 바짝 일으켜 세웠다.

천천히 다가와 한참을 머물던 태진은 순식간에 입술의 방향을 바꾸더니 당장에라도 삼켜버릴 듯 거칠게 다예의 입 안을 훑었다. 그리고 격렬하게, 한 치의 틈도 없이 다예를 몰아쳤다. 혀와 혀가 엉키면서 두 사람의 몸 역시 격렬하게 맞부딪쳤다. 그 순간 다예의 입에서 아찔한 신음 소리가 흘러나왔지만 그걸 알아차린 건 태진뿐이었다. 그 소리에 용기를 얻은 태진의 손이 그녀의 허리와 엉덩이를 쓰다듬었고, 한 줌도 되지 않는 다예의 목덜미는 얇고 가느다란 태진의 손가락에 의해 공격당하고 있었다.

계속되는 자극에 힘이 빠져버린 다예의 몸이 태진에게로 서서히 기대왔다. 태진이 주는 입술의 감각과 무의식적으로 서로를 열망하는 몸이 부딪치면서 기대감으로 빳빳하게 솟아오른 그녀의 가슴이 태진을 더욱 자극시켰다. 얇은 셔츠 사이로 파고드는 아찔한 마찰에 태진 역시 온몸이 예민하게 굳어졌다.

"흡……."

다예는 미칠 것만 같았다. 이미 서로의 모든 맛을 알고 있는 남녀이기에 엉켜드는 혀와 아찔한 감각, 그리고 쉴 새 없이 서로를 쓰다듬는 손길은 당장에라도 서로를 집어삼키라 얘기하는 것만 같았다. 그뿐만이 아니었다. 정열적으로 다가오는 태진의 숨결이 얼마나 거칠어졌는지, 아래에서 느껴지는 뜨거운 무언가가 자신을 얼마나 원하고 있는지 알아차릴 수 있었다.

집요하게 자신을 놓아주지 않던 그날, 끝도 없이 갖고 또 갖던 뜨거웠던 그 밤이 떠오르자 다예의 온몸이 타들어갈 것만 같았다. 당장 앞집 문이 벌컥 열릴지도, 엘리베이터에서 누군가가 내릴지도 모를 일이다.

"……교수님."

이러다가는 복도에서 무슨 일이 일어날 것만 같아 떨어지기 싫은 입술을 떼며 그를 살며시 밀어냈다. 그러자 태진 역시 아쉬운 듯 밀려나며 열망에 찬 눈빛으로 다예를 바라보았다. 흡사 먹이를 앞에 둔 사자 같은 눈빛이었다. 그건 사냥을 하겠다는 날카로운 눈이 아닌 저 먹이가 아니면 안 되는 간절하면서도, 욕망이 가득 담긴 눈이었다.

다예는 결국 인정하고야 말았다. 이 남자의 눈빛은 물론이고 이 남자의 숨결, 행동, 심지어 장난스러운 마음까지도 모두 좋아하고 있음을. 밀어내려고 애를 써도 결국 온몸과 마음이 이 남자를 의식하고 있다는 사실을. 도망가려 애를 썼지만, 숨이 막힌다는 핑계로 둘러 나를 위로했지만 조금 더 다가와주길, 조금 더 자신을 시야에 가둬주길 바라고 있었는지도 모른다.

다예는 열에 들뜬 남자의 얼굴을 쓸어내렸다.

"……들어올래요?"

그리고 물었다. 이 순간 이 남자에게 삼켜진다고 해도 상관없었다. 이 남자를 자유롭게 해주고 싶고, 자신 역시 그의 곁에서 감춰두었던 모든 걸 다 풀어헤치고 싶었다. 하지만 다예의 물음에도 태진은 입을 열지 않았다. 긍정의 눈빛도, 그 어떠한 행동도 취하지 않았다. 오히려 다예를 꼭 끌어안아줄 뿐이었다.

"교수님?"

아무런 말이 없는 태진의 반응이 다예를 겁나게 만들었다. 그의 성격대로라면 능청스럽게 웃으며 빨리 들어가자, 장난을 칠 것 같았다. 그런데 그가 말이 없다. 미세하게 떨리는 그의 숨결이 느껴지는데도 그는 움직이지 않았다. 더욱 세게 안아줄 뿐.

혹시 실망했을까? 키스 한 번에 남자를 집에 들이는 가벼운 여자라고 생각했을까? 처음의 만남이 그랬기에 조바심에 입이 바짝바짝 말랐다. 그 순간 태진이 그녀를 살짝 밀어내며 눈높이를 맞췄다.

"누구로서 들어오라는 거야? 박태진이야, 교수님이야?"

"네?"

"미친 듯이 너를 안고 싶은 건 사실이야. 매 순간 그랬으니까."

"……."

"하지만 이젠 그 감정만으로 널 안을 수 없어."

"무슨 의미예요?"

무슨 말인지 이해가 되지 않았다. 술을 마신 건, 혹시 취해서 어지럼증을 느끼는 건 그가 아니라 나인 걸까.

"내 여자가 아닌 여자 집에 불쑥 들어갈 정도로 파렴치한 아니라고, 나."

다예는 자신보다 한참이나 키가 큰 태진을 올려다보았다. 장난기라고는 찾아볼 수 없을 만큼 진지한 얼굴과 긴장한 듯한 어깨의 움직임이 그의 진심을 말해주고 있었다.

늘 장난꾸러기 같던 그가, 진심을 말한다.

그 진심의 무게가 너무나도 달콤해 가슴이 울렁거렸다.

"처음에는 궁금했고, 그다음엔 재밌었고, 또 그다음엔 기대가 됐어. 내 장난에 반응하는 네가 신선했고, 유쾌했지. 널 보는 순간 순간 난 행복에 가까운 즐거움을 느끼고 있었으니까."

"……."

"그런데 그게 단순한 즐거움이 아니더라. 함께 장난치며 웃고 싶고, 울면 보듬어주고 싶고, 외로우면 곁에 있어주고 싶더라."

"교, 교수님."

술기운이 도는지 어지러운 머리를 손으로 몇 번이고 쓸어 올리던 태진은 숨이 가쁜 듯 길게 내뱉었다. 그러고는 고개를 주억거리며 다예의 손을 맞잡았다.

"과정이 어떻든 지금의 나와 넌 교수와 학생 사이니 네가 고민되는 게 당연해. 이해 못 하는 건 아니야."

"……."

"기억하지? 인생에서 제일 쓸모없는 게 자제심이라는 말. 좋아하면 좋아하는 대로, 사랑하면 사랑하는 대로 혹시 그게 불구덩이일지라도 뛰어들 수 있다는 것, 그것도 용기야. 활활 재가 되어 날아가버린다고 해도 타오르는 순간만큼은 아름다울지도 모르잖아?"

"교수님."

"무슨 말 하고 싶은지 알 것 같은데, 그래도 서다예야. 다 예쁜 서다예. 열심히 굴리고 따지는 그 작은 머리, 이제 나한테 기대면 안 되냐."

취중진담. 그게 얼마나 진정성이 있는 것인지에 대해 답을 내리라면 어떤 쪽에 무게를 두어야 할지 잘 모르겠다. 그런데 적어도 이 남자의 눈빛에서 느껴지는 한마디의 힘은 다예의 온 마음을 덜컹,

하고 흔들어대기 충분했다. 설령 아닐지라도, 바람처럼 날아가버리는 재가 될지라도 한 번쯤은 활활 타오르는 것도 좋지 않을까. 이 남자라면, 이 순간이라면 가능할 것도 같은데. 다예의 가슴 끝이 파르르, 떨려왔다.

두근, 두근. 두근, 두근. 이 소리가 그의 귓가에 닿아주길. 자연스럽게 당신을 원하고 있음을 알아주길. 그렇게 간절히 속삭이던 찰나 태진의 두 팔이 다예에게로 다가오더니 살며시 그녀를 껴안았다.

여전히 문턱을 경계로 둔 채 두 사람은 그렇게 한참 동안을 말없이 서로를 다독이며 위로해주었다.

"기다릴 테니까 있는 힘을 다해, 전력질주해서 천천히 와."

"그런 말이 어딨어요?"

"천천히 힘껏 달려오든지."

품 안에서 품, 하고 웃는 소리가 들렸다. 그 소리가 듣기 좋아 태진은 한참 동안이나 다예를 꼭 끌어안았다. 말없이 한참을, 그 어떤 말을 나누지 않아도 알 것 같은 둘만의 시간을 공유하며 그렇게, 그렇게 함께했다.

"시간 늦었다. 이제 들어가."

"가시려고요?"

"왜? 막상 간다고 하니까 못 가게 잡아두고 싶나 봐?"

"……."

조금, 아니 많이 잡아두고 싶어지는 이 마음.

시간이 늦어서 그런 걸 거야, 라고 핑계 대기에 다예의 심장은 그를 향해 격동하고 있었다. 그런 마음을 아는지 모르는지 태진은 장난스럽게 눈썹을 올리며 장난을 걸어왔다.

"뭐야? 그 눈빛은? 잡아먹히고 싶어 안달 난 얼굴인데?"

"……전혀 아니거든요!"

"너 은근히 먹이 기질 있어."

"안녕히 가실래요?"

다예는 한껏 열려 있는 현관문을 있는 힘껏 잡아당겼다. 그러자 문이 조금씩 닫히기 시작했다. 탁. 그 순간 태진이 그 틈을 놓치지 않고 발을 끼우자 다예의 눈이 한껏 휘어졌다.

"발 좀 빼주시죠?"

"내 발의 자유를 왜 그대가 막는가?"

"제 문의 자유도 존중해주세요."

"그럼 내 입술의 자유도 존중해줘."

"또 무슨……."

춉. 짧은 순간 태진의 입술이 다예의 이마에 닿았다가 떨어졌다. 그러자 다예가 놀라 문을 잡은 손을 놓으며 이마를 가렸다.

"하여튼 틈만 나면!"

"틈새공략. 그게 이 광대한 광고 시장에서 살아남는 비결이지."

"복도에서 강의하시는 거예요?"

"훌륭한 카피라이터가 되고 싶다며. 항상 모든 것에 오감을 세우며 흔한 것도 새롭게, 새로운 것도 흔하게 관찰해라. 그리고 항상 긴장 늦추지 말고."

"네. 교수님의 말씀 잘 새겨들을게요."

"내가 너 좋아한다는 말도 잘 새겨듣고."

"생각해보고요."

0.1초도 지나지 않아 득달같이 달려드는 대답을 들으며 태진은 기분 좋게 웃었다.

"오늘 밤 잘 생각해보고, 문 닫아. 잠그고."

한 걸음 물러선 태진은 문을 밖에서 살며시 밀어주었다. 그 힘에 서서히 닫히던 문은 또르륵, 하고 잠겨버렸다. 잠시 후 태진은 문을 톡톡 두드렸다. '잘 자라, 딴 놈 오면 열어주지 말고'라는 말을 끝으로 침묵이 흘렀다. 갔나? 싶어 문에 귀를 대니 그제야 움직이는 발걸음 소리가 들렸다. 미련이 남은 건 저뿐만이 아니었나 보다.

더 이상 그곳에 태진이 없다는 생각이 들자 다리에 힘이 풀려 문가에 기댄 채 스르륵 주저앉았다. 미세한 술 냄새와 청량한 체취가 그녀의 어딘가에 남아 있는 기분이었다.

"……."

다예는 입가를 어루만졌다. 입술의 감각이 아직도 짜릿하게 남아 있는데, 그는 없다. 그럼에도 불구하고 그가 있는 것처럼 두근거리고 떨린다. 안다. 이젠 정확히. 서다예는 박태진을 좋아하고 있다.

'기다릴게. 있는 힘을 다해, 전력질주해서 천천히 와.'

'천천히 힘껏 달려오든지.'

오늘 처음으로 그의 마음을 고백받았다. 몸으로 부딪쳐오는 고백이 아닌 진심이 담긴 담백하고도 깊은 맛의 고백. 듣는 이로 하여금 귀를 멀게 하고 마음을 떨리게 하는 그의 진심. 다예는 앞뒤가 맞지 않는 말로라도 자신의 조급한 마음을, 하루라도 빨리 닿아주길 바라는 마음을 전하던 태진의 목소리가 좋았다. 두근거렸고 설레었다.

"그런데 왜."

문제는 마음이 아니었다. 크리브진이든 태진이든, 이미 넘치도록 좋아하게 되었음을 인정한 후였다. 보는 것만으로도 숨이 턱턱 막히는 것 역시 그를 의식하고 있기에 그렇다는 것을. 쉬운 여자로 치부될지도 모르는 유혹을 하면서도 그를 안고 싶은 것 역시 그를 좋아하지 않으면 할 수 없는 일이라는 것도 안다. 유일하게 흔들리고 있는 남자가 박태진이기에, 첫사랑처럼 가슴을 울리는 남자가 박태진이기에 알 수 있다. 그를 좋아하고 있다.

그럼에도 불구하고 미세하게 남은 불안은 자꾸만 그녀를 구석으로 몰았다. 왈칵 다가와버린 남자. 모든 걸 다 가졌지만 더욱 많은 걸 욕심내는 남자. 순식간에 자신을 흔들어놓는 남자. 그 남자는 탐이 날 정도로 매력적이고 아름답지만 위험하다.

아슬아슬, 팽팽하게 당겨진 두 사람의 관계는 늘 위태로울 것이다. 매 순간이 긴장의 연속일 것이며 주변 사람들의 시선을 견뎌내야 할 것이고, 늘 숨어 만나는 일들이 많아지게 될 것이며 어느 날은 서로의 관계를 부정하는 날이 올 수도 있을 것이다. 교수와 제자라는 이유로, 그가 크리브진이라는 이유로. 그와의 관계. 유명세. 구설수가 따를 수밖에 없는 연애의 연속일 것이다.

아기자기한 연애를 꿈꿔왔던 20대의 연애가 이토록 어렵고 위

126

태로워질 줄은 꿈에도 생각지 못했기에 더욱 거부하고 밀어냈는지도 모른다. 견뎌낼 수 없을 것이라는 확신. 그것이 줄곧 태진을 밀어내는 핑곗거리가 되어주었었다.

"……."

하지만 그 방패막이가 오늘따라 지겹게 느껴진다. 거추장스럽고 귀찮다. 그를 만난 순간부터 줄곧 반복해왔던 고민과 후회. 그 모든 것들이 다예의 삶을 얼마나 타이트하게 조이고 있는지 태진은 모를 것이다.

"부질없다."

이미 엎질러져버린 물이었다. 그와의 관계는 이미 깊어질 대로 깊어졌고 그에 대한 자신의 마음 역시 커질 대로 커졌다.

다가가고 싶다. 더욱 가까워지고 싶다. 상처투성이가 될지언정, 그의 뒤에 숨어야 할지언정 그를 갖고 싶다.

"한 번만 욕심내면 안 될까. 딱 한 번만."

좋아하는데, 좋아하는데 뭐가 문제야? 혼자도 아니고 같이 불구덩이로 뛰어들자는데, 무서울 게 뭐야? 열정적인 사랑, 어쩌면 평생에 한 번도 못 해볼지 몰라. 한 번뿐인 인생이니 사랑에 전부를 걸어봐도 되지 않을까? 용기 내도 되지 않을까? 숨어야 된다면 숨고, 없어야 된다면 없는 연인처럼 사는 게 뭐가 어때서? 두 사람의 마음만 있다면, 확신만 있다면 그런 것쯤은 별거 아닐지도 몰라. 게다가 그가 교수로 있는 시간은 고작 세 달. 지금처럼만, 지금처럼만 모른 척 견뎌내면 된다.

"……."

하지만 크리브진으로 살아가는 그의 인생은 어쩌면 조금 더 오랫동안 그녀를 숨겨둬야 할지도 모를 일이다. 지금껏 그가 만들어놓은 크리브진 속에 파묻혀 있는 요란한 문제들. 그건 일궈놓은 것이 많은 그의 능력 속에 잠시 묻혀 있는 것일 뿐이다. 수면 위로 드러나면 아마 많은 타격이 있을지도 모르지.

견뎌낼 수 있겠어? 서다예, 그거 다 감수하고도 그 남자, 갖고 싶은 거야? 한참을 묻고 또 물었다.

부정적인 상황들, 부정적인 순간들이 머릿속을 떠다녔지만 이젠 그것들에 얽매이지 않기로 했다.

긴 한숨을 내쉰 다예는 무언가를 결정한 사람처럼 자리에서 벌떡 일어나 달력 앞으로 단숨에 걸어갔다. 그곳에서도 한참을 고민하던 다예는 결심한 듯 펜을 들어 돌아올 월요일에 동그라미를 쳤다.

"이번엔 내가 고백할게요."

디데이. 일주일 후 월요일. 바로 그날이 디데이다.

마음을 먹고 나니 시간은 더디게 흘러가는 것만 같았다. 벌써 금요일인데도 말이다. 이렇게 많은 사람들 앞에서 발표를 하고 있음에도 불구하고 아직도 주말이 남았네, 라며 조급해졌다.

그날 그렇게 돌아간 태진에게선 별다른 연락이 없었다. 은근히 섭섭하기도, 혹시라도 연락이 올까 기대가 되기도 했지만 천천히 전력질주해 달려오라던 그의 말의 의미를 알고 있었기에 더 이상 기다리지 않게 되었고 섭섭한 마음도 사라졌다.

"H전자의 TV, 'ART'는 소비자들에게 진정으로 필요한 '지금 이 순간의 TV'로 인식되어 있습니다. 아이들이 함부로 버튼을 조작할 수 없도록 'LOCK' 기능을 탑재하는 것은 물론, 쉽게 잃어버리는 리모컨의 자리를 만들어줌으로써 실생활에 도움이 되는 지금 이 순간의 TV로 자리매김한 것입니다. 리모컨 박스마저 하나의 디자인이 되어 아름답게 연출한 것 역시 정말 획기적인 기획이란 생각이 듭니다."

몸에 딱 맞아떨어지는 화이트 셔츠와 블랙 정장 스커트, 걸을 때마다 또각거리는 굽이 높은 구두. 날씬한 몸매가 더욱 늘씬해 보이는 것은 물론이고 지적인 이미지를 풀풀 풍기는 다예는 어둠 속에서도 빛이 났다.

다예는 들고 있는 발표용 큐시트를 넘기며 자신을 바라보고 있는 시선들을 여유롭게 맞받아쳤다.

"이미 소비자들의 기대치는 최대로 올라가 있는 상태입니다. 더 좋은 TV, 더 나은 TV는 어쩌면 불가능할지도 모릅니다. 그렇기에 H전자는 약간의 방향을 틀어 소비자들이 원하는 기능을 탑재했고, 이로 하여금 일상에서의 편리함, 위험 요소를 최대한 제거해줌으로써 느끼는 안락함 등에 초점을 맞춘 것입니다."

"……."

"광고 역시 심플합니다. '지금 이 순간의 TV' 카피 한 줄은 이미 많은 소비자들의 마음을 움직이기에 충분했습니다. 실제로 H전자가 'ART'를 출시했을 당시 판매율이 급증했다는 것을 알 수 있으며 몇 년이 지난 지금까지도 부동의 1위를 달리고 있습니다. 그건 그때의 기회이자 지금의 위기라는 말로도 해석될 수 있습니다."

여유롭게 웃던 다예의 눈매가 날카로워졌다. 모습만큼이나 단정한 메이크업을 하고 걸음 하나에도 신경을 썼다. 시간이 지날수록 지칠 법도 한데 다예는 그러지 않았다.

"현재 H전자는 'ART'를 넘어설 제품을 만들어내야 할 때입니다. 그래서 저희 조는 새로운 개념의 TV를, 두 번 다시 없을 H전자만의 색깔을 가진 제품에 초점을 맞춰 아이디어를 구상해보았습니다."

PPT의 페이지가 넘어가고 다예는 큐시트를 내려놓았다. 그러고는 기획서와 한 몸이 된 사람처럼 자유자재로 손을 움직여 제품에 대한 설명을 시작했다. 그 제스처 하나하나가 보는 이로 하여금 설득력과 신뢰감을 높여주었다. 학생들과 교수님은 그런 다예에게로 빨려 들어가듯 집중하고 있었다.

"와, 다예 선배 정말 끝내주세요."

숙덕숙덕. 강의실 뒤편에 유주와 함께 앉아 있던 후배들이 다예에게서 눈을 떼지 못했다. '칼폭녀'라는 단어가 완벽하게 이해되는 순간이었기 때문이다.

그 후로도 계속된 발표와 Q&A 시간이 끝나자 어두웠던 강의실이 환해졌다. '이상입니다'라는 마무리 멘트를 내뱉는 다예가 고개를 숙여 인사를 하자 다들 박수를 쳤다. 교수 역시 아주 흡족한 얼굴로 칭찬하며 수업을 마쳤다.

"선배님! 대박요! 저희 A+은 따놓은 당상!"

"우와. 진짜 멋졌어요, 선배님!"

"실수 안 해서 다행이다."

"실수? 네버! 하셨어도 절대 몰랐을 거예요. 아, 멋져요! 선배님!"

서다예 대기조라도 된 것처럼 조원들이 달려와 다예에게 엄지를 들어 보였다. 다예는 긴장이 풀렸는지 긴 한숨을 내쉬었다.

"발표 잘했으니까 언니가 한턱 쏜다."

"안 그래도 배고파 죽겠어. 긴장했더니 손발이 다 떨려."

"거짓말. 아나운서 빙의한 줄."

"오버는."

"진짜라니까? 너 오늘 끝내줬어."

유주의 칭찬에 다예는 거만한 척 입꼬리를 올렸고, 브이를 그리며 엉덩이를 흔들자 유주가 손으로 있는 힘껏 다예의 엉덩이를 때려주었다.

"악, 따가워!"

"엉덩이 한번 차지다. 탱탱한 것이 아주 그냥."

"아주 그냥 뭐?"

"호호."

"……."

"일단 식당으로 고고!"

유주의 얼굴에 스쳐 지나가는 눈빛이 너무나도 변태스러워 알바 때문에 자리를 비운 은강이 안쓰럽게 느껴졌다. 성인은 성인이니 뷰티풀 라이프를 즐기는 것은 좋은데, 뭐랄까. 은강이가 안쓰럽다.

"아 참, 아까 한 교수님 학교에 오셨더라? 못 봤지?"

"응. 외국에 나가 계신 거 아니었어?"

"잠깐 들르셨다는데? 만나 뵈러 갈까?"

평소 한우석 교수님을 존경하던 두 사람이었다. 외국에 나가신 줄만 알았는데 학교에서 만나 뵙게 될 줄이야.

들뜬 유주가 휴대폰을 들어 교수님의 번호를 찾기 시작했다. 그 모습에 다예 역시 휴대폰을 꺼내 들었다. 혹시나 했는데 역시나다. 몇 개의 메시지가 와 있었지만 원하는 이의 것은 없었다. 기대하지 않기로 해놓고서 기분이 나빠지는 건 어쩔 수 없었다.

"안 와?"

휴대폰을 귀에 댄 채 저 멀리 가 있는 유주를 보며 다예는 걸음을 재촉했다. 정신 차려야지, 라고 경고를 준 채.

하지만 유주에게로 다가가기도 전에 걸음을 멈춰야 했다. 이쪽으로 걸어오는 두 남자가 다예와 유주를 발견하고 먼저 알은체를 해왔기 때문이다.

"교수님!"

한우석 교수님이셨다.

유주는 오랜만에 만나 뵌 교수님에게 뛰듯이 달려가 안겼다. 평소에도 아버지처럼 대해주시던 교수님이시기에 익숙한 광경이었다.

"유주, 이놈! 아무리 그래도 다 큰 아가씨가 이러면 쓰나?"

"제가 좀 무거워졌죠?"

"하하하, 안 본 사이에 더 예뻐졌네."

한 교수님과 유주의 대화가 들리는데, 이상하게 다가갈 수가 없다.

교수님 옆에 서 있는 또 다른 남자 때문에.

"어? 다예?"

왜 이 시간에 여기 있어요? 학교에 있으면서 연락해볼 생각은 안 했던 거예요? 괜한 심술이 불쑥 튀어올랐지만 어떤 말도 할 수가 없다.

먼저 아는 체하는 한 교수님 덕분에 다예는 멋쩍은 얼굴로 걸어가 그가 내민 손을 잡았다.

"교수님."

"유주만 예뻐진 줄 알았더니 다예는 더 예뻐졌네?"

"에이. 교수님 전용 레퍼토리인 거 다 알아요."

"하하, 이래서 똑똑한 학생들을 이겨낼 재간이 없다니까?"

넉살 좋게 장난을 치는 한 교수와 이야기를 나누던 것도 잠시였다. 유주가 그동안 궁금한 게 많았는지 그의 팔을 이끌고 앞서 걷기 시작했기 때문이다. 덩그러니 남겨진 다예는 맞은편에서 잔뜩 인상을 구기고 있는 남자를 바라보았다. 다가오지도, 멀어지지도 않는 그 남자. 얄미운 남자. 다예는 심통이 난 걸음으로 그에게 걸어갔다. 그리고 흘기듯 툭, 하고 말을 걸었다.

"이 시간에 여기 계실 줄은 몰랐어요."

"외삼…… 아니 한 교수님께서 잠시 학교에 들르셨다고 하셔서 얼굴도 볼 겸 겸사겸사."

더 할 말이 있는 것 같은데 입을 꾹 닫아버리는 그가 미웠다.

그런 마음을 아는지 모르는지 태진은 못마땅한 얼굴로 그녀의 다리로 시선을 옮겼다.

"근데 오늘 무슨 날이야? 평소랑 다르게 꽤, 차려입었네."

자신의 수업을 들으러 올 때 다예는 늘 편한 대학생의 모습이었다. 꾸미지 않아도 예뻤기에 단순히 예쁜 여자라고만 생각했었다. 그런데 오늘은 좀 다르다. 차려입은 스타일이 커리어우먼이라도 된 것처럼 그녀를 유능해 보이는 여자로 만들었다. 멀리서도 시선을 끄는 옷맵시가 아주 예뻤다. 그래서 더 짜증이 치밀었고.

"발표가 있는 날이었어요. 그래서."

"발표할 사람이 너밖에 없어? 4학년이나 돼서 무슨 발표?"

"……기분 안 좋은 일 있으셨어요?"

걱정스레 물어오는 다예의 말에 그제야 자신이 삐딱하게 이야기하고 있음을 알아차렸다. 하지만 알아차렸다고 해서 금방 기분이 풀어질 리가 없다. 저렇게 예쁘고 단정한 모습을 보고 있는 이 순간이 지독히도 화가 난다. 풍만한 가슴을 타이트하게 잡고 있는 저 셔츠는 왜 이리도 그녀의 몸을 적나라하게 보이게 하는지. 게다가 저 무릎 위까지 올라와 있는 짧은 스커트는 또 어떻고? 굽이 높은 구두는 그녀의 늘씬한 다리를 더욱 매끈하게 만들어줄 뿐만 아니라 잘록한 발목으로 시선을 끌어 애가 닳게 만들었다.

"근데 너 어디 가냐?"

"밥 먹으러요."

"집에 밥 없어?"

"있는데요."

"콜택시 불러. 택시 타고 집 가. 가서 밥 먹어."

"네?"

스스로 생각해도 너무 유치하고 어이가 없다. 그런데도 참을 수가 없다. 저 예쁜 모습을 하고 이곳저곳을 누비고 다니는 모습을 볼 수가 없다. 지금도 지나가는 사내새끼들이 힐끔힐끔 쳐다봐서 화가 치밀어 오르는데, 그 예쁜 입술로 말을 하고 웃고 길거리를 활보하고 다닐 모습을 나더러 가만두라고?

태진은 그 짧은 시간을 이용해 오늘의 스케줄을 체크했다. 제길, 어떻게 빼볼 수 없는 일정들의 연속이었다. 그래서 더 다예를 집으로 돌려보내야만 했다.

서른셋 남자의 치졸한 질투든, 말도 안 되는 억지든 상관없었다. 어떤 놈들도 저 예쁜 모습을 보지 않았으면 좋겠으니까!

"예쁘게 집 가서 맛있게 밥 먹어. 응?"

"싫어요."

이 여자가 진짜.

애타는 마음을 알 리 없는 다예는 입술을 툭, 하고 내민 채 심술을 부린다. 당장 입술을 쭉 빨아 물고 싶을 정도로 사랑스러워 더 환장할 노릇이었다. 성큼 다예에게로 다가가 '집 가'라고 말하려는 순간 수다 삼매경에 빠져 있던 유주와 한 교수가 뒤를 돌아보며 다가왔다.

"박 교수, 가야지?"

젠장. 태진은 떨어지지 않는 발걸음을 옮기기 전 복화술로 경고했다.

"당장 집 가라."

"밥 먹고 갈 거예요."

"집밥이 최고라는 말 몰라? 당장 집 가라. 좋은 말로 할 때."

"왜 이러세요?"

안 되겠다. 이 여자 정말 안 되겠어.

태진은 결국 참지 못하고 등을 휙 돌렸다. 그러자 그의 눈에 오로지 다예만 보였다. 최대한 목소리를 낮추고 작게 속삭였다.

"셔츠는 작고, 치마는 짧다. 엉?"

"난 잘 모르겠는데."

"이런 거 입고 다니지 마."

"괜히 트집이야. 예쁘기만 하구만. 다들 예쁘댔어요."

그래서 하는 말입니다요, 이 아가씨야!

이걸 안아서 나를 수도 없고, 미치겠네.

"박 교수?"

재촉하는 외삼촌의 목소리가 들려오자 더욱 초조해졌다. 이거 확실하게 해두고 가야겠는데. 안 그러면 무슨 일이 일어날지 몰라.

"마지막 경고야. 집, 가, 라?"

눈은 웃는데 입은 악물어졌다. 이 정도 했으면 거역할 수 없는 이야기라는 걸 알아차려줬음 좋겠는데, 서다예는 장난스럽게 씩 웃으며 '내, 맘, 인, 데, 요'라며 불난 곳에 기름을 끼얹었다.

"시간이 없다, 태진아."

그 순간 한 교수의 목소리가 꽤 엄해졌다. 마지막 재촉이란 이야기였다. 태진은 '가요'라는 말을 덧붙이며 입술을 잘근잘근 씹었다. 그러다 문득 목이 마르다며 가방에서 생수 하나를 꺼내 들었다. 그러고는 마시는 척하더니 급하게 방향을 틀어 툭, 하고 떨어뜨렸다.

"으, 차가워!"

그 순간이었다. 옆에 있던 다예의 셔츠 위로 떨어진 생수병은 스커트까지 흘러내려 몽땅 젖게 만들었다. 깜짝 놀란 유주가 달려와 옷을 털어주었다.

"괜찮아, 서다예 학생?"

귀를 타고 들려오는 목소리에 다예는 고개를 번쩍 들었다.

물을 쏟은 남자는 너무나도 천연덕스럽게 그녀를 바라보며 걱정하는 척, 을 했다. 기가 찼다.

"실수, 맞으세요?"

"미안해. 내 재킷 줄 테니까 이걸로라도 감싸. 감기 걸리겠다."

"……괜찮습니다."

"내 마음이 안 편해서 그래. 그러니 감싸고 가."

"……."

"그래, 다예야. 박 교수가 미안해서 그런 거니까 감싸고 가는 게 좋겠네."

고의성이 짙은 행동임을 알고 있는데 그의 뻔뻔한 만행은 계속되었다. 오기로라도 재킷을 확 밀쳐버리려다가 한 교수님까지 편을 들어 다예를 위로해주니 더 이상 나쁜 짓을 할 수 없었다.

잠잠해진 다예를 알아차린 태진은 자신의 재킷을 다예의 허리에 둘러주고는 꽁꽁 묶어주었다. 키가 큰 태진의 재킷이 자연스럽게 다예의 종아리까지 가려주었다.

"그럼 이만. 다음 주에 봅시다, 서다예 학생."

태진은 웃음이 터져 나오려는 걸 억지로 참는 사람처럼 입술을 물고는 다예의 어깨를 툭툭 쳐주었다. 격려하듯, 네가 졌으니 포기하라는 듯한 의미가 담긴 다독임에 다예의 눈이 휘었다.

저 인간을 아주 그냥! 이제 하다 하다 이런 유치한 짓까지 해?

당장 달려가 물어뜯어주고 싶은데 한 교수와 태진은 유유히 학교를 빠져나갔다. 부들부들. 억울함에 두 손이 덜덜 떨렸다.

"괜찮아?"

다예는 걱정스레 물어오는 유주의 말에 정신이 들었다. 괜찮다며 재킷을 더욱 야무지게 여몄다.

"응. 괜찮긴 한데 밥은 나중에 먹어야겠다."

"지금 밥이 문제야? 집에 가서 옷 갈아입어. 한여름 감기는 개도 안 물어간다더라."

언어폭력기 한유주의 말에 다예는 킥킥, 웃어댔다. 그러고는 미안하다는 듯 손을 흔들고는 사라졌다.

그 뒷모습을 바라보던 유주는 머리를 긁적이며 방금 전의 상황을 떠올렸다.

아무리 생각해도 방금 전의 분위기가 좀 이상했던 것 같다. 왠지 교수님이 일부러 다예에게 물을 쏟은 것 같은 기분이 들었다. 하지만 왜? 교수님이 그럴 이유가 있을까?

"……정말로 찍힌 거야?"

첫 수업 날 은강의 말이 떠올랐다.

박태진 교수님에게 단단히 찍힌 것 같다고. 아무래도 다예, F 받을지도 모른다고. 아무리 그래도 그렇지 이건 좀 위험한 거 아닌가? 물을 쏟다니. 눈에 훤히 보이는 그런 행동을 아무렇지 않게 한다고? 게다가 크리브진이? 말도 안 돼. 이거 뭔가 이상해.

유주는 사라진 다예의 뒷모습을 좇으며 한참 동안이나 서 있었다.

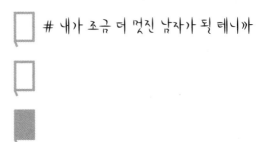

내가 조금 더 멋진 남자가 될 테니까

집으로 돌아온 다예는 젖은 스커트를 훌훌 벗어내며 씩씩거렸다. 얄미운 박태진. 아무리 생각해도 이기적인 행동이었다. 제 말을 듣지 않는다고 물을 쏟아? 그것도 실수를 빙자해서? 능청스럽다 못해 뻔뻔한 행동에 다예는 기가 막혔다.

"야, 서다예. 너 진짜 그 남자랑 연애하고 싶은 거야?"

거울 속에 자신에게 물었다.

서른셋의 남자, 교수, 크리브진. 그녀의 머릿속에서 그를 밀어냈던 이유들은 이미 사라지고 난 후였다. 오로지 남자 박태진, 유치하고 고집스러우면서도 뻔뻔한 그 남자에 대해 심각하게 생각해 볼 필요성이 있었다. 평소 그 남자의 성격을 완벽에 가깝게 파악하고 있었다 생각했는데 그건 크리브진일 때였다. 남자 박태진의 새로운 모습들은 신선한 충격을 안겨주고 있었다. 수단과 방법을 가리지 않는 남자.

위험하다는 생각을 하긴 했지만 원하는 일을 하기까지 한 치의 망설임도 없는 그 모습이 놀라울 정도였다. 후폭풍 따위는 머릿속에 없는 듯한 그를 감당할 수 있을까?

"다시 생각해봐. 이건 미친 짓일지 몰라."

그러나 감정이라는 건 손바닥 뒤집듯 쉽게 바뀔 수 없는 것이었다. 지금, 절망스럽게도 그 유치하고 말도 안 되는 행동이 한편으로는 귀엽게 느껴지니 말이다.

질투했을까, 그 남자?

예쁘게 차려입은 자신이 조금은 걱정됐을까?

생각을 전환하니 그토록 달콤한 행동도 없을 것 같았다. 오죽하면 그런 센스를 발휘할까, 정말 여러 의미로 기가 막힌 남자였다.

"아냐, 아냐. 서다예. 제발 신중하게 생각해. 응?"

그러다가 훅, 하고 치밀어 오르는 그의 다급한 표정에 또 한 번 악마가 그녀에게 속삭였다.

감정에 치우쳐 한참을 후회하며 살지도 몰라. 저 말도 안 되는 박태진의 성격에 휘말려 남은 인생이 평탄치 않을지도 몰라! 제발, 감당하지 않겠다고 말해. 저 남자는 꽝이라고 말해!

"안 해! 안 해! 하지 말자, 때려쳐!"

달력 앞에 선 다예가 빨간 펜으로 표시된 디데이를 노려보며 입술을 잘근잘근 씹었다. 그래, 조금 더 생각해보자. 언제 어디서나 이런 상황들이 반복될지 모른다. 그러니 조금 더 신중하게.

펜을 든 다예가 동그라미 위로 엑스 표를 그리려는 순간 윙, 윙. 우렁찬 진동 소리가 들렸다.

"까, 깜짝이야."

생각지도 못한 진동 소리에 놀란 다예는 들고 있던 펜을 바닥에 떨어트렸다. 죄지은 것도 아닌데 왜 이렇게 가슴이 벌렁거려?

후, 떨리는 가슴을 부여잡고 테이블 위에 놓아두었던 휴대폰을 손에 쥐어 발신자를 확인한 순간 다예의 눈썹이 삐죽, 하고 올라갔다.

-어디?

여보세요, 라는 말을 꺼내기도 전에 성급한 남자의 목소리가 들려왔다.

"알아서 뭐 하시게요?"

-어쭈. 말투가 곱지 않다? 무슨 일 있었어?

"무. 슨. 일. 있. 었. 냐. 고. 요?"

으드득, 으드득. 다예가 이를 갈며 으르렁거렸다.

-그래서 어디냐고. 성질부리지 말고 묻는 말에부터 대답해.

"말 안 해요! 안 해줄 거라고요!"

-은근 성질 더럽다니까.

"교수님만 하겠어요?"

참고 참았던 화를 담아 수화기 너머로 빽- 하고 질러버렸다.

미안하다고 사과를 하지는 못할망정 화가 가득 차 열불이 나는 가슴에 기름을 들이붓는다. 부들부들. 정의감에 부들거리는 주먹을 공중으로 띄우며 바득바득 이를 갈았다. 앞에 있었으면 펀치를 날려주었을 텐데!

-집에 들어갔구나? 잘했네.

"누가 그렇대요?"

-그렇지 않고서야 교수님! 하면서 소리 지를 리가 없잖아. 그렇지, 서다예? 착하다.

"옷이 축축해서 들어온 거거든요!"

-알지. 암, 그렇고말고.

누구 놀리나 지금? 다예는 이를 악물었다. 다예는 열이 뻗쳐 죽겠는데 그는 뭐가 그렇게 즐거운지 헤헤 호호, 심지어 흥얼흥얼 콧노래까지 불러댄다.

"어디세요?"

-왜? 와서 멱살이라도 잡으려고?

"가능하다면요."

-요즘 무진장 까부네, 우리 다예쁨.

"예쁘다 예쁘다 해주실 때 기어올라 보려고요. 어디까지 올라갈 수 있나, 궁금하기도 하고요."

-학점은 포기했고?

"치사하게 이러지 마세요."

-까부는 학생에게는 F가 답이거든.

빠직. 다예는 쥐고 있던 주먹을 쫙 폈다. 얼마나 세게 쥐고 있었는지 피가 안 통해 저릿저릿했다.

역시 탈락. 이 남자 별로야, 별로! 시간이 지날수록 디데이에 대한 생각은 점점 멀어지고 있었다.

-밥은 먹었냐?

"아직요."

-밥 사줄까?

"집밥이 맛있다면서요."

-집밥보다 더 맛있는 게 박태진이랑 같이 먹는 밥이지.

"괜찮습니다. 그 맛있는 밥, 교수님이나 많이 드세요."

-그래. 그럼 주말에 밥 먹자.

아니, 이게 무슨 동문서답이야. 괜찮다니까! 당신이랑 밥 안 먹
는다니까? 그런데도 그는 여유롭다 못해 한가로워 보이기까지 했
다.

"……생일이 언제세요?"

-선물이라도 주게?

"보청기요. 교수님께 필요한 것 같아서요."

어쩜 이렇게 못 듣는지 묻고 싶은 심정으로 내뱉은 말인데 태진
은 숨이 넘어가라 큭큭거렸다. 그러면서 '턱받이 받고 보청기 콜이
냐?'라고 물어왔다. 뒤끝 작렬한다며 얼마나 구박하던지, 다예는
얼굴이 시뻘게졌다.

-잘 기억해두었다가 40년 후 내 생일날 챙겨줘라. 그때쯤이면
진짜 필요할지도 모르잖아?

"그때는 옆에 계신 분에게 챙겨달라 하세요."

-잊어버릴지 모르니까 네가 잘 기억해두었다가 일러주든지.

"별걸 다 시켜."

144

하여튼. 다예는 구시렁거렸다.

40년 후라. 그때쯤 태진은 누구의 남편이 되어 있을까? 아이 아빠가 되어 있을지도 몰라. 아마 그러겠지? 그는 자상한 남편이자 따뜻한 아빠일까? 아니면 장난꾸러기 남편이자 개구쟁이 아빠일까. 어쩐지 전자보다는 후자가 더 잘 어울려 웃음이 터졌다. 하지만 그건 잠깐이었다. 40년 후의 그, 그리고 그 옆에 누군지 모를 여자. 내가 아닐 수도 있잖아. 지금 같아서는 아닐 확률이 높고.

"……."

왠지 싫다. 자신이 아닌 다른 여자가 그의 곁에 있는 것. 생각만으로도 별로다, 쳇.

-어이, 서다예.

급격하게 조용해진 다예를 알아차렸는지 태진이 조심스레 그녀의 이름을 불렀다.

-혹시 몸 안 좋아? 내가 물 쏟아서 감기 걸린 거 아냐?

쇼를 할 땐 언제고 이제 와 걱정인 태진이 황당해 피식, 하고 웃어버렸다. 사람이라는 게 참 간사하다. 화가 날 땐 언제고 걱정 한 마디에 섭섭함이 눈 녹듯 내려앉는다.

"바로 집에 왔는데요, 뭘. 좀 피곤해요."

-많은 남자들의 시선을 한 몸에 받으니 피곤할 수밖에. 그런 너를 지켜봐야 하는 나는 과로로 쓰러질 판국이다.

"그럼 좀 쉬세요."

-쉴 수 있으면 좋겠지만 오늘 일이 좀 많네. 그래서 말인데, 서다예.

"네?"

-주말에 데이트하자. 맛있는 밥 사줄게.

두근. 데이트라니.

우리 사이가 뭐라도 되나요? 라며 툴툴거리고 싶은데 그럴 수가 없다. 듣는 것만으로도 설레서. 기대가 돼서. 바보 같은 서다예.

-아 참, 문 앞에 약 두고 갔으니까 먹고.

"……약이요?"

-얼굴 보면 못 갈 것 같아서 두고 간 거니까 꼭 챙겨 먹어. 끊는다.

뚝. 얄짤없이 끊어진 전화기를 내려놓지 못하고 한참 동안 서 있던 다예는 천천히 몸을 돌려 문 앞까지 걸어갔다. 그날의 태진이 문을 열면 서 있을 것 같아 괜히 긴장이 되었다. 혹시나 하는 마음. 하지만 아니었으면 하는 마음.

조심스레 문을 열고 한 걸음 나가자 손잡이에 걸린 하얀색 봉투가 보였다. 감기약과 소화제, 두통약과 비타민 음료가 들어 있었다. 소화제는 뭐야, 싶어서 미소 짓는 순간 문틈 구석 사이로 작은 쇼핑백이 눈에 들어왔다. 뭐지? 쪼그려 앉아 쇼핑백을 무릎 쪽으로 끌어당기자 따뜻한 온기가 느껴졌다.

"죽이네."

치. 누가 보면 진짜 독감에 걸린 줄 알겠네.

투덜거리면서도 입가에 묻은 미소는 떨어질 줄 몰랐다.

쇼핑백을 열자 죽 공기 위에 올려진 쪽지가 보였다. 죽보다 더 반가운 그 쪽지를 펼쳤다.

<원래 남자는 좋아하는 여자 앞에서 유치해지는 거야. 그러니까 이 정도는 애교로 넘어가줘. 미안.>

미안하다는 그 한마디를 하기 위해 덧붙인 말들이 귀엽게 느껴졌다. 게다가 '좋아하는 여자'라니. 듣고 들어도 질리지 않을 작은 고백에 다예는 마음이 따뜻해졌다.

"치, 뻥 차줄까 했더니."

이상하고 엉뚱하고 조금 유치하지만 솔직하고 귀여운 이 남자를 조금 더 예뻐해줘야겠다.

역시 월요일보단 주말이 좋겠어.

고백하는 날을 앞당길 정도로 다예의 마음에 설렘이 가득 찼다. 막무가내인 남자를 감당할 수 있냐고 묻고 물었던 고민들은 진작에 날아가버린 후였다.

주말, 데이트하는 날이자 그에게 고백하는 날.

날씨가 좋았으면 좋겠다. 시간이 지나 그날을 오래오래 기억할 수 있도록.

주말은 금방 찾아왔다. 설레는 마음으로 눈을 감았더니 아침이 되었고, 그 아침은 데이트하는 주말이 되었다. 다예는 약속 시간보다 빨리 일어나 미리 준비를 시작했다.

데이트에 어울리는 화장도 하고 헤어도 손봤다. 그래 봤자 웨이브를 살짝 넣은 머리를 묶었을 뿐이지만 평소 편안한 모습만 봤었던 태진에게는 새롭게 느껴질 스타일이었다. 그러나 문제는 옷이었다. 데이트랍시고 꾸며낸 듯한 원피스를 입고 나가자니 너무 신경 쓴 태가 날 것 같고, 그렇다고 청바지에 티셔츠를 입자니 평소와 크게 달라진 게 없을 것 같단 생각이 들었다. 한참을 고민하던 다예는 핑크색 스트라이프 셔츠에 A라인 스커트를 매치해 입었다. 그가 무슨 옷을 입고 올지 모르지만 정장이면 정장인 대로, 캐주얼이면 캐주얼인 대로 어울릴 법한 생각이 들었다.

"짧다고 뭐라 하려나."

무릎에 겨우 닿는 치마 길이를 보며 또 한 소리 하지 않을까, 라는 걱정이 들었지만 이내 훌훌 털어버렸다.

오늘은 데이트니까 괜찮을 것 같아.

하얀색 스니커즈를 신은 다예는 조그마한 크로스백을 메며 거울 앞에서 한 번 더 매무새를 다듬었다.

음, 좋아. 어려 보이지도, 그렇다고 성숙해 보이지도 않고 딱 잘 어울려! 괜찮아, 괜찮아. 옆에 서 있을 태진을 생각하며 기분 좋은 그림을 그렸다.

"첫 데이트다."

남자와 정식으로 하게 된 첫 데이트. 그것도 좋아하는 남자와.

근데 모양새가 좀 웃기기는 하다. 선 데이트 후 사귐인가? 하여튼 평범한 것이 없는 두 사람의 관계가 참 기가 막혔다.

그나저나 어딜 가려나? 태진의 일이 바빠 저녁 시간쯤 약속을 잡게 되었고, 맛있는 밥을 사준다고 했으니 식사하는 정도의 데이트가 될 것이다. 그와 밥을 먹는 건 처음이다. 별거 아닌 일이 '처음'이라는 이유만으로 설레고 말았다.

꽤 얼굴이 알려진 태진인데 공개적인 데이트를 하는 게 괜찮은가, 하는 생각도 들었다. 걱정도 잠시, 도착했다는 태진의 문자에 다급하게 문을 열고 집을 나섰다. 마침 도착해 있는 엘리베이터에 몸을 실으며 왠지 출발이 좋다는 혼자만의 이상한 의미를 부여해본다.

1층으로 내려온 다예는 차체에 기대 팔짱을 낀 채 서서 자신이 나올 곳만을 바라보고 있는 태진과 눈이 마주쳤다. 성질 급한 남자, 그새를 못 참고 나와 기다리다니. 웃음이 나왔다.

"어허이, 늦다. 늦어."

낯익은 타박 소리가 귀에 들린다. 애정이 잔뜩 묻어 있는 말투에 다예는 어색한 몸짓으로 천천히 걸음을 옮겼다. 하늘색 스트라이프 셔츠에 블랙 슬랙스를 입은 그는 마치 다예와 커플룩인 것처럼 보였다. 맞추지 않았음에도 불구하고 어째 모양새가 그렇다. 그래서일까, 괜히 쑥스럽고 어색했다.

어느새 그의 앞에 서서 '안녕하세요' 하고 인사를 건네자 그는 조금 놀라는 듯한 얼굴이었다. 아마 방금 전 다예가 느꼈던 기분을 태진 역시 알아차렸기 때문일 것이다.

태진은 성큼 다가와 다짜고짜 손을 뻗어 다예의 이마를 짚어보았다.

"다행히 열은 없는 것 같네."

"덕분에요."

"잘했어. 배고프지?"

태진은 다예의 손을 잡아 조수석으로 이끌었다. 친절히 문을 열어주고 닫아준다. 그 자연스러운 모습이 고마우면서도 한편으로는 심통이 났다.

너무 자연스러워. 얼마나 많은 여자를 태워봤으면 한 치의 어색함도 없이 이리 매끄러울까?

반대편으로 돌아 운전석에 앉은 태진을 바라보며 눈을 가늘게 뜨자 태진은 어색한 듯 머리를 긁적였다.

"왜? 매너 있는 모습, 영 안 어울려?"

"나쁘진 않아요."

좋아서, 너무 좋아서. 그게 다른 여자한테도 친절히 했을 행동이라서 기분이 상하려 했을 뿐.

"다음엔 좀 더 능숙하게 모시겠습니다, 다예쁨 씨."

아무리 봐도 선수야. 저렇게 여자의 마음을 들었다 놨다 하는 거 보면.

다예는 질투가 부글부글 끓어오르는 마음을 꾹 누른 채 유연하게 아파트를 빠져나가는 그의 운전 실력을 지켜보았다. 길고 고운 손가락이 핸들에 감기듯 능숙하다. 성격처럼 급하게 브레이크를 밟지도, 욱해서 앞차에 끼어들지도 않는다. 주말 저녁, 도로는 조금씩 밀리기 시작했고, 차가 가다 서다를 반복하는데도 불구하고 태진은 짜증을 내지 않는다. 이 시간마저 데이트의 일부인 듯 꽤 즐거운 얼굴을 하고 있었다.

"어디 가요?"

"음. 맛있는 밥 먹으러. 혹시 어떤 음식 좋아해?"

"뭐, 아무거나요. 딱히 가리는 거 없어요."

"다행이네. 아무거나 좋아한다니."

남자들이 기피하는 대답을 해놓고 살짝 민망해질 때쯤, 태진은 오히려 다행이라며 웃어준다. 그 모습에 다예는 연애 초보 티를 내는 자신의 모습이 조금 쑥스러워 창문 밖으로 고개를 돌렸다. 그러자 그녀의 귓가에 음악 소리와 함께 익숙한 DJ의 목소리가 들렸다. 태진이 라디오를 켠 모양이다.

-저녁 맛있게 드시구요, 당신의 주말이 어제보다 조금 더 행복하시길 바라며 저는 물러갑니다. 행운을 빌어요-

어제보다 조금 더 행복하시길. 행운을 빌어요.

다예는 살포시 미소 지었다. 생각지도 못한 응원을 받은 기분이랄까. 나는요, 지금이 조금 더 행복해요. 그러니 이 행복을 그가 받아주었으면 좋겠어요. 두근두근. 떨리는 가슴에 손을 얹었다.

태진은 목적지로 향하는 동안 친절한 가이드였으며, 다정한 대화 상대였다. 혹시나 지루해할 다예를 위해 위트 있는 말과 행동을 적절한 타이밍에 걸어주었다. 그게 참 의외였다. 여태껏 만나기만 하면 으르렁거리고 투닥거리는 게 대부분이었는데, 이런 조용한 분위기 속 대화가 생각보다 편하다.

끊이지 않는 대화와 편안한 기분. 장난기 섞인 그의 목소리가 이젠 익숙해져서인지 더 이상 밉게 들리지 않았다. 그래서 더욱 좋았다. 꾸미지 않는 두 사람만의 편안한 이 순간이.

한참을 달려 차가 멈췄다. 태진이 시동을 끄고 먼저 나가자 다예도 따라 움직였다. 한여름인데도 왠지 이곳은 후덥지근하지가 않다. 높게 솟아 있는 대나무 숲이 옆에 있어서일까. 시원하면서도 약간은 서늘한 느낌에 팔을 쓸어내릴 때쯤 상쾌한 바람이 다예의 뺨을 스쳤다.

다예는 그가 이끄는 곳으로 걸음을 옮겼다. 한적해 보이는 조그마한 식당. 자연과 잘 어울려 조화를 이루고 있는 그곳은 유난히도 편안하고 한적해 보였다.

"여기, 어디예요?"

"아무거나 파는 곳."

"네?"

"오늘의 아무거나는 무엇일까 궁금해지네? 일단 가보자고."

태진은 자연스럽게 다예의 어깨를 감싸 안았다. 짠 듯한 스타일 때문일까, 두 사람은 마치 연인 혹은 신혼부부 같은 모습을 하고 있었다. 그 낯간지러운 느낌에 다예는 자신의 어깨를 감싸고 있는 태진의 손을 탁, 하고 쳐냈다.

"아! 왜 때려?"

"죄송하지만 저희 이렇게 친밀한 사이 아니거든요?"

"우리 지금 데이트하고 있거든?"

"네. 어디까지나 데이트, 그뿐입니다."

"쳇. 할 거 다 한 사이에 너무한다. 응?"

"할 거 다 했어도 아직 연애는 시작 안 했거든요? 그러니까 오버하지 마시죠!"

다예는 심통이 났을 그의 모습을 상상하며 앞서 걸었다. 여기가 어딘지, 뭘 하는 곳인지 알 수 없어도 당당히 걸었다. 그러자 어느새 다가온 그가 다예의 손을 덥석 잡았다.

"손은 친구끼리도 잡어. 그러니까 이것 가지고 뭐라고 하지 마."

툴툴거리면서도 그 큰 손이 다예의 작은 손을 꽉 쥐고 놓아주지 않는다. 혹여나 아플까, 조심스레 잡아 앞으로 뒤로 흔든다.

따뜻하다. 이 손이 주는 위안과 격려가 얼마나 고마운지, 이 남자는 알까.

"아 참, 미리 말해두는데 여기 밥 맛없다고 찡찡거리면 다음부터는 안 데리고 온다."

분이 풀리지 않는지 협박조로 씩씩거린다. 그 모습에 다예는 또 한 번 웃었다. 유쾌해, 즐거워. 함께 있으면 이렇게나 재밌어. 통통 튀는 건 내가 아니라 당신일지 몰라. 다예는 어느새 자신의 옆에 나란히 서 있는 그를 바라보며 다짐했다. 꼭 고백하기로.

"어서 오세요."

딸랑, 문 여는 소리와 함께 씩씩한 목소리가 들려왔다. 다예는 고개를 돌려 두 사람을 반갑게 맞이해주시는 사장님을 바라보았다. 지긋하게 드신 나이에 비해 굉장히 선이 곱고 아름다운 분이셨다.

"어머, 이게 누구야?"

"어제도 여기서 밥 먹고 갔습니다. 괜히 모른 척 연기하지 마세요."

"미안하지만 이거 내 단골 레퍼토리예요. 오랜만에 왔어도 친근감을 느끼게 하는 마케팅이랄까."

"잊고 있었네요. 뼛속까지 사업가라는 걸요."

태진의 말에 여사장은 어깨를 으쓱거리고는 다예에게로 시선을 옮겼다. 머리부터 발끝까지 조심스레 훑던 사장님은 태진을 향해 은밀한 미소를 띠웠다.

"무척 예쁜 분이시네? 저번에 왔던 파트너와는 비교도 안 될 만큼?"

태진만큼이나 장난치는 기술이 특이하신 사장님이 이죽거리자 태진의 눈썹이 휙, 올라갔다. 도대체 무슨 소리를 하는 거냐며 으르렁거렸다.

"윤석우와 비교가 안 될 만큼 예쁜 아가씨죠. 어디 감히 윤석우를."

쯧쯧, 태진은 짐승만 한 몸짓과 달리 소녀감성을 지닌 석우를 떠올리며 고개를 절레절레 흔들었다.

"그건 그렇지. 아니, 근데 소문에 예민하신 분께서 이렇게 여자와 동행해도 되는 건가요? 위험하지 않겠어요?"

"그래 주십사 하고요. 여기저기 소문내고 싶어 안달이니까 협조 좀 해주시든가요. 어디 앉아요?"

태진은 더 이상의 질문은 받지 않겠다는 투였다. 얼어 있는 다예의 손목을 낚아채 걸음을 옮기며 묻자 알바생으로 보이는 남자가 달려와 두 사람은 안채로 안내했다.

신발을 벗고 들어가자 다예의 옆으로 큰 창문이 보였다. 주택가 한복판에서 만난 대나무숲이 놀라웠던 건 새 발의 피였다. 직접 가꾼 듯, 정성이 들어간 정원의 모습이 한눈에 들어오자 다예의 긴장이 툭, 하고 풀린 기분이 들었다.

"뭐로 드릴까요?"

"아무거나 두 개."

"네. 준비해드릴게요."

태진의 대답에 다예가 놀라 황급하게 물었다.

"그렇게 주문해도 돼요?"

"응. 여기 아무거나라는 메뉴가 따고 있거든. 난감한 남친들을 위한 메뉴라나 뭐라나. 그날그날, 주방장의 기분에 따라 요리가 바뀌어."

"아, 그렇구나. 재밌네요."

"맛도 있어. 여기 주방장 솜씨가 끝내주거든."

"와. 기대해도 돼요?"

"맛은 보장한대도."

잠시 후 식사가 들어왔다. 테이블 위에 올려지는 정갈한 음식들을 보며 다예는 군침을 삼켰다. 따뜻한 쌀밥과 소고기뭇국, 맛깔나게 생긴 제육볶음과 싱싱한 쌈채소들, 그리고 깔끔한 반찬들이 상을 가득 채웠다.

"오늘은 한식인가 보군. 어제는 양식이었는데."

"먹어도 돼요?"

"얼마든지."

다예는 제일 싱싱하고 맛있어 보이는 상추 하나를 집어 들었다. 곁들일 몇 가지의 쌈채소를 위에 올린 후 큼지막한 고기 한 점도 올렸다. 그리고 밥을 좀 덜어내더니 그 위에 올려 쌈을 쌌다. 첫 데이트라는 사실을, 이 남자와 처음으로 먹는 식사라는 사실은 잊은 지 오래였다. 배고픔에, 진수성찬에 모든 걸 다 잊은 사람처럼 야무지게 쌈을 손에 쥐었다.

"교수님."

"내 거야? 아~"

"잘 먹겠습니다."

입을 벌린 태진이 민망할 만큼 빠르게 자신의 입 속으로 쌈을 집어넣는 다예였다. 놀리듯 오물오물 작은 입으로 맛있게도 먹는다. 그 모습을 잠시 지켜보던 태진은 방금 전 자신의 행동을 떠올리며 어이없다는 듯 웃었다.

하다하다 이제 어린애 쌈까지 뺏어먹으려는 못된 어른 같네.

"왜 하필 그 순간에 불러? 사람 애간장 녹이면 좋아?"

"와, 진짜 맛있어요."

"딴소리만 하지?"

"우와."

"이렇게 말하면 하나 싸줄 법도 한데?"

입을 오물거리며 먹으면서도 또 하나의 쌈을 싸는 다예의 모습에 태진은 은근 기대하며 큼큼거렸다. 평소 별거 아닌 쌈 하나에도 묘한 기대감이 부풀어 올랐다. 이게 뭐라고, 손이 없냐, 발이 없냐 자신을 타박하면서도 눈은 그녀의 손에서 떨어지지 않는다.

그 순간 다예가 상추를 오므리며 태진 앞으로 쭉 밀어주었다. 태진은 눈을 감으며 입을 벌렸다. 하지만 아무리 기다려도 들어오지 않는다. 뭐가 잘못됐나? 싶어 한쪽 눈을 떠 바라보자 서다예는 자신의 입에 쌈을 밀어 넣고서 오물오물 씹고 있었다. '뭐 하세요?'라는 얼굴로. 태진은 들고 있던 젓가락을 내려놓으며 물을 마셨다.

"왜 눈은 감고 그러세요?"

화르륵. 별거 아닌 말에 태진의 얼굴이 붉게 타올랐다.

"거, 쌈 하나 싸주면 어디가 덧나냐?"

"교수님이 싸 드세요."

"내가 지금 손이 없어서 못 싸먹는 것 같아?"

"일단 저 좀 먹고요."

음식 앞에 썸남은 뒷전이구만.

태진은 긴 한숨을 내쉬었다. 하지만 잠시뿐이었다. 배가 고팠는지 아니면 음식이 입에 잘 맞았는지 쉴 새 없이 고기를 먹는 다예의 모습은 참 예쁘다. 가끔 하는 짓이 얄밉고 새침데기 같은데도 예쁘다. 어쩜 저렇게 쌈도 예쁘게 먹을까. 소고기뭇국도 호로록호로록 잘 마신다. 가리는 반찬도 없이 씩씩하게 잘 먹고, 그 매운 청양고추도 우걱우걱 씹더니 매운지 물을 마신다. 그 모습을 뚫어져라 바라보고 있던 태진은 '안 먹어도 배가 부르다'는 부모의 심정이 이해가 되어 고개를 끄덕였다.

이 느낌이구나, 내 새끼가 잘 먹는 모습을 보는 게.

엉덩이라도 토닥여주고 싶다. 자신이 선물한 식사를 감사해하며 맛있게 먹는 저 모습. 예뻐. 입 맞추고 싶을 만큼.

언제부터였을까. 분명 그저 호감이었을 뿐인데, 벌써 이만큼 커져 있다. 처음 반했던 그 모습은 없는데도, 그 이상의 것이 그를 블랙홀처럼 빨아들이고 있었다.

사실 첫눈에 반한다는 것, 금방 사랑에 빠진다는 것. 그건 생각보다 로맨틱한 일이며 가장 진실한 것인지 모른다. 첫인상을 결정하는 몇 초 동안 상대에 대한 1차적인 감정이 단정 지어진다. 호감

혹은 비호감. 둘 중 하나의 감정으로 나뉘는데, 서다예를 본 순간 자신은 호감을 넘어선 강렬한 무언가를 느꼈던 것 같다. 그 기운이 생각보다 강렬해서 잊지 못하게 된 것이고.

사람들은 모른다. 모든 감정은 순식간이라는 것을. 깨닫기까지의 시간이 걸리는 것뿐이지 사실 처음 만난 순간 두 사람의 감정은 그 자리에서 결정된다. 그러니 첫눈에 반했다는 것, 금방 사랑에 빠진다는 것을 가볍게 여겨서는 안 될 일이다. 그 감정은 수그러들어 소멸되기도 하지만 지금처럼 증폭되어 더 큰 감정을 만들어내기도 한다.

호감을 느낀다는 것, 즐겁다는 것, 함께 있고 싶다는 것. 그 모든 것은 상대에 대한 감정에서 시작되는 것이기에. 정신 차려보니 그 행복 속에 서다예가 있었다. 그 옆에 서고 싶어졌고, 이젠 저가 더 많이 그녀를 웃게 해주고 싶어졌다. 그게 지금 그의 마음이자 앞으로의 진심일 것이다.

태진은 넋을 놓고 바라보았다. 이쯤 되면 민망해할 법도 한데 그런 기색도 없이 먹는다. 내숭 없는 여자, 그런데도 예쁜 여자. 그가 한참 동안 식사를 하지 않자 심술이 난 걸로 생각했는지 다예가 쌈 하나를 태진의 앞에 불쑥 내밀었다.

"주방장님 솜씨가 굉장한가 봐요. 이렇게 맛있는 제육볶음, 처음 먹어봐요."

"앞으로 많이 먹게 해줄게. 평생으로다가."

"드세요."

이번엔 진짜 내 것인가.

태진은 의심의 눈초리를 보냈다.

"안 속아. 너나 먹어."

"진짜요? 이건 교수님 거 맞는데요."

"장난하지 마. 이래 놓고 또 홀라당 네 입으로 넣을 거잖아?"

"정말 안 드실 거예요? 그럼 제가……."

"아~ 나 입 벌렸어. 빨리 넣어."

겨우 얻어낸 쌈인데, 그게 다시 다예의 입으로 들어갈까 조마조마했던 태진이 크게 입을 벌렸다. 그 순간 다예가 싸준 쌈이 그의 입 안으로 쏙 들어갔다. 이게 뭐라고! 늘 먹던 맛인데 이 쌈 하나가 뭐라고 이렇게 애가 탔을까. 날이 갈수록 이상해지는구나, 박태진. 그러면서도 입이 자꾸 벌어진다. 뭐 이렇게 맛있지, 하면서.

"교수님."

"응?"

"저요, 할 말 있어요."

캑캑. 그 순간 태진이 사레에 걸린 듯 가슴을 주먹으로 내리쳤다.

생각지도 못한 말인 것도 당황스러운데, 안 싸주던 쌈까지 입에 넣어주고, 흡사 전쟁에 나가는 전사 같은 표정으로 그를 바라본다. 순간 등골이 오싹해지는 기분에 휩싸였다. 당황한 태진이 물을 마시며 급하게 달아오른 가슴을 진정시켰다.

"이번에 학점 빵꾸 내면 죽여버리겠다, 뭐 그런 말 할 거야?"

"아뇨."

"아니면 밥값 내게 하면 살려두지 않겠다, 그런 말이야?"

"아닌데요."

"그럼 표정 좀 어떻게 해봐. 무서워서 듣질 못하겠어."

분위기가 묘했다. 어떤 말인지는 들어봐야 알겠지만 왠지 촉이 오는 뉘앙스였다. 그런데 저렇게 무시무시한 표정을 짓다니. 차라리 하지 말아달라고 외치고 싶을 지경이었다.

"무슨 말인지 모르겠지만 나 좀 심장 떨린다, 서다예."

"오래 생각해봤는데요."

"뭘?"

"교수님과 저요. 우리 두 사람의 관계요."

그 순간 태진의 가슴속에서 쿵, 하고 무언가가 무겁게 떨어졌다. 너무나도 기다려왔던 대답을 해주려는 것 같다. 온몸이 긴장으로 똘똘 뭉쳤다. 하지만 걱정이 앞선다. 자신이 원하는 건 두 사람이 함께 그려나가는 미래였지, 저렇게 죽일 듯 살벌하게 노려보며 건네는 거절이 아니었다. 왠지 시한폭탄을 끌어안을 것만 같은 기분이 들어 태진은 긴장의 숨을 나눠 쉬었다.

"더 이상은 속이고 싶지 않아서요."

"……."

"아무리 생각해도 우리요. 더 이상은……."

윙, 윙. 윙, 윙. 고백의 말을 건네려던 찰나, 그리고 태진의 심장이 바닥으로 떨어지려는 찰나 테이블 위에 올려두었던 다예의 휴대폰이 부르르 떨렸다. 두 사람의 시선이 공중에서 부딪쳤다. 다예는 겨우 용기 낸 순간 걸려온 전화를 받아야 할지 말아야 할지 고민하는 얼굴이었다. 태진은 작게 한숨을 내쉬며 다예를 배려해주었다.

"받아. 그사이 난 어떤 말이든 들어줄 준비를 하고 있을 테니까."

다예는 휴대폰을 손에 들었다. 유주였다. 이 시간에 유주가 무슨 일일까, 싶어 급하게 통화 버튼을 눌렀다.

"어, 유주야."

-집 아닌가 봐? 나 반찬 들고 왔는데, 너 없다.

어릴 때부터 다예를 예뻐해주시는 유주 어머님께서 가끔 반찬을 싸서 보내주시곤 했다. 평일이든 주말이든 웬만해선 집에 있는 다예이기에 연락 없이 온 모양이었다.

"아, 잠깐 나와 있어. 어쩌지? 시간 좀 걸릴 것 같은데."

-그럼 집에 가 있을게. 오는 길에 들르든지.

"미안해."

-괜찮아. 그나저나 감기 걸리진 않았어?

"겨우 물 조금인데 감기까지야."

-다행이다. 근데 아무리 생각해도 좀 이상해서. 너 박 교수님한테 미움받을 짓 한 거 있어? 그렇지 않고서야 의도적으로 물을 버리듯 쏟을 리가 없잖아.

움찔. 다예의 표정이 순식간에 굳어졌다. 제삼자가 보기에는 명백한 실수였다. 물을 마시던 태진의 손이 미끄러져서 떨어뜨린 생수병이었다. 그런데 유주는 말한다. '의도적으로, 버리듯'.

눈치가 빠른 유주는 그 상황이 이상하다 여겼던 모양이다. 태진의 유치한 행동에 정신이 팔려 있는 동안 유주의 눈치를 살피지 못했었다. 초조해졌다. 아무리 친한 친구라지만 교수님과의 관계는 아직 들키고 싶지 않은 것 중에 하나였기 때문에.

다예는 최대한 어색하지 않은 목소리로 대답하려 애를 썼다.

"아냐. 실수하신 거야."

-그렇다면 다행이지만, 어찌 되었건 교수님 눈빛이 마음에 걸린다. 뭔가 너한테만 좀 심하게 구시는 것 같아 걱정이야.

"괜찮아."

-괜찮긴! 너 파릇파릇한 스물셋이야. 괜히 교수님이랑 어떤 얘기로라도 엮여서 피 보는 일 하지 마. 알지? 남녀 사이에 구설수만큼 피곤해지는 일 없다는 거.

"……."

-게다가 3개월 후면 안 볼 교수님이잖아. 좀 힘들겠지만 비위 잘 맞춰. 찍혀서 학점 깎이고, 강의 내내 불편하고. 윽. 생각만으로도 싫다. 그뿐이니? 크리브진이 아는 사람들 사이에서는 엄청 유명인이잖아. 마지막 스캔들도 좀 시끄러웠고 해서. 어쨌든 팬심을 잃지 말고 동경의 상대로만. 알았지?

"……그럴게."

유주의 신신당부에 다예는 방금 전까지 용기 내었던 마음이 순식간에 수그러드는 기분이었다. 눈치가 빠른 유주라 이상하다는 생각을 했을지 모른다. 다른 사람이라면 눈치채지 못할 정도의 자연스러움이었으니까.

하지만 이런 식이라면 언젠가 다른 누군가도 눈치챌 게 뻔했다. 그러면 어떻게 될까. 교수가 학생을 꼬셔서, 혹은 학생이 교수한테 들러붙어서 등의 표현으로 구설수에 휘말리겠지. 태진은?

그동안 쌓아놓았던 이미지에 큰 타격을 입게 될 것이다. 그럼 다예는 다예대로, 태진은 태진대로 힘든 상황이 될 게 불 보듯 뻔했다.

좋아하면서도, 다가가고 싶으면서도 망설였던 이유가 바로 이런 것이었다. 다른 사람들과는 전혀 문제가 되지 않을 연애가 이 남자와 시작을 하면 모든 게 걸림돌이 된다. 서로에게 방해가 되고, 피해가 될지 모른다. 하지만 알고 있었고, 이해했으며 받아들이기로 했었다. 그런데 그 상황들을 제삼자의 입을 통해 들으니 그 현실감에 얼이 나가고, 무서웠다. 순식간에 바보처럼 어깨가 굽어들었다.

이미 끊어진 전화임에도 불구하고 한참이나 들고 있던 다예는 톡톡, 하고 테이블을 두드리는 태진의 소리에 고개를 들었다.

"왜? 무슨 일 있어? 한유주가 뭐라 그래?"

"아뇨. 별일 아니에요."

"아니긴. 사색이 되었는데."

"그런 거 아니에요."

허탈함이 몰려들었다. 고백을 하기 위해 얼마나 애를 썼던가. 마음을 숨기며 살자, 모른 척하며 살자, 아니 이번에는 용기 내보자. 줏대 없이 왔다 갔다 하는 마음을 다잡기 위해 얼마나 애를 썼던가.

다예는 정신을 차리려 애쓰며 물을 한 모금 마셨다. 용기는 수그러들고 걱정만 눈덩이처럼 불어났다. 고백이고 뭐고 이 자리를 박차고 나가고 싶은 심정이었다. 집요하게 따라붙는 그 시선에서 벗어나고 싶다. 하지만 소용없었다.

"하려던 말, 언제까지 기다려야 돼? 난 들을 준비 됐는데."

다예는 식은땀이 흐르는 기분을 느끼며 그를 바라보았다. 고백을 하려 했을 때, 그는 조금 긴장한 듯 보였으나 이렇게 매서운 눈은 아니었다. 다예의 불안을 눈치챈 걸까?

후회했다. 고백하려는 상황을 조금만 미뤘더라면 좋았을걸.

왜 하필이면 그 낯간지러운 상황에서 용기가 치솟았을까. 바보 같은 후회가 물밀 듯이 밀려들었다.

상처 줄 거야. 분명 저 남자를, 그리고 저 남자가 나를. 우린 상처받고 갈기갈기 찢어지게 될 거야. 그게 괴롭게 될 거야.

"아까 하려던 말이요. 그냥 못 들은 걸로……."

왜 이렇게 나약한지 모르겠다. 연애라는 거, 감정이라는 것에 대해 익숙하지 않아서일까? 직진으로 달려오는 남자의 마음에 덜컥 겁이 난다. 상처받을 남자의 모습도 생각하고 싶지 않다.

탁. 그 순간 태진이 마른 목을 축이기 위해 들었던 물 잔을 소리 나게 내려놓으며 다예를 바라보았다. 장난기라고는 한 톨도 찾아볼 수 없는 매섭고 싸늘한 눈이었다.

"사람 마음 가지고 장난하는 거, 그만하는 게 어때?"

"그, 그런 거 아니에요."

"그럼 뭔데? 갑자기 밥 먹다 말고 할 말이 있다고 하질 않나. 사람 들뜨게 해놓고 갑자기 못 들은 걸로 하라고 하질 않나. 도대체 어쩌라는 거야?"

"교수님."

"내 고백이 얼마나 하찮으면 입을 틀어막듯 쌈을 입에 밀어 넣어주고서 툭, 잊으라는 한마디 툭. 그게 뭐야?"

태진의 신랄한 표현에 다예의 얼굴이 하얗게 질렸다.

그게 아니에요, 그게.

"마음의 준비를 하고 있겠다는 말도 너한테는 하찮게 들렸나 보네. 희망고문도 가지가지야, 서다예."

"교수님!"

"다 먹었으면 일어나. 더 이상 밥 먹을 기분 아니니까."

태진은 자리에서 일어나 룸을 나가버렸다. 남겨진 다예는 이러지도 못하고 저러지도 못한 채 긴 한숨을 내쉬었다.

머리가 아프다. 지레 먹은 겁은 온몸과 마음을 잠식해 불안하게 만들었다. 좋아하는데, 마냥 좋아하는데 왜 고백조차 쉽지 않지. 슬펐다. 시작도 하기 전에 무섭다 뒷걸음질 치는 제 모습이.

한심한 자신의 머리를 잔뜩 헝클어버린 다예가 자리에서 일어나려다 문득 태진의 자리에 놓인 밥그릇에 시선이 닿았다. 깨끗하게 비워진 자신의 밥그릇과는 달리 한 숟갈도 떠먹지 못해 밥이 가득 들어 있었다. 밥 먹는 것마저도 이기적이게 굴었구나. 정말 형편없네, 서다예.

다예는 자리에서 벌떡 일어나 그를 쫓았다. 이미 계산을 하고 나간 모양인지 홀에서 그의 모습은 보이지 않았다. 두리번거리며 그를 찾는데 사장님이 다가와 물었다.

"밥이 입에 안 맞았어요? 어째 들어갈 때랑 다르게 냉랭하네."

"아, 아니에요. 정말 맛있게 먹었습니다."

"저 단골손님은 왜 저렇게 뿔이 났을까?"

사장님의 시선을 따라가자 가게 앞에서 담배를 피우고 있는 태진이 보였다. 기분이 얼마나 상했는지, 자존심이 얼마나 추락했는지 빤히 알 수 있는 표정이었다. 연거푸 내뱉는 담배 연기를 바라보는 다예의 가슴 역시 쓰라려왔다.

"다음엔 사이좋게 와요. 저 단골손님, 성질이 지랄 같아도 나쁜 놈은 아니니까."

"……."

"생각보다 잔정이 많고 착해빠졌죠. 그거 안 들키려고 저렇게 못나게 구는 거고. 알수록 괜찮은 놈인데, 처음에 알기가 싫어. 재수 똥덩어리거든."

"아……."

"그래도 좀 참고 알아봐요. 여기 데리고 올 정도면 저 녀석, 꽤 진심인 모양이니까."

다예는 고개를 돌려 자신의 어깨를 토닥여주는 사장님을 바라보았다. 인자하게 웃으시는 사장님의 주름 속엔 세월의 감정이, 연륜이, 그리고 사랑이 들어 있었다. 그 순간 아차 싶었다.

불구덩이라도 함께 뛰어 들어가보자, 했던 마음이지 않았던가? 재로 남더라도 활활 타올라보자 했던 다짐이지 않았느냐고.

이것저것 다 따지고 재고 하는 짓 하지 말자 마음먹었었다. 남자 박태진으로만, 오로지 자신을 좋아하는 저 남자로만 생각하자 마음먹었던 시간들이었다. 그걸 이제야 깨닫는다.

"감사합니다. 다음에는 꼭 사이좋게 올게요. 맛있게 잘 먹었습니다!"

다예는 씩씩하게 말하며 식당을 빠져나갔다. 그 모습을 지켜보고 있던 여사장은 눈물을 훔치듯 눈가를 꾹꾹 눌렀다. 그리고 잠시 후 그녀의 곁으로 비슷한 연세의 남자가 다가왔다.

"요란하네요."

"그러게 말이야."

"딱 봐도 한참은 어려 보이는데 태진이 놈 만나 고생할까 걱정이에요."

"어련히 알아서 제 여자한테 잘할까. 일편단심인 애비를 보고 자랐으니 저도 어쩔 수 없지, 뭐."

"지금 본인 입으로 잘난 척하는 거예요? 가서 요리나 하세요!"

흥, 하고 사라지는 부인의 모습에 남자가 허허 웃으며 시선을 돌렸다. 그때, 어느새 담배를 끄고 여자에게로 시선을 돌린 아들 녀석이 보였다.

다예가 다가오는 걸 느낀 태진은 담배를 끄고 공중으로 연기를 날리듯 손을 휘저었다. 그러고는 한 걸음 물러섰다. 기분이 상했음에도 담배 연기가 다예에게 해가 될까 걱정이 된 것이다.

"데려다줄게."

다예가 한 걸음 다가가니 태진이 두 걸음 멀어졌다. 눈도 마주치지 않은 채 몸을 돌려 앞서 걷기 시작했다. 들어갈 때의 모습과는 전혀 달라진 두 사람. 비슷한 스타일의 옷을 입고, 조금씩 멀어져간다. 그 모습을 바라보던 다예는 따끔거리는 가슴 언저리를 쓸어내렸다.

교수님, 이래도 되는 걸까요? 우리가 좋아한다는 감정만으로 아무것도 생각하지 않고 사랑해도 되는 걸까요? 누군가의 시선, 누군가의 모진 말에도 상처받지 않고 서로에게만 집중할 수 있을까요? 또 우리의 만남이, 우리의 사랑이 오래갈 수 있을까요? 불같이 활활 타오르다 재만 남아 결국은 아무것도 아닌 사이가 되어버리면 어쩌죠? 무서워요, 교수님. 당신을 잃고 나면 모든 게 다 아무것도 아닌 것처럼 느껴질까 봐, 한낱 꿈이 되어버릴 것 같아 너무나 두려워요, 교수님. 그래도 사랑해야 될까요?

다예는 멀어지는 태진의 뒷모습을 바라보며 물었다. 그 순간 태진이 뒤돌아섰다. 한참을 걸어가도 다예의 기척이 느껴지지 않는 게 걱정이 된 모양이다. 그러고는 갔던 길을 되돌아온다.

"안 와? 그새 정이라도 들었어?"

"……"

"미안하지만 여기 나 외에 다른 남자랑 못 오는 곳이야. 그러니까 나 정리할 거면 여긴 꿈도 꾸지 마라."

그의 말투가 서릿발처럼 차고 날카롭다. 어찌나 매섭게 가슴을 때리는지 통증이 느껴질 지경이었다.

다예는 자신과 꽤 거리를 두고 서 있는 남자를 바라보았다. 더 이상 다가오지 않겠다는 듯 두 손을 주머니에 꽂은 채 서 있다. 더 이상 손을 건네는 일도, 마음을 건네는 일도 하지 않을 것처럼 그렇게 서 있다. 그 모습이 너무나도 매몰차 다예는 울고만 싶어졌다.

"안 올 거냐?"

"……."

"오늘까지만 데려다줄 테니까 따라와. 아니면 두고 간다."

"……."

"제길. 데려다준다고 애원까지 해야 돼?"

태진은 거칠게 앞머리를 쓸어 올렸다. 그러고는 다시 홱 돌아선다.

"싫으면 말아."

그러고는 또다시 발을 내디딘다. 그 보폭이 크지 않아 걸음은 느렸지만 분명 조금씩 멀어진다. 그 거리에 다예의 가슴이 쓰라린다. 잡을 수도, 그렇다고 보낼 수도 없어 어찌할 바를 모르겠다.

"아, 진짜 어쩌자는 거야?"

그 순간 걸어가던 태진이 다시 돌아 다예에게로 다가왔다. 화를 참는 것 같기도, 뭔가 아픈 것 같기도 했다. 그도 다예와 똑같았다. 마음을 가지고 장난치는 거라 생각했다면 그냥 버리고 가면 될걸, 그러지 못하고 다시 돌아오고 또다시 돌아온다. 짜증스럽게 바라보는 시선 안에 유리 조각이 들어 있다. 그건 자신이 준 상처에 잔뜩 찔려 피투성이가 된 남자의 아픔일 것이다.

"싫어도 일단 타. 밤늦었어."

바보. 그냥 두고 가면 되잖아요. 상처 준 건 난데 왜 두고 가질 못해서 자꾸 제자리로 돌아와요? 그냥 매몰차게 가면 되지. 바보, 바보 박태진.

결국 참지 못한 눈물이 주르륵, 흘러나왔다.

"왜, 울어? 차인 건 난데 왜 네가 울어? 제길. 울고 싶은 건 나라고!"

"……."

"서다예!"

답답한 듯 소리를 지르는 남자의 모습에 다예는 모든 걸 다 내려놓았다. 이제 그만할래. 이리 재고, 저리 재고. 남들 눈치 보면서 내 마음 숨기는 거 그만할래. 시작도 하기 전에 끝을 걱정하는 일 그만둘래. 일단 달려갈래. 나중 일은 나중에 생각하자.

다예는 뛸 듯이 그에게로 달려들었다. 그러고는 와락, 태진의 목을 감싸 안았다. 한참이나 키가 큰 남자의 목을 끌어안느라 약간 우스꽝스러운 자세가 되었지만 다예는 개의치 않았다.

"교수님, 좋아해요."

"……뭐?"

"나 교수님이랑 연애할래요."

입에서 맴돌고 맴돌았던 그 말, 가슴에서 쉼 없이 외쳐대던 그 말. 그 말을 결국 태진에게 꺼내고 말았다.

"교수님. 나요, 교수님이 생각하시는 만큼 안 예쁠지 몰라요. 저 아는 사람들은 제발 좀 조신하게 굴라고, 여자가 왜 그렇게 털털하고 예쁜 끼가 없냐고 타박하곤 해요. 잘 덜렁거리기도 하고, 다혈질에, 생각보다 소심하기도 해요. 이것저것 세상 고민 다 가지고 살아가는 사람이라 어쩌면 교수님 기대만큼이나 예쁜 구석이 많지 않을지 몰라요."

"……."

"근데요, 한 번쯤은 도전해보고 싶어요. 뜨겁게 불타오르는 연애든, 치고받는 연애든. 제대로 한번 부딪쳐보고 싶어요."

다예의 고백에 태진은 얼이 나간 사람처럼 서 있었다.

도무지 이 상황이 이해가 되질 않아서였다.

방금 전까지만 해도 도망치기에만 바빴던 다예였다. 그 모습을 보며 제 자신에게 욕을 퍼부었다. 사내자식이 얼마나 믿음을 주지 못했으면 제 여자가 고백하는 일을 몇 번이고 망설이게 해? 얼마나 하찮은 놈이면, 얼마나 부족한 놈이면!

용기를 내어준 다예가 고마웠다. 어떤 답을 듣게 될지 조마조마해하면서도, 조금은 다가와줬으면 하면서도, 서다예가 힘들지 않았으면 좋겠다는 마음이 더 컸다. 제 욕심으로, 저의 무리한 마음으로 다예가 부담을 느낀다면 그건 오히려 마음이 아플 것 같아서.

그래서 마음의 준비를 했다. 오케이든 노든 상관없었다. 더 노력하면 되니까. 어떤 결론이든 박태진이 더 멋진 남자가 되면 되니까. 그런데 혼자서 다 참아내는 표정은 정말 못 봐주겠다. 왜 그래야 되는데? 왜 저 여자가 혼자서 다 감당해야 되는데? 이렇게 허접한 놈이라서? 결국 별 볼 일 없는 놈이라서?

너무나도 화가 났다. 다예의 어정쩡한 대답보다 그런 모습의 다예를 만든 자신에게. 그래서 조금의 시간을 주고 싶었다.

어찌 되었건 여기서 어색한 상황을 만드느니 두 사람 사이엔 잠깐의 휴식이 필요했다. 그런데 오질 않는다. 다가오지도, 멀어지지도 않은 채 그 자리에서 울기만 한다. 저 바보가, 얼마나 힘들었으면 저렇게 울어. 첫날 보았던 그 얼굴로, 그 쓸쓸하고도 외로운 얼굴로 운다. 그게 가슴이 미어지듯 아파온다.

와락. 태진은 위태롭게 흔들리는 작은 몸을 강하게 끌어안았다.

"좋아해요, 교수님."

쐐기를 박는 다예의 목소리에 태진의 가슴이 울컥인다.

잘못 들은 게 아니었다. 이 바보가 힘겨운 목소리로 내뱉는 그 고백의 대답은 진짜였다. 눈을 감았다 떠도 진심이었다.

벅차오른다, 이 여자가 주는 감동에 눈앞이 먼다. 울고 싶은 건 어쩌면 서다예가 아니라 저인지도 모르겠다. 태진은 다예의 어깨에 얼굴을 묻었다.

"진심이지? 무르는 건 안 돼."

다예의 작은 고개가 끄덕인다. 긍정의 대답을 들은 순간, 태진의 마음속에서는 뜨거운 무언가가 들끓었다.

여태껏 살아왔던 인생 속 치열하지 않았던 게 없었다. 그래, 그랬듯이 이 여자도, 이 사랑에도 조금 더 치열해져야 될 것 같다. 잘할게, 내가 더욱 멋진 사람이 돼서 널 지킬게. 무슨 일이 있어도 너에게 상처 내는 일 없게 방패막이 되어줄게.

"각오해. 나랑 하는 연애, 결코 만만치 않을 테니까."

"조금 떨리는데요?"

"그거 나랑 있어서 떨리는 거야. 내가 좋아서."

조금은 어색해져버린 분위기를 풀어주고자 능청스럽게 말했으나 그 말은 자신에게 하는 말이나 같았다. 쿵쾅쿵쾅, 요란하게 뛰는 심장은 서다예를 향한 떨림이었다. 누구보다 다예의 기분을 잘 알 것 같았다. 태진은 애정을 담은 입맞춤으로 그녀를 달래주었다.

"저 정말 잘할 수 있을까요? 생각해보니 일생일대의 도전인 것 같아요. 교수님을 좋아하게 된 거."

"얼마나 멋져? 이런 경험을 아무나 할 수 있는 줄 알아?"

"헐. 나 취소할래요. 자뻑인 남자랑 연애 못……."

취소라며 발을 슬쩍 빼려는 서다예를 용납할 수 없다는 듯 강한 손길이 다가와 다예의 허리를 낚아챘다. 그러고는 그동안에 참았던 숨을 털어놓듯 다예의 입술을 강렬하게 휘감았다. 다예는 자연스럽게 그의 목을 감싸며 매달리듯 그에게 기댔다. 조금은 난폭한, 그러면서도 열정적인 키스였다. 호흡이 가빠왔다. 가슴이 뛰고 머릿속이 어지러울 때쯤 태진의 입술이 살짝 떨어졌다.

"서다예. 너 이제 도망 못 가. 내가 다 삼켜버릴 거니까."

"아니, 무슨 아나콘다예요? 대답이 왜 이렇게 살벌해?"

"살벌해야 도망갈 생각을 안 하지. 너 딱 걸렸어."

"딱 걸린 건 교수님이거든요. 내뺄 생각 하다 걸리면 아작을 내버릴 거예요."

"상상만으로도 섹시해. 힘이 불끈불끈 솟는다, 서다예."

"……세, 섹시하다고요?"

이 상황에 미친 거 아니에요? 라고 물으려다 천천히 다가오는 그의 입술에 말이 목구멍으로 쏙 들어가버렸다. 다시 시작된 키스, 집요하게 물고 늘어지는 그의 입술은 한참 동안이나 다예를 애태웠다.

"이젠 어딜 가든 나만 생각해. 내가 그랬던 것처럼."

"……."

"나 너 좋아. 완전. 엄청. 허벌나게."

그럼 그렇지. 박태진이 어딜 가나.

장난처럼 대답을 하고 있지만 그의 목소리가 조금 떨리는 것처럼 느껴져 다예는 가슴이 다 설레었다.

"그러니 아무 걱정 하지 마."

"……."

"내가 조금 더 멋진 남자가 될 테니까."

다정한 목소리. 뜨겁지 않은 온도의 말이 그동안 걱정거리에 휩싸여 있던 다예를 다독여주는 것 같았다.

괜찮아, 괜찮아.

그 한마디의 힘. 박태진이 내뱉는 위로의 힘. 그건 생각했던 것보다, 기대했던 것보다 훨씬 더 의지가 되고 믿음이 가는 말이었다.

태진은 작게 흔들리는 다예의 어깨를 감싸며 그녀의 정수리에 턱을 기댔다. 그러고는 한참 동안이나 다예의 등을 쓰다듬어주었다. 맞닿은 가슴과 가슴이 쉴 새 없이 떠들어댔다.

그것이 태진의 것인지, 다예의 것인지 알 수 없을 정도였지만 분명한 것은 두 사람의 소리가 같은 소리라는 것이었다.

태진은 태진 나름대로 더 나은 남자가 되기 위한 생각에 빠져 있었고, 다예는 다예 나름대로 앞으로 헤쳐 나가야 할 모든 것에 대한 긴장의 끈을 바짝 조이고 있었다. 그러다 눈이 마주치면 자연스럽게 입을 맞췄다. 이젠 도망치지 않아도 된다. 다가오는 이 입술을, 이 마음을, 이 사랑을 끌어안아도 된다.

"다예야."

그가 이름을 불러주는 순간, 불안하고 위태로웠던 마음은 순식간에 제압되었다.

☐ # 까불면 어떻게 되는지 보여줄게
☐
☐

"어이. 서다. 너 주말 내내 뭐 했어?"

"응?"

월요일 오후, 강의실로 들어오는 다예를 다짜고짜 잡아끈 건 유주였다. 주말 내내 연락이 되지 않아 걱정했다는 말에 괜히 미안해져 얼버무리고 말았다. 태진과의 관계가 달라진 걸 이야기하면 유주가 어떤 표정을 지을지 솔직히 겁이 났다. 좋게좋게, 팬심을 유지하라던 말이 그녀의 가슴에 남아 도끼질을 하는 것 같았기에 고백은 조금 미루기로 했다.

"아 참, 오늘 잊지 않았지? 조모임 뒤풀이 있는 거."

"아, 오늘이었나?"

"주말에 하기로 했었는데 네가 연락이 안 되잖아. 칼폭녀 없는 뒤풀이는 상상도 하기 싫다나 뭐라나. 안 그래도 너 인기 많은데 파릇파릇한 신입생들까지 추가돼서 골치 아프겠다."

유주의 농담에 다예는 웃어버렸다. 잠시 후, 강의실의 문이 열렸다. 태진이 아닌 조교가 들어와 강단에 서자 학생들이 웅성거렸다.

"오늘 교수님께서 급한 일 때문에 휴강하셨어. 보강한다고 하셨으니까 날짜 정해지면 공지할게."

짧게 이야기를 전한 조교가 나가자 학생들의 반응은 반반이었다. 일주일에 고작 한 번 보는 크리브진인데 휴강이라니 아쉽다, 라는 반응과 생각지도 못한 자유시간에 신이 난 학생들 반이었다. 다예는 이미 태진에게 전해들은 이야기라 별로 놀라워하지 않았다. 휴강과 상관없이 공부해야 된다며 책을 펴는 유주와 은강 옆에 앉아 이어폰을 귀에 꽂았다. 잠시 후 광고를 시작으로 익숙한 목소리가 흘러나왔다.

-안녕하세요! 어제보다 더 나은 행복을 바라는 DJ 오신입니다! 오늘 제가 왜 이 시간에 인사드리냐고요? 아시다시피 제가 오늘 초대한 분의 열렬한 팬이거든요! 그래서 MC이신 선배님을 제치고 이 자리를 꿰찼다는 거 아닙니까.

넉살 좋은 신의 말에 다예는 미소 지었다. 그날, 행복과 행운을 빌어줘서 고마웠다고. 덕분에 우리 연인이 되었어요, 라고 속삭였다. 들릴 리 없는 말임에도 불구하고 쑥스러워진 다예는 얼굴을 붉혔다.

-기대하시고 기대하시던 그분, 광고계의 맹수. 크리브진이십니다!

-안녕하세요, 크리브진입니다. 반갑습니다.

두근, 다예는 전화 통화와는 사뭇 다른, 그렇지만 누구보다도 익숙해진 그 목소리를 귀담아 들었다.

강의를 시작하면서 월요일 오후의 시간들을 빼놓았다고 했었다. 그런데 급하게 들어온 이 라디오 스케줄은 각 분야의 셀럽들을 초대해 대화를 나누며 정보를 공유하는 전문 라디오 채널이라 쉽게 거절할 수 없었고, 본인도 평소 좋아하는 채널이라 욕심이 났다 했었다. 자신의 일을 사랑하고, 열정적으로 나서는 남자의 모습은 꽤 근사하고도 멋있었다. 한편으로는 부럽기도 했고.

-제가 듣기로는 여러 차례 섭외 전화를 드렸었는데 스케줄이 맞지 않아 번번이 만남이 성사되지 않았었죠. 그런데 이렇게 모시게 되어 영광입니다.

-이 라디오의 애청자로서 사실, 굉장히 영광스럽게 생각하고 있습니다.

-하하. 실제로 뵌 건 처음인데 저 정말로 놀랐습니다. 사실 직업 자체가 아이디어를 만들어내시는 분이시라 굉장히 자유롭고 뭐랄까, 음. 거칠 게 없는 분위기실 줄 알았거든요? 그런데 너무 잘생기시고 젠틀하셔서 남자인 제가 봐도 반할 것 같습니다.

-감사합니다만, 그 마음은 고이 접어 날려주셔도 될 것 같습니다.

하하, 유쾌한 웃음소리가 오고 가며 기분 좋은 대화의 시작을 이어갔다. 소소한 일상을 시작으로 주제에 관련된 대화로 넘어가자 그의 목소리에 힘이 실렸다.

-아이디어는 생각보다 단순합니다. 아파트 카피를 쓸 때는 내가

원하는 아파트의 모습을 그려내면 되고, 음료 카피를 쓸 때는 그 음료를 마셨을 때 느껴지는 감정을 써내면 됩니다. 사람들은 아이디어라고 하면 뭔가 기발해야 되고, 특별해야 된다고 생각합니다만 사실 그렇진 않아요. 가장 일상적이면서 공감할 수 있는 것. 내가 떠들어대는 걸 함께 느낄 수 있는 게 가장 중요합니다. 그런 부분에서 카피는 소통이라고 할 수 있죠. 대화를 나누듯 서로의 감정을 나누니까요.

－그렇군요. 그럼 평소 인간 크리브진 씨의 소통은 어떠신가요?

－독재자적 성향을 띠고 있어요. 전 일방적으로 떠들어대는 타입이거든요. 대신 굳이 떠들지 않아도 되는 문제에 대해서는 철저히 차단하는 편입니다. 참 재밌죠? 이런 성격을 가진 사람이 소통의 글을 쓴다는 게.

하하, 신의 웃음소리에 다예도 따라 웃었다.

독재자적인 타입이라니. 틀린 말은 아니지만 맞는 말도 아니었다. 그는 생각보다 다예의 말에 귀 기울일 줄 알고, 자신의 말을 허투루 듣는 법이 없었으니까. 하지만 차단이라는 단어는 조금 의외였다. 무시하거나 흘려듣는 게 아닌 극단적인 표현은 생각보다 거칠게 다가왔기 때문이다.

－이건 뭐 타고난 천재성이라고밖에 표현할 길이 없네요.

그 후로도 다양한 이야기들이 전해졌다. 광고인의 삶, 크리브진으로서 살아갈 그의 미래, 미래의 광고 추이 등에 대한 대화였다. 그 이야기들은 알고 있던 크리브진의 모습을 더욱 단단하게 만들어주었고, 알지 못했던 또 다른 모습들을 기대하게 만들었다.

-자, 지금 쪽지가 마구 날아오고 있는데요. 그중에 가장 많은 질문이 들어왔던, 음, 여기 있네요. 읽어드릴게요. 크리브진 씨, 지금 여자친구 있으신가요?

-이런 질문 너무 식상하지 않나요? 인터뷰만 하면 나오는 단골 질문이라 이제 좀 재미없어요.

-하하, 이렇게 대답을 피해 가시나요? 그럼 다음 핵심 질문. 톱 모델과의 스캔들은 사실인가요? 오호, 이거 매서운 공격인데요?

신의 질문에 긴장한 건 다예였다. 태진의 말대로 너무 빤하게 물어오는 질문이라 식상하던 찰나였다. 하지만 톱 모델과의 스캔들이라니. 이미 한참 전의 스캔들이었지만 어떠한 해명도, 그 후에 다른 열애설도 나지 않아 많은 팬들이 그의 대답에 관심을 기울이고 있는 모양이었다. 다예는 마른침을 삼켰다.

-톱 모델이요? 누구랑 스캔들이 났죠?

하지만 정작 본인은 여유로웠다. 누군지도 기억 못 한다는 건…….

-린 킴이요! 현재 국내에서 가장 큰 인기를 몰고 있는 모델이시잖아요!

-아아. 그 녀석요?

-오호, 꽤 친하신 것 같은데요?

-친하죠. 하지만 딱 거기까집니다. 이왕 이렇게 된 거 기자님들께 한 말씀 드릴게요. 제 연애에 관심을 꺼주셨으면 좋겠습니다. 제 나이 서른셋이고, 좋아하는 여자와 충분히 연애할 수 있는 신체 건강한 남잡니다. 그러니 제발 허위기사나 파파라치 사진을 매니

저에게 보내지 말아주세요. 부탁드립니다.

태진의 경고성 멘트는 누가 들어도 예의 있고 친절했다. 반박할 여지가 없는, 오히려 기사를 쓰면 나쁜 기자가 될 것 같은 뉘앙스를 풍겼다. 그건 어쩌면 팬들에게는 열렬한 환호를 받을 수도 있는 상황이었지만 촉이 좋은 기자들에게는 먹잇감처럼 느껴질 수 있는 일말의 힌트였음을.

태진은 의미심장한 목소리로 웃었다. 오신의 마무리 멘트가 이어지며 라디오는 끝이 났다. 다예는 귀에 꽂고 있던 이어폰을 빼며 입 안에 맴도는 쓴맛을 애써 삼켜야만 했다.

스캔들. 지독히도 따라다니는 태진의 스캔들.

팬일 때부터 알아온 크리브진은 이슈메이커이다 보니 여기저기 스캔들이 잦았다. 독보적인 일을 하면서 으레 생길 수 있는 공적인 일에서부터 여자들과의 스캔들은 심심할 때쯤 하나씩 터지며 팬들의 심장을 들었다 놨다 했다.

그도 그럴 것이 사건이 터져도 그에 대한 피드백이 없다는 것이다. 일에 관련된 것들은 빠르게 처리되는 한편, 여자와의 스캔들은 침묵을 유지했다. 긍정이라고 믿기에는 그 후 아무런 증거가 없었고, 부정이라고 하기엔 그 어떤 반박도 없어 추측성 기사들이 쏟아져 나왔다. 관련 직종이 아닌 사람들마저 누군지 알아볼 정도로. 그러니 그가 기자들에게 이를 가는 게 당연했다. 옷깃만 스쳐도 얽어 어떻게든 기사를 내는 꼴을 더 이상 두고 보고 싶지 않았을 테니까.

"잘났어, 정말."

기분은 나쁘지만 다시 생각해보면 어깨가 으쓱해지는 상황이기도 했다. 저 잘난 남자가 이젠 내 남자다! 크리브진은 내 거야! 세상에 소리치고 싶다.

"어? 후배한테 연락 왔다. 거기도 휴강인가 봐."

유주가 휴대폰을 꺼내 메시지를 읽자 옆에 있던 은강이 남자의 문자라며 눈을 부릅떴다. 후배야, 후배. 하는데도 씩씩거리자 유주의 손날이 그의 목덜미를 빠르게 스쳐 지나갔다.

"연애는 매너고, 사랑은 믿음이야!"

"그래도 다른 남자랑 연락하지 마! 싫어!"

"……질투해? 좀 귀엽게 봐주랴?"

"쳇."

또 시작된 이 바퀴벌레 커플의 애정행각에 다예의 눈이 일자로 떠졌다. '너거들 뭣 허냐'라는 얼굴이었다. 그 표정에 아차 싶은 유주가 다예에게로 돌아앉았다.

"어차피 이렇게 된 거 뒤풀이 시간을 좀 당기면 어때? 빨리 먹고 많이 먹고 쭉 먹게."

"이제 남자랑 술까지 먹겠다고 하는 거냐? 한유주, 너 진짜!"

"너도 껴줄게. 예쁜 여자 후배들도 있으니까."

"사랑합니다, 여친님."

죽이 척척 맞는 은강과 유주를 바라보던 다예는 때마침 울리는 휴대폰으로 시선을 돌렸다. 스케줄이 끝난 태진의 문자가 와 있었다.

[휴강하니까 좋지? 땡땡이치는 기분으로 신나게, 활기차게, 행

복하게 집에 들어가라. 나 없는 데서 예쁜 얼굴로 히죽히죽 웃고 다니는 거 싫다.]

사실 연애를 시작하고 나서 그는 여전히 바빴기에 크게 달라진 건 없었다. 시도 때도 없이 연락을 한다는 것, 자신의 상황에 대한 보고가 철저하다는 점? 굳이 꼽자면 다예에 대한 집착을 아낌없이 발휘한다는 것 정도의 변화였다. 음, 생각해보니 꽤 많네. 하던 다예는 간당간당한 배터리가 경고음을 내는 것을 확인했다. 평소 여분의 배터리를 챙겨 다니던 터라 놀라지 않고 가방을 뒤졌다. 하지만 없다. 아무래도 아침에 충전해놓고 두고 온 모양이다.

"콜! 가자! 오늘은 대낮부터 달리는 거다!"

집에 들렀다 가야겠다. 혹시 모르니까.

다예는 가방을 챙겨 들고 일어섰다.

"나 집에 들렀다 뒤풀이 장소로 갈게. 배터리가 없어서."

"야, 서다! 너한테 연락하는 사람이 우리 두 사람밖에 더 있어? 같이 술 먹는데 무슨 배터리? 이런 식으로 도망가려는 거 다 안다. 응? 가자, 가자, 가자!"

"어? 야아, 나 집에 들렀다가……."

"가자!"

다예의 양팔을 낚아챈 유주와 은강은 지치지도 않는지 뒤풀이 모임 장소까지 다예를 끌고 갔다.

찌는 듯한 창밖의 열기와는 다르게 차 안은 시원했다. 하지만 운전하고 있던 석우의 뒷골은 시원을 넘어 오싹한 기운이 가득했다. 룸미러로 살짝 시선을 돌리자 뭔가를 골똘히 생각하고 있는 태진이 보였다. 왜 저러지? 아까 스케줄 끝나기 전까지만 해도 기분 괜찮으셨는데.

"형님."

"……."

"형님?"

"……말해. 듣고 있으니까."

신호에 걸린 차를 조심스레 정차시키며 석우는 걱정스레 뒤를 돌아보았다. 무슨 생각을 저렇게 하지? 차에 올라탐과 동시에 건넸던 서류는 한 장도 읽지 않은 듯 빳빳하게 서 있었다.

"기분 안 좋은 일 있으세요?"

"……."

"형님? 무슨 생각을 그렇게 골똘히 하시기에……."

"네놈 월급 깎을 생각."

"네? 제, 제 워, 월급을 왜요?"

멀쩡히 꼬박꼬박 잘 받고 있는 월급을 왜? 내 월급이 어때서? 순식간에 놀란 얼굴로 바라보는 석우의 모습에 태진은 장난이었다는 듯 피식 웃었다. 장난이라는 걸 알면서도 저 살벌한 얼굴이 진지해지면 오금이 다 저렸다. 안도의 한숨을 내쉰 석우가 오늘따라 유난히 고민이 많아 보이는 그의 모습이 걱정된 듯 조심스레 물었다.

"……기획서는 보셨어요?"

"보고 있잖아."

"그거 30분 전에 드린 건데 아직도 첫 페이지 보고 계신 거 아니에요?"

"……그랬냐?"

헉. 석우의 입이 떡 벌어졌다. 이, 인정하신 겁니까?

평소 같았으면 '너나 잘해, 짜식아!' 하며 장난을 쳤을 텐데, 조용해도 너무 조용하다. 도대체 무슨 일이기에. 꿀꺽.

물어도 쉽사리 대답해줄 것 같지도 않고, 그렇다고 태진의 상태를 무시할 수도 없고 매니저 입장에서는 속이 타들어갔다. 저러다가 불현듯 사라져 사고라도 치면. 허, 눈앞이 다 아찔하다.

어찌해야 될지 몰라 고민하던 차에 초록불로 신호가 바뀌었다. 괜한 심기를 건드려 불똥이라도 튈까 걱정된 석우는 천천히 액셀러레이터를 밟았다. 한참을 달리면서도 힐끔힐끔, 룸미러로 그의 상태를 체크하는 것도 잊지 않았다. 한 10분쯤 더 달렸을까.

"……야, 석우야."

나지막한 목소리가 그의 귀를 파고들었다.

"네?"

"너 애인 있냐?"

"애인이요?"

"……여자들은 뭘 해줘야 좋아할까?"

"네…… 에?"

"뭐 그런 거 있잖아. 선물이든 뭐든 받는 순간 '아, 이런 남자 처음이야. 이 남자 놓치면 안 돼!'라고 느낄 만한 것."

"혀, 형님 여자친구 생기셨어요?"

당황한 석우가 갓길에 차를 세우며 급하게 물었다.

여자라니, 연애라니!

평소 성격이 철두철미한 것은 둘째치고라도 그는 여자를 곁에 두지 않는 편이었다. 이쪽 계열의 일은 이미지가 중요하다. 카피라이터가 주는 이미지, 광고를 만드는 사람이 주는 이미지. 혹시라도 자신의 이력에 흠이 될까 어떠한 스캔들도 만들지 않으려 애를 쓰는 중이었다.

그럼에도 불구하고 여자들의 관심은 끊이질 않았고, 본의 아니게 증거 없는 바람둥이로 살아가고 있는 중이었다. 그러면서도 명성을 유지하는 이유는 소위 말하는 말뿐인 스캔들은 많았지만 그걸 입증할 만한 증거가 없기 때문이다. 물론 태진이 연애를 하지 않았던 것은 아니다. 하지만 절대로 노출될 일 없게끔 철저하게 생활을 했었다. 그걸 알기에, 여자친구가 생겨도 석우에게 특별한 '언급'이 없었기에 태진의 질문은 그를 놀래키기에 충분했다.

"말해봐. 네가 선물한 것들 중에 여자친구 반응이 제일 좋았던 거. 이를테면 입이 떡 벌어져서 오빠, 오빠를 외쳤다거나? 없던 애교가 샘솟았다거나 아니면 격렬한 입맞춤이 오고 갔던, 뭐 그 정도의 감동적인 선물."

"서, 선물하시게요?"

"네 질문은 나중에. 일단 내 질문에 대답부터 해."

"음. 명품백?"

"백? 그거 하나면 되냐?"

"아뇨. 다달이, 기념일마다, 기념일 아닐 때도."

365일 명품백을 갖다 바치라는 이야기냐? 영 설득력 없게 들리는 말에 태진은 혀를 찼다.

"SNS에 올라오는 리스트들을 잘 살펴본 후에 딱 선물하는 거죠. 길 가다 말고 쇼윈도 안을 들여다본다거나, 어떤 연예인이 무슨 드라마에 나오면서 찼던 목걸이나 발랐던 립스틱이 참 예뻤다 하면 검색해서 사다 주고요. 그러면 아주 그냥 죽여줍니다."

또 한 번 들려오는 헛소리에 태진은 고개마저 절레절레 흔들었다. 도대체 이놈은 어떤 연애를 했기에 저런 소리를 지껄여?

"윤석우, 사실은 너 모태솔로지? 연애는 개뿔. 혼자 소설 쓰냐?"

"형님. 아닐 것 같죠? 진짜라니까요."

"수준 나온다, 인마. 운전이나 해."

물어볼 놈한테 물어봐야지, 미쳤다고 윤석우한테 연애 상담을? 차라리 멀쩡히 서 있는 정류장에 묻는 게 낫겠다.

갓길에 차를 세우고 억울함을 호소하는 그의 시트를 발로 빵, 차버렸다. 그러자 움찔한 석우가 몸을 확 돌리며 의미심장한 눈빛으로 그를 바라보았다.

"애인 생기셨어요?"

"관심 꺼라."

"올. 어떤 여자예요? 이번에도 모델? 아니면 가수? 설마 아이돌?"

이번에도, 라니. 이 자식이. 누구보다 자신의 연애스타일을 잘 알고 있는 놈이 이번에도, 란다. 확 그냥. 농담처럼 내뱉었던 월급 삭감을 시도해볼 만한 일이라는 생각이 번쩍 든다.

"……워낙 형님이 인기가 많으시니까 어떤 분이신지 궁금해서. 정말 궁금해서입니다. 다른 이윤 없습니다."

"없으면 관심 꺼."

서릿발처럼 차가운 목소리에 석우는 마른 입술을 비비적거렸다. 그런 후 아무렇지 않아 보이지만 기획서 뒤로 숨긴 휴대폰을 힐끔힐 끔 보고 있는 태진의 시선을 캐치했다. 그러고는 슬그머니 웃었다.

"연락이 안 되나 봐요? 막 톡 씹고, 응? 전화해도 안 받고, 응? 그래요?"

"……."

"오올! 대박! 바쁜 일이 있는가 보죠."

"바쁜 일이 뭔데? 애인 전화 받는 일보다 중요한 일이 뭐냐고, 도 대체."

걸려들었어! 확실하구나, 애인이 생긴 거야.

석우는 연애 초보처럼 구는 태진의 모습에 자신도 모르게 어깨 를 펴며 기세등등한 목소리로 외쳤다.

"더 바쁜 일이 있나 보죠. 가령 다른 남자가 대시를 한다거나."

"……야. 넌 도대체 어떤 여자를 만났길래 비유가 그쪽으로 빠 지냐? 예를 들면 공부를 한다거나, 책을 읽고 있다거나, 뭐 진동을 못 느꼈거나. 뭐 이런 게 나와야 되는 거 아니냐?"

"왜요? 학생이에요?"

"……."

"대. 국. 대. 학. 교?"

"……지랄은."

태진은 별거 아닌 얼굴로 고개를 돌렸지만 귀가 빨개졌다는 걸 바로 알아챈 석우였다. 석우는 대박사건을 물었다며, 세상에나 박태진이 얼굴을 다 붉혀! 소리치고 싶어 미칠 지경이었다. 게다가 학생? 말도 안 돼. 이 엉큼한 종자를 보소!

"그 눈빛 뭐냐? 아니거든? 내가 미쳤냐, 학생을 만나게?"

학생을 만납니다. 아주 좋아합니다. 연락이 안 되니 미치겠습니다, 라는 얼굴을 하고 있는 걸 왜 자신만은 모르는 걸까. 석우는 그동안 쌓여왔던 앙금을 풀어내듯 씩 웃으며 그를 놀렸다.

"그렇죠? 정말 미치지 않고서야."

"뭐?"

"적게는 열 살. 많게는 열세 살 차이잖아요? 그건 도둑놈을 넘어선 순 양아치죠, 양아치."

"……뭐?"

"양심이 없잖아요, 양심이. 이제 막 파릇파릇하게 피어오르는 새싹을 서른셋의 남자가 꼬신다고요? 그건 사회의 악이에요, 악(惡). 전자발찌는 이런 남자한테 채워야……."

그 순간 빡, 하는 소리와 함께 태진의 주먹이 석우의 뒤통수로 날아들었다. 놀란 석우가 뒷머리를 움켜쥐며 씩씩거렸다.

"악. 왜 때려요?"

"운전 똑바로 안 해?"

"지금 정차 중인데요."

"그러니까 운전 안 하냐고. 시간이 남아돌아? 엉? 나는 카피 쓰느라 머리가 터질 것 같은데 너는 희희낙락 재밌냐?"

지금 카피 쓰십니까? 쓰시긴 하는 중이시냐고요, 라고 물으려다 그 눈빛이 너무나도 살벌해 석우는 입을 다물었다.

운전석으로 몸을 돌린 석우는 룸미러로 태진을 힐끔 바라보았다. 큭큭, 허를 찔린 사람처럼 얼굴이 시뻘게져서는 휴대폰만 노려보는 모습이라니. 아, 정말 사진 찍어두고 싶다. 태진과 일한 이래 저런 모습은 처음이다. 뭔가 안절부절못하고 다리를 덜덜 떨며 초조해하는 모습이라니. 천하의 크리브진이! 천하의 박태진이. 하하하하. 배꼽을 잡고 웃고 싶은데 태진의 표정이 너무 심각하다. 양아치는 좀 심했나?

"근데요, 형님. 아까 말씀드린 거 사실이에요."

"뭐? 선물 준 거? 그게 선물이냐? 조공(朝貢)이지."

"남들은 그렇게 생각할 수 있지만 저는 제 스스로 기분이 좋아지던데요? 좋아하는 여자친구가 갖고 싶은 걸 사줄 때의 그 기분. 게다가 그걸 받는 여자친구가 행복해하는 모습을 볼 때의 그 기분요."

"……."

"고맙대요. 자기에 대해 관심 가져주는 모습이, 귀찮을 수도 있는데 매번 선물을 챙겨주는 그 마음이. 그래서 더 좋아진다나 뭐라나."

석우는 중얼거리듯, 조금은 쑥스러운 마음을 숨기며 출발 준비를 했다. 애꿎은 핸들을 툭툭 치며 헛기침을 내뱉기도 했다. 그 모습을 물끄러미 바라보던 태진은 창밖으로 시선을 돌렸다. 차는 다시 도로를 달리기 시작했고, 두 사람 사이에 더 이상의 대화는 없었다. 하지만 태진의 머릿속은 한창 시끄러웠다.

드디어 연애를 시작했다. 애타게 바라던 서다예를 드디어 갖게 되었다. 그런데 어째 기분이 이상하다. 내 여자다 도장 찍고 나면 마음이 좀 편안해질 줄 알았다. 더 이상 불안해하지 않아도 될 줄 알았다. 그런데 그게 아니었다. 연애는 또 다른 마음의 시작이었다. 이전에는 연락이 없어도 그럴 수 있지, 라는 생각에 오히려 조심스러웠던 것 같다. 생각하는 중이겠지, 자신에게 오는 중이겠지 싶어서.

하지만 이젠 좀 다르다. 연락이 없으면 뭘 하기에 연락이 없는 걸까. 걱정이 되기도 하고, 조금 심술이 나기도 했다. 연락을 기다리는 건 자신뿐인 것 같아서. 게다가 서다예가 좀 예쁜가. 객관적으로도 예뻐서 좀 더 불안하다.

말은 못 했지만 사실 다예의 고민은 곧 태진의 것이기도 했다.

석우의 말마따나 양아치스러울 정도로 나이 차이가 많이 난다는 것, 심지어 어린 연인은 학생이다. 예쁘게 꽃피울 나이인데 나이 많은 남자를 만나야 하는 것이 마냥 좋은 일일까? 사랑에 나이가 어딨냐마는 그 나이 또래들끼리 느낄 수 있는 감정을 어찌 다 이해해주겠는가, 싶다. 게다가 답답하게 느낄 만큼 자신은 조금 보수적인 남자인지도 모르겠다. 짧은 옷, 늦은 귀가, 곁에 있지 않는 시간 동안 연락이 없는 이 허전한 시간, 자신이 모르는 곳에서 웃고 있을 다예의 모습이 싫다. 고집스럽게 옆에만 있어주었으면 한다.

어쩌면 석우의 말이 틀린 말은 아닐 거다. 그만큼 여자들은 늘 사랑을 받고 싶어 하고, 확인하고 싶어 하니까. 그에 맞춰 얼마만큼 사랑을 표현해줘야 할지가 관건이었다. 뭐든 더 사주고 싶고, 뭐든 더 많이 해주고 싶은 게 바로 사랑에 빠진 남자의 마음이니까. 그런 점에서 태진은 마음이 급해진다. 겨우 한발 내디뎌준 어린 연인을 품에 가두고 싶으니까. 어디든 달아나지 못하게 꼭 끌어안고 싶으니. 예쁜 선물로라도 마음을 전하면 진지한 마음을 더욱 사랑해줄까, 싶다.

"……."

그나저나 왜 이렇게 연락이 없지. 서다예, 너 어딨어.

일정대로라면 자신과 함께 강의실에 있어야 할 시간이다. 월요일 오후 세 시간. 공부를 하느라 전화를 못 받나, 아니면 회의라도 하는 건가. 그렇다고 해도 문자 정도는 해줄 수 있는 거 아냐? 도대체 뭐 하고 있냐.

태진은 답답한 마음에 다예의 번호를 눌렀다. '다예쁨'이라고 뜨는 그 저장된 이름 하나만으로도 그의 마음이 울렁거린다. 하지만 끝끝내 다 예쁜 연인의 목소리는 들려오지 않는다. 슬슬 걱정이 된다.

저녁 9시. 시끌벅적한 식당에서 여러 개의 잔이 공중에서 부딪치는 소리가 들렸다. 벌써 몇 시간째인지 모르겠다. 밝을 때 마시기 시작한 술은 어느새 저문 지 오래였다. 적당히 마시고 일어나려 하면 득달같이 달려와 서비스를 주는 사장님 덕분에 1차에서 오랜 시간을 보내고 있는 중이었다. 인심 좋은 사장님이 구워주신 고기의 맛은 일품이었고, 함께 넘어가는 소맥은 그야말로 천국의 맛이었다. 답답한 목구멍이 뚫릴 때마다 다 같은 소리를 내며 목소리를 높였다.

"선배님, 술 진짜 잘 드시네요?"

딸꾹. 같은 조모임으로 더욱 친해진 다섯 사람과 전혀 관련 없는 한 사람이 섞여 와자지껄하게 떠들고 있을 때쯤 2학년 후배가 꿀꺽꿀꺽 술을 마시는 다예를 바라보며 놀라움을 금치 못했다.

"힝, 부러워요. 다예 선배는 다 가졌어. 예쁘지, 공부 잘하지, 성격도 좋지. 진짜 유명인이시더라고요. 힝."

술에 취한 1학년 후배까지 거들자 다예는 호탕하게 웃으며 손을 절레절레 흔들었다.

"그거 다 포장이야. 사람들이 왜 그렇게까지 칭찬해주는지 모르겠는데, 실상 쥐뿔 없어."

"얘들아, 취했다고 정신 놓으면 안 돼. 지금부터 서다의 미친 매력이 시작되니까. 그 매력을 확인하는 순간, 다시는 서다와 친해지지 말아야겠구나, 라는 생각이 들 거야."

어느새 후배들과 친해진 은강이 신신당부를 하자 후배들은 말도 안 된다며 꺽꺽 울음 섞인 웃음을 뱉어냈다.

"진짜야. 대학 다니는 4년 내내 서다에 술주정 받아주느라 죽는 줄 알았어. 얼마나 진상인지. 서다, 감당할 사람이 없어서 내가 아직 군대도 못 갔다니까? 나 없으면 이 계집애 길바닥에서 퍼질러 잘걸?"

"한 번도 그런 적 없거든?"

"당연하지. 그 전에 우리가 안전한 곳에 버려뒀으니까!"

진절머리 난다며 머리를 절레절레 흔드는 은강 옆에서 고개를 끄덕이던 유주까지 '맞아, 쟤 좀 진상이야'라며 말을 덧붙이자 후배들은 조금씩 두 사람의 말을 믿기 시작했다. 그러거나 말거나 다예는 뭐가 재밌는지 웃어대기 바빴다.

"내가 선배로서 진지하게 말하겠다. 메모해도 좋다. 술꾼에는 여러 종류의 술꾼이 있다. 처음부터 끝까지 화끈하게 달리면서 뒤끝이 없는 가장 올바른 술꾼. 그를 올꾼이라고 한다. 두 번째, 마시고 마시고 끝없이 마시다 조용히 뻗는 술꾼. 그를 마꾼이라고 한다. 그리고 마지막, 내일이 없는 것처럼 마실 땐 좋은데 취하면 맥을 못 추고 사방팔방 피해 주는 무늬만 술꾼. 그걸 다꾼이라고 한다."

"다꾼이요?"

"응. 술만 마시면 맥이 없거든, 서다예가."

빨려들듯 입담을 과시하는 은강의 말에 후배들의 귀가 쫑긋 섰다. 쭉쭉 들이마시는 다예의 모습을 힐끔거리면서. 마치 그의 사실을 기대하는 눈빛으로. 그러나 다예는 헛소리라며 손을 휘휘, 저었다.

"그거 다 헛소리야. 얘들아, 저 못된 커플에게 현혹되지 마."

"……왜 일어나? 또 어디 가서 문제 일으키려고?"

"어지러워서."

"같이 가줘?"

"아니. 괜찮아."

"괜찮지가 않으니까 괜찮지가 않지. 제발 부탁인데 여기저기 부수고 다니지 마라, 응?"

은강과 유주의 경고에 다예는 피식 웃었다. 그러자 그게 무슨 말이냐며 따져 묻는 후배들의 말에 은강의 일장 연설은 다시 시작되었다. 하지만 유주는 휘청거리며 가게를 빠져나가는 다예를 걱정스레 바라보았다. 아무래도 안 되겠는지 자리에서 일어날 때쯤 그녀의 주머니에서 전화벨이 울렸다.

술과 고기 냄새로 가득해 탁하기만 했던 식당에서 빠져나오자 시원한 공기가 다예의 얼굴을 때렸다. 그 맑은 공기에 몇 번이고 숨을 내뱉던 다예는 얼큰하게 올라온 술기운을 떨쳐내려 한참을 자리에 서서 얼굴을 두드렸다. 그러다 주변을 살피며 돌기도 하고, 식당 앞 의자에 앉아 쉬기도 했다.

"교수님은 뭐 하시나."

술을 마시는 도중에도 몇 번씩 떠올랐던 그 얼굴. 술을 먹으니 이상하게 보고 싶어진다. 오늘 하루는 왠지 그가 없는 것 같아 속이 좀 아프다. 다예는 습관처럼 주머니에서 휴대폰을 꺼냈으나 간당간당했던 배터리는 결국 휴대폰을 무거운 짐으로 만들고 말았다. 아무래도 집에 가야지, 배터리도 바꾸고 교수님 목소리도 좀 들어야지.

솜처럼 무거워진 몸을 일으키려는데, 불쑥. 무언가가 그녀의 앞에 끼어들었다.

"하여튼 귀찮게 하지. 자, 먹어."

메론맛 아이스크림이었다. 후배들과의 대화는 끝이 났는지 걱정스러운 얼굴로 나타난 은강은 먼저 까먹은 아이스크림을 입 안에서 휘휘 돌리며 물끄러미 그녀를 바라보았다.

"술 마시면 메론맛 아이스크림 찾잖아. 괜히 또 그 맛 없다고 징징거릴까 봐 유주 것 사면서 샀다."

"맛있다."

"인류의 평화를 위해 술은 좀 끊고 살아라, 엉?"

"내가 뭘 했다고 자꾸 나더러 술꾼이래? 나처럼 얌전하게 술 먹는 사람이 어딨다고."

"쯧쯧."

은강은 마음에 안 든다는 얼굴로 툴툴거리고서는 식당 안으로 들어가버렸다. 그 모습에 메론맛 아이스크림을 몇 번 먹던 다예는 자리에서 일어났다. 화장실에 가고 싶어졌기 때문이다.

그나저나 여기 화장실이 어디더라? 주변을 두리번거리던 다예는 건물 뒤에 있던 허름한 화장실을 떠올렸다. 갈까? 말까? 집이 멀지 않으니 좀 참을까? 하다 에라 모르겠다, 싶어 걸음을 옮겼다. 건물 뒤편에 있는 화장실은 생각보다 어두웠다. 들어가기 무서워져 돌아가려는데 누군가가 그녀를 뒤에서 와락 안았다.

"꺄악!"

순간 놀라 아이스크림이 떨어진 줄도 모르고 소리를 질렀다. 그러자 뒤에서 강한 힘이 다예의 입을 틀어막았고 그 순간 다예의 온몸이 뻣뻣하게 굳었다. 불과 몇 걸음만 나가면 시끌벅적, 왁자지껄한 분위기가 한창이었다. 그런데 이곳은 너무나 어둡고 구석지다. 당장 소리라도 지르고 싶은데 사내의 기운이 느껴지는 팔은 생각보다 단단하고 강했다. 발버둥 친다고 해도 절대 빠져나갈 수 없는 상황이라는 걸 직감한 다예가 이를 악물었다. 초조함에 팔다리가 후들후들 떨리는데, 익숙한 냄새가 그녀의 코로 들어왔다. 그리고.

"쉿. 나야. 서다예 애인."

뭐? 다예는 놀라 움직임을 멈췄다. 그 익숙한 향이 청량하고도 깔끔한 그의 체향이라는 것을 알아차린 순간 긴장이 풀리는 것과 동시에 놀라움에 심장이 펄쩍 뛰었다.

"교, 교수님. 어, 어떻게 여기에?"

태진은 못마땅한 얼굴로 주변을 살핀 후 화장실 옆에 붙어 있는 으슥한 공간으로 다예를 밀었다. 그 구석에는 사방이 어둡고 좁은 공간이 있었다. 두 사람이 들어가면 숨이 막힐 정도로 좁은 공간에 다예를 밀어 넣고 자신은 한 걸음 물러서 가두듯 문을 막고 서 있었다.

여전히 상황 파악이 되지 않는 얼굴로 그를 바라보던 다예는 그립던 이를 머리부터 발끝까지 훑어보았다. 하루 종일 일에 시달렸는지 그의 슈트가 약간은 구겨져 있었다. 단정해서 미처 알아보지 못할 정도지만 평소보다 조금 흐트러진 머리칼과 급하게 달려온 태가 나는 모습들.

그 모든 모습이 그리웠던 다예는 이 말도 안 되는 순간에도 웃음이 픽, 하고 흘러나왔다. 그러자 뭐가 못마땅한지 잔뜩 굳어 있는 얼굴의 태진이 짝다리를 짚으며 눈썹을 치켜 올렸다.

"술 냄새."

"많이 나요?"

"엄청."

"많이 안 마셨는데……."

쿵쿵, 정말 냄새가 나는지 다예는 자신의 팔에 코를 가져다 댔다. 하지만 어디까지나 액션에 불과했다. 술에 취한 사람이 자신에게 술 냄새가 나는 걸 인지할 리가 없으니 말이다. 그 모습을 바라보고 있던 태진은 화를 참듯 거칠게 머리를 쓸어 올렸다.

"교수님, 화나셨어요?"

"……."

"화나셨구나. 근데 저 정말 술 많이 안 마셨어요."

"하루 종일 연락이 안 돼서, 무슨 일이 일어난 줄 알고 얼마나 놀랐는지 알아?"

"……배터리가 나가서."

"후. 제발 연애 중이라는 사실을 잊지 말아주셨으면 좋겠네요, 서다예 씨."

"네. 앞으로는 잘 챙기겠습니다."

양손을 앞으로 내밀어 합장을 한 다예가 고개를 숙이며 연신 죄송합니다, 를 외친다. 그 모습에 태진의 눈썹이 더욱 높게 치켜 올라갔다.

"취했네."

"아닙니다. 아니에요."

"너 진짜 죽고 싶냐?"

"아뇨. 교수님이랑 알콩달콩 예쁘게 살고 싶은데요?"

말똥말똥. 눈을 동그랗게 뜬 서다예가 웃음을 지운 얼굴로 그를 뚫어져라 바라본다. 그러자 태진은 욱, 하고 치밀어 올랐던 마음이

198

순식간에 녹는 기분이 들어 입을 틀어막아야만 했다. 바보처럼 웃음이 터질 것 같았기 때문이다.

"이 자식이."

말간 얼굴로 바라보는 그 얼굴이 예뻐 자신도 모르게 손을 들어 그녀의 머리를 헝클어버렸다. 그 긴 머리가 잔뜩 헝클어지자 다예가 입술을 쭉 내민 채 징징거렸다. 그 모습에 태진은 결국 참지 못하고 내민 입술을 꼬집어버렸다.

"너 술 먹고 어디 가서 이러고 있는 꼴 다신 못 본다. 엉? 나 없는 데서 술 먹지 마. 알았어?"

"에이, 그런 게 어딨어요. 다 사회생활의 일부인데."

"까불지 말고."

"……까불면, 혼나요?"

이 여자가 진짜. 방금 전까지만 해도 사람 심장을 녹이려 달려들더니 이젠 눈물이 맺힌 강아지처럼 묻는다. 저 큰 눈으로 그렇게 바라보면 나는 어쩌라고.

까불면, 혼나냐고? 당연하지. 아주 엄하게 혼나야지!

"혼내줘볼까?"

"아뇨. 그럼 안 됩니다. 사람은 착하게 살아야 돼요."

"이랬다저랬다, 놀리냐?"

"제가 언제 놀렸다구요."

"까불지 말랬지?"

"그러니까 까불면 안 되냐구요."

"돼. 되는데 뒷감당은 알아서 해. 난 책임 못 져."

"언제는 자기만 믿으라더니 이젠 책임 못 진다고요? 화장실 들어갈 때 다르고 나갈 때 다르다는 말이 이럴 때 쓰는 말이죠?"

"허?"

"아니면 잡은 고기에는 밥 안 준다는 말을 써야 되나?"

"허어?"

"교수님이 이러실 줄은 몰랐네요. 흥, 그럼 저는 이만."

다예는 장난치듯 그를 밀어내고 앞질러 걸어가기 시작했다. 남겨진 태진은 빠직, 하고 이마에 솟는 뿔들을 진정시키려 애를 썼다. 긴 호흡을 몇 번이고 내뱉은 태진은 성큼성큼 걸음을 옮겼다. 어느새 식당 앞까지 간 다예의 걸음에 기가 막혀하며 속도를 높였다.

"서다예. 거기 서지?"

"따라오지 마세요."

"까불지 말랬다."

"까불어도 된다면서요."

"뒷감당은 알아서 하랬고."

다예가 뒤에서 들려오는 경고의 목소리에 고개를 휙 돌렸다. 그 순간.

"꺄악."

"맘껏 소리 질러. 여기 있는 놈들이 서다예가 박태진 것이라는 걸 다 알게."

"읍."

태진의 말이 끝나기도 전에 다예는 한 손으로 입을 틀어막았다. 그리고 남은 한 손으로는 자신을 어깨에 둘러멘 그의 등을 마구 때렸다. 하지만 태진은 그러거나 말거나 성큼성큼 어디론가 걸어가기 시작했다.

"내려줘요!"

"……."

"교수님!"

다예는 혹시라도 자신의 목소리가 새어 나갈까 그의 귀에 속삭였다. 이를 악물고 그의 이름을 연신 불렀지만 대답이 없다. 무뚝뚝하게 걷기 시작한 걸음은 어느새 자신의 오피스텔 근처로 향하고 있었다.

"서다예, 이제 포기하고 발 좀 가만있지? 자꾸 가슴팍을 치니까 아프잖아."

"그러니까 내려주세요!"

"미운 짓을 했으니까 벌을 받아야지."

"윽, 술 마신 거 다 쏟아질 것 같단 말이에요."

진심이었다. 술은 잔뜩 마셨지, 취기는 오르지. 그런데 그의 어깨에 걸쳐지듯 널브러져 한참을 걸어왔으니 땅을 향해 거꾸로 박힌 머리는 피가 안 통할 지경이었다. 하지만 태진에게는 통하지 않는다. 버둥거리고 별짓을 다 해도 묵묵부답이다.

어느새 다예의 집 앞에 도착한 태진은 조금의 망설임도 없이 엘리베이터의 버튼을 눌렀다.

"어머!"

도착한 엘리베이터의 문이 열리고 내리던 여자가 눈을 크게 뜨며 태진과 다예를 바라보았다. 흉흉한 세상에서 이상한 일이라도 벌어진 게 아닌가 싶어 의심하는 눈초리였다. 태진은 방싯 웃으며 다예를 내려놓고서는 빠르게 허리를 감싸 안았다. 다예는 얼굴이 빨갛게 달아올라 어떻게 할 줄을 모르고 고개를 푹 숙였다. 태진은 그 모습마저 사랑스럽다는 듯 머리칼에 입을 맞추며 의심의 눈초리를 보내는 여자를 바라보았다.

"와이프가 늦은 시간까지 술을 마시겠다고 떼를 써서요."

"아⋯⋯."

여자는 얼굴을 붉혔다. 한창 좋을 때다, 싶은 부러움의 눈길을 잔뜩 남긴 채 엘리베이터를 빠져나갔다. 태진은 빠르게 닫힘 버튼을 눌렀다. 엘리베이터는 천천히 올라가기 시작했다.

"으, 창피해."

다예는 결국 얼굴을 들지 못했다. 쥐구멍이 있다면 숨고 싶은 기분이었다. 고개를 꽉 처박고 침묵을 유지하던 다예는 띵, 하는 소리와 함께 엘리베이터가 멈추자 빠르게 걸음을 옮겼다. 집 안으로 도망가겠다는 심산이었다. 급한 손길로 비밀번호를 해제한 다예는 태진이 있든 말든 후다닥 집 안으로 들어가 문을 닫으려 했다. 하지만 그게 될 리 있나.

"왜, 왜요?"

"안전하게 집까지 데려다줬으면 쉬다 가실래요? 혹은 자고 가실래요? 물어봐야 되는 게 예의 아냐?"

"일반적으로는 데려다주셔서 고맙습니다, 라고 말하는 게 예의죠."

· "끝까지 까불지? 까불면 어떻게 되는지 보여줄게."

태진은 문을 확, 열어젖혔다. 그러자 문을 잡고 버티고 있던 다예가 열리는 방향으로 주르륵 딸려 갔다. 그 순간 태진이 집 안으로 들어가 문 바깥쪽에 있는 다예를 바라보았다. 주객이 전도된다는 말이 바로 이런 상황일 것이다. 하지만 태진은 무례하지 않았다. 천천히 몸을 돌려 다예를 바라보았다.

"서다예."

"네?"

"나 이제 자격 되는 거 맞지?"

내 여자의 집이 아니면 함부로 들어가지 않는다는 말이 다예의 머릿속에 스쳐 지나갔다. 그리고 자격이 되냐는 말. 무언가를 기대하는 그의 말에 다예는 고개를 끄덕였다. 그러자 태진이 피식, 하고 웃으며 다예의 손목을 낚아챘다. 그러자 그 힘에 다예가 딸려오면서 열려 있던 문까지 스르륵 닫혔다. 삐리릭, 하며 스스로 잠기는 문까지 완벽하게 체크한 태진이 만족스럽게 웃으며 다예의 허리를 낚아챘다.

"드디어, 둘만 남았다."

"……."

"서다예, 지금부터 혼나볼까?"

"혼나요?"

"그래. 너 오늘 죽었어."

연락이 안 되는 그 순간부터 하루 종일 신경 쓰였던 서다예. 불안, 걱정, 고민들이 뒤섞여 태진의 하루를 뒤흔들었다. 그런데 본인은 좋다고 술 마시고 놀고 있다니. 애타는 남자의 심정은 모른 채 까불기까지 해? 절대 그냥 넘어갈 수 없지. 태진은 거친 맹수의 신음을 내뱉으며 그녀의 입술을 단박에 삼켜버렸다.

박태진 교수의 교육 방식은 확실했다.

혼을 내겠다는 경고의 말은 장난이 아니었는지 순식간에 다예의 팔다리를 후들거리게 만들었다. 그뿐이겠는가, 머리부터 발끝까지 정성을 다해 꼼꼼하게 혼을 내고 있었다. 벌벌 떨려오는 온몸을 혼자서는 감당하기 힘들 정도로 그는 집요하고도 매서운 손길로 달려들어 다예를 들뜨게 만들었다.

"웃, 교수님."

차갑게 식었던 피부가 뜨겁게 달아오르는 건 순식간의 일이었다. 꺾일 듯 꺾이지 않는 허리를 쉼 없이 타고 오르는 그의 손길에서 다예는 전기충격을 받은 것과 같은 찌릿함을 느껴야만 했다.

태진이 삼켜버린 입술 안은 달짝지근했다. 방금 전 술과 고기를 먹었다고는 상상도 하지 못할 만큼의 달콤한 맛은 분명 서다예의 맛이었다. 어딜 가든 떠올라 자신의 눈을 멀게 하던 그 입술, 눈을 감아도 뜨고 있어도 생생하게 떠오르던 그 입술을 삼키는 순간 태진의 심장은 끓어오르기 시작했다.

하지만 그것도 잠시, 태진은 아차 싶었다. 숨이 넘어가야 할 사람은 다예이지 자신이 아니었고, 혼을 내야 될 사람은 자신이지 다예가 아니었다. 그럼에도 불구하고 불끈 솟은 그의 분신은 순식간에 단단해져 끊어져버릴 것만 같았다. '당장에라도 뚫고 들어가!'라고 외치는 악마의 속삭임을 견뎌내는 일은 꽤나 고통스러운 일이었다.

"천천히요, 천천히. 응?"

찢어발기듯 벗겨낸 옷가지들이 거실부터 시작해 침대 밑까지
떨어져 있다는 사실을 알아차리기까지는 얼마의 시간이 걸리지
않았다. 침대에 눕혀진 순간 다예는 이미 태초의 모습을 하고 있었
기 때문이다. 다예는 그의 빠른 손놀림에 놀랄 틈도 없이 그에게
입술을 빼앗기고 말았다.

태진의 키스는 여느 때보다 거칠었다. 참고 참았던 무언가를 다
쏟아낼 듯 입술을 삼키고 또 삼켰다. 가지런히 자리 잡고 있는 치
아들의 균형이 무너질 정도로 그의 혀는 다예의 입 안을 샅샅이
훑고 지나갔다.

"흐응……."

그의 신체 중 가장 반응 속도가 빠른 건 그녀의 허벅지에서 느
껴지는 묵직한 그것과 그의 손이었다. 그의 손은 몸에 비해 한참이
나 큰 다예의 가슴을 움켜쥐고서는 짓무르듯 만지작거렸고 그의
손길에 바짝 몸을 세운 정점을 꼬집었을 때 다예는 신음을 내지르
며 몸을 비틀었다. 비튼 그 모습마저 섹시하게 느껴져 태진은 마른
침을 삼키며 이를 악물었다.

태진은 거칠게 자신의 옷을 벗었다. 브리프 안에 감춰진 그의
것은 당장에라도 다예에게 박혀들 것처럼 거대한 위상을 자랑하
고 있었지만 벌을 주듯, 애를 태우듯 그 안에서 모습을 드러내지
않았다.

다예는 어지러웠다. 취기가 오르는 듯 머리가 어지럽고 배 속이

울렁거렸다. 하지만 그 순간에도 그가 주는 정열에 다시 한번 취하 듯 눈을 감았다.

다예의 입술이 한 줄기의 오아시스라도 되는 것처럼 빨아들이 던 태진은 그녀의 귓불을 잘근잘근 씹었다. 그리고 그 선을 타고 목덜미로 내려와 그늘진 턱 밑을 혀로 핥았다. 생경한 느낌이었다. 자신도 자주 만져볼 일 없는 그곳을 태진이 집요하게 훑고 씹어대 자 다예는 발끝이 저릿저릿했다. 그 감각을 이기지 못하고 손을 뻗 어 그의 등을 쓸어내렸다. 그 순간 태진의 몸이 굳어졌다.

"경고하는데, 만지지 마."

"……싫어요."

"너 벌받는 중이야."

그의 목소리가 유난히도 낮게 울렸다. 그 높낮이가 너무나 섹스 러웠다. 목덜미에서 느껴지는 그의 숨결이 그녀의 숨을 막는다. 산 소가 부족한 사람처럼 헉헉거렸지만 그 와중에도 퍼지는 미칠 듯 한 전율에 다예는 온몸을 부르르 떨었다. 결국 살벌한 경고를 무시 해버린 다예가 그의 귓불을 손으로 만지자 태진이 그녀의 손목을 낚아챘다.

"자꾸, 유혹하지 말란 말이야."

다예는 이를 악물고 참는 듯한 태진의 얼굴을 바라보았다. 살 짝 상기된 듯한 그의 얼굴이 너무나도 섹시해 보여 참을 수가 없 었다. 다예는 말 안 듣는 어린애처럼 손을 뻗어 그의 얼굴을 훑으 며 작게 속삭였다.

"만지고 싶어요."

"……."

"……안 돼요?"

"제길."

애원하는 목소리가 그의 귓속에 파고들어 한참을 울렸다. 태진의 심장이 거칠게 뛰었다. 목소리만큼이나 야릇하게 젖어든 다예의 표정이 그의 애간장을 녹였다. 태진은 참을 수 없다는 듯 다예의 가슴을 크게 베어 물었다.

"흣."

다예의 허리가 활처럼 휘었다. 그 순간을 놓치지 않고 다예를 들어 올린 태진은 자신의 허벅지에 그녀를 앉혔다. 순식간이었다. 너무나도 적나라한 자세에 다예가 부끄러움을 느낄 때쯤 더욱 깊게 입 안으로 파고든 그녀의 가슴을 베어 물며 태진은 거친 숨을 내쉬었다.

잘근잘근, 그녀의 정점을 혀로 지그시 눌렀다가 쪽쪽 빨아댄다. 그리고 그 주변에서 애를 태우듯 혀를 세워 자극적으로 핥았다. 둥글게, 둥글게. 좁은 영역에서 넓게, 넓은 영역에서 좁게. 자유자재로 움직이며 가슴을 물어대자 그녀의 정점이 바짝 일어서 번들거렸다. 태진은 그 모습이 너무나도 자극적이게 느껴졌다. 자신의 감각에 온몸이 바짝 일어선 다예의 모습은 지나치게 선정적이었다. 한참 동안이나 양쪽 가슴을 주무르고, 깨물고 핥던 태진은 그녀의 허리를 바짝 잡아당겼다. 그러자 브리프를 가운데 두고 뜨거운 두 곳이 맞닿았다.

그 순간 안으로 들어간 것이 아닌데도 불구하고 들어간 것처럼 서로를 충족시키는 짜릿함이 두 사람을 에워쌌고, 약속이나 한 것처럼 동시에 신음을 내질렀다.

태진이 서서히 움직였다. 두 팔을 지탱하듯 뒤로 둔 채 허리를 움직였다. 그러자 맞닿은 부분에서 불꽃이 일었다. 삽입했을 때보다 더한 자극이었다. 당장에라도 뚫고 들어가고 싶은 마음을 억누르며 그의 분신이 꼿꼿하게 다예의 중심을 찔러댔다.

"훗."

다예는 솔직했다. 느껴지는 감정을 단 하나도 흘리는 법이 없었다. 조금 더 가까이 닿고 싶은 마음에 무의식적으로 그의 허리를 감싸는 두 다리를 태진은 놓치지 않았다.

얇은 치마로 가려봤자 가려지지 않는 늘씬하고 매끈한 다리. 오로지 자신만 보고 싶었던 그 가늘고 하얀 다리를 마음껏 쓰다듬었다. 발목에서부터 천천히 무릎으로, 무릎에서부터 그녀의 숲이 있는 곳까지 천천히 그리고 확실하게 짚어나갔다. 그러자 다예가 허리를 뒤로 젖히며 신음했다.

그 순간 태진은 다예의 가슴을 다시 한번 입에 물며 그녀를 눕혔다. 태진이 주는 자극에 촉촉하게 젖은 그녀의 숲에 손가락을 뻗으며 주변을 꾹꾹 누르자 다예가 다리를 웅크렸다.

"……서다예."

움직임 하나하나가 너무나도 야했다. 움직일 때마다 흔들리는 두 개의 가슴은 방금 전까지도 물고 놓아주지 않았음에도 불구하고 심한 갈증을 불러일으켰고, 감정에 휘몰아치듯 젖어가는 그녀의 은밀한 곳은 그가 전해주는 손길에 문을 활짝 열고 있었다.

태진은 천천히 그녀의 길에 손가락을 묻었다. 뾰족하게 세운 손가락은 잠시도 쉬지 않고 위에서 아래로, 아래에서 위로 한참 동안이나 간지럼을 태웠다. 그럴 때마다 다예의 몸이 움찔거렸다. 잔뜩 상기된 얼굴로 들뜬 신음을 내뱉는 다예의 모습에 태진은 이를 악물었다.

정신이 나가버릴 것 같다는 게, 정말 혼을 빼놓는다는 게 무엇인지 알 것만 같았다. 처음 그녀를 안았던 그 순간 느꼈던 감각과 새로이 엉켜드는 감각들이 그의 냉철한 이성을 마비시켰다.

"……교수님, 그만요. 나 너무 어지러워요."

"벌이야. 다신 나 없는 곳에서 술 마시지 마."

"훗."

태진은 다급하게 브리프를 벗어 던졌다. 그러자 답답함을 이기지 못한 그의 분신이 성급하게 툭 튀어나와 그녀의 입구로 달려들었다. 그 순간까지도 정신을 잃듯 바스락거리던 다예의 몸이 살짝 굳어졌다.

"무슨 일이 있어도 연락 안 되는 일, 만들지 마."

"……하아."

"그땐 경고로 안 끝나."

"하아, 교수님…… 웃."

다급하게 달려든 것과는 달리 그의 분신은 입구 앞에서만 맴돌았다. 거칠게 튀어나온 자신의 마음에 혹시라도 다예가 다칠까 염려하는 눈치였다. 태진은 눈을 돌려 다예를 바라보며 이를 악물었다.

이 어린 연인은 집요한 남자의 감각을 있는 힘껏 견뎌내고 있었다. 고통스러울 정도로 지분거리는 애무를 온몸으로 받아들이며 부서져라 신음을 내질렀다. 눈치 보는 것도 없었다. 오로지 자신이 주는 감각에 충실할 뿐. 그 모습이 너무나도 사랑스럽고 예뻤다.

열에 들뜬 다예를 바라보며 그녀의 길을 자극하던 것도 잠시, 넋을 놓고 있던 순간 그의 분신이 동굴 속으로 미끄러지듯이 빨려 들어갔다. 아차, 했을 땐 그의 일부가 삽입된 후였다. 다예는 작게 신음을 내질렀고 태진은 얼굴을 구겼다. 이 성질 급한 놈이 그새를 못 참고!

"제길."

벌을 주겠다는 마음은 이미 저 멀리 날아가버린 후였다.

어느새 그의 눈에는 불꽃이 일었고 그와 동시에 제2의 박태진은 다예의 깊숙한 곳을 한 번에 뚫고 들어갔다. 그 순간 다예의 입에서 열에 들뜬 신음이 흘러나왔지만 으르렁거리는 태진의 신음에 묻혀버린 후였다.

태진은 거칠게 움직였다. 그녀의 허리를 끌어당기며 그 끝이 어디인지 모를 곳을 향해 들어갔다 나왔다를 반복했다. 그럴 때마다 조여드는 다예의 그곳은 당장 죽어도 좋을 것만 같은 기분에 휩싸이게 했다. 더 깊게, 더 깊게. 모든 것을 통째로 집어삼켜버리고 싶은 남자의 욕심은 끝도 없이 다예를 밀어붙였다.

"교수님……."

절박하게 교수님만을 불러대는 그녀의 목소리가 들려왔다. 태진은 그 목소리가 신호탄이라도 된 사람처럼 다예를 끌어안았다. 그러고는 거칠게 허리를 움직였다. 튕겨 오를 듯 그녀의 안에서 움직이는 태진의 허리놀림은 정말 놀라울 정도로 강렬한 느낌을 전해주었고 그 박자에 다예는 부서져 내릴 듯 신음했다. 잠시 후 발끝에서 찌릿하고 전해져오는 감각이 머리끝까지 타고 올라 진절머리가 쳐질 때쯤, 태진의 야릇한 목소리가 다예의 귓가에 박혀들었다.

"서다예, 너 내 거야. 절대 어디 못 가."

절대, 절대. 못을 박듯 그의 입에서 같은 말이 반복적으로 터져 나왔다. 그 소리에 다예는 두근거리는 가슴을 그에게 기대며 빨라지는 박자에 몸을 맡겼다. 잠시 후, 두 사람은 모든 것을 서로에게 탈탈 털어내고 무너질 듯 부둥켜안은 채로 쓰러졌다.

한차례의 폭풍우가 지나갔음에도 불구하고 두 사람은 떨어질 줄을 몰랐다. 여전히 결합되어 있는 그곳에서는 방금 전 뜨거웠던 순간들을 기억해내듯 무언가를 쏟아냈다. 하지만 두 사람은 서로를 애틋하게 바라볼 뿐이었다.

만족감. 그것은 단순히 절정을 함께 올랐다는 것에서 오는 감정은 아니었다. 서로를 가졌다는 충만감. 방금 전 행위로 인해 두 사람은 뜨거운 연인임을 서로에게 각인시켰다. 그게 두 사람을 더욱 애틋하게 만들어주었다.

사랑을 나누는 동안 분명 아무것도 들리지 않고, 아무것도 보이지 않는 순간이었다. 마치 다예를 뺀 나머지를 모조리 삭제한 것처럼 서다예만 보였다. 그리고 그 순간, 또 한 번 이 어린 연인에게 반했다는 것을 깨닫고는 절망스러운 기분에 휩싸였다.

'젠장, 어째 날이 갈수록 더 좋아지냐. 헤어 나올 수가 없다. 정말.'

혼잣말을 삼킨 태진은 자신의 품에 안긴 이 여자가, 자신의 팔에 누워 화사하게 웃고 있는 이 여자가 다신 없을 제 짝이라 확신했다. 그러자 무시무시한 소유욕이 그의 가슴을 타고 올랐다.

"교수님 그거 알아요?"

"……."

"술 먹는 게 나쁜 건 아닌 것 같아요."

"……까불지, 또."

"보고 싶었거든요, 많이."

쿵. 그의 심장이 바닥으로 뚝 떨어지는 소리가 귓가에 들린다. 망치로 무언가를 내려치는 것처럼 파장은 어마어마했다.

"안 보고 싶은 순간이, 이젠 없을 것 같아 조금 겁나요."

"……서다예."

"교수님을 더 많이 좋아하게 됐나 봐요."

맙소사. 정말 맙소사였다.

좋아하게 되었다는 그 말, 고백 한마디에 감동을 느낄 새도 없이 그의 몸에 빠른 변화가 찾아들었다. 미친 거 아냐? 짐승처럼 이게 뭐야? 생각지도 못한 신체 변화에 태진은 욕을 씹어 삼켰다. 사랑을 나눈 지가 얼마 되지 않았는데, 이놈은 제가 20대라도 되는 것처럼 발딱, 하고 일어섰다. 결합을 풀지 않아서였을까, 누구보다 빨리 변화를 알아차린 다예의 얼굴이 순식간에 굳어졌다.

"왜, 왜 그래요?"

"뭐가?"

이미 터질 만큼 커져버린 분신이 그녀의 동굴 안에서 좁다며 아우성을 치고 있었다. 당장에 움직여서 해방시켜달라며 더욱 크기를 키워갔으나 얼굴만은 철판을 깐 듯 아무렇지 않은 척 여유롭게 물었다.

"이렇게, 금방, 다시, 그러니까……."

"서다예, 넌 아직 날 잘 몰라."

내가 얼마나 집요한 남자인가를, 내가 얼마나 욕심이 많은 남자인가를. 그는 천천히 허리를 움직이기 시작했다.

다예는 생각지도 못한 그의 움직임에 당황한 듯했다. 오랜만에 몸을 나눴기에 여기저기가 쑤셔오던 찰나였고 방금 전에 휘몰아친 감정이 채 수습되지도 않은 상태였다. 그런데 다시 일을 시작하려는 태진의 움직임에 다예는 놀란 듯 그의 어깨를 꽉 잡았다.

"으흣."

태진은 다예의 가슴을 물었다. 방금 전의 상황이 얼마나 격렬했는지 알 수 있을 만큼 그녀의 온몸이 얼룩덜룩했지만 개의치 않았다. 조금의 빈틈도 없이 그녀를 소유하고 싶은 남자의 마음을, 박태진 안에서 살게 하고 싶은 남자의 욕심을 조금이나마 흔적으로 남길 수만 있다면. 태진은 군데군데 비어 있는 뽀얀 살에 입을 맞췄다.

"살살."

다예는 아픈 듯 얼굴을 찡그렸다. 하지만 그 모습마저도 예뻐 견딜 수가 없는 태진은 다예의 엉덩이를 힘껏 움켜쥐었다. 그리고 다시 둘만의 세계로 빠져들었다.

"찾아봤어?"

"없어!"

서다예가 없어졌다. 거나하게 취해 1차를 파할 때쯤, 다예가 없어졌다는 것을 알아차렸다. 놀란 유주가 전화를 해봤지만 그녀의 가방만이 앉아 있었던 자리에 고스란히 놓여 있었다. 멀리 안 갔구나, 싶어 주변을 살핀 지 30분째. 아무리 찾아도 서다예가 없다.

"내가 집에 가볼 테니까 너는 좀 더 찾아봐. 알았지?"

"찾으면 연락해!"

은강이 주변을 살피는 사이 유주는 다예의 집 쪽으로 방향을 틀었다. 평소 술자리를 파하면 무조건 그녀를 집으로 데려다놓곤 했던 두 사람이었다. 무슨 일이 있어도 집으로 돌아와야 한다고 신신당부하며 말들어준 습관 중 하나였다. 별일이 없으면 집에 있을 거라 믿으며 걸음을 재촉했다. 혹시라도 집에 없으면 어쩌지, 라는 걱정이 불쑥불쑥 치밀어 올랐지만 억지로 떨쳐내며 뛰기 시작했다.

쾅, 쾅! 쾅, 쾅! 다예의 집 앞에 도착한 유주는 문을 두드렸다. 급한 마음에 초인종을 누를 생각도 하지 못하고 무작정 두드렸다.

"서다예! 서다예 없어?"

술 먹고 도대체 어디로 사라져버린 거야? 아무리 두드려도 대답이 없자 걱정이 된 유주는 흘러내리는 머리를 거칠게 쓸어 올리며 휴대폰을 꺼냈다. 아직 은강에게 연락 온 게 없다. 그렇다면 찾지 못했다는 건데. 유주는 다시 한번 문을 두드렸다.

"서다예! 서다예! 안에 없어? 없냐고!"

안에 없으면 정말 큰일이다. 운이 좋아 안전한 곳에 있으면 다행이지만 그게 아니라면. 질끈, 유주는 눈을 감았다. 무서운 생각이 그녀를 잠식했다.

"서다예! 다예야!"

아무리 불러도 대답이 없다. 걱정스러운 마음에 발을 동동 굴리며 입술을 잘근잘근 씹어 물기 시작할 때였다.

삐리릭, 하는 소리와 함께 현관문이 해제되는 소리가 들려왔다. 유주는 깜짝 놀라 문을 벌컥 열어젖혔다. 그 순간.

"서다……! 으악!"

우당탕하는 소리와 함께 놀란 유주가 뒤로 넘어졌다.

서다예가 나와야 할 집에서, 술에 취해 정신을 못 차리는 채로 나와야 할 사람은 서다예인데? 뜨악. 유주는 입을 틀어막았다.

"교, 교, 교수님?"

틀어막은 잇새로 겨우 그를 불렀다.

전혀 생각지도 못한 인물, 절대 이곳에 있을 수 없는 인물이 눈앞에 나타나 사람 좋은 얼굴로 웃고 있다. 깜짝 놀란 유주가 두 눈을 비볐다. 꿈인가? 나도 취해서 헛것이 보이나? 생각될 때쯤 잔뜩 헝클어진 머리와 대충 끼워 입은 셔츠가 눈앞에서 흔들렸다. 이게 무슨 상황이야, 설마 아니지? 라며 그를 훑던 순간 유주의 입이 떡 벌어졌다.

그는 맨발이었다. 맨발!

절대 손님으로 온 사람은 양말을 벗지 않는다. 또한 맨발이라는 것은 상대와 정말 각별한 사이일 때, 이를테면 연인이나 가족에 한에서만 불쾌감을 느끼지 않는다. 그런데, 그런데! 박태진 교수님이 맨발로 다예의 집에서 나왔다.

"교수님이 왜 다예 집에……."

게다가 평소와는 전혀 다르다. 카리스마 작렬하는 얼음장 교수가 아닌, 한없이 자비롭고 여유로운 모습의 남자가 흐뭇한 얼굴로 서 있었다.

"우리, 대화 좀 할까?"

꾸, 꿈이 아닌가 보다.

마치 기다렸다는 듯이, 자연스럽게 넘어져 있는 유주에게 손을 뻗었다. 그 순간 유주는 확신했다. 이건 꿈이 아니라 현실이라는 것을!

얼마간의 시간이 지난 후 아파트를 빠져나오던 유주는 멍한 얼굴로 뒤를 돌아보았다. 늦은 시각, 불이 켜져 있는 집을 찾는 게 더 빠를 정도로 다들 깊은 잠에 빠져 있었다.

그런데, 이 늦은 시간에 불 꺼진 집에서 두 사람이 뭘…….

악! 유주는 자신의 머리를 부여잡으며 주저앉아버렸다. 박태진 교수님과 대화를 나누는 시간은 짧았지만 혼을 빼앗기기에는 충분했다.

'서다예랑 연애를 하기 시작했다. 조금 위험한 연애. 무슨 말인지 알지?'

유주는 그때까지만 해도 이 상황을 이해할 수 없어 고개를 끄덕일 수 없었다. 얼이 빠진 사람처럼 입을 떡 벌리고 있을 뿐.

'협조를 해줬으면 좋겠어. 내가 조금 불안하거든.'

불안. 그가 말하는 불안은 자신이 없는 곳에서의 다예가, 자신이 지켜줄 수 없는 상황에서의 다예가 걱정된다는 의미였다. 관계가 관계이니만큼 모든 상황이 순조로울 수 없다는 건 유주도 충분히 알아차릴 수 있는 부분이었다. 그렇기에 그 안에서 두 사람의 연애가 조금 더 수월할 수 있도록 도와달라는 의미였다. 태진이 없는 순간 그를 대신해줄 역할이 필요하다고 의미도 덧붙여.

'A+. 한유주와 차은강의 A+를 보장해줄게.'

권력남용이냐고 묻는 눈빛에 태진은 여유롭게 어깨를 으쓱거렸다. 그러고는 '보장은 해주되 노력은 본인의 몫이겠지?'라는 말을 덧붙였다. 이건 뭐, 보장을 해주겠다는 거야? 아니면 죽어라 열심히 하라는 거야? 의미를 알 수 없는 그 말에 유주는 정신을 차릴 수가 없었다.

서다예, 이 발칙한 계집애! 그렇게 얽히지 않게끔 조심하라 이야기를 해뒀건만! 박태진이라니! 크리브진이라니? 그 남자가 어떤 남자인 줄 그렇게 지켜봤으면서도 연애가 하고 싶든? 이 바보 멍충이가 어쩌다가 저 맹수한테 잡아먹힌 거야! 그리고 왜 말을 안 해? 저랑 나랑 알고 지낸 지가 몇 년인데! 이 계집애, 아주 그냥!

"아오, 속 터져!"

하지만 어쩌겠는가. 이미 두 사람은 연애를 시작했다는데.

뜯어말리고 할 기회도 없이 두 사람이 같이 있는 모습을 목격했다. 이게 지금 말이 되는 건가, 취해서 이해가 안 되는 건가? 머리가 어질어질했다. 하지만 이럴수록 정신을 바짝 차려야 했다.

도대체 서다예는 언제부터 교수님과 얽히게 된 걸까? 도대체 언제 썸 탈 시간이 있었던 거야? 다예는 늘 두 사람과 함께였고, 아니더라도 늘 정해진 행동 범주 안에서만 움직였다. 그런데 두 사람이 연애를 하고 있다니.

이제 와 생각해보니 어렴풋이 지나가는 장면들이 있긴 했다. 다예의 옷에 물을 쏟던 교수님의 모습, 다른 학생들과 다르게 이름을 부르던 모습, 은강이 다예를 놀리자 으르렁거리며 노려보던 모습! 모두 서다예를 좋아해서 그랬던 거야? 헉…… 게다가.

"헐. 나 이용당한 거야?"

뜬금없이 모르는 번호로 전화가 왔다. 불과 한 시간 전에.

조교도 아닌 자신에게 수업의 내용을 묻는 박 교수님이 의아했지만 너무나도 친절한 목소리에 이상한 낌새를 차리지 못했다. 끊기 전, '어디니? 시끄러운데'라고 묻는 말에 자연스럽게 장소를 알려주었고 그곳에 은강과 다예도 함께 있다는 말을 흘리듯 했었다. 그리고 다예가 사라졌다. 그리고! 그가 다예의 집에서 나왔다. 그리고! 악.

유주는 다급하게 휴대폰을 꺼내 화면을 터치했다. 잠시 후 은강의 목소리가 흘러나왔다.

"차은강, 서다 찾지 마."

-왜?

"절대 찾지 마. 절대, 절대!"

그러고는 거칠게 전화를 끊었다.

아직도 심장이 쿵쾅쿵쾅 뛴다. 어떻게 해야 되지, 이걸 어떻게 해야 돼? 죽어도 입 싼 은강에게는 말도 못 붙일 이야기였다.

"서다예…… 이 발칙한……!"

유주는 여전히 쿵쿵 뛰는 심장을 부여잡으려 도망치듯 아파트 주변을 벗어났다. 그리고 고뇌의 밤이 시작되었다. 앙큼하게 뒤에서 연애를 시작한, 그것도 엄청난 거물과 연애를 하고 있는 호박씨 서다예를 달달 볶을 것이냐, 아니면 착하게 A+를 꿀꺽 삼킬 것이냐. 그것이 문제로다.

다예는 눈을 떴다. 밀려드는 잠을 겨우 몰아내며 몸을 세웠을 때, 방 안은 환했다. 어젯밤 술을 마시고 태진과 집에 돌아와 뜨거운 밤을 보냈음이 아직도 생생한데 벌써 아침이었다. 다예는 휑하게 비워진 옆자리를 물끄러미 바라보고서는 피식 웃었다.

그들의 첫 만남도 이랬었다. 눈을 뜬 다예의 옆은 오늘처럼 텅 비어 있었다. 화장대 거울에 쪽지를 남겨두고 사라졌던 남자. 그 남자는 오늘도 없다. 하지만 다예는 불안하거나 기분 나빠하지 않았다. 그는 옆에 없지만 그의 마음만은 다예로 가득 채워져 있었기 때문이었다. 외로웠을지 모를 아침은 유난히도 따뜻하고 아늑했다.

다예는 그가 주는 거친 사랑이 좋았다. 투닥거리며 치고받는 연애도 온몸이 저릿할 정도로 재밌었고, 만날 때마다 불타오르는 감정들도 미칠 듯이 설레었다. 그는 매사가 성격만큼이나 거침없었다. 그러다 불쑥불쑥 치고 나오는 그의 다정함, 투덜거리면서도 건네는 따뜻한 손길, 불순물이 섞이지 않은 온전한 눈빛과 마음.

그건 연애 초짜인 자신이 알아차릴 정도로 순수하고도 곧은 사랑이었다.

다예는 그게 좋았다. 맹수처럼 이빨을 드러내는 거친 소유욕이, 갖고 또 가져도 욕심을 내려는 그의 독점욕이 다예를 휘어잡아주었다. 맥없이 빨려 들어갈 수밖에 없는 그의 마음에 왈칵 젖어들고 싶었다. 그는 더 이상 교수가 아닌 남자였다. 다예의 마음속에 자리 잡은 멋진 남자.

다예는 찌뿌듯한 몸을 두들기며 침대에서 걸어 나와 욕실로 발걸음을 옮겼다.

똑똑. 이제 막 욕조에 몸을 담그고 눈을 감으려는데 욕실 문을 두드리는 소리가 들렸다. 놀란 다예가 온몸이 굳어진 채로 수건의 위치를 확인할 때쯤 욕실 문이 벌컥 열렸다. 뿌연 수증기로 앞도 제대로 보이지 않아 당황할 때쯤.

"어이, 서다예. 살림을 하긴 하는 거야?"

돌아간 줄 알았던 태진의 목소리가 불퉁스럽게 들려왔다. 깜짝 놀란 다예가 몸을 일으키자 거품 속에 가려져 있던 예쁜 가슴이 툭하고 튀어나왔다. 그 모습에 태진의 눈이 가느다래졌다.

"아직 안 가셨어요?"

"널 두고 어딜 가? 나 오늘 휴가야. 그러니까 이번 주말은 어디 갈 생각 마라."

휴가라고 하기에는 너무나도 짧은 시간이었다. 고작 주말의 자유를 얻었을 뿐이니까. 하지만 그 시간을 온전히 연인에게 쓸 수 있다는 것만으로도 태진의 기분은 날아갈 듯 가벼웠다.

"근데 서다예야. 너 뭐 먹고 사냐?"

"이슬?"

"……아직 술 덜 깼냐?"

장난처럼 눈을 흘기자 태진이 하하, 하고 웃었다.

물기를 머금은 그녀의 얼굴에선 광채가 흐르듯 반짝거렸다. 아이, 예뻐. 벗고 있으니 더 예쁘네, 라는 말을 목구멍으로 삼키며 태진은 욕조 끝자락에 걸터앉았다. 욕조로 흘러넘친 물들이 그의 바지를 적셨지만 상관없었다.

"교수님, 오늘 할 일 없으시면 장 보러 가실래요? 안 그래도 이 것저것 떨어져서 장 볼 일이 걱정이었거든요. 음, 조금 위험하려나?"

"데이트 신청?"

"편한 쪽으로 생각하세요."

"불편한 쪽으로 생각하는 건 뭔데?"

"음. 기사 겸 시중 모드로다가. 읏!"

요게 날이 갈수록 장난이 느네? 히죽, 장난처럼 말하는 걸 알면서도 그런 서다예가 얄미워 손바닥 가득 물을 담았다. 그러고는 잠시의 망설임도 없이 다예의 얼굴에 뿌리자 놀란 듯 어푸어푸, 얼굴을 닦아 내리는 다예의 모습이 눈에 들어왔다. 그 모습에 태진의 입꼬리가 위를 향했다.

"서다예."

다예는 얼굴에 묻은 물을 겨우 닦아내고 그를 노려보았으나 다시 한번 날아드는 물세례에 손을 휘휘 저으며 소리쳤다.

"하지 마요!"

"하지 말라면 더 하고 싶은 거 알지?"

"아, 그러세요?"

다예의 말투가 살짝 일그러진 것을 알아차리지 못한 태진은 전세가 역전된 것을 모르고 방심하다 날아드는 물 공격에 눈을 질끈 감았다 떴다. 어느새 물은 얼굴에서 흘러 목덜미 밑으로 뚝뚝 떨어지고 있었다.

"뭐 하는…… 윽."

태진이 빠직, 하는 얼굴로 따져 물으려 들자 다예가 그새를 참지 못하고 공격했다. 그 탓에 입 안에 물을 잔뜩 머금은 태진은 자리에서 벌떡 일어났다. 퉤엣, 하고 물을 뱉어냈으나 다예의 물 공격은 더욱 심해졌다.

"갈아입을 옷 없다고! 제길."

하지만 서다예의 눈빛은 여기서 끝낼 기세가 아니었다. 잔뜩 재미들린 그녀의 눈과 마주치자 갈아입을 옷이고 나발이고 생각나지 않았다. 오로지 달려드는 서다예를 정복하고자 하는 마음뿐이었다.

좁은 욕실 안에서의 물싸움은 계속되었다. 갈아입을 옷이 없어 와이셔츠와 슈트 팬츠를 입고 있던 태진은 물에 빠진 생쥐마냥 홀딱 젖었다. 다예 역시 젖어 있었으나 그녀는 목욕을 하던 중이라 알몸의 상태였다. 왠지 억울한 기분이 든 태진은 와이셔츠 단추를 풀어냈다. 그러고는 물을 먹어 무거운 바지를 벗어내기 시작했다. 하지만 몸에 달라붙어 떨어질 생각을 하지 않는 바지를 벗겨내느라 애를 먹고 있었다.

그런 그를 바라보며 배꼽을 잡던 다예는 뭔가가 떠올랐는지 후다닥 거품망을 손으로 집어 들었다. 그러고는 바디워시를 짜내 몸에 칠을 하고 샤워기를 틀어 씻어냈다. 그때까지도 바지를 벗느라 애를 먹던 태진이 고개를 들었을 때 다예는 이미 욕조에서 빠져나가고 있었다.

"거기 서라. 어? 좋은 말 할 때?"

발목에서 빠지지 않는 바지에게 화를 내며 으르렁거렸다. 급할수록 돌아가라는 말이 이럴 때 쓰는 말인가. 마음이 급하니 자꾸만 헛손질을 했고, 헛손질을 하다 보니 쉽게 벗겨질 바지도 제 맘 같지 않았다. 다예는 그런 그의 바보 같은 모습에 푸훗, 하고 웃으며 수건을 챙겨 들었다. 그러고는 총총걸음으로 욕실 손잡이를 잡아당겼다. 그 순간.

"으악!"

태진의 손이 더 빨랐다. 잠시 후 풍덩! 하는 소리와 함께 그 좁은 욕조 안으로 다예가 던져졌다. 그의 힘과 속도에 놀랄 새도 없이 어푸어푸, 얼굴을 닦으며 정신을 차렸을 때는 의기양양한 표정의 태진이 욕조 안에 들어와 있은 후였다.

"도망을 가려면 빨리 가든가. 그 와중에 거품 내서 씻을 정신이 있어?"

다시 생각해도 웃기다. 서다예, 정말 예측할 수 없는 이 여자를 어쩌면 좋을까. 태진이 달려들 것이 겁이 나 도망갈 생각이었다면 샤워고 뭐고 일단 욕실을 빠져나갔어야지. 근데 그 와중에 씻고 있다. 덕분에 태진이 그녀를 잡아둘 수 있었지만 그 모습을 떠올리니 황당함에 웃음이 터져 나왔다.

"제가 좀 위생에 철저한 성격이라."

"전쟁 나도 씻고 가겠다 할 거냐?"

"교수님이 전쟁급은 아니잖아요. 피난 갈 정도로 위험한 상황도 아닌데 할 건 해야죠."

"한마디도 안 져."

"그게 제 매력이랄까요?"

그러고는 배시시 웃는다. 어린아이처럼 그렇게 웃는다. 말끝마다 꼬리를 물어내는 얄미운 서다예가 천진난만하게 보이는 순간이었다. 어째 그놈의 매력은 끝도 없냐, 라는 말을 꺼내려다가 늘 자신만 아쉬운 쪽인 것 같아 입을 다물었다. 그러나 거칠게 뛰는 심장은 쉽게 멈춰지지가 않았다.

"장 보러 가기 전에 한 번 하자."

태진이 맞은편에 앉아 있는 다예에게로 성큼 다가가며 그녀의 귓가에 야릇하게 속삭였다. 그러자 다예는 뜨거운 숨결에 움찔하며 그의 목에 팔을 감았다.

"그렇게 하고도, 또요?"

다예는 그가 그랬듯 유혹의 목소리로 태진의 귓가에 속삭였다. 그러자 이번엔 태진의 몸이 부르르 떨렸다.

집요한 남자, 박태진. 어젯밤 지쳐 잠드는 순간을 제외하고는 한 순간도 다예를 품에서 떼어놓지 않던 남자였다. 그런 그가 또다시 다예를 유혹하기 시작했다. 그 유혹이 싫지 않은 다예는 자연스럽게 그의 허벅지로 올라타며 귀엽게 솟아 있는 그의 정점을 살짝 비틀었다. 그러자 태진의 입에서 신음이 터져 나왔다.

"학습능력이 아주 뛰어나네."

"그런가요?"

다예는 가슴을 지분거리던 손을 천천히 미끄러트리며 그의 복부를 쓰다듬었다. 그 순간 다예의 엉덩이 밑에서 불끈, 하고 그의 분신이 고개를 들었다.

"……교수님은 반응속도가 아주 뛰어나요."

"마음에 들어?"

태진은 목에 뭐라도 막힌 사람처럼 끙, 하고 겨우 말을 이어갔다. 하지만 그러거나 말거나 다예의 시선은 그의 가슴에 박혀들어 있었고, 손은 쉴 새 없이 그의 몸을 더듬고 있었다. 그 느낌이 아찔해져 태진은 그녀의 허리를 와락 안아 들었다. 그 순간 자신의 엉덩이를 살짝 빼며 공간을 만들던 것도 잠시, 그녀의 중심부에 자신의 것을 가져다 대며 조금씩 움직였다.

"이건?"

"음. 좋은데요?"

"……그럼, 이건?"

순식간이었다. 그의 것이 빨려 들어가듯 제 자리를 찾아 쑥 들어간 것은. 그리고 다예의 허리가 내려앉으며 더욱 깊게, 뿌리 끝까지 박혀 들어간 것은.

"아, 읏."

태진이 욕실로 들어온 순간부터 느끼고 있던 묘한 흥분에 이미 젖어 있던 그곳은 태진의 것을 단번에 삼켜버렸다. 그러고는 놓아주기 싫은 사람처럼 꽉, 그것을 조여 물었다. 태진은 윽, 하는 신음을 내뱉었다.

"······움직여봐."

다예는 그의 말이 끝나기도 전에 허리를 살며시 움직였다. 앉은 자리에서 일어났다가 앉기를 반복하자 욕조에 담긴 물이 출렁거리며 그녀의 가슴에 휘몰아쳤다. 태진은 참지 못하고 다예의 가슴을 덥석 물었다. 그러자 다예가 흐응, 하는 야릇한 소리를 내뱉었고 그 순간 두 사람의 속도가 빨라졌다.

"아, 흡."

달려드는 태진의 공격에 다예는 무너질 듯 그의 허리를 감싸 안았다. 기댈 것이라도 필요한 사람처럼 그렇게 그에게 매달렸다. 그는 야생마 같았고, 그 야생마의 움직임에 다예는 숨이 가쁜 듯 헐떡일 수밖에 없었다. 잠시 후, 출렁거리는 물의 마찰음이 귀에 익숙해질 때쯤 태진과 다예는 서로를 바라보며 마지막 신음을 내질렀다. 다예는 그의 어깨에 머리를 기댔고 태진은 그녀의 허리를 더욱 세게 끌어안았다.

"서다예."

"······."

"서다예."

"······네."

그 와중에도 그는 끊임없이 다예를 부르고 또 불렀다. 이 세상 여자는 오직 한 사람뿐이라는 듯 그렇게 한참을 속삭이고 또 속삭였다. 잠시 후 욕조 안의 물이 차가워질 때쯤 겨우 빠져나온 두 사

람은 서로의 몸을 닦아주며 또 한 번 절정에 올랐다. 그는 아주 집
요했고, 또 집요했다.

결국 장을 보러 가기로 한 약속은 그의 옷이 마른 후에야 지켜
질 수 있었다.

물가에 내놓은 어린애 같아서, 이거 원

주말은 순식간에 지나갔다. 그냥 둘러댄 말인 줄 알았는데 그는 정말 휴가를 만끽하듯 주말 내내 다예에게서 떨어질 줄을 몰랐다. 장을 보고, 외식을 하고, 산책을 했다. 그리고 운동프로그램을 보며 내기를 하기도 하고, 피곤하면 서로에게 기대 잠들기도 했다. 꿈같은 시간이었다. 하지만 그 시간이 지나고 나니 다시 현실이었다. 눈앞으로 다가온 시험기간, 취업. 그 모든 것들이 한데 어우러졌다.

다예는 조금 늦는다는 유주와 은강을 기다릴 겸 학교 앞 카페에 들렀다. 주말 내내 그와 함께 노느라 수면이 부족했던 탓인지 자꾸만 잠이 왔다. 아이스아메리카노를 주문한 후 테이블에 앉아 휴대폰을 들여다봤다.

월요일 새벽이 돼서야 집으로 돌아간 그를 몇 시간 후면 다시 본다. 연인이 아닌 교수와 제자로. 우려했던 것보다 편안한 시간들이 지나간다. 걱정했던 일들은 정말 상상 속의 일이었던 듯 잠잠하기만 했다. 이대로 쭉, 별일 없이 크리브진으로 돌아갔으면 좋겠다는 생각이 들었다.

　"아이스아메리카노 나왔습니다."

　그사이 주문해놓은 커피가 나왔다. 다예는 내려놓았던 가방과 휴대폰을 들고 자리에서 일어나려 했다. 그 소리가 들리기 전까지.

　"너 크리브진이라고 알아?"

　"광고학과에 오셨다는 그 초빙교수님? 티비에서 보는 것보다 훨씬 더 잘생기셨더라. 대박 근사하던데?"

　"그치그치? 실물이 완전 짱이야."

　그 남자가 제 남자랍니다. 당장에라도 소리 치고 싶은 마음이 든 한편, 약간의 질투심이 일었다. 누구에게나 멋있는 남자, 내겐 더 근사하고 멋진데. 좋아하는 감정과 함께 오로지 내 것이었으면 좋겠다는 욕심이 생긴다. 하지만 그럴 순 없다. 그는 유명한 사람이니까.

　기분 좋게 자리에서 일어나 걸음을 옮겼다. 이제 막 나온 아이스아메리카노는 손이 시려울 정도로 차가워 기분이 좋아졌다. 그때 휴대폰이 울렸다. 시간이 빠듯해서 강의실로 바로 가겠다는 유주의 문자였다. 다예는 휴대폰을 가방에 넣으며 카페 문 쪽으로 걷기 시작했다.

"근데 크리브진, 여자친구 있는 것 같더라?"

"진짜?"

"응. 며칠 전에 저기 사거리에 있는 마트 갔다가 여자랑 서 있는 거 봤어."

덜컹. 그녀의 심장이 요란한 소리를 냈다. 깜짝 놀란 다예가 잔뜩 굳은 채 어색하게 가방을 뒤지는 척했다.

"여자 얼굴 봤어? 혹시 그 모델인가 뭔가, 그 여자랑 같이 있었어?"

"그건 잘 모르겠어. 나는 뒷모습만 봤거든. 막 짐도 들어주고, 손도 잡고 가더라고."

"헐. 대박. 그럼 빼박이네. 소문만 무성하더니 역시 여자친구 있었나 봐."

쿵, 쿵, 쿵. 다예의 심장은 처음보다 더 큰 소리를 내며 들썩거렸다. 조심했었어야 했다. 아무리 기분이 좋아도 그를 사람 많은 곳에 데려가서는 안 됐다.

누군가와 장을 보러 가는 일이 너무나 오랜만이어서, 그 상대가 엄마가 아닌 태진이라서 신이 났던 것 같다. 제 손만 잡고 다니라며 신신당부를 하던 남자의 모습이, 그 어떤 것 하나에도 손길 주지 말라는 그 남자의 모습이, 장을 보고 계산을 하고 짐을 싣는 그 순간까지도 손을 놓지 않으며 자신에게 웃어주던 그 남자의 모습이 아직까지도 눈에 박혀 아른거렸다. 그런데 그 순간에는 그 기분이 너무 좋아서 두 사람의 사이를 다 잊었던 것 같다. 다예의 목덜미가 싸늘했다.

걸음을 옮겨야 하는데, 강의실로 가야 하는데 발걸음이 떨어지지가 않는다. 무거운 추가 여러 개 달려 다예의 발목을 붙잡고 있는 것 같다. 심장이 쿵쿵거리는 소리가 다예의 불안을 증폭시켰다.

"괜찮아."

별일 없을 거야. 장 본 시간이 길지 않았으니까. 하지만 식당에서도, 산책을 할 때도…….

아냐, 괜찮아. 괜찮아. 후, 앞으로 조금 더 조심해야겠어.

교수로서의 생활이 얼마 남지 않았다. 조심해서 나쁠 건 없다.

무슨 정신으로 강의실까지 왔는지 모르겠다. 머리가 어지럽고 혼란스러웠다. 심장이 쿵쾅쿵쾅 뛰는 건 아무래도 주변이 의식되었기 때문일 것이다. 이 중에서도 누가 본 건 아닐까, 걱정스러워 식은땀까지 났다.

"카페에서 무슨 일 있었어? 얼굴이 왜 그래?"

먼저 와 있던 유주가 걱정스레 물었다. 하지만 다예는 아니라며 자리에 앉았다. 부들부들 떨리는 손을 겨우 다잡으며 길게 호흡했다. 괜찮아, 괜찮대도. 아무렇지 않아.

그런 다예를 물끄러미 바라보던 유주는 할 말이 있는 사람처럼 입을 달싹였다. 하지만 끝끝내 내뱉지 못하고 꾹 삼켜버렸다.

잠시 후 강의실의 문이 열렸다. 시끌벅적하게 떠들던 학생들이 입을 다물고 문을 주시하자 조교가 양손 무겁게 무언가를 들고 와 강단에 올려놓았다. 그러고는 '곧 교수님 오시니까 조용히들 있어'라는 말을 남기고는 사라졌다.

"저게 뭐지?"

은강이 궁금함을 참지 못하고 자리에서 일어나 힐끔거리던 그 순간, 그가 나타났다. 갑작스러운 등장에 다예의 심장이 여러 의미로 쿵쾅쿵쾅 박자를 타기 시작했다.

"교수님, 안녕하십니까."

"우와, 오늘도 멋있으세요!"

"지겹다. 멋있다는 말. 좀 참신한 거 없나?"

장난처럼 웃으며 말을 받아치는 태진의 모습은 물기를 잔뜩 머금고 있는 한 떨기의 꽃처럼 싱그러웠다. 남자가 사랑스럽고, 한 떨기의 꽃처럼 싱그러울 수 있다니. 다예는 또 한 번 기가 찼다. 한정된 표현으로 그를 정의하는 일이 점점 어려워진다. 날마다 달라지는 예상 밖의 이 남자를 어떻게 해야 할까.

오늘은 브라운 슈트다. 쉽게 도전해볼 수 없는 컬러의 슈트인데도 그는 멋들어지게 소화하고 있었다. 그래서일까, 그 모습은 답답하고 좁은 강의실과는 어울리지 않는 것 같았다. 조금 더 넓은 세상, 자유로운 크리브진의 영역에서 존재해야 할 것만 같았다.

태진은 학생들을 돌아보는 척하며 눈으로 다예를 찾았다. 그러고는 한참을 머물렀다. 그 속에 담긴 눈빛의 의미를 알기에 다예는 싱긋 웃어버렸다. 방금 전의 고민들은 날아가버린 후였다.

태진은 여느 때와 다름없이 차분하게 학생들의 출석을 부르기 시작했다.

"서다예."

"네, 교수님."

출석부에 얼굴을 파묻은 그는 고개를 들어 얼굴을 확인하진 않았지만 입꼬리가 슬며시 올라가는 걸 알아차린 다예의 가슴은 따뜻해졌다. 알게 모르게 설레게 하는 남자. 그가 좋다.

"자, 오늘은 좋은 소식과 나쁜 소식을 전해주려 한다. 나쁜 소식부터 듣는 게 좋겠지?"

"윽. 무서워요, 교수님!"

"겁먹지 말고. 자, 일단 이걸 나눠줘야 할 것 같은데. 음, 거기 한 유주?"

맨발로 자신과 마주쳤던 그날의 일을 떠올리던 유주가 속으로 '도둑놈, 나쁜 놈'을 외치고 있을 때쯤 태진이 유주의 이름을 불렀다. 수업 시간에 자신의 이름이 불리는 일이 출석체크 할 때 외에는 없는 일이라 깜짝 놀라 자리에서 벌떡 일어났다.

"네, 네?"

죄를 지은 것처럼 얼굴이 시뻘게진 유주를 보며 태진은 피식 웃었다.

"나와서 이것 좀 나눠줘."

"제, 제가요?"

"음. 앞으로 날 도와주기로 한 거 아니었나?"

태진의 말에 학생들의 시선이 유주에게로 쏟아졌다. 유주는 당황스러운 얼굴로 '이런 것도요?'라고 묻자 태진은 보이지 않게 고개를 끄덕였다.

"시간 없다. 빨리빨리 움직여."

정신을 놓고 있던 유주가 빠른 걸음으로 태진에게 다가가 프린

트물을 건네받으며 그를 바라보자 태진은 'A+'이라며 속삭였다.

이 악마 같은 교수님!

이를 바득바득 갈던 유주가 후다닥 학생들에게 프린트물을 나눠주기 시작했고 태진은 아무 일 없었다는 듯 웃어 보였다.

"지금 나눠주는 건 시험 문제. 앞으로 2주 남은 시험 날까지 열심히 분석하고 공부해본 후 자신의 스타일대로 지면광고를 만들어 제출하면 된다."

교수의 설명에 다들 나눠받은 종이를 바라보았다. '사랑 그리고 결혼'이라는 한 줄의 문제만을 바라보며 다들 망연자실한 얼굴들이었다.

"그 주제에 맞춰 제품을 선정하고, 스토리를 짠 후 카피 한 줄을 넣으면 끝. 쉽지?"

"……헐."

"얼마나 주제에 부합했고 잘 와닿느냐를 평가할 거니까 다들 너무 겁먹지 마라. 단, 성의 부족은 무조건 F다."

'교수님, 엄청 겁나요!'라고 외치는 학생들의 말을 묵살하며 태진은 다시 한번 유주를 불렀다.

"자, 다음은 좋은 소식. 한유주, 이걸 나눠줘."

묵직한 박스를 건네받은 유주가 정체를 묻는 얼굴로 태진을 바라보자 태진은 들리지 않게 유주의 귀에 뭐라 속삭였다. 그러자 유주는 심통이 난 듯 입을 삐죽거리며 그것을 들고 학생들에게 나눠주기 시작했다.

"에? 이게 뭐예요, 교수님?"

"비타민 음료. 마시면서 열심히 하라고."

"……헐."

"이게 바로 그 유명한 병 주고 약 주고가 되려나? 어쨌든 최선을 다해 이번 시험을 마무리 짓도록 해라. 참고로 난 학점에 인색한 교수지만 최선 앞엔 그 어떤 것도 막힘이 없어야 된다고 생각하는 사람이기도 하다. 최선을 다하든 최고의 결과물을 내든, 둘 중 하나를 잘 선택하길 바란다."

태진의 말이 이어지는 동안 유주는 심드렁한 얼굴로 은강과 다예의 앞에 비타민 음료를 내려놓고 휙 지나가버렸다.

"오, 안 그래도 비타민이 필요했는데, 잘됐다. 은근 센스 있어, 음. 자, 짠 하시게."

잠시의 망설임도 없이 음료 뚜껑을 열고 다예에게 내민 은강은 자신의 것과는 조금 차이가 있는 그것을 바라보며 고개를 갸우뚱거렸다.

"뭐냐?"

"왜?"

"왜 네 것만 더 크냐?"

은강의 말에 다예가 고개를 돌려 앞자리에 앉은 학생들의 음료를 훑어보았다. 확실히 자신의 것보다 작다. 뭐지, 이 차별은.

"교수님 걸 잘못 줬나 보다. 유주야, 여기 잘못…… 악."

어느새 학생들에게 음료를 전해주고 온 유주가 은강의 뒤통수를 툭하고 쳤다. 영문도 없이 뒤통수를 맞은 은강이 그녀를 올려다보자 유주는 말없이 고개를 흔들었다.

"그거 서다 거 맞아. 그러니까 너 입 다물고 네 거나 마셔."

"엥? 왜 서다만 큰 거 주는데?"

"그건 다 뜻이 있는 거란다."

유주의 말에 다예의 눈과 귀가 바짝 섰다. 무슨 말이지? 평소 같았으면 아무렇지 않게 웃으며 넘어갔을 이야기도 신경이 예민해서인지 자꾸만 곤두선다.

설마 유주가 눈치챘나? 걱정스러운 마음이 들었지만 박스를 정리하고 돌아온 유주의 표정은 여느 때와 다름없었다.

괜한 기우겠지, 싶은 다예는 앞에 놓인 비타민 음료를 바라보고는 태진 쪽으로 시선을 돌렸다. 그러자 '마셔'라며 손짓하는 태진의 모습이 눈에 들어왔다. 다예는 모르는 척 비타민 음료를 마셨다. 빈병이 될 때까지 탈탈 털어 넣은 후 내려놓자 휴대폰이 작게 진동했다.

[피곤하다며, 마시고 힘내서 수업에 집중할 것.]

태진이었다. 그 잠깐 사이를 못 참고 문자라니.

피곤하다는 그 말 한마디에 이렇게까지 할 줄은 몰랐다. 고작 비타민 음료가 뭐 그리 큰 대수겠는가, 싶지만 말하지 않아도 알 것 같은 그의 사랑방식에 다예의 가슴이 간질거린다.

소중한 사람. 이렇게까지 열렬히 사랑해주는 사람. 태진은 무엇이라 정의내릴 수 없는 가치의 남자였다. 따뜻하게 전해져오는 사랑의 온도에 작게 미소 지은 다예를 태진은 한참 동안이나 바라보았고, 그 시선이 마주칠 때쯤 수업이 시작되었다. 그리고 그 시간은 순식간에 지나갔다.

"자, 오늘은 여기까지. 다음 주에 봅시다."

중간 쉬는 시간 한 번 없이 내리 수업을 진행한 태진이 수업 시간을 10분 남겨놓고 마무리를 지었다. 불필요한 움직임을 최소화하는 사람처럼 필요한 물건들을 챙겨 든 태진은 나갈 준비를 하는 학생들을 훑어보는 척하며 사랑하는 이의 움직임을 눈으로 좇았다.

그리고 그 순간 무언가에 이끌리듯 눈이 마주친 두 사람은 잠시 말없이 시선을 나눴다. 태진은 그 시선에서 느껴지는 감정을 오롯이 흡수하며 짧은 윙크를 했다. 그러고는 일말의 망설임도 없이 강의실을 빠져나갔다. 다예는 그의 뒷모습이 사라질 때까지 문에서 시선을 떼지 못했다.

"어머, 방금 봤어?"

"뭘?"

"교수님이 나한테 윙크한 것 같아!"

넋이 나간 사람처럼 바라보고 있던 다예가 깜짝 놀라 소리의 근원지를 찾아 시선을 돌렸다. 자신의 앞자리에 앉아 있던 두 명의 여학생 중 한 명이 얼굴을 감싸며 부끄러워하고 있었다.

"아까는 내가 음료수 안 먹고 있으니까 먹으라고 손짓하시더라? 설마 나한테 관심 있으신 거 아냐?"

"말도 안 돼. 교수님이 왜?"

"그러니까 말야. 어제 팩 한 효과가 이렇게 나타나나?"

드라마 속의 주인공이라도 된 것처럼 얼굴을 붉히던 여학생은 미련 없이 가버린 남자의 뒷모습을 조금이라도 훔쳐보기 위해 몸을 들썩거렸다. 그러거나 말거나 다예는 가방을 챙기기 시작했지만, 그 순간까지도 여학생의 호들갑은 계속되었다.

"교수님, 은근히 대담하시네. 이런 식으로 애정을 표현하실 줄은."

"정신 차려. 듣자 하니까 교수님 애인 있으시대."

또다. 또 그 얘기다.

"아까 카페에서 기공과 친구 만났는데 그 친구가 그러더라고. 교수님 다른 여자랑 있는 거 봤다고."

"정말? 그렇다고 사귀는 건 아닐 수도 있잖아."

"손도 잡고 다닌다더라."

'기공과'라니. 광고학과와 기공과가 무슨 교집합이 있어서 그에 대해 알고 있는 것일까? 태진이 관련 업계에서는 유명한 편이었지만 공유할 일이 없는 그 과에서 태진의 일에 왜 이리 관심이 많은 걸까? 다예는 이를 악물었다.

평소 인맥이 좁은 편은 아니었지만 깊게 사귀는 인맥들이 많진 않았다. 그런데 '기공과'라니. 과거의 헛소문을 퍼트리며 자신을 망신 주었던 한 인물이 떠오르자 고개를 절레절레 흔들었다. 한동안 술 먹고 전화를 하고 질척거리더니, 요샌 좀 잠잠해서 그의 존재를 잊고 있었다. 그리고 보니 그날 클럽에서 보았던 기공과 녀석들은 태진의 얼굴을 기억할 수도 있겠다라는 생각이 들자 골머리가 아파왔다.

조심해야 돼, 조심해야 돼. 몇 번이고 되새겼다.

시험공부를 하기 위해 도서관에 자리를 잡은 다예는 집중이 되지 않는 머릿속을 털기 위해 휴게실로 나왔다. 시원한 물 한잔을 마시며 휴게실 의자에 앉을 때쯤 진동이 울렸다.

[어디야?]

태진이었다. 그 순간 다예는 얼른 액정을 손으로 가렸다. 누가 메시지를 보는 것도 아닌데도 불구하고 모든 게 다 조심스러웠다.

[도서관이에요. 교수님은요?]

[5분 후에 내려와. 밥 먹자.]

이곳으로 온다는 말이었다. 다예는 자리에서 벌떡 일어나 도서관으로 들어갔다. 시험기간이라 그런지 빈자리가 얼마 없을 정도로 학생들이 빼곡하게 자리를 잡고 있었다.

일단 학교에서 멀어지자. 이야기를 나눠야겠어.

다예는 미련 없이 가방을 챙겨 들었다. 어디 가냐고 묻는 유주의 말이 들려왔지만 다예는 먼저 간다라는 말을 남긴 채 급하게 도서관을 빠져나왔다. 1층으로 내려온 다예가 주변을 살폈다. 다행히 밖에는 학생들이 많지 않았다. 안도의 한숨을 쉬며 사각지대로 걸음을 옮겼다. 그 순간 멀리서 다예의 움직임을 알아차린 그가 그녀의 앞에 차를 세웠다. 다예는 한 번 더 주변을 살핀 후 빠르게 움직여 차 안으로 들어갔다. 그런 후 누구라도 마주칠까 몸을 숨겼다.

"……뭐 해?"

어색한 다예의 행동을 지켜보고 있던 태진이 핸들에 팔을 기대며 물어왔다.

"일단 출발해요!"

"뭐 하는 건데? 숨바꼭질이라도 해?"

"출발 먼저 해요. 이야기는 나중에."

태진은 걱정스러운 눈으로 창문 밖을 바라보았다. 저녁을 먹기에는 조금 이르고, 그렇다고 뭘 하기엔 늦은 시간이었다. 그래서인지 인적이 드물다. 그럼에도 불구하고 다예는 뭐가 걱정인지 부산스럽게 움직였다. 어느새 시트를 눕힌 채 기대고 있는 모습에 웃음이 터졌다. 태진은 학교를 빠져나가기 시작했다.

"금단의 사랑, 뭐 그런 건가? 은근 스릴 있고 짜릿하네?"

학교를 벗어나 도로 위를 달리고 있는데도 다예는 여전히 그 자세 그대로였다. 의자를 침대로 쓰려는 건 아니지? 금방 잠들 것 같다며 놀려댔지만 목적지에 도착할 때까지 다예는 고집스럽게 누워 있었다.

"여긴 어디예요?"

"오늘 밥 먹을 곳."

"호, 호텔이잖아요!"

"무슨 문제 있어?"

벌컥. 다예가 무슨 말을 하기도 전에 운전석에서 빠져나온 태진이 차체를 돌아 조수석의 문을 열었다. 다른 때였더라면 신사다운 행동이라 감동했겠지만 오늘은 좀 달랐다.

"다른 곳으로 가요, 네? 보는 눈이 많아요."

"최대한 보는 눈 없는 곳으로 온 거니까 내려."

"교수님 너무 자각이 없으신 거 아니에요? 누가 사진이라도 찍으면!"

"내가 무슨 연예인이냐? 빨리 내려."

TV 나오고, 인터뷰하고, 기자들이 크리브진의 일거수일투족을 지켜보는데 그게 연예인이 아니면 뭐예요? 따져 묻고 싶었지만 태진이 다예의 팔을 잡아당겼다. 어쩔 수 없이 차에서 내린 다예는 가방으로 얼굴을 가리고는 그의 뒤에 바짝 따라붙었다.

"나 참."

태진은 다예의 행동이 귀여워 웃고 말았다.

정작 당사자는 아무렇지 않은데 다예가 더 호들갑이다. 그래. 그녀의 말대로 연예인은 아니지만, 뭐 나름의 관심을 받고 있는 사람으로서 조심해야 될 필요는 있다. 그런데 이 정도까지는…….

가방으로 얼굴을 가린 채 주변을 살피는 다예의 어깨를 끌어안은 태진은 엘리베이터로 걸었다. 그사이에도 손을 떼내려는 다예와의 실랑이가 있었지만 태진은 꿋꿋했다. 엘리베이터가 도착하고 두 사람은 그곳에 올라탔다. 이윽고 문이 닫혔다.

"이렇게 자각 없이 굴면 안 돼요, 교수님!"

"왜 안 되는데? 뭐, 죄졌어?"

"그건 아니지만 어쨌든요!"

"아니면 됐어."

하, 이 남자 왜 이렇게 당당해? 당장 내일 아침에 기사라도 뜨면 어쩌려고? 응? 스캔들메이커 크리브진! 제발 자각 좀 하세요!

땡, 그 순간 엘리베이터의 문이 열렸다. 혹시라도 누군가와 마주치게 될까 봐 잠시 내려놓았던 가방을 빠르게 얼굴 앞으로 가져다 댔다. 그러나 주위가 조용하다. 빼꼼, 살며시 가방을 치운 다예는 엘리베이터 밖의 모습에 깜짝 놀라 입을 떡 벌렸다.

"들어와."

"여, 여기가 어디예요?"

"축하해. 이곳에 온 여자는 너 님이 처음이세요."

"설마 여기서 살아요?"

"응. 언제까지 거기 서 있을 건데?"

엘리베이터를 현관처럼 사용하는 이곳이 당최 이해가 되지 않았다. 천천히 걸음을 옮긴 다예는 서늘할 정도로 하얗기만 한 내부의 분위기에 압도된 듯 몸을 움츠렸다.

100평이 넘는 듯한 어마어마한 평수와 고급스러움이 묻어나는 가구들, 공간을 나누듯 철저하게 분리되어 있는 내부의 풍경은 마치 다른 세상 같았다. 언뜻 보이는 복층 구조까지 눈으로 훑은 다예는 이곳이 드라마 속에서나 봤던 바로 그 펜트하우스라는 곳임을 알아차렸다.

비현실적인 공간에 서 있는 듯한 기분이 들어 다예는 발밑을 몇 번이고 확인했다.

"와, 유명하신 분인 줄은 알았는데 이 정도일 줄이야."

"왜? 이제 후광이 좀 비추나?"

"와. 이 남자를 절대 놓치면 안 되겠구나, 라는 생각이 마구 들어요."

"큭큭. 그래, 서다예. 듣던 중 반가운 소리네. 멍 때리지 말고 이리 와봐."

여전히 넋을 놓은 채 이끌리듯 향한 곳은 창가였다. 거실 한쪽

이 통유리로 되어 있어서 밖이 훤히 들여다보였다. 호텔의 맨 꼭대기 층 펜트하우스. 지극히 개인적인 공간임에도 불구하고 눈앞에 펼쳐진 야경은 너무나도 오픈된 공간이라 이질감이 느껴졌다.

태진은 감상에 젖어 있는 연인의 손목을 잡아 주방으로 들어갔다. 그러고는 식탁 앞 의자에 그녀를 앉힌 후 눈을 맞췄다.

"일단 여기 앉아 있어. 밥 먹자."

밥을 먹자고? 여기서? 그러기에 테이블은 너무 깔끔한데. 주변을 돌아보는 순간, 요리를 시작하려는 듯 앞치마를 두른 남자의 뒷모습이 눈에 들어왔다.

"교수님이 요리하시게요?"

"응. 연애할 때 한 번쯤 나오는 그림 아닌가?"

"……요, 요리 해보셨어요?"

"왜 갑자기 말을 더듬어?"

앞치마가 잘 어울린다. 뭔들 안 어울리겠는가. 하지만 어째 훌륭한 맛을 낼 것 같은 모습은 아니다. 그냥 박태진이라는 남자는 고급스러운 음식을 먹을 것처럼 생겼지, 요리를 할 것처럼 생기진 않았다. 문득 엄습해오는 불안감에 다예는 어색하게 웃었지만 개의치 않는 듯 태진은 능숙하게 움직였다. 잠시 후 맛있는 냄새가 풍기기 시작했다.

그는 능숙하게 프라이팬 위의 스테이크를 노릇하게 구워냈다. 그위에 치즈를 올리고 또 그 위에 계란프라이를 올렸다. 직접 만든 소스를 위에 뿌리자 레스토랑에서 보았었던 그것과 다를 바 없는 근사한 요리가 완성되었다. 미리 준비해놓은 빵과 샐러드, 약간의 밥과 수

프. 예쁘게 조각낸 과일이 한 상을 만들어냈다. 그러고는 잘 어울리는 와인을 와인글라스에 따라 테이블 위에 올리자 근사함까지 더해졌다. 그 모습을 물 흐르듯 지켜보고 있던 다예의 입이 떡 벌어졌다.

이런 것도 할 줄 아는 남자였다. 생각지도 못한 자연스러운 움직임이 다예의 시각을 자극했고, 후각과 미각은 허기에 시달리는 사람처럼 음식을 쫓게 했다.

"이왕이면 맛있게 먹어줘. 그럼 내가 아주 기쁠 것 같아."

앞치마를 벗어 의자에 걸어놓은 태진이 자연스럽게 착석했다. 그리고 우아한 손놀림으로 나이프와 포크를 집어 스테이크를 썰기 시작했다. 그 모습이 슬로모션처럼 천천히, 여운을 남기듯 길게 그녀의 눈에 들어왔다.

어디선가 허밍처럼 군더더기 없는 멜로디가 들려온다. 바람이 들어올 리 없는 이곳에서, 그것도 봄의 기운을 담은 산뜻하고도 포근한 바람이 그의 주변에서 제게로 온다. 그의 움직임에 실린 박자가 힘을 얻어 조금씩 빨라지고, 조금씩 즐거워진다.

그 박자에는 향이 있다. 말도 안 되는 걸 알지만 이상하게도 그렇게 느껴진다. 바람에 따라 그의 향이 제게로 온다. 그리고 팔딱팔딱 살아 움직이는 무언가가 심장을 요동치게 했다.

생명력. 생명을 유지하기 위해 필요한 그 힘은 그녀에게도 전이되어 더욱 살아가고 싶게 한다. 작은 움직임이, 작은 콧노래가, 그 작은 박자가 더욱 즐겁게 살아가고 싶게 만든다. 눈앞의 이 남자와 함께.

다예는 '먹어'라고 속삭여주는 그 입 모양을 바라보며 살며시 미소 지었다. 그 모습이 얼마나 다정한지. 그 모습이 얼마나 살뜰한지. 그게 참 좋아 웃음이 터진다.

연애라는 건 이런 걸까. 정말 사소한 것, 정말 아무것도 아닌 것에 행복을 느끼게 되는 것. 이런 감정이 반복되어도 하나도 지루하지 않는 것. 그러면서도 조금 더 욕심이 나는 것. 이게 연애이고 사랑일까. 그래서 좋다. 이게 어떤 감정이든 박태진이라는 남자로부터 전해지는 감정이라 다 좋다.

그래서일까, 이 사람과 함께라면 날이 선 감정들이 조금씩 가라앉는다. 그리고 이내 편안해진다.

이리 뛰고 저리 뛰는 통통볼처럼 조금씩 활기를 찾게 되고, 어디로든 시선을 끌고 싶어진다. 사랑해달라 조르고 싶다가도, 모르는 척 한발 물러 그의 애를 태우고 싶어진다. 그러면 안절부절못하는 이 남자의 모습이, 이 남자의 반응이 곧장 다가와 그녀를 끌어안아준다. 일련의 과정들은 마치 서다예를 행복하게 만들기 위해 태어난 사람처럼 자연스럽게, 흡수되듯 흘러간다. 그게 그렇게 좋고, 또 좋다.

다예는 모자란 사람처럼 풀려버린 입꼬리를 겨우 추스르며 맛있는 음식이 담겨 있는 그의 접시를 바라보았다. 그리고 자신의 접시로 시선을 돌린다. 응? 뭔가 다른 느낌에 다시 한번 그의 것에, 그리고 다시 자신의 것으로 시선이 옮겨진다. 그러고는 피식 웃는다.

늘 생각하는 거지만 자상하다. 툭 내뱉는 말투에도 알게 모르게 다정함이 서려 있고, 툭 내놓는 모든 것에도 사랑이 담겨 있다.

흐트러짐 없이 가지런한 모양의 스테이크, 그 위의 바른 모양의 치즈, 연출한 듯 예쁜 계란프라이. 모양을 낸 밥마저도 예쁘지 않은 것이 없다. 그런데 태진의 접시 위에 담긴 음식은 조금 다르다. 삐뚤빼뚤, 소스도 가지런하지 않다. 오로지 다예 것에만 정성을 들인 모양새다. 예쁜 것은, 더욱 맛있어 보이는 것은 온통 다예의 접시 안에 담겨 있다.

그 모양새가 어릴 적 누군가를 떠올리게 해 웃음이 터진다.

"왜 웃어?"

"엄마 생각나서요."

"……엄마?"

한 번도 꺼내본 적 없는 그 말이 툭, 하고 흘러나왔다.

"우리 엄마도 늘 맛있는 건 딸에게 양보하셨어요. 예쁘고 고운 건 늘 저에게, 자투리나 모난 건 늘 엄마에게. 그래서 제가 이렇게 예쁘게 자랐나 봐요."

다예는 추억에 젖은 듯 아련한 미소를 띤 채 스테이크를 입에 넣었다.

"음. 맛있다."

"입에 맞아?"

"진짜 맛있어요. 요리 잘하실 거란 생각은 못 했는데, 우와."

맛있다. 고기의 육즙 속에 터지는 고소한 치즈의 맛. 더불어 느끼하지 않게 잡아주면서도 끝 맛은 달달한 소스가 조화를 이뤄 근사한 맛을 자아냈다. 외식이 부럽지 않은 맛이었다.

조금 더 보태면 '우리 엄마가 해준 것보다 더 맛있는 맛'.

그 정성 또한 뒤지지 않았음을, 그 마음 또한 뒤지지 않았음을.

"많이 먹어."

잘 먹는 서다예는 늘 예쁘다. 내숭 떨지 않고 씩씩하게 먹으면서도 절대 예를 벗어나지 않는다. 깔끔하고 예쁘게, 그러나 의외로 전투적으로 식사를 하는 그 모습이 마냥 예뻐 보기만 해도 배가 부른다.

그동안 열심히 요리 블로그며 아는 지인을 통해 최상의 레시피를 찾아낸 노력이 아깝지가 않은 순간이다.

바쁜 틈을 타 열심히 시뮬레이션을 진행했던 터라 이놈의 스테이크는 지겨워 죽을 지경이었지만 잘 먹는 서다예를 보니 그동안의 노고를 보상받는 기분이었다. 그나저나 앞으로는 요리 연습에 더욱 만전을 기해야겠다. 사실은 요리 실력이 꽝이라는 걸, 이게 연습으로 만들어진 최상의 결과라는 걸 알아차리면 실망했다며 툴툴거릴지도 모른다.

요리 잘하는 남자가 대세라는데, 그걸 놓치고 싶지 않았다. 어떤 것이든 합격점을 받고 싶은 마음. 그것들이 마일리지처럼 쌓이고 쌓여 이만한 남자가 없다고 떠올려주었으면 하는 마음. 평생을 함께할 남자로 만점의 점수를 받았으면 하는 마음이었다.

"혹시, 물어봐도 돼?"

"뭘요?"

"……서다예의 가족 이야기. 음, 조심스럽네."

태진의 목소리가 조금 낮아졌다.

혹시나, 하는 생각에서인지 조심스럽게 물어온다. 다예는 와인한 모금으로 목을 축인 뒤 빙그레 웃었다.

"어떨 것 같으세요?"

"좋으신 분일 것 같아. 무뚝뚝하지만 속은 깊고 똑 부러지는 우리 다예쁨을 낳아주신 분들이라면 분명 멋진 분들이실 것 같아."

"네. 멋진 분들이세요. 그래서 조금 섭섭하긴 하지만."

"……."

"지금은 지구 반대편 어딘가에 계실 거예요. 의료 혜택이 닿지 않는 곳을 찾아다니시는 분들이니까요. 가끔 걸려오는 안부 전화, 바쁜 와중에도 꼭 손으로 써서 보내주시는 편지를 확인했을 때 그곳은 여전히 복잡하고 여전히 어려운 곳임을 알게 되거든요. 그럼에도 불구하고 엄마와 아빠 목소리엔 늘 힘이 실려 있어요. 그곳에서 행복을 찾고 계신 모양이에요."

태진은 담담하게 말을 이어가는 연인의 목소리에 잠시 눈을 감았다 떴다. 담백함 속에 담긴 쓸쓸한 마음이 조금씩 전달되어 그에게로 넘어온다. 그게 마음이 쓰이기도 하고, 한편으로는 이상하리만큼 편안하게 느껴졌다.

"지금 살고 있는 집은 부모님과 함께 사는 집이야?"

"네. 그랬었죠. 어릴 때는 조용한 도시에서 살았어요. 서울로 대학을 붙게 되면서 가족 전체가 이사를 온 거거든요. 그땐 뭣도 모르고 정말 좋았어요. 어릴 때도 남들 돌보느라 바쁘신 부모님이셔서 전 늘 혼자였었거든요. 낮이고 밤이고 언제든 힘든 곳으로 달려가셨으니까. 그런 분들이 갑자기 연고도 없는 서울로 함께 오시겠다고 했을 때는 저를 위해 살아주실 줄 알았어요. 어쨌든 막내딸이니까. 사랑받을 시기는 지났을지 몰라도 저에겐 사랑이 늘 그리웠으니까요."

"······."

"그런데 대학생이 되고 학교를 다니면서 점점 서울 생활이 익숙해지자 부모님은 더 큰 행복을 꿈꾸셨어요. 그러고는 얼마 지나지 않아 외국으로 나가셨죠. 이젠 가끔 오세요, 가끔."

"보고 싶지는 않아?"

"······이해하고 있어요."

보고 싶다고 한들 볼 수 있는 건 아니니까.

내가 원해도 두 분의 상황이 좋지 못하면 보러 올 수 없으니 '보고 싶다'라는 말은 어디까지나 서로의 마음을 무겁게 하는 이야기일 수 있어 감추고 살게 됐다. 그러다 보니 그 마음을 이해하게 되었고, 해를 거듭할수록 보고 싶지 않아졌다. 그래야만 견딜 수 있을 것 같았다.

"형제는?"

"있어요. 오빠."

"오빠?"

"네. 오빠도 아마 지구 어딘가에 있을 거예요. 선생님이거든요. 역시나 교육의 혜택이 닿지 않는 곳에서 열심히 살고 있을 거예요. 근데 아무리 생각해도 그 얼굴에 반듯한 선생님은 좀 아닌 듯. 나중에 기회가 되면 사진 보여줄게요. 나랑 닮았는데, 어딘가 좀 발라당 까진 느낌이에요. 소위 말하는 고딩 일진 얼굴? 상상이 돼요?"

다예가 입을 가리고 웃는다. 그 사이로 외로움이 흘러나올 법도 한데 이상하리만큼 단단한 모습이다. 그러나 그 단단한 모습이 오히려 태진의 가슴을 서늘하게 만들었다. 어릴 때부터 혼자서 견뎌내야 했던 외로움이 다 어디로 갔을까. 이젠 컸다고 해도 사랑이 필요한 아이였을 텐데. 도대체 그 아픔을 어떻게 혼자 삭였던 것일까.

궁금한 게 쌓일수록 용기는 줄어든다. 물어보고 싶지만 그마저도 괜한 외로움을 불러일으킬까 봐, 자신이 채워줄 수 없는 부모의 영역에 화가 날까 봐.

"부모님은 의사, 오빠는 선생님. 와, 대단한 집안이었네, 서다예."

"이젠 저만 성공하면 되겠죠? 꼭 광고 쪽으로 성공할 거예요. 그래서 오지 어디에서든 내가 쓴 카피를, 내가 만든 광고를 볼 수 있게끔, 딱 그만큼만 훌륭한 사람이 되고 싶어요."

성공의 척도를 가늠하는 건 어려운 일이 아닐지 모른다. 하지만 그곳에 자신이 쓴 카피 한 줄이 닿을 수 있다는 건 얼마만큼의 가능성을 가진 이야기일까. 어쩌면 문명이 닿지 않는 곳에서는 그 어떤 성공도 종이짝에 불과한 일일 수 있다.

그렇지만 해내고 싶다. 어디서든 마음의 행복을 찾아가는 부모님과 오빠에게 난 잘 있어요, 이만큼 잘 자랐어요, 라고 전하고 싶다.

다예가 내려놓았던 포크를 집었을 때 따뜻한 온기가 그녀의 정수리에 닿았다. 깜짝 놀라 고개를 들자 온기만큼이나 포근한 미소를 띤 남자가 눈에 보였다.

"멋지네, 서다예."

"……이제 알았어요?"

"아니, 진작 알았지. 요 멋진 여자가 내 여자라는 걸."

그랬다. 그 외로움 속에서도 굳건하게 자기 자리를 지키며 소신껏 살아가는 그 모습. 목표를 정해놓고 달려가려는 그 준비된 자세가 참 멋졌다. 막연하게 꿈만 꾸는 것이 아니라, 늘 최선을 다해 자신을 키워가는 다예가 참 예뻤다.

"아직 장담하진 마세요."

"……뭐냐, 이 산통 깨는 대사는?"

삐죽. 방금 전까지만 해도 회상 속에 잠겨 감동 아닌 감동적인 분위기가 흘렀었다. 그런데 오래가지 못하고 와장창 깨어졌다. 태진의 눈썹이 삐죽삐죽 춤을 추기 시작하자 다예가 풉, 하고 웃는다.

하여튼 누구 말마따나 감정에 맥락이 없어요.

"교수님이 많이 도와주세요. 카피라이터 쪽으로 진로를 정한 순간, 크리브진의 많은 응원과 사랑이 필요합니다."

"무슨 일을 하든 넌 잘할 거야. 내가 본 서다예는 그렇거든."

자랑스러운 연인을 자랑이라도 하듯 혼자서 만족해하던 태진이 손을 뻗어 다예의 카디건 단추를 풀기 시작했다.

"보는 눈은 좀 있네요. 연륜 인정."

"하, 연륜? 까불다 큰코다친다는 거 아직도 깨닫지 못했어?"

"코는 여기 붙어 있는데."

그리고서는 손가락을 뻗어 자신의 코를 가리켰다. 코를 다치게 한다고 협박하면서 왜 그 손은 가슴에서 머물고 있냐 묻는 말이었다. 태진은 장난스럽게 웃으며 그녀의 귓불을 살짝 깨물었다.

"태도가 마음에 안 든다?"

"……시정하겠습니다, 교수님."

"큭큭큭."

미치겠다. 반전의 반전을 거듭하는 매력의 서다예 같으니라고.

정말 종잡을 수가 없다. 태진은 자리에서 일어나 다예의 옆으로 걸어갔다. 그러고는 의자를 빼더니 다예 쪽으로 몸을 돌려앉았다. 그는 곧장 다소곳하게 앉아 있는 다예를 품에 안았다.

함께 있는 것만으로도 웃음이 나는 상대를 만나는 건, 그런 상대를 사랑하게 된다는 건 정말 행운이 아닐까. 복권에 당첨될 확률 이상으로 더욱 큰 행복. 일확천금을 가져다주어도 이 사람과는 바꾸지 않으리라는 확신. 품에 안겨 있는 이 작은 몸에 위로받으며 에너지를 채워가고 있었다.

"아 참, 교수님. 그 소문 들었어요?"

"……음?"

"교수님 애인 있다는 소문 돌던데요? 어떤 여자랑 장도 보고, 손도 잡고 다닌다고."

"그 여자가 누구인지는 모르고?"

"네. 뒷모습만 본 모양이에요."

"음. 아쉽네."

이럴 줄 알았다. 걱정스럽게 말하는 자신과는 반대로 여유롭게 맞받아칠 줄 알았다. 예상은 했지만 너무나도 뻔뻔한 태진의 행동에 다예는 긴 한숨을 내쉬었다.

"조심해야 돼요. 알죠? 교수님이 크리브진인 건 어쩔 수 없지만 아직까지는 교수와 제자 사이잖아요. 그러니까 조금만 조심해요."

타이르듯 묻자 태진은 의미 모를 미소만 살며시 지은 후 다예의 목덜미에 입을 묻었다. 티셔츠 위에 입고 있던 카디건은 언제 풀었는지 바닥으로 떨어진 지 오래였다.

"하는 거 봐서."

"어떻게 해드려요? 말 잘 듣게 강냉이킥? 아니면 니킥? 아니면……."

"확 까발려버린다?"

"어쭈, 지금 협박하시는 거예요?"

"아니. 애교."

능청스럽게 웃어대는 남자의 얼굴을 바라보던 다예는 뒷목을 잡으며 구시렁거렸다. 하여튼 종잡을 수가 없는 위인이 분명하다.

"걱정 마. 나 없는 곳에서 너 힘들게 안 한다."

"올. 방금 좀 멋있었어요. 나 믿을게요."

"졸업하면, 아니지. 취업하면 그땐 안 참아."

"뭘요?"

"서다예가 박태진 여자라는 거. 몸도 마음도, 티끌 하나 빼놓지 않고 내 거라는 거."

"……."

"그땐 양보 안 해, 인마."

태진은 장난스럽게 다예의 머리를 헝클었다. 그러자 다예가 개구지게 웃는다. 안심한 듯, 기분 좋은 듯 입꼬리가 올라간다. 그 모습을 지켜보는 태진의 눈에 사랑이 가득 담겨 있다.

"서다예."

"네?"

"양보하는 착한 남자 모드로 돌입한 내게, 상을 줘야지?"

"상은 무슨. 당연히 지켜야 할 것을 가지고 협상하려 하지 마세요!"

올. 역시. 똑똑한 서다예.

하지만 이런 기회를 놓칠 리 없는 태진은 다예를 번쩍 안아 들고 걷기 시작했다. 그의 품에 옆으로 누워 안겨가던 다예가 발을 버둥거리자 태진의 팔 근육이 불끈불끈 튀어 올랐다.

"진정한 연륜이 뭔지 보여준다. 딱 기대해라."

장난스럽게 긴장을 풀어주는 태진의 말에 다예는 웃으며 그의 팔에 기댔다. 포근하고 아늑한 남자의 품. 무슨 일이 일어나도 이 품 안에서의 자신은 아무 일도 없을 것처럼 따뜻하게만 느껴졌다. 든든한 울타리, 든든한 내 편, 든든한 내 사람.

다예는 그가 주는 사랑으로 인해 한 뼘이나 커버린 자신의 마음을 인정하며 다가오는 그의 입술을 반갑게 맞이했다.

가끔은 그런 생각을 한다. 마음속에 가득 담겨 있는 그 무언가가 답답하게 느껴질 때, 생각이 복잡하고 마음이 뒤숭숭할 때, 이 모든 걸 단 한 번에 털어버릴 수 있으면 얼마나 좋을까 하고.

그와 나누는 사랑은 그 모든 걸 한 번에 잠재워주는 특별한 능력이 있었다. 여태껏 살아오면서 느껴보지 못했던 미지의 기분을 들게 하는 그것은 무어라 쉽게 정의 내릴 수 없는 감각이라 더욱 그랬다. 궁금해하면 할수록, 파고들면 들수록 오히려 모든 걸 다

비워내버리는 특별한 능력. 그 능력으로 하여금 다예는 그의 품 안에서 편안함을, 안락함을, 위로를 받곤 했다.

다예는 눈을 감은 채 자신을 품에 안고 있는 남자를 바라보았다. 피곤했는지 곤히 잠들어 있는 이 남자는 다예가 부서지지 않을 정도만을 남겨둔 채 온몸에 자신을 새기듯 안고 또 안는다. 그 흔적이 너무나도 선명하고 적나라해 다른 생각을 할 수 없게끔 만든다.

그런 면에서 박태진은 서다예에게 까만 물감 같은 존재였다. 그는 백지 위에 요란스럽게 그려져 있는 난잡한 생각들과 고민들을 한 번에 잠재운다. 그 어떠한 색깔도 흑(黑)을 이겨낼 수 없기에 태진의 영역 안에서 다른 건 순식간에 잊히게 된다.

"……"

태진은 어떤 면에서든 늘 집요한 사람이었다.

남는 거 없이 탈탈 털어 먼지까지도 사랑으로 건네주는 사람이었고, 아무것도 남아 있지 않은 그에게 내 모든 걸 담아주고 싶게끔 만드는 사람이었다. 활활 타오르는 사랑의 의미를, 영혼을 앗아가도 아깝지 않을 사랑의 정의를 알게 해준 사람. 다예는 어느새 자신의 깊은 곳까지 파고든 이 남자의 손을 놓는 날이 오지 않기를 바라게 되었다.

"……교수님."

잠들어 있는 그에게는 전해지지 않을 작은 목소리로 그를 불렀다.

"그거 알아요?"

집요하게, 255

"……."

여전히 말이 없는 그 남자의 잠든 모습이 좋아 다예는 방싯 웃었다.

"……베개에 얼굴 눌렸어요. 풉."

장난처럼 전한 말이 들리지 않기를, 설령 들린다 하더라도 번쩍 눈을 뜨지 않기를 바라며 다예는 터져 나오는 웃음을 겨우 참아냈다. 그러고는 눌린 얼굴 앞에서 손가락을 휘이 저으며 말을 이어갔다.

"엇. 입가가 살짝 반짝거리는 것 같기도 하고."

"……."

"……설마 저건 눈곱?"

다예는 자못 심각한 표정으로 그를 바라보았다.

새벽에 겨우 잠이 들었음에도 불구하고 아침부터 반짝거리며 윤기가 흐는 그의 얼굴을 보며 없는 트집을 잡고 수다 떠는 자신의 모습이 조금 우스웠다. 그러면서도 여유로운 일상의 한 자락에서 그녀는 소소한 행복을 느끼고 있었다.

"……코 한 번을 안 고네."

얼마나 피곤할까. 바쁜 일정들을 소화해내며 사는 것도 대단한데 만나기만 하면 남아 있는 에너지를 자신에게 쏟느라 더 바빠지는 그녀의 연인이었다. 고돼 보이는 그의 얼굴이 안쓰럽다가도 자는 모습까지도 빈틈이 없는 그에게 은근 샘이 나기도 했다. 다예는 장난스럽게 그의 코끝을 살짝 깨물었다.

"……."

예민하게 반응하며 눈을 뜰 줄 알았던 태진이 조용하자 다예는 용기가 났는지 몸을 일으켰다. 늘씬한 몸을 가리고 있던 유일한 것이 스르륵 내려가는 것도 알지 못한 채 다예는 장난스레 웃으며 이번에는 턱을 살짝 깨물었다.

"......."

이상하리만큼 조용하고, 이상하리만큼 단잠에 빠져 있는 그의 모습을 의심하며 다예는 손가락을 세워 그의 목덜미를 쓰윽, 쓸어내렸다.

움찔. 집중하지 않으면 모를 정도로 짧은 반응이 그에게서 느껴졌다. 다예는 의미심장한 표정을 지으며 손끝으로 그의 정점을 꼬집듯 자극했다.

움찔. 또다. 이 정도면 그가 잠에서 깨어나고 있다는 신호였다. 아니면 이미 깨어난 상태인데 그녀의 행동을 즐기는 것일 수도 있다. 평소의 성격대로라면 후자에 가까울 태진이기에 다예는 혹시 모를 상황을 대비해 다리를 침대 끝으로 길게 뺐다. 그리고 얼굴만 다가가 그의 가슴을 할짝, 하고 빨아들였다. 그 순간이었다.

"윽!"

인생이란 예측할 수 없기에 재미난 것일까, 아니면 반대로 혹독한 것일까. 잠결인 듯 아닌 듯 유혹에 반응하던 태진이 손을 뻗어 다예의 목덜미를 낚아채며 옭아맸다. 빠져나갈 수 없는 강한 힘에 이끌려 그의 가슴팍으로 얼굴을 파묻게 된 다예는 침대 끝으로 길게 늘어뜨린 다리에서 느껴지는 찌릿함에 인상을 썼다.

"교, 교수님."

"더 해봐."

"뭘요?"

"방금 하던 거."

"아무것도 안 했는데요?"

"다 들었다."

다예는 욱신거리는 종아리로 손을 뻗으며 배시시 웃었다.

"농담이었어요. 눈곱, 침도 없고 얼굴도 안 눌렸어요."

"알아."

"아시면 팔 좀 풀어주실래요? 목도 아프고, 무엇보다 다리에 쥐 났어요."

다리에 쥐가 났다는 말에 놀란 태진은 팔을 풀며 상체를 일으켰다. 정말 다리가 불편한지 낑낑거리는 새끼 고양이의 모습을 하는 다예를 바라보며 태진은 피식 웃었다.

"안 잡아먹히려고 애를 쓴다?"

"노력이 가상하죠?"

"그래. 가상해서 더 잡아먹고 싶어진다. 이리 와."

능글거리며 다가오는 태진의 얼굴 앞으로 손을 뻗으며 격하게 흔든 다예가 욱신거리는 다리를 굽히며 점점 뒤로 몸을 뺐다. 그럴수록 더욱 빠르게 다가오는 태진의 속도에 놀란 다예가 이때다, 싶어 침대 밖으로 뛰어내렸다. 잠시 찌릿한 다리의 통증이 느껴졌지만 잡힐 수 없다는 일념 하나로 다리를 절며 침실을 빠져나갔다. 침대 위에서 무릎으로 기고 있던 태진은 장난스럽게 웃으며 입맛을 다셨다.

"잡아먹어도 질리지가 않으니 큰일이네. 응?"

짐승처럼 으르렁거리며 천천히 침실을 빠져나온 태진은 걸쳐 입은 가운의 앞을 여미며 조용한 거실을 살폈다.

어디 숨었을까. 여유 있는 모습을 한 채로 한 걸음씩 내딛는 그는 흡사 정글의 정복자 같았다. 힘없고 유약한 새끼 고양이를 찾는 듯 몸을 움직이던 태진은 드레스룸의 문을 미처 닫지 못한 흔적을 발견하고는 음흉하게 웃으며 모른 척 그녀를 찾는 시늉을 했다.

"어이, 서다예. 나오지? 어딨어?"

태진은 이른 아침임에도 불구하고 전혀 피곤함을 느끼지 못하고 있었다. 아니, 정확히는 아드레날린이 솟아나는 기분을 느끼며 즐거워하는 중이었다.

천천히 걸음을 옮긴 태진은 드레스룸의 문을 열지 않고 그 앞에 서서 조용히 귀 기울였다. 안에서는 분주한 듯 무언가가 열리고 닫히는 소리가 났고, 부스럭거리는 소리까지 연달아서 들렸다. 조심스러운 움직임에도 불구하고 집중하고 있는 태진의 귀에는 무척이나 선명하게 들렸다. 그는 소리 나지 않게 웃으며 거드름을 피웠다.

"귀여운 우리 서다예. 남자는 숨으면 숨을수록 더욱 흥분한다는 거 모르지? 아주 잡아먹고 싶어 안달이 난다고."

그게 서다예라면, 말 다 한 거 아닌가?

즐거움에 흠뻑 취해 있는 태진의 몸은, 반쪽인 다예를 찾기 위해 귀추를 곤두세운 후였다.

귀여운 연인을 위해서라면 이 정도 연기쯤이야. 슬슬 기대에 부응해주어야 할 타이밍이 찾아왔다는 걸 깨달은 태진은 어깨를 으쓱거리고는 자세를 취했다. 그러고는 모른 척 새끼 고양이의 이름을 부르던 그 순간 드레스룸의 문을 벌컥 열었다. 당황한 누군가가 입을 틀어막는 소리가 들렸지만 태진은 이 역시 못 들은 척하며 고개를 방 안으로 쑥 밀어 넣어 주변을 살폈다. 어디 숨었는지 꼬리도 보이지 않는 새끼 고양이를 찾으며 능청스럽게 중얼거렸다.

"여긴 아닌가."

실망한 목소리를 흘린 후 목을 뺐다. 그러고는 빠르게 드레스룸 안으로 들어와 조심스럽게 문을 닫았다. 아무 말 없이 서 있기를 10초 정도 지났을까. 어디선가 안도의 한숨이 흘러나왔다. 아무래도 다예는 태진이 방 밖으로 나간 줄 안 모양이다.

터져 나오려는 웃음을 겨우 참으며 발걸음을 옮기던 태진은 이미 다 알고 있다, 라는 얼굴로 목적지 앞에 섰다. 그러고는 짧게 심호흡했다.

기다려라, 사랑스러운 다예쁨아.

기대에 차 부풀어 오르는 가슴을 진정시키며 속으로 하나, 둘, 셋을 외치던 그 순간 옷장의 문을 옆으로 확 밀어젖혔다.

"찾았……."

방금 전까지만 해도 장난스럽던 그의 목소리가 순간 갈 길을 잃었다. 목이 턱 막힌 것처럼 답답해지고 입 안이 바짝 말라왔다. 꿀꺽, 침 넘어가는 소리가 유난히 크게 울릴 때쯤 태진의 눈빛이 강렬하게 빛났다.

"교, 교수님."

"……."

260

예상대로 셔츠들만 모아둔 옷장 속에 그녀가 있었다.

밤새 사랑을 나눈 터라 도망갈 때도 나신일 수밖에 없었던 그녀는 급한 듯 그의 블랙 셔츠를 걸쳐 입고 있었다. 단추를 제대로 잠글 틈이 없었는지 가슴은 반도 가리지 못한 채 벌어져 있었고, 사이즈가 큰 셔츠는 이미 한쪽 어깨 밑으로 흘러 내려간 후였다. 반은 입고 반은 벗고 있는 모습에 태진의 숨이 거칠어졌다.

"그, 그러니까요. 교수님."

태진은 잔뜩 굳은 얼굴로 시선을 옮겼다. 셔츠가 길어 허벅지를 가린다고 가렸지만 이미 길고 뽀얀 다리는 인어처럼 굽어져 있었다. 그럼에도 불구하고 요염함의 극치에 미칠 것만 같았다.

그는 입이 바싹 말랐다. 그녀의 몸에 걸쳐진 옷은 겨우 그의 셔츠 한 장뿐이었다. 멋이라고는 하나도 없는 기본의 블랙 셔츠. 그 셔츠가 뽀얀 피부와 대비되어 그녀를 더욱 섹시하게 보이게끔 했다.

태진은 그녀의 눈높이에 맞추기 위해 한쪽 무릎을 세운 채 앉았다.

"……이 여자가 진짜."

잡아먹는 문제가 아니었다. 물론 처음 의도는 그랬지만, 이젠 서다예가 박태진을 잡아먹으려는 게 아닐까 하는 착각이 들 정도였다. 그렇지 않고서야 그를 이렇게까지 홀릴 수는 없으니까.

태진은 길게 늘어뜨려진 다리를 손바닥으로 쓸어 올렸다. 그러자 차가운 공기에 노출된 다예가 몸을 움츠렸다.

"……"

보통 남자들 환상 속의 여자들은 화이트 셔츠를 입고 있다. 햇

빛에 반사되어 보일 듯 보이지 않는 나신이 유난히도 섹시하게 느껴지니까. 그런데 블랙의 셔츠를 입고 있는 서다예는 왜 이렇게 유혹적인 걸까. 정신없이 입느라 가리는 걸 실패해서가 아니었다. 꽁꽁 싸맨, 아무것도 보이지 않는 칠흑 같은 블랙의 셔츠는 그 속에 무엇이 있을까, 하는 궁금증을 자아냈다. 모를 리 없는 그 속의 무언가가 너무나도 궁금해서 미쳐버릴 지경이었다. 태진의 목울대가 거칠게 움직였다.

"……나와."

목에 무언가가 막힌 듯 어렵게 삼켜낸 태진이 겨우 내뱉은 목소리엔 고저가 느껴지지 않았다. 묵직한 무게감과 탁한 울림만 있을 뿐이었다. 다예는 그런 그의 목소리에 홀리듯 움직였다. 아주 천천히, 흘러내린 셔츠를 주섬주섬 여미며 혹시라도 보일까 싶어 밑으로 끌어 내리며 일어났다. 태진은 그런 그녀에게서 시선을 떼지 못했다. 슬로모션처럼 움직이는 다예의 몸짓은 유난히도 유연하고, 아름다웠다. 마치 무용에 특화된 움직임처럼 가녀리면서도 고와 한참을 넋을 잃은 채 바라보았다.

어느새 옷장에서 빠져나온 다예는 쑥스러운지 고개를 숙이며 단추를 여미기 시작했다. 태진은 여전히 말이 없었고, 소름 끼칠 정도로 조용한 분위기에 안절부절못하는 건 다예였다. 마지막 단추까지 다 채운 다예가 도망갈 궁리를 하며 눈동자를 굴리자 태진이 한 걸음 성큼 다가와 그녀의 허리를 낚아챘다.

"서다예."

"……네?"

뜨거운 시선이 다예의 얼굴 곳곳을 스쳐 지나갔다. 무슨 말을 하려고 뜸을 들이는 걸까 궁금해하려던 찰나 그의 입술이 강하게 다예를 삼켰다. 한 번에 그녀의 혀를 낚아챈 태진은 뿌리를 뽑을 것처럼 빨았다가 굴리며 거친 숨을 불어넣었다. 키스 한 번에 허리가 휘청인 다예는 강하게 엮어 들어오는 그의 팔과 다리에 몸을 의존해야만 했다. 정신없이 몰아치는 태진의 입술이 다예의 입술을 혀로 훑으며 장난스럽게 이로 물었다.

아픈 듯 찡그리는 그녀가 사랑스럽다는 듯 바라본 후 그녀의 목덜미를 핥았다. 차가운 공기와 마주친 부분이 소름 돋도록 아찔한 감각을 일깨웠다. 밤새도록 만져졌던 감각들이 주인을 알아보듯 태진에게로 집중했다. 다예는 눈을 질끈 감았다. 어느새 자신의 다리 사이로 파고든 그의 존재감이 그 어느 때보다 더욱 크고 단단해서 흐느적거릴 것만 같았다.

태진은 블랙 셔츠로 꽁꽁 가려진 그녀의 가슴을 옷 위로 자근자근 씹어 물었다. 흐응, 하고 고개를 젖히는 그녀의 목소리에 빳빳하게 고개를 쳐든 제2의 박태진이 그녀에게로 달려들라 명령한다. 조바심이 나는 태진의 마음을 아는지 모르는지 자신에게로 몸을 맡긴 채 신음을 뱉는 다예가 야속하다.

그 순간 태진의 한 팔이 그녀의 허리를 감쌌고, 한 손은 그녀의 꿀처럼 달콤하게 젖어 있는 어둡고도 좁은 곳을 살짝 파고들었다. 자신이 주는 감각으로 인해 잔뜩 날이 서 있는 그곳은 차가운 공기와는 전혀 다른 세상이었다. 물을 머금은 듯 촉촉한 부분을 손가락으로 부드럽게 매만지자 다예는 발끝을 세우며 몸을 살며시 흔들었다. 그 움직임에 이가 딱딱해질 정도로 힘을 준 태진은 닫혀 있는 단추를 교차로 풀어냈다. 그녀의 움직임에 따라 풀어지지 않은 단추 쪽엔 뽀얀 살결이, 풀어진 단추 쪽엔 탐스러운 가슴이 완전한 해방을 원하며 애처롭게 매달려 있었다.

야릇하다 못해 색스러운 다예의 흐트러짐에 속절없이 무너지려는 태진은 그녀의 가슴을 한입에 베어 물며 이성을 지키려 애를 썼다.

"……아, 웃."

꿀이라는 표현은 지겨웠다. 본디 다디단 것은 금세 물리고 질리기 마련이다. 그런 면에서 그의 입 안에 담긴 다예의 가슴은 유리처럼 날카롭게 솜털을 세우면서도 설탕 위를 데구루루 굴러가는 민트사탕처럼 입 안으로, 혀 안으로 감겨들었다. 태진이 그 쌉싸름하면서도 달콤한 그 맛을 놓치지 않으려 더욱 힘을 주어 집어삼키자 다예가 버티기 힘든지 팔을 들어 태진의 목을 감싸왔다.

태진은 따뜻한 동굴 입구 앞에서만 맴돌던 손가락을 더욱 깊게 밀어 넣으며 그 안의 숨겨진 야한 보석을 찾아 긁듯이 자극하기 시작했다. 다예는 그 순간 파르르 떨었다.

"……교, 교수님. 아, 웃."

쉬어버린 듯 갈라지는 다예의 목소리가 거칠다. 평소엔 얌전하고 다소 무뚝뚝한 여자였지만 그의 손길이 닿으면, 그의 감각을 느끼면 새로운 여자가 된다. 유혹적이고 사랑스럽지만 그와는 다르게 무척이나 강한 여자처럼 느껴진다. 쉽게 무너지지 않는 단단함, 그 안에서 터져 나오는 부드러움과 섹시함까지. 그 이율배반적인 매력에서 허우적거리고 있는 중이었다.

태진은 그녀의 변화를 온몸으로 느끼며 찾아낸 보석을 손끝으로 꾹꾹 눌렀다. 그러자 예민할 대로 달구어진 다예가 헐떡이듯 그를 힘주어 안았다. 그 순간 고개를 숙인 태진이 또 한 번 가슴을 물었다. 동시에 동굴을 헤매던 손 역시 더욱 빠르게 그곳을 자극하기 시작했다.

"읏. 천천히요, 제발."

그럴 겨를이 없다는 걸 서다예는 알까.

태진은 아무것도 듣지 못한 사람처럼 손가락을 더욱 빠르게 움직였다. 안 돼요, 안 돼, 하며 몸을 틀던 다예의 깊은 곳이 빠르게 수축하며 경련에 떨었다. 큰 폭풍이 지나간 듯 깊은 숨을 내쉬는 다예가 예뻐 짧게 입을 맞춘 그는 장난스럽게 웃었지만 그의 눈빛은 여전히 탁하고 강렬했다.

"벌, 주시는 거예요?"

"아까 놀린 벌?"

태진이 묻자 다예의 얼굴이 붉어졌다.

다예는 뭔가 착각하는 것 같았다. 얼굴이 눌렸다는 둥, 눈곱이 꼈다는 둥의 장난은 그를 놀린 게 아니었다. 자고 있는 자신의 본능을 일깨워놓고 정작 본인은 책임지지 않으려는 듯 도망갈 구석을 만들어놓았다는 것이 괘씸하다면 괘씸한 일이었고, 그에 벌을 주려 했다면 그게 맞는 말일 것이다.

하지만 그걸 알 리 없는 어린 연인의 순진함에 피식 웃고 만 태진은 조금 진정한 듯한 그녀의 안색을 확인한 후 여전히 성이 난 채로 붉으락푸르락 크기를 키워가는 녀석을 손으로 붙잡았다. 그리고 여전히 따뜻한 동굴 속, 아까보다 훨씬 더 촉촉해진 그곳으로 녀석의 끝을 살며시 밀어 넣었다 빼기를 반복했다. 그 순간 다예의 몸이 긴장으로 굳어졌다.

"말했었나?"

".......아뇨."

뭔 줄 알고 대답해? 라고 물으려다 태진은 그럴 여유가 없다는 걸 깨달았다. 정신이 몽롱한 듯, 앞으로 다가올 쾌락 앞에 들뜬 듯한 붉은 얼굴이 시야에 들어온 순간 이것저것 따져 물을 여유가 없었다. 태진은 그녀의 입구에서 방황하던 녀석을 힘 있게 밀어 넣었다.

".......읏."

그 순간 누구라고 할 것도 없이 동시에 신음 소리가 터져 나왔다. 감당할 때마다 버거울 정도로 크고 단단한 그의 것은 놀라울 정도로 다예를 자극했고, 들어갈 때마다 늘려놓은 보람도 없이 작고 좁아지는 그녀의 공간은 태진을 고문했다.

"난 이제 시작이야."

인내심이 많은 남자가 아니었다. 한 번뿐인 인생 제 맘대로, 열정적으로 살아보자 하는 남자가 바로 박태진이었다. 그런데 이 여자 앞에서는, 이 여자가 주는 좁디좁은 공간에서의 사랑은 많은 인내를 필요로 했다.

움직이지도 못하고 숨을 내쉬던 그는 다급하게 해방을 원하는 녀석을 다그치며 호흡을 나누었다. 그리고 조금 진정이 되자 천천히 움직이기 시작했다.

"아흑."

거칠면 거친 대로, 부드러우면 부드러운 대로 미칠 듯한 자극이 전해졌다. 자신의 것을 빨아들이듯 잡고 놓아주지 않는 서다예가 얄미워 둥근 가슴에 이를 박았다. 빨듯이 물어젖힌 그의 입술이 떨어지자 붉은 낙인이 그곳에 남았다. 하지만 알 리 없는 다예는 몰아치는 태진의 허리놀림에 따라가기도 벅찬 듯 숨을 내쉬었다. 격정의 파도가 한 번 들어왔다 나간 터라 더욱 예민해진 그곳은 태진의 크고 단단한 것이 마치 생명줄이라도 되는 양 떨어질 줄 모르고 매달려 있었다.

"젠장."

정말 미칠 것 같았다. 이를 악물고 참아내던 태진은 금방이라도 쏟아내버릴 것만 같아 급하게 자신의 것을 빼내었다. 그러고는 흐느끼듯 신음에 떨고 있는 다예의 허리를 순식간에 뒤집었다. 놀란 다예가 기대듯 벽에 손을 뻗으며 몸을 돌리자 뒤쪽에서 태진이 강하게 밀고 들어왔다.

"아윽……."

엄청난 무게감이었다. 허리가 끊어져버릴 것만 같은 강한 충격도 버거운데 예민할 대로 예민해진 자신의 가슴을 쥐어 뜯어내듯 강하게 움켜쥐는 태진 때문에 정신이 어지러웠다. 그걸 느낄 틈도 없이 다예는 빠르게 속도를 올리며 위로 치켜 박는 태진의 몸짓에 혼을 놓을 듯 신음했다. 자신뿐만이 아니었다. 조용하기만 했던 이 공간에서 금방이라도 끊어질 듯 거칠게 숨을 내뱉는 맹수의 신음은 평소의 것과는 전혀 달랐다. 그 흐느끼듯, 내지르듯 거친 소리들이 두 사람을 부추기는 흥분제가 되고 있었다.

"서다예, 서다예!"

숨이 막힐 정도로 타이트하게 자신을 옭아매며 허리를 쳐 올리던 태진이 마지막을 향해 달리는 듯 다예의 등을 혀로 훑었다. 그러고는 그녀의 골반을 최대한 가까이로 당겨 찍듯이 그녀의 공간을 자극했다. 순식간이었다. 다예에게도 한계가 찾아온 것은.

"아, 교수님. 제발……!"

장소 때문일까, 아니면 잔뜩 취해버린 두 사람의 흥분 때문일까. 평소와는 다른 극한의 감각이 두 사람을 에워쌌다. 그 순간 태진은 무언가를 직감한 듯 이를 악물며 내뱉었다.

"위험할지도 몰라."

무엇이? 아니, 위험한 순간이 없었던 적이 있었던가. 다예는 그 어떠한 생각이 개입되는 걸 원치 않았다.

"괜찮아요, 그러니까 빨리…… 교수님……!"

태진이 마지막 스피치를 올렸다. 퍽퍽, 쳐대는 소리가 음란하게 들리는 것도, 그의 공격에 한없이 무너지듯 흔들리는 것도 잊어버린 채 그 둘은 동시에 같은 신음을 터트렸다.

"아……."

"읏!"

끝날 듯 끝나지 않던 그의 허릿짓이 조금씩 미약해졌다. 이미 정상에 올랐으나 그 여운을 놓치고 싶지 않다는 듯 태진이 원을 그리며 엉덩이를 움직였다. 그리고 그 안에서 다예 역시 남은 감각에 집중하며 무너져내렸다.

잠시 후, 두 사람의 호흡이 진정될 때쯤 태진이 그녀의 목덜미를 지분거리며 바짝 서 있던 가슴의 정점을 문질렀다. 다예는 그의 손길에 몸을 맡긴 채 가쁜 숨을 내뱉었다.

"……오늘, 수업 있지?"

요란한 움직임이 멎어버린 후 남은 것은 비릿한 냄새와 야릇한 분위기였다. 한풀 꺾인 게 분명한데도 잔류하고 있는 공간의 흐름은 두 사람을 더욱 엉켜들게 했다.

"네. 몇 시나 됐을까요?"

"섹시."

그의 입술에 녹아내리듯 흐느적거리던 다예가 장난처럼 대답해 오는 태진의 말에 정신이 차린 듯 입을 삐죽거렸다.

"말장난할 기운이 남아 있으시다니 부럽네요."

"연륜미지."

"설마 아직도 꽁해 있는 건 아니죠?"

"그렇게 속 좁은 남자 아니야."

"그럼요?"

"뒤끝 작렬한 남자지."

태진은 천천히 그녀의 몸에서 빠져나왔다.

어젯밤부터 좁고 따뜻한 곳에 수시로 물려 있던 그의 것이 뻐근했다. 그에게도 휴식이 필요하다는 것을 떠올린 것도 잠시, 흥분의 물결이 가시지 않은 듯 흐릿하게 웃는 다예의 얼굴이 보이자 방금 전 생각은 잊은 사람처럼 심장이 야릇하게 요동쳤다.

"잠깐 잊고 있었네요. 뒤끝 박태진 교수님."

"그래서 말인데."

결국 또 욕심이 난다. 뭉근한 몸짓으로 여체를 유혹하려 하자 다예는 빠른 몸놀림으로 그를 옆으로 밀어낸 후 드레스룸의 문을 향해 달려가며 소리쳤다.

"학교 가야 되거든요!"

"나도 일 가야 되거든?"

"그럼 체력 좀 비축하시죠?"

"내 체력은 내가 알아서 할 테니, 한 번만 더 합시다?"

"짐승! 아주 그냥 미쳤어!"

"그놈의 짐승 소리, 난 참 좋더라? 응?"

태진이 능청스럽게 웃으며 걸어오자 다예는 으윽! 하는 소리와 함께 욕실로 뛰어 들어갔다. 혹시라도 태진이 들어올까 싶어 문을 잠그는 수고도 잊지 않았다. 잠시 후 문을 똑똑 두드려오는 소리가 들리자 다예는 일부러 세면대의 물을 세게 틀었다.

똑똑, 똑또록, 똑똑. 장난처럼 음을 넣어 문을 두드리던 태진은 아무리 기다려도 열어주지 않는 다예의 단호함에 웃음을 터트리고 말았다.

아, 행복한 아침이다. 욕심나는 아침.

매일매일 이러면 얼마나 좋을까.

결국 늦고야 말았다. 새벽에 일찍 일어났다고 생각했는데, 드레스룸에서 시간을 너무 많이 잡아먹고 말았다. 다예의 움직임이 빨라졌다. 씻고 옷을 갈아입는지 보이지 않는 태진에게 큰 소리로 인사를 건넸다.

"저 먼저 갈게요!"

시계는 10시 30분을 가리켰다. 10시 수업임에도 불구하고 연락
이 없는 다예를 걱정한 은강과 유주의 부재중 메시지를 확인할 여
유도 없었다. 택시를 타고 집에 들러 옷을 갈아입고 책을 챙긴 후
바로 뛰어간다면 수업이 끝나기 전에는 들어갈 수 있으리라. 아예
수업을 빼먹는 것과, 눈도장이라도 찍는 건 차원이 다르므로 적어
도 수업이 끝나기 전에 도착해야만 했다. 다예는 다급하게 엘리베
이터의 버튼을 눌렀다.

빨리 와라, 빨리! 1분이라도 빨리!

발을 종종 구르던 순간 펜트하우스에 도착한 엘리베이터의 문
이 열렸다. 잠시의 망설임도 없이 다예가 그 안으로 들어가자 그녀
의 뒤에서 커다란 그림자를 달고 온 남자 역시 재킷의 깃을 정리
하며 올라탔다. 문이 닫히고 엘리베이터는 하강하기 시작했다.

"뭐가 그렇게 급해? 데려다준대도."

태진은 점심에 약속이 있었다. 아직 여유가 있는 편이었지만 부
산스럽게 움직이는 다예를 혼자 보낼 수는 없는 노릇이다. 어찌 되
었건 여기는 호텔이기도 하고, 이른 아침 사랑하는 여자를 로비에
혼자 걷게 하고 싶진 않았다.

"택시 타고 가는 게 더 빨라요."

"내 운전 실력을 의심하는 것처럼 들리는데? 간만에 도로 위의
무법자가 되어줘?"

"거절합니다."

"아무튼 택시는 안 돼. 내가 데려다줄 거야."

태진은 다예의 손을 덥석 잡았다. 그 큰 손에서 느껴지는 온기와 고집이 기뻐 다예는 소리 없이 웃었다. 그러다 문득 손목에 걸린 시계를 바라보던 다예는 긴 한숨을 내쉬었다.

무조건 달려야 된다. 무조건 스피드하게!

빠르다는 것, 급하다는 것, 조바심이 난다는 것. 그건 다예의 성격과 어울리지 않는 상황들이었다. 그렇게 살아왔고, 앞으로도 그렇게 살아갈 줄만 알았다. 그런데 생각지도 못한 방향으로 흘러가는 일상들이 어색하기는커녕 꽤나 유쾌하고 즐겁다.

다예는 어차피 늦은 걸 조바심 내 무엇하겠냐 싶어 마음을 다독였다. 그리고 맞잡힌 손에 힘을 주며 그에게 의지했다.

띵. 지하 주차장에 도착한 엘리베이터의 문이 열리자 두 사람은 맞잡은 손을 흔들며 서로를 바라보았다. 눈빛에서 느껴지는 서로의 마음. 그 마음이 봄 햇살처럼 따사롭다.

윙, 윙. 윙, 윙. 시간에 쫓기고 있다는 사실도 잊은 채 여유롭게 걷던 두 사람이 제자리에 멈춰 섰다. 태진은 자신의 재킷 안쪽에서 울리는 휴대폰을 꺼내 발신인을 확인했다.

"하여튼 눈치라고는 코빼기도 찾아볼 수가 없지."

석우였다. 태진은 다예에게 양해를 구한 후 통화 버튼을 눌러 귀에 가져다 댔다.

"왜?"

퉁명스러운 목소리에 다예가 그의 안색을 살폈다. 심통이 난 듯 툴툴거리는 태진이 귀엽게 느껴져 웃음이 흘러나왔다. 멋스럽게 차려입은 남자가, 그것도 광고계를 주름잡는다 싶을 정도로 잘나가는 크리브진이 이렇게나 능글맞고 툴툴거리는 남자라는 걸 누가 알까. 자신만이 아는 모습, 평생 자신만 알고 싶은 그 모습에 다예는 웃음이 터졌다.

"월급 깎을 때 됐지? 어? 매니저란 놈이 일은 안 하고. 그래서 지금 나더러 그 자료를 챙겨 오라는 거냐? 뻔뻔도 하다. 뭐? 이 자식을 확 그냥."

태진은 못마땅한 얼굴을 하면서도 놀고 있는 한 손으로 다예의 머리를 쓰다듬으며 눈을 맞춰왔다.

"직무유기가 얼마나 큰 죄인지 몸소 알려주랴? 오냐. 너 오늘 죽었어. 시끄러, 인마! 끊어!"

상대편은 할 말이 남아 있는지 소리쳤지만 태진은 종료 버튼을 눌러버렸다. 순식간에 정리된 상황마저도 귀찮다는 듯 짜증을 부리던 태진이 다예를 바라보았다.

"자료 놓고 온 게 있어서 다시 올라갔다 와야 할 것 같은데, 같이 가자."

"더 늦으면 지각이에요. 택시 타고 갈 테니까 어서 다녀오세요."

"데려다준다고 했잖아."

"다음에요. 오늘만 날이 아니잖아요. 일단 타요."

두 사람은 다시 엘리베이터 안으로 들어섰다. 1층과 P층을 누르자 엘리베이터는 유연하게 올라갔고, 금방 문이 열렸다. 로비였다.

"택시 타는 곳까지라도 데려다줄게."

"쓰읍!"

엄한 표정으로 꾸짖는 다예의 표정에 태진은 피식하고 웃었다.

거참, 되게 안 어울리네.

별다른 화장을 하지 않아 얼굴이 말갛다. 투명할 정도로 얇고 우유처럼 뽀얀 피부는 한눈에 봐도 부드러움을 잔뜩 담고 있다. 그뿐인가, 무엇도 바르지 않은 입술임에도 불구하고 생기가 넘실거려 입을 맞추고 싶은 충동을 불러일으킨다.

그런 얼굴로 엄한 표정을 짓고 있는 서다예라니.

아이고, 무서워라. 무서워서 입 맞추고 싶네.

왠지 혼자 보내고 싶지 않은 기분. 일이고 뭐고 때려치우고 일단 데려다줘야겠다, 싶은 마음에 그녀의 뒤를 따라 내리려 했다. 하지만 또다시 엄한 얼굴로 그를 제지하는 다예의 모습에 마냥 웃을 수만은 없었다.

"오늘은 여기서 헤어져요. 알았죠?"

"……거참."

"나 늦어서 출석 빵꾸 나면 교수님 책임이니까 알아서 해요!"

"모로 가나 도로 가나 너는 내가 책임질 거거든? 그러니까……."

"아우, 잔소리꾼! 빠이빠이!"

더 듣기 싫다는 듯 장난스럽게 귀를 막은 다예가 로비로 성큼성큼 걸어갔다. 일말의 미련도 없이 가버리는 뒷모습이 야속해 뒤를 따르려던 순간 엘리베이터의 문이 닫혔다.

"물가에 내놓은 어린애 같아서, 이거 원."

뭐 하냐, 박태진. 다 큰 연인을 손에서 놓지 못하는 팔푼이 같은 놈. 중얼거리던 태진은 등을 기댄 채 눈을 감았다. 엘리베이터 안에 남아 있는 그녀의 체향이 혼자 남겨진 그를 위로하는 것만 같았다.

다예는 그제야 마음에 급해졌다. 태진과 있을 때는 한없이 여유
로웠었는데, 혼자가 되고 나니 시간에 쫓기기 시작했다.

벌써 11시. 운이 좋으면 아주 간당간당하게 강의실에 들어갈 수
있을 것이고, 혹시라도 수업이 일찍 끝난다면 변명도 먹히지 않을
완벽한 결석이다.

옷 갈아입는 걸 포기하고 일단 학교로 가야 되나. 은강이랑 유
주가 이상하게 볼 텐데. 아, 그럼 어쩌지? 최대한 빨리 움직이자.

다예는 빠른 걸음으로 뛰듯이 호텔을 빠져나왔다. 마침 대기하
고 있는 택시들의 행렬이 눈에 들어왔다. 다행이다. 속도를 내면
운 좋게 얼굴도장이라도 찍을 수 있을 것 같았다. 맨 앞에 대기 중
인 택시를 향해 뛰어간 다예가 택시 문의 손잡이를 잡아당기려던
순간 누군가의 손이 비슷한 속도로 다가왔다.

"제가 먼저……."

"어? 서다예?"

일분일초가 바쁘다. 어쩌고저쩌고하고 싶지도 않지만 일단 알
은체를 해오는 목소리를 무시할 수 없어 고개를 들었다. 그러자 익
숙한 얼굴이 눈에 들어왔다. 결코 마주 보고 싶지 않은 얼굴. 설핏
다예의 얼굴에서 짜증이 묻어났다.

"설마 했는데 진짜네? 근데……."

"……."

"네가 이 시간에 여긴 왜?"

"신경 꺼줄래? 안 탈 거면 비켜."

거칠게 남자의 손을 쳐낸 다예가 그를 밀어냈지만 남자는 무엇
인가를 찾는 사람처럼 주변을 살폈다가 다시 다예에게로 시선을
옮겼다.

"설마 아침부터 이 호텔에 있었던 건 아니지?"

"무슨 상관이야? 비키라니까?"

"……에이, 설마 남자?"

순식간에 짜증이 머리끝까지 솟았다. 귀찮을 정도로 물고 늘어
지는 녀석의 얼굴을 본 순간 다예는 욕지거리가 튀어나올 뻔했다.

무시하자, 무시가 답이다, 하며 택시의 문을 열고 몸을 밀어 넣
었다.

"학교로 가지? 이왕 이렇게 된 거 같이 좀 가자."

"다른 택시 타!"

"뭐하러? 택시비도 아끼고 좋잖아!"

"야, 수래기!"

차라리 다른 걸 타는 게 낫겠다 싶어 택시에서 내리려는데 래기
가 먼저 택시 안으로 몸을 밀고 들어왔다.

"나가라고! 택시 많잖아!"

"발끈하는 게 영 수상하다?"

"상관 말라고 했지!"

"왜? 난 아직 너 좋아하는데?"

"이런 미친!"

결국 내뱉은 욕설에 얼굴이 잔뜩 구겨졌지만 그런 다예를 바라

보는 게 즐거운 듯 래기가 의미심장하게 웃었다.

"어이, 학생들. 갈 거유, 안 갈 거유?"

두 사람의 실랑이가 길어지자 택시 기사가 물어왔다.

"안 가요!"

"갑니다! 기사님, 출발요!"

탁. 택시 문이 닫혔다. 성질 같아서는 발로 뻥 차버리고 싶은데 그럴 틈도 주지 않은 택시가 유유히 호텔을 빠져나가기 시작했다.

서다예, 내 여자라고

"그렇게 만나고 싶을 때는 만나지지도 않더니, 인연이라는 게 참 신기해, 그치?"

다예는 피곤한 듯 시트에 기대 눈을 감았다. 친한 척하는 래기의 말을 철저히 무시하기 위해서. 그러거나 말거나 수래기는 단 1초도 쉬지 않고 입을 놀리며 다예의 신경을 거슬리게 했다.

참자, 참자. 개가 짖는다고 생각하고 조금만 참자. 거의 다 와간다, 거의 다.

희망고문이라고 했던가. 이제 막 도로에 진입한 택시 기사의 여유로움에 짜증이 났지만 지금은 그게 문제가 아니었다. 다예는 수다쟁이처럼 시끄럽게 조잘거리는 래기의 입을 꼬집어버릴까, 하다 꾹 참았다. 그 어떠한 빌미도 주고 싶지 않았기 때문이다.

"일부러 내 전화 피하고 그런 건 아니지? 여러 번 전화했었는데……."

일부러 피한 거지. 아예 깡그리 무시한 거지! 이 멍청아! 알면 입 좀 다물어.

"하긴 그럴 리가 없지. 예전에 우리 사이좋았잖아, 그치?"

우리가 무슨 사이였는데? 100일 동안 밥 두세 번 먹은 사이? 아니면 뒤통수 치고받는 사이? 사귀어달라고 손이 발이 되도록 빌면서 울고불고할 땐 언제고, 뒤에서 바람까지 피운 놈이…… 뭐?

아서라, 아서. 목구멍까지 차오르는 욕을 삼키며 다예는 더욱 입을 꽁꽁 싸맸다.

"사실은 나 너랑 헤어지고 정말 많이 힘들었어. 이 여자, 저 여자 만나봤지만 너만한 여자 못 찾겠더라. 정말 넌 나에게 천국 같은 여자였어. 응?"

지랄도 병이십니다.

"만나는 여자들은 왜 이렇게 집착하고 의심하는지 정말 귀찮고 지겨워! 하루라도 못 보면 난리가 나고, 멀리 떨어져 있으면 당장 달려오라고 난리고! 근데 다예 너는 안 그랬잖아. 늘 믿어주고 늘 응원해줬잖아."

착각도 병이시고 망상도 이런 망상이 없으십니다.

다예는 기가 막혀 고개를 절레절레 흔들었다.

"그래서 말인데, 나 다시 시작하고 싶어. 다예야."

그런 마음을 알 리 없는 수래기는 기회다 싶었는지 다예의 팔을 붙잡으며 최대한 간절한 눈빛으로 다예를 바라보았다. 하지만 동

상처럼 굳은 채 아는 척도 하지 않는 다예에게는 보이지 않는 일이었다. 룸미러로 힐끔힐끔 두 사람을 바라보는 택시기사에게만 좋은 구경거리를 제공할 뿐이다. 다예는 귀찮다는 듯 래기의 손을 쳐냈다.

"이러지 말고. 응? 내가 잠깐 한눈팔던 것 때문에 그래? 다 설명할게! 다 용서 빌게. 응?"

"아저씨, 아직 멀었어요? 속도 좀 내주세요. 수업 시간이 늦어서."

자신도 모르게 참고 참았던 짜증이 툭 터졌다. 애먼 기사 아저씨에게 내뱉은 말이 너무 차가운 게 아니었나 싶을 때쯤.

"아이, 그러지 말고. 학생, 저 남학생 마음 좀 받아주지그랴?"

래기의 편을 들어주는 목소리가 들려왔다. 그 순간 미안한 마음이 싹 사라졌다.

"그렇죠? 아저씨가 보실 때도 우리 다예가 무진장 매몰차죠? 제가 얼마나 매달리는데요. 그런데도 마음을 안 줘요."

"뭐, 잘못한 거 있는겨? 남자는 그람 안 돼. 그때그때 사과하고 싹싹 빌어야지! 여자 마음 아프게 한 놈은 무조건 벌받게 되는 겨."

"그래서 제가 이렇게 벌을 받나 봐요."

짝이 맞아 떠들어대는 두 사람의 목소리에 기가 찬 듯 헛웃음을 짓던 다예는 이렇게 시간이 흘러가기를 바랐다. 그나마 호텔에서 누구와 있었는지, 이 시간에 왜 그곳에 있었는지를 캐묻지 않고 삼천포로 빠진 대화가 다행이란 생각이 들었기 때문이다.

다예는 살짝 눈을 떠 손목시계를 확인했다.

"그르게 있을 때 잘해야 혀. 안 그람 후회한다니께."

"뼈저리게 느끼고 있어요. 이젠 정말 잘할 수 있는데, 어흑."

하다 하다 별.

다예는 가증스러운 목소리가 귀를 타고 흘러 들어올 때마다 짜증이 나 미쳐버릴 것 같았다. 하지만 일말의 감정도 드러내지 않기 위해 표정을 가다듬어야 했다.

절대 상종하고 싶지 않은 인물. 오늘뿐만 아니라 앞으로도 상종하지 말아야 할 또라이 1호, 수래기!

보이지 않게 진절머리를 떨던 다예는 손 밑에서 진동이 느껴지는 것을 깨닫고는 가방을 열었다. 전화가 온 모양인지 휴대폰이 부르르 떨리고 있었다. 발신인은 태진이었다.

다예는 잠시 망설였다. 택시 타고 가는 걸 극구 말리던 태진이었다. 미안한 마음 반, 걱정되는 마음 반으로 전화를 걸었을 게 분명했다. 하지만 이 전화를 수래기 앞에서 받았다가 혹시나 잊고 있었던 호텔 이야기를 꺼낼까 싶어 살짝 겁이 났다. 도착해서 전화를 거는 게 낫겠다 생각한 다예는 휴대폰을 가방 깊숙이 밀어 넣은 채 다시 눈을 감았다.

한참을 달린 택시는 대국대학교 정문 앞에 멈춰 섰다. 요금을 치르려는 다예의 손을 막은 래기가 먼저 계산을 하고는 빠르게 차에서 내렸다. 하는 수 없이 따라 내리던 다예는 에스코트하듯 폼을 잡고 있는 래기의 모습이 역겹다는 듯 차가운 시선으로 바라보았다.

택시가 돌아가고 남은 두 사람 사이에는 침묵이 흘렀다. 하지만 그것도 잠시, 다예는 손에 쥐고 있던 돈을 그에게 건넸다.

"왜?"

갑자기 무슨 돈을 주냐는 얼굴이었다.

"내가 타고 온 택시비는 내가 내. 너한테 일말의 빚도 지고 싶지 않으니까 받아."

"됐어. 여자한테 돈을 받다니. 사내 가오가 있지."

"받든 버리든 그건 네가 알아서 해. 난 어차피 이 돈, 지갑에 다시 넣을 생각 없어."

"……."

단호한 다예의 모습에 쑥쓸하게 혀를 차던 래기는 멋쩍게 웃으며 돈을 받았다. 그러자 다예가 별 볼 일 없다는 듯 손을 털고 조금씩 멀어져갔다. 래기는 돈과 그녀의 뒷모습을 번갈아 바라보다 아차, 하는 생각이 들었는지 뛰기 시작했다. 그리고 얼마 멀어지지 않은 다예의 손목을 낚아챘다.

욱신. 갑작스럽게 돌려세워진 몸의 반동에 다예의 얼굴이 험악하게 굳어졌다.

"이거 안 놔?"

"잠깐만."

"너랑은 잠깐도 할 말 없으니까 이거 놔. 보는 눈 많아!"

지나가는 사람들이 두 사람을 지켜보며 속닥거리고 있음을 알아차린 다예가 목소리를 낮춘 채 으르렁거렸지만 래기는 아랑곳하지 않았다.

"그러니까 잠깐만. 한마디만 듣고 가."

"이 손부터 놔! 아프다고!"

남자의 손에 잡혀 있던 손목이 벌겋게 달아오르기 시작했다. 욱신거림을 넘어선 통증에 얼굴을 구기자 래기가 후다닥 손을 놓았다.

"미안! 괜찮아?"

"할 말 있으면 빨리해. 너랑 단 한순간도 붙어 있고 싶지 않으니까!"

다예의 눈이 서릿발처럼 날카로웠다. 그럼에도 불구하고 래기는 목소리를 가다듬고는 말을 이어갔다.

"아까도 말했지만 나 이번엔 진지해! 다시 시작하고 싶어!"

"아까부터 이상한 소리를 하던데, 너랑 나랑 뭘 하긴 했니? 뭘 자꾸 다시 시작하재?"

"상처받은 거 알아! 내가 너한테 상처 준 거, 다 내 잘못이야!"

"수래기. 너 뭔가 착각하는가 본데."

다예는 이를 악물었다. 이대로는 안 되겠다 싶었다.

"그래. 솔직히 네가 이상한 소문내고 사람들 앞에서 망신 준 거 지금 생각해도 억울하고 열받아. 어떻게든 복수해주고 싶고, 어떻게든 널 치워버리고 싶어! 근데 난 너 같은 거랑 엮이는 것 자체가 싫어서 상대하지 않으려는 것뿐이야. 그러니까 제발 네 갈 길 가."

"다예야."

"부르지 마. 진짜 듣기 싫다. 어?"

"……."

"가. 우리 서로 모르는 사람처럼 살자. 잘 가."

다예는 욱신거리는 손목을 붙잡으며 등을 돌렸다. 여전히 구경하는 사람들의 시선이 느껴져 어디로든 숨고 싶었지만 그런 것에 굴복하고 싶지 않아 더욱 당당히 걸었다. 하지만 그것도 잠시.

"서다예! 이번에는 진짜야! 내 모든 걸 다 걸어서 너랑 다시 시작할 거야!"

분리수거 제대로 안 된 이 미친 쓰레기 자식이!

다예의 표정이 처참하게 일그러졌다.

"서다예! 좋아한다고! 좋아해!"

쩌렁쩌렁하게 울리는 고백 사이로 뭣도 모르는 사람들의 박수와 함성 소리가 언뜻 들리는 것 같아 귀를 틀어막았다.

늦더라도 태진의 차를 타고 올걸. 붙잡는 교수님의 손을 뿌리치지 말걸. 경찰에 신고하더라도 이놈을 눈앞에서 치워버릴걸. 후회가 물밀 듯이 밀려왔지만 이미 때는 늦어버린 후였다.

그리고 알아차렸어야 했다. 평소 지저분하게 놀기로 소문난 그 녀석을 호텔 근처에서 만났다는 것과 많은 사람들 앞에서 의도한 듯 망신을 주는 그 민망한 고백 속, 그의 눈빛이 순수하지만은 않았다는 것을.

짜증스러운 마음에 돌아선 다예의 뒷모습을 바라보는 그의 입꼬리가 유난히도 즐거워 보였다는 것을 미처 알지 못했다.

일주일 후. 다시 찾아온 월요일.

주말 내내 과제와 시험 준비, 그리고 취업 준비에 총력을 기울이느라 새벽에서야 겨우 눈을 붙였었다.

피곤함에 아우성치는 몸을 일으켜 눈을 떠보니 월요일 아침이었다. 평소에 비해 이른 시간이었지만 늦장 부리지 않고 욕실로 들어가 연거푸 세수를 했다. 그제야 흐릿했던 정신이 또렷해지는 것 같다.

오늘은 공식적으로 박태진 교수님을 학교에서 볼 수 있는 마지막 날이었다. 멀게만 느껴졌던 그날이 벌써 오늘이다. 후련할 줄 알았는데 이상하게도 시원섭섭한 기분이 들었다.

다예는 옷장에서 제일 화사하고 예쁜 옷을 꺼내 들었다. 평소 입을 일이 많지 않아 구석에 넣어두었지만 중요한 일이 생기면 꼭 한번 꺼내 입고 싶었던 화이트 원피스였다.

발랄한 느낌이 들면서도 은근히 고급스러움이 느껴지는 라인의 옷이었다. 팔다리를 끼워 넣고 목 뒤로 단추도 잠갔다. 그러자 A라인의 치마가 그녀의 늘씬하고도 고운 다리 위에서 팽그르르, 예쁘게 자리를 잡았다.

공들여 화장도 했다. 잡티 하나 없이 뽀얀 피부에 앵두같이 생기 도는 입술을 가진 다예에게 화장이란 그다지 필요 없는 일일지 몰랐다. 하지만 다예는 최선을 다해 바쁘게 손을 움직였다. 마지막으로 긴 머리에 컬도 넣었다. 풍성하게 퍼지는 모양새가 더욱 그녀를 아름답고 세련되게 만들어주었다.

모든 준비가 끝난 다예는 거울 앞에 섰다. 요즘 피곤해서인지 살이 좀 빠진 모양이다. 얼굴이 야윈 듯한 느낌이 들었지만 그마저도 예뻐 보이는 날이었다. 다예는 만족스럽게 웃으며 가방을 챙겨 들었다.

집 밖으로 나오자 따뜻한 햇살이 다예 위로 쏟아져 내리는 것 같았다. 맑은 하늘과 산뜻한 바람, 그 모든 게 그녀에게 힘을 주는 것 같아 기분이 좋았다.

"교수님 맘껏 예뻐해주세요! 파이팅!"

오랜만에 꾸민 자신을 보고 한껏 예뻐해주길, 한껏 사랑스러운 눈길로 바라봐주길, 한껏 사랑해주길. 짝사랑하는 남자를 만나러 가는 것처럼 그녀의 가슴은 설레고 있었다.

사실 호텔에서 래기를 만난 후로 그녀는 늘 긴장 상태였다. 그런 모습을 태진에게 들키지 않으려 애써 웃었지만 혹시라도 무슨 일이 생길까 싶어 조마조마했던 일주일이었다.

호기롭게 잘난 척을 하던 녀석이었기에 당장 무슨 일이라도 생길 것 같아 걱정이 되었지만 생각보다 조용한 일상들이 거듭되자 해프닝처럼 느껴지게 되었다. 그리고 언제 긴장했냐는 듯 안도하게 되었다. 그리고 오늘이 왔다. 태진의 교수놀이가 끝나는 날이. 제발 무사히 지나가길 두 손 모아 기도하며 발걸음을 옮겼다.

"헐! 저게 누구야?"

"사람으로 변신한 서다다! 드디어 인간으로 돌아왔구나! 서다!"

학교 안으로 들어서기가 무섭게 달려드는 유주와 은강을 바라 보며 쑥스러운 듯 머리를 긁적였다. 유주는 기특하다는 듯 다예의 머리를 쓰다듬어주었고, 은강은 손으로 프레임을 만들어 위아래 로 스캔했다. 그러고는 하하 웃으며 엄지를 척 들었다.

"매일 꼬질꼬질, 민낯으로만 다니더니 이렇게 꾸미니까 진짜 사람 같다. 제발 좀 매일 이러면 안 되냐? 이제야 안구가 정화된다!"

"미안하지만 난 꾸미면 꾸미는 대로, 안 꾸미면 안 꾸미는 대로 예뻐. 알지? 원래 안 꾸밀수록 예쁜 애들이 진짠 거."

"헐. 차려입으면서 자뻑까지 장착했네? 진짜 깬다."

은강이 팔짱을 끼며 아니꼽다는 듯 다예를 흘겼다. 그러자 다예가 어깨를 으쓱거리며 피식 웃었다. 평소라면 녀석의 머리를 쥐어박았을지 모르지만 오늘은 그러고 싶지 않았다.

예쁘게 차려입은 옷이, 예쁘게 신경 쓴 화장이 지워지지 않길 바라니까. 가장 예쁜 모습으로 태진 앞에 서길 바라니까.

다예는 설핏 미소 지었다.

"괜히 대국대학교 서다예, 하는 게 아니구나. 와, 진짜 볼수록 놀랍다."

"지나가는 애들도 다 쳐다본다, 다예야."

다예는 쏟아지는 시선을 느끼며 얼굴을 붉혔다. 이런 모습이 너무나 오랜만이이서일까. 쑥스럽고 부끄럽다. 그러면서도 한편으로는 당당하게 교내를 활보하고 싶은 기분이 들었다.

유주와 은강이 입이 닳도록 칭찬하며 환호했다. 그동안 얼마나 꾸미질 않았으면 이런 반응일까 싶어 자꾸만 웃음이 터졌다. 그러면서도 걸음은 조신하게 걸었다. 혹시라도 태진을 만나게 될까봐, 늘 우연처럼 짜잔 하고 나타나는 남자이기에.

묘한 설렘과 기대를 안고 문사대 건물로 향했다. 아니, 향하려 했다. 그 앞에 선 녀석만 발견하지 못했더라면.

다예가 거의 멈추다시피 걸음을 늦추자 함께 걷던 유주와 은강도 걸음을 멈췄다. 왜 그러냐고 물어도 대답 없이 서 있는 다예가 이상해 그녀의 시선을 따라 몸을 돌렸다. 그 순간 그들의 얼굴이 잔뜩 일그러졌다.

"아니, 저 자식은 쓰레기통에나 들어가 있지, 왜 여기 와서 기웃거려?"

"아무래도 분리수거가 잘못된 모양인데?"

유주와 은강 역시 다예만큼이나 저 분리수거 되지 않은 물건을 싫어했다. 기분 나쁨을 넘어선 불쾌함이 얼굴에서 뚝뚝 묻어나는 걸 느끼지 못했는지 뒤늦게서야 세 사람을 발견한 그 녀석이 빠르게 달려왔다. 그러고는 손을 번쩍 들어 아는 체했다.

"안녕? 이제 와?"

"이제 오든 말든 네가 무슨 상관이야? 왜 남의 건물 앞에서 알짱거려?"

"그래. 좀 꺼져주시지?"

먼저 아는 척을 하는 수래기 앞으로 유주와 은강이 한 걸음 나섰다. 바리케이드를 치듯 다예를 뒤로 보호하는 두 사람 때문에 시야에서 다예가 사라지자 래기는 어색하게 웃으며 두 사람을 밀어냈다.

"차은강, 한유주. 나도 너희 무척 반갑다. 근데 오늘은 다예한테 할 말이 있어서 온 거니까 비켜줄래?"

"우리가 반가워하는 걸로 보여? 아직도 가출한 정신이 안 돌아왔구나?"

"좀 처맞아야 하려나."

본인 역시 전혀 반가워 보이지 않는 얼굴로 억지웃음을 짓는 래기였다. 그 속내를 모를 리 없는 유주와 은강은 더욱 살벌한 기운으로 그를 노려보았다.

특히 매일 철없는 아이처럼 굴던 은강이 표정을 지운 채 매섭게 노려보자 살벌을 넘어선 험악함이 느껴졌다. 의외의 모습이었다.

"다예도 가만있는데 왜 니들이 나서서 난리야? 비켜, 좋은 말 할 때."

"아이고, 무서워라. 안 비키면 어쩔 건데?"

은강이 몸을 사리는 시늉을 하며 한 걸음 더 나섰다. 그러자 당황한 래기는 한 걸음 물러섰다.

"이래 봤자 소용없어. 다예는 나랑 대화를 나누고 싶어 할걸?"

"그건 그쪽 생각이고. 구경꾼들 데리고 썩 사라져라?"

"……와, 다예야. 오늘 진짜 예쁘다!"

"이 쓰레기 새끼가!"

매섭게 사라지라 다그치는 은강의 말을 무시한 채 옆쪽을 공략한 래기가 다예 앞으로 꽃다발을 들이밀었다. 다예의 표정이 한껏 일그러졌다.

"내가 말했잖아. 서다예, 다시 시작하고 싶다고! 이번엔 진지하다고!"

"……."

"받아주지 않을래?"

"싫어."

"일주일 동안 많이 생각해봤어, 충동적인 고백인가 하고. 하지만 아니더라고. 나 정말 널 좋아하고 있어. 그러니까 서다예……."

"더 이상 듣기 싫으니까 가."

다예는 래기가 건넨 꽃다발을 받아 드는 척하며 바닥에 떨어뜨렸다. 그리고 발로 꾹꾹 짓밟고는 문사대 건물 앞까지 빠르게 걸어갔다. 하지만 그걸 놓칠 리 없는 래기가 그녀의 손목을 잡아당겼다.

"사람이 진심이라는데 들어주는 척이라도 해야 되는 거 아냐?"

"내가 왜?"

"에이, 아직도 마음이 안 풀린 거야? 내가 사과했던 거 잊은 건 아니지? 응? 다시 한 번만 생각해줘. 이번엔 그때랑 달라!"

"미친놈."

"응. 나 이번에 진짜 서다예한테 미쳤어. 제대로 한번 미쳐볼라고!"

그럼 그렇지, 수래기가 조용히 넘어갈 인간이 아니었다. 해프닝으로 치부했던 건 명백한 실수였다. 이렇게 공개적으로, 사람 많은 곳에서 이목을 집중시켜 빼도 박도 못하게 할 인간이었다는 걸 왜 몰랐을까. 야비하고 더러운 자식!

다예는 그를 노려보며 어깨를 밀쳤다.

"어쩌지, 이미 내가 다른 사람한테 미쳐 있는데?"

"뭐? 그럼 애인이 있단 말이야?"

"그래. 너 같은 놈이랑은 비교도 안 될."

다예가 이를 악물며 읊조리자 래기가 배꼽을 잡고 웃는 시늉을 했다.

"에이, 거짓말! 서다예, 내가 널 몰라?"

"……."

"대학 생활 내내 남자친구라고는 나밖에 없었는데, 네가 나 아닌 다른 남자를 만난다고? 에이, 거짓말하지 마. 이런다고 내 마음 바뀌지 않아."

"아, 진짜 이 새끼가 미쳤나. 왜 곱게 말로 하면 못 알아 처먹어?"

멀리서 듣고 있던 은강이 험악하게 내뱉으며 성큼성큼 걸어왔다. 그러는 동안 래기는 어깨를 으쓱거리며 은강을 조롱하듯 비웃은 후 다예를 바라보았다.

"그런 말 하지 마, 속상하잖아. 미안해, 응? 내가 준 상처가 너무 컸구나. 다시 한번 사과할게. 응?"

"미친 새끼."

"……뭐?"

"정신 차리라고, 이 미친 새끼야. 진짜 하다 하다 별 거지 같은 꼴을 다 보네. 말귀 못 알아들은 척하지 말고 제발 눈앞에서 꺼져. 너 같은 거 역겨우니까."

고저가 없어 더욱 살벌하게 느껴지는 짜증과 분노는 그녀의 심정을 대변하기에 충분했다.

성큼성큼 걸어오던 은강도, 곁에서 지켜보던 유주도 놀라 뒤돌아보았다. 아무리 화가 나도 이렇게 매섭게 욕을 할 다예가 아니라

집요하게, 291

는 것을 알기 때문이었다.

래기는 충격으로 당황스러웠지만 애써 괜찮은 척하며 하하 웃었다. 하지만 주변의 정적은 쉽게 깨질 못했다. 입이 바싹 마르는 그 정적과 침묵은 마치 래기를 비난하는 것 같았다. 그래서일까, 그 시선들에 체면이 깎이고, 자존심이 상했다. 슬슬 기분이 나빠진다.

"말이 너무 심하네, 서다예."

바락 화를 내고 싶은데 그럴 수가 없다.

서다예를 얻자고 빌자니 자존심이 용납하지 않았고 화를 내자니 그것대로 체면이 말이 아니었다. 어떻게 해야 이 상황을 유연하게 모면할 수 있을까 열심히 머리를 굴리기 시작했다.

"좋아, 좋아. 내가 죽일 놈이니까 이 정도 욕은 들어도 마땅하다고 생각할게. 근데 앞으로는 좀 조심해줄래?"

"착각 좀 작작 해. 앞으로 너 따위랑 말 섞을 일 없어."

빤히 머릿속에서 수를 굴리고 있는 래기의 표정을 읽은 다예는 더 이상 상종하기도 싫다는 듯 그를 스쳐 지나갔다. 하지만 그 틈을 타 래기가 그녀의 손목을 잡아당겼다.

"서다예. 내가 좋게 말하니까 말 같지 않아?"

래기가 이를 악물었다. 더 이상은 생각하지 않기로 했다. 기선제압을 해서라도 무릎 꿇게 하리라! 그렇게 생각한 그가 손목에 힘을 주었지만 고통에 잔뜩 얼굴이 일그러진 다예는 참을 수 없다는 듯 그의 정강이를 세게 찍어 내렸다.

"악!"

"내 몸에 함부로 손대지 마."

"미쳤어?"

"미친 건 너겠지."

퍽, 퍽! 다예가 그의 정강이를 연달아서 찼다. 그러자 아픔을 호소하던 래기가 부드득부드득 이를 갈기 시작했다.

"잔뜩 고개를 숙이고 들어가줬더니 내가 만만하냐? 감히 어딜 때려, 때리길!"

화가 나고 열이 뻗치는 와중에도 창피해 죽을 지경이었다. 자신에게 쏟아지는 시선들을 감당하기가 벅차진 래기가 욱신거리는 정강이를 쓸어내리며 다예를 노려보았다. 그러고는 참을 수 없다는 듯 다예의 어깨를 확 잡아당긴 후 손을 번쩍 들었다. 그 순간, 툭 하고 무언가가 그들 앞으로 날아왔다. 사무용 가방이었다.

"손발 오그라들게 하던 서다예 별명이 거짓말은 아니었나 봐? 대국대학교 여신의 인기가 이 정도일 줄이야. 거, 사랑싸움 너무 요란하게 하는 거 아니냐? 학생들?"

한눈에 봐도 비싸 보이는 사무용 가방의 정체를 파악하기도 전에 음산하리만큼 낮은, 그러면서도 묘한 능청스러움이 담겨 있는 목소리가 툭 하고 끼어들었다.

래기가 시선을 돌리자 가방 주인으로 추정되는 남자와 눈이 마주쳤다. 싸늘하리만큼 차가운 표정을 하고 팔짱을 낀 채 서 있는 그 남자는 뒤틀린 입술과 감정 없는 눈동자로 래기를 뚫어져라 쳐다보고 있었다. 그 순간 한기가 느껴졌다.

"……손 놓지? 보기 안 좋은데."

남자가 천천히 다가와 다예의 어깨를 잡고 있던 래기의 손을 툭, 쳐내자 힘없이 떨어져나갔다.

"교수님!"

뒤에서 유주의 목소리가 들려왔다. 그 남자의 정체가 궁금하던 찰나, 교수라는 말에 다들 웅성거리기 시작했다.

"내가 봐도 예쁘긴 하네. 온 남자의 마음을 홀리고 다닐 만큼."

다예는 낮게 울리는 남자의 목소리에 시선을 옮겼다. 싸늘하리만큼 매서운 공기가 그의 주변에서 맴돌고 있음을, 그만큼이나 잔뜩 화가 나 있음을 느낄 수 있었다.

웃고 있는 듯한 얼굴 뒤로 짜증과 신경질이 잔뜩 묻어 있었다. 아무도 알지 못할, 오로지 다예만이 알 수 있는 얼굴이었다.

불안함과 조마조마함이 뒤섞여 초조함으로 바뀌는 시간은 몇 초에 불과했다. 금방이라도 발을 동동 구를 것 같아 억지로 발에 힘을 주고 서 있어야 할 만큼 그녀의 불안함은 극에 달했다. 입술을 잘근잘근 깨물며 불안해하던 그 순간, 화를 참느라 낮게 숨을 내쉬는 남자와 눈이 마주쳤다.

1초, 2초, 3초. 찰나의 시간이 지나고 남자는 시선을 거두었다. 그 시선이 남긴 불안함에 다예의 심장이 곤두박질쳤다.

"어이, 남학생. 아무리 그래도 그렇지, 임자 있는 여자한테 질척거리는 건 영 아니지 않냐? 남자가 자존심이 있지."

"거짓말하는 거예요! 서다예한테는 나밖에 없다고요!"

"……돌았나, 미친 새끼가."

"네? 방금 교수님 뭐라고 하셨어요?"

이를 악물며 참고 있는 분노를 알아차리지 못한 모양인지, 여전히 착각 속에서 헛소리를 지껄이는 래기를 향해 태진은 결국 욕을 내뱉고 말았다. 하지만 그 목소리가 너무나도 음산하고 낮아 가까이에 있는 래기마저 제대로 듣지 못한 모양이다.

가느다랗게 뜬 눈으로 래기를 노려보며 한 걸음 내디디려는 순간, 자신의 팔 안쪽에서 다급한 손길이 느껴져 고개를 돌렸다. 다예였다. 잔뜩 겁에 질린 얼굴로 서 있는 그의 연인, 서다예.

더 이상의 분란을 원치 않는다는 표정으로 서 있는 게 미치도록 마음에 들지 않아 태진의 표정이 마른 낙엽처럼 바스락, 구겨졌다.

당장에라도 멱살을 잡아 자진모리장단에 돌려주어도 시원찮을 놈을 가만둬야 한다는 것, 당당하게 서다예를 많은 사람들 앞에서 내 여자라 말하며 품에 안을 수 없는 사실에 불같이 화가 났다.

"교수님, 수업 시간 얼마 남지 않았어요. 들어가셔야죠."

더 열이 받는 건 서다예였다. 초조해 보이는 목소리, 당장에라도 두 사람의 관계가 들킬까 전전긍긍하는 저 표정. 화를 넘어선 분노가 온몸을 휘감았다.

"교수님? 제발요, 교수님."

그런 태진의 마음을 아는지 모르는지 어린 연인은 속삭였다. 제발, 이라고.

태진은 주먹을 움켜쥐었다. 제 여자 하나 지키지 못하는 멍청이가 된 기분이다. 확 다 뒤집어엎을까. 당장에라도 이 녀석 멱살을 잡아 바닥에 내리꽂은 후 서다예가 내 여자니 껄떡거리지 말라 씹어 삼켜줄까, 아님 몰려 있는 시선들에 하나하나 박아줄까.

수십 개의 생각들이 뒤엉켜 태진의 가슴속에 불을 만들었다. 하지만 불안한 듯 자신의 팔을 잡아당기는 다예의 손길에 태진은 이를 악물었다.

지켜야 되는 거다, 이 여자를. 벌벌 떨며 조마조마해하는 이 여자를 지켜내야 하는 거다.

잠시의 화를 참지 못하고 터트리면 온갖 구설수에 휘말려 안줏거리처럼 씹힌 뒤 삼켜질 것이다. 참아야 한다. 무슨 일이 있어도 지금 당장은, 오늘 당장은 참아내야 한다.

태진은 다예의 손을 밀어냈다. 그러고는 래기의 앞으로 걸어갔다. 자신보다 한참이나 작은 이 자식을, 겁에 질려 눈도 못 마주치는 이 자식을 단숨에 낚아채 짓밟아주고 싶은데 그럴 수가 없다. 아니, 그러면 안 된단다. 저 작고 여린 나의 연인이, 혹시라도 두 사람의 관계가 발각되면 더 힘들 거라 애원한다.

태진은 긴 한숨을 내쉬었다.

"……이름이 뭐냐?"

알면서도 물었다. 이 새끼의 이름 따위 모를 리 없는데도 물었다.

"기계공학과에 재학 중인 수래기입니다."

"그래. 쓰레기."

"음, 발음을 세게 하시면 안 되는데."

"됐고. 낯이 익네."

"네? 제가요? 잘 모르겠는데요."

멍청한 놈. 태진은 혀를 찼다.

앞에 있는 놈의 무지함에 화가 나지만 더욱 열이 받는 건 서다예다. 골라도 어쩜 이런 놈을 골라 애인 삼았는지, 안목이 후져도 너무 후졌다. 울고불고하든 말든, 죽네 마네 하든 말든! 그건 서다예가 받아줄 필요가 없는 일이었다. 마음이 여리다 못해 바보 같은 다예를 곱씹으며 태진은 래기의 어깨에 손을 얹었다. 그러고는 살짝 힘을 주었다.

"아야."

"한 번 사는 인생 남자답게, 가오 살게, 멋지게. 알았냐?"

"윽, 교수님. 어깨가."

태진이 힘을 주어 잡았던 어깨에서 손을 떼며 터는 시늉을 했다. 그러자 래기가 어깨를 움켜쥐며 고통스러운 표정을 지었다.

"일단은 가봐라, 기공과 쓰레기."

"쓰레기가 아니라 수래기입니다. 성이 수, 이름이 래기요."

"안 가냐?"

"아, 안녕히 계세요! 다예야, 다음에 봐!"

다음은 무슨. 확 그냥.

태진은 꽁무니를 빼고 달아나는 래기의 뒷모습을 보며 혀를 찼다.

여전히 몸속 깊은 곳에 남아 있는 화가 쉽게 잠재워지지 않는다. 이걸 어쩌면 좋나. 선택의 기로에서 태진은 잠시 고민했다. 그러다 사라진 래기의 뒷모습을 찾듯 시선을 두었다가 옷매무새를 다듬으며 무미건조한 목소리로 내뱉었다.

"……나보다 늦게 강의실에 도착한 녀석은 F다. 뛰어."

그 순간 은강과 유주, 멀리서 지켜보고 있던 몇몇 학생들이 미친 듯이 달리기 시작했다. 그럼에도 불구하고 여전히 시끄럽게 주변을 에워싸고 있는 학생들을 훑던 태진이 머리를 거칠게 쓸어 올렸다.

"관람료 낼 거 아니면 각자 자기 위치로들 돌아가는 게 어떠냐? 원숭이가 된 기분이라 상당히 짜증 나는데."

살벌한 교수의 표정에 주위 학생들도 각자 갈 길을 찾아갔다. 하지만 다예만이 태진의 옆에 서 있었다. 그런 그녀를 무시하듯 태진은 소매를 가다듬으며 내뱉었다.

"왜? 서다예 학생, F 받고 싶어?"

"교수님."

"안 뛰면 학점 빵꾸니까 알아서 해라."

그러고는 성큼성큼 멀어졌다.

어느새 문사대 건물 안으로 사라진 태진의 뒷모습을 한참이나 바라보던 다예는 바닥에 떨어져 있던 그의 가방을 주웠다. 그리고 먼지를 탈탈 털어냈다. 그 먼지에 재채기가 나왔지만 개의치 않았다.

"휴……."

크게 화를 내면 어쩌나, 당장에라도 둘의 사이를 밝히면 어쩌나, 했던 조바심이 사라지자 안도감이 찾아왔다. 하지만 이상하게 마음이 답답하다. 목구멍이 매캐한 먼지 덩어리로 가득 찬 것처럼 턱턱 막혀왔고, 가슴 한구석은 묵직한 돌덩이가 앉은 듯하다.

다예는 습관처럼 흘러나오는 한숨을 여러 번 내뱉은 후 강의실로 걸음을 옮겼다.

시간이 어떻게 흘러갔는지 모르겠다. 뭔가가 계속 신경이 쓰이는 사람처럼 좀처럼 한곳에 집중을 할 수가 없다. 그게 태진의 마지막 수업이라고 할지라도 말이다.

예쁘게 보이고 싶었다. 이 학교에 교수로서 마지막 출근을 하는 그의 연인에게. 추억으로 남을 우리 둘의 기억 속에 마지막은 사랑스러운 학생으로 남고 싶었는데.

잠들기 전 생각했었다. 이렇게 예쁘게 꾸미고 가면 수업 도중에 급한 메시지를 보내 입 맞추고 싶다고 떼를 쓸지도 모른다고. 혹은 지나가는 남자들 눈에 예뻐 보여서 뭐할 거냐고 질투할지 모른다고. 어떤 방법으로든, 어떤 표현으로든 자신을 설레게 할 남자가 태진이라는 걸 알고 있었기에 더욱 설레었었다.

그런데 엉망이 되고 말았다. 이 기분을 어떻게 해결할 수가 없어 답답해 미칠 지경이었다. 한숨만 푹푹 내쉬자 그게 수래기 때문인 줄 알고 있을 유주와 은강이 괜찮냐고 물어왔다. 하지만 대답조차 할 기분이 아니었다. 그만큼 무기력했고, 그만큼 답답했다.

더욱 기분이 다운되는 이유는 눈앞의 태진이었다. 자신과는 달리 언제 화를 냈고, 언제 기분이 나빴는지 태가 나지 않을 정도로 웃고 있는 자신의 연인, 박태진 때문에 다예는 우울해졌다.

그는 평소보다 더욱 밝게 장난을 쳤고, 평소보다 더욱 짓궂게 농담을 건네고 있었다. 그 모습이 자신이 아닌 다른 학생들에게 향해 있다는 게 질투가 나면서도 마음이 욱신거렸다. 하지만 그런 자신의 마음은 알고 싶지 않은 사람처럼 수업 내내 미소를 달고 있던 태진은 강단의 모서리에 두 팔을 지탱하며 밝게 이야기를 꺼냈다.

"어쨌든 한 학기가 이렇게 끝났다. 뭐, 말이 교수지 초대 손님 정도라 생각하고 편하게 강의하려 했던 것 같은데 너희들은 어땠는지 모르겠다."

"좋았어요! 교수님!"

"정말 멋있어요!"

"너희들은 처음부터 끝까지 나 멋있는 것만 눈에 보이냐? 참신한 칭찬을 가져오라니까 한결같네. 칭찬해줘야 되냐, 혼을 내줘야 되냐?"

"칭찬이요!"

"뻔뻔들도 하다."

수업이 끝나간다. 마무리를 하려는 듯 태진은 앞에 놓인 책들을 정리하고 있었다. 그 모습을 물끄러미 바라보고 있던 다예는 저 밝은 표정 속에, 저 즐거워 보이는 눈빛 속에서 그가 무슨 생각을 하고 있는지 알 수 없다는 사실에 숨이 턱턱 막혔다.

"……"

늘 그랬다. 수업 시간 내내 그는 늘 눈을 맞춰주었다. 집요할 정도로 따라다니던 시선과 애정들이 오늘은 하나도 보이질 않는다. 낯선 사람처럼 그렇게 거리를 두고 자신을 모른 척한다. 처음 느껴보는 기분, 처음 당해보는 무심함에 눈물이 왈칵 날 것 같다. 이렇게나 마음이 나약해지다니. 고작 자신을 향하는 눈빛 한 번 없다는 사실이 너무나도 그녀를 괴롭게 만들었다. 다예는 엉망이 되어버린 오늘이 원망스럽다. 시간을 돌릴 수만 있다면 좋을 텐데. 그럴 수가 없기에 더욱 마음이 아려왔다.

"마지막 수업이기는 하나 다음 주에 시험이라는 걸 잊지 마라. 또한 내가 학점에 후한 교수가 아니라는 것도 기억하고."

"어우! 마지막은 아름답게요, 교수님!"

"아름다운 건 내 미모만으로 충분하니까?"

"헐! 이런 캐릭터셨어요?"

"시크하고 멋진 교수님이 더 매력적이에요!"

"미안하지만 매력적이지 않은 순간이라는 건 내게 존재하지 않아."

밝게 웃는 태진의 모습이 거짓일까, 진짜일까. 한참을 고민하던 다예는 저도 모르게 그의 입꼬리를 따라 웃었다. 남자에게 웃는 모습이 예쁘다고 하면 그건 칭찬이 맞는 걸까. 그럼에도 불구하고 그 미소가 너무나도 해사해 따라 웃지 않을 수가 없었다. 웃을수록 마음이 아파왔지만 괜찮아, 괜찮아 하며 자신을 다독였다.

어쨌든 원하던 대로 소리 소문 없이 마지막이 잘 마무리되어갈 것이다. 짧지만 길었던 3개월, 조마조마했던 사제지간이 오늘로써 끝이다. 그건 연인으로서 한 발자국 더 가깝게 내디딜 수 있는 기회이자 새로운 시작이었다.

오늘처럼 눈치 보지 않아도 되고, 오늘처럼 숨기지 않아도 된다. 3개월 동안 들키지 않고 잘 지내왔던 것들에 비하면 어쩌면 오늘 일은 아무것도 아닐 수 있다. 오늘만 참자. 오늘만 참으면 이런 기분을, 이런 순간을 느낄 일은 없을 것이다.

그렇게 생각하고 나니 한결 나았다. 이건 끝이자 시작인 문제이니까. 다예는 여전히 꽉꽉 막혀 있는 가슴을 쓸어내리며 결심한 듯 그를 바라보았다.

여전히 웃고 있는 그는 아름다웠다. 그 아름다움에 눈물이 찔끔 흘렀지만 애써 모른 척 닦아냈다. 그리고 들리지 않는 마음을 속삭였다.

'교수님, 한 학기 동안 참 많이 즐거웠습니다. 월요일을 기다리는 날이 즐거웠고, 떨렸고, 요동쳤어요. 그런 교수님을 다신 만날 수 없다는 게 아쉽지만 이젠 조금 더 당당해질 수 있는 날이 오고 있으니 만족해야겠죠? 고마웠습니다. 먼 훗날 이날을 기억하며 웃을 수 있겠죠? 이렇게 만날 수 있는 우리의 운명에게 감사할게요.'

여전히 시선을 주지 않는 매정한 남자를 바라보며 작게 미소 지었다. 그 순간 태진의 시선이 짧게 다예를 스치고 지나갔다. 그러나 다예는 알지 못했다. 이상하리만큼 마음이 먹먹하고 둔탁하게 아파와서. 괜찮다고 위안을 하고 있는데도 불구하고 그 아픔이 이해할 수 없는 파도를 만들어서.

마지막 날이라서 그런 것일까, 학생들도 떠나는 크리브진과의 시간이 아쉬운 것처럼 질문들을 토해냈다. 그럴 때마다 태진은 진심을 다해 답해주었고 진심으로 웃어주었다.

"교수님!"

이제 막 답변을 끝내고 고개를 드는 태진에게 누군가가 소리쳤다. 유주의 옆자리에 앉아 있던 은강이 자리에서 벌떡 일어났다.

"왜? 할 말 있나?"

"네! 할 말 있습니다!"

"메일로 보내."

"그게…… 네?"

"지금은 바빠서 들을 시간이 없고, 메일로 보내라고. 그때 들어줄 테니까."

"하하하하하."

태진의 장난에 은강의 얼굴이 시뻘게졌다. 학생들이 하나둘 웃기 시작하자 은강 역시 바보처럼 따라 웃었다.

"할 말이 뭔데? 5초 준다. 5, 4……."

"5초라니요! 교수님 너무 짧……."

"3, 2……."

"에잇! 송별회 해요!"

"……뭐?"

"송별회요! 사실 교수님으로 만나 뵙긴 했지만 저희들이 언제 크리브진을 이렇게 가까이서 만나 뵐 수 있겠습니까? 이것도 인연이라면 인연이고, 연인이라면 연인. 엇, 이건 아니고요. 아무튼 다시없을 기회이니 마지막은 아름답게 삼겹살에 소주 어떠세요?"

와아. 생각지도 못한 은강의 말에 다들 환호성을 질렀다.

"차은강이 쏘는 거냐?"

하지만 그것도 잠시. 결제 여부를 묻자 은강의 등줄기가 서늘해졌다. 머리를 굴리는 듯 학생들의 인원을 세기 시작했다.

억, 이게 몇 명이야. 삼겹살에 소주면.

식겁한 은강이 옆에 앉은 유주의 옆구리를 쿡쿡 찔렀다. 제발 좀 도와줘, 하며.

"차은강! 차은강! 오예, 밴댕이 차은강이 쏘는 날?"

그러나 그의 연인 한유주는 냉정했다. 오히려 학생들과 한편이 되어 은강을 몰아갔다. 낭패다, 싶은 은강이 양 주먹을 쥐고서는 다짐한 듯 외쳤다.

"대학 생활의 별미는 노상이에요, 교수님! 저기 잔디밭에서 과자와 맥주파티는 어떠신지?"

"기각. 없었던 일로 한다."

"어우~ 뭐예요! 교수님! 안 돼요!"

"그, 그럼 회비를 걷겠습니다! 야, 어떠냐? 각 2만 원씩. 콜?"

은강의 말에 학생들은 하하, 웃으며 고개를 끄덕였다. 회비를 걷어서라도 크리브진과 자리를 마련하고 싶은 학생들은 다시 한편이 되었다.

"좋다. 그럼 장소 정해서 6시까지 문자 넣어라. 대신 난 고깃집 이하는 안 간다."

"애, 애들아. 5만 원씩은 걷어야 될 것 같은데……?"

은강의 조심스러운 말에 태진은 하하, 웃었다.

"용기가 가상하다. 오늘은 내가 쏠 테니 좋은 곳 한번 잡아봐. 말했다. 6시까지다."

"네! 교수님!"

"그럼 회포는 그때 풀기로 하자. 다들 수고했다."

"네! 교수님, 이따 뵙겠습니다!"

강의실 분위기가 후끈 달아올랐다. 생각지도 못했던 크리브진과의 송별회라니! 다들 기대감에 웅성웅성 목소리를 높였다. 그사이 태진이 강의실을 빠져나갔고, 그때까지도 정신을 차리지 못하고 멍하니 뒷모습을 바라보던 다예는 서둘러 주머니에서 휴대폰을 꺼내 들었다.

[교수님. 어디 가세요? 잠깐 뵐까요?]

후다닥 문자 메시지를 입력한 다예는 입술을 물어뜯었다. 잠깐이라도 얼굴 보고 이야기를 나누고 싶어 마음이 조급했다. 평소 같았으면 1분도 안 돼서 올 연락이 없자 다예는 숨이 막힌 듯 마른기침을 내뱉었다. 그러기를 잠시. 윙, 진동이 채 끝나기도 전에 메시지를 확인한 다예는 바람 빠진 풍선처럼 풀썩거렸다.

[바빠. 이따 보자.]

매몰찬 답장. 성의 없는 답장. 다예는 상처 입은 사람처럼 투덜거렸다.

괜찮다고. 끝은 새로운 시작이라며 다짐하고 이해했던 게 언제였더라! 에잇, 싫다. 이런 매정한 모습 싫다. 섭섭하고 싫다. 밉고 싫다. 그럴 수밖에 없었고 그랬어야 된다는 걸 알면서도 싫다. 어쩔 수 없는 상황이었고 잘 대처했지만 싫다. 나 때문에 섭섭해할 그라는 걸 알면서도, 자신 때문에 참아준 고마운 사람이라는 걸 알면서도 싫다. 이런 매몰찬 모습. 어쩌면 이기적인 건 나일지도 모른다는 걸 알면서도, 당연히 서로를 위한 현명한 선택이었음이 분명한데도 마음이 불편하다.

다예는 시무룩한 얼굴로 까맣게 변해버린 액정을 한참이나 쓸어내렸다. 6시면 앞으로 두 시간 남았다. 두 시간 후면 다시 볼 수 있는데도 왠지 외롭게 느껴진다.

에잇, 짜증 나. 이게 다 수래기 자식 때문이다.

망할 놈, 미친놈. 분리수거도 거부당할 또라이 수래기 놈.

지나가다 깍두기 형님이라도 만나 뒤지게 처맞고 정신 좀 차렸으면!

"야, 결국 까였다며? 쪽 팔리겠다?"

"아직 끝난 거 아니거든?"

"미친놈. 그 정도 했으면 그만해라."

"아, 왜 안 넘어오냐? 처음엔 쉽게 잘 넘어오더니 왜 그렇게 튕겨. 짜증 나게."

"수래기, 네놈 약발이 그것밖에 안 되나 보지."

"닥쳐."

래기는 옆에서 놀리는 친구 녀석의 말을 무시하며 담배 끝을 잘근잘근 씹었다. 그는 자존심이 상했다. 서다예 계집애, 이제 진짜 좋아하게 됐는데 그 마음도 모르고 무조건 철벽만 친다. 솔직히 말해, 저랑 나랑 뭘 한 것도 아닌데, 상처를 줄 만큼 크게 잘못한 것도 아니지 않나? 근데 왜 이렇게 매몰찬 거야. 아오, 짜증 나.

래기는 자신을 벌레 보듯 했던 다예의 시선이 눈에 선했다. 마치 금방이라도 달려와 자신에게 폭언을 퍼부을 것만 같았다. 생각했던 것보다 다예의 분노는 극을 달리고 있었고, 생각했던 것보다 훨씬 더 자신을 싫어하고 있었다. 그게 미치도록 짜증이 났다. 그래서일까, 자꾸만 붙잡고 싶고, 자꾸만 괴롭혀서라도 곁에 두고 싶다.

"그러니까 그냥 하던 짓 하면서 살아. 수래기, 네가 한 여자한테 정착해서 살 놈이냐? 안 어울리는 짓 하지 말고 그냥 포기해."

"시끄러."

"저번 주에 만난 여자는 어떻게 됐냐?"

"……."

래기는 입을 다물었다.

안다, 알아. 서다예를 사귀면서 다른 여자를 밥 먹듯이 갈아치웠었다. 양다리라고 따진다면 오히려 그런 표현에 감사하다고 할 정도로 그의 여자관계는 복잡했다. 더럽고 또 더럽다고 해도 할 말 없을 만큼 가지고 놀고, 버리기를 반복했었다. 지금도 끝난 건 아니다. 그게 수래기의 인생이고, 삶의 낙이었으니까. 그런데 이상하게 서다예에게서 손이 떨어지지가 않는다는 게 문제다. 자꾸만 갖고 싶고, 자꾸만 옆에 두고 싶다.

손 한 번 잡아주질 않고, 포옹 한 번 응해주지 않던 서다예를 완전히 무너뜨려버리면 속이 시원할까? 함께 있으면 와르르 무너져 내려가는 자존심을 어떻게든 세워서 뻥 차버리고 싶은데 시도조차 할 수가 없게 만드니 오히려 더욱 고집을 부리고 싶어진다.

"아, 짜증 나. 거지 같아. 지까짓 게 뭐라고."

왜 기회도 안 줘? 쳇. 짜증 나게. 왜 그렇게 비싸게 구냐고.

어이없고 황당해서 화가 난다. 그러다가도 기가 막히고 욕이 절로 나와 인상이 구겨진다. 왜일까, 왜 자신을 밀어내는 걸까? 이런 식으로 관심을 끌려는 걸까? 그렇게 해서 복수하려고? 아니면…….

'어쩌지, 이미 내가 다른 사람한테 미쳐 있는데?'

'뭐? 그럼 애인이 있단 말이야?'

'그래. 너 같은 놈이랑은 비교도 안 될.'

애인? 정말 서다예에게 애인이 생겼다는 건가?

그 순간 퍼뜩하고 지나가는 생각의 조각이 잊고 있었던 순간을 떠올리게 했다.

"맞다, 호텔!"

그래. 그랬다. 분명 우리가 다시 만난 날. 그날 우린 호텔 앞에 있었다. 그럼, 정말로 남자가 있다는 건가? 게다가 아침에 호텔에서 나왔다는 건 그 남자랑 잠도 자는 사이라는 건가?

"……설마."

절레절레. 래기는 일단 고개를 저었다. 그럴 리가 없기 때문에. 서다예는 스킨십이라면 기겁을 하던 여자였다. 자신이 가까이만 가도 철벽을 두른 듯 떨어지던 여자였다. 그런데 애인이 생겼다고? 호텔에서 같이 잠을 잘 정도로 진한 사이의?

"……."

젠장. 그거 말고는 이유가 없다. 그러지 않고서야 이렇게까지 날 밀어낼 리가 없어! 진짜였던 거야! 서다예가 호텔을 들락날락거릴 정도로 좋아하는 사람이 생긴 거야!

래기는 물고 있던 담배를 떨어뜨린 후 자리에서 일어났다. 그러고는 급한 사람처럼 옥상에서 빠져나가기 시작했다. 왜 그러냐고 묻는 친구의 물음도 들리지 않았다.

당장 가서 따질 거다! 나한테는 손 한 번 내주지 않던 여자가 다른 남자와는 호텔을 가? 그게 누군지 밝혀낼 거다!

화가 난 듯 씩씩거리며 옥상을 내려온 그는 뒷주머니에서 휴대폰을 꺼내 들었다. 그리고 익숙한 번호를 눌러 통화 버튼을 누르려는데 멀리서 래기를 부르는 소리가 들려왔다.

"래기야! 래기! 너 여기 있었구나? 한참 찾았잖아. 헉헉."

"조교님?"

"너 체육관에 좀 가봐."

"체육관이요?"

"응. 아까 어떤 분이 너를 찾아왔는데 연락처를 함부로 알려줄 수가 없어서 대신 이야기 전해주겠다고 했었거든. 만나서 다행이다. 어서 체육관으로 가봐, 그분이 급하신가 보더라."

"누군데요?"

"아, 이름이 뭐라고 했더라? 젊은 분이었는데. 아무튼 어서 가봐."

바쁜 듯 제 갈 길 가는 조교의 말을 무시해버릴까 했다. 어차피 학교까지 자신을 찾아올 누군가가 없을뿐더러 있다 해도 만나러 갈 기분이 아니었다. 하지만 터벅터벅 건물을 빠져나가 문사대 쪽으로 걷던 래기는 꺼림칙한 기분에 휩싸였다.

누구지? 누군데 체육관에서 보자고 하는 거지? 젊은 남자? 여자가 아니라? 궁금함을 참지 못한 래기는 발걸음을 돌렸다.

탕, 탕. 탕, 탕.

체육관에 도착한 래기는 문 안쪽에서 들려오는 소리에 귀를 기울였다. 다행히 자신을 찾아온 사람은 아직 이곳에 있는 모양이다. 평소 자신의 행실이 바르지 않다라는 것을 알고 있었기에 혹시라도 이상한 상황에 처할까 친구에게 미리 문자를 넣어두었다. 한 시간 후에 연락을 줘라, 혹시라도 그 전에 연락이 없으면 찾으러 와

달라고. 그런 후 시계를 봤다. 5시였다.

후, 심호흡을 내뱉은 래기가 체육관의 문을 열었다.

탕, 탕, 탕, 탕. 밖에서도 들을 수 있었던 소리는 누군가가 공을 바닥에 튕기는 소리였다. 살며시 주변을 살핀 래기는 체육관에 그 남자와 자신, 둘뿐이라는 걸 알아차린 후 안도의 한숨을 내쉬었다. 적어도 일방적인 헤어짐에 분노한 복수극이 아니라는 사실이 그를 안도하게 만들었다.

천천히 체육관 안으로 들어간 래기는 점점 가까워지는 남자의 얼굴을 확인했다. 누구지? 낯이 익은데. 그 순간 농구공이 공중을 가른 후 골 안에 쏙 들어갔다. 얼마나 힘이 좋은지 그물 골대 안에서 공이 한참이나 맴돌다 바닥으로 떨어졌다. 래기는 공을 주우러 걸어가는 남자에게로 시선을 돌렸다.

"혹시…… 교수님?"

자신의 목소리에 남자가 고개를 돌렸고 그 순간 눈이 마주쳤다.

살벌하게 반짝이는 그 눈동자, 온몸에서 뿜어져 나오는 살기. 맞다. 아까 문사대 건물 앞에서 만났던 그 남자, 그 교수님!

"교수님이 왜 저를……."

그의 올곧은 시선에 몸이 움츠러들었고 사내들끼리 알아챌 수 있는 묘한 분위기와 강렬한 존재감에 목이 탔다. 래기가 입술을 깨물며 조심스레 묻자 남자가 씩 웃는다.

"농구 좋아하냐?"

그리고 묻는다. 스스럼없이, 마치 오랫동안 알던 사이처럼.

근데 그 말이 왜 이렇게 소름 끼치는지 모르겠다.

"조, 좋아하긴 하는데."

"그럼 한판 붙자."

"네?"

그 말을 끝으로 남자가 카디건을 벗었다. 그러자 탄탄한 근육으로 똘똘 뭉친 그의 가슴이 셔츠 속에서 꿈틀거렸다. 그 모습에 왠지 갈증이 인다. 답답하다. 빠져나가야만 할 것 같은 이상한 기분이 드는데 다리가 움직이질 않는다. 뭐지, 이 남자.

"너도 겉옷 벗지 그러냐."

"……네?"

"계급장 떼자고."

뭐, 뭘 떼요? 래기의 표정이 당황으로 일그러졌지만 남자의 표정은 변화가 없다. 무표정한 듯, 무심한 듯한 얼굴. 그럼에도 불구하고 살기가, 분노가, 화가 느껴진다. 침을 꼴깍 삼킨 래기가 조심스레 물었다.

"제가 왜 교수님이랑……."

농구를 해야 하나요, 라고 묻고 싶었다. 하지만 퍽 하고 날아와 자신의 가슴팍을 세게 찍는 농구공 때문에 입이 턱 막혔다. 그 순간 남자의 눈빛이 사악하게 빛나기 시작했다.

"사장님! 오늘 좋은 고기로 내주셔야 됩니다. 진짜진짜 귀하게 모신 분과 함께 식사를 할 거라서요!"

"아이고, 우리 은강이 학생 넉살에 내가 안 넘어가고 배겨? 걱정하덜 말어. 내가 제일 맛있는 고기만 넣어줄라니까!"

은강의 넉살에 기분이 좋아진 고깃집 사장님은 한둘씩 짝을 지어 들어오는 학생들의 자리를 봐주었다. 아르바이트생이 있음에도 불구하고 친아들의 친구들이 온 것처럼 편안하게 안내를 해주었다. 그 모습에 어깨가 으쓱해진 은강은 '과대는 내가 했어야 돼!'라며 느지막하게 들어오는 과대를 향해 한껏 콧대를 높였다.

아직 시간은 5시 30분밖에 되질 않았다. 그럼에도 불구하고 크리브진과의 송별회를 기대하는 학생들은 하나둘씩 자리를 잡고 수다를 떨기 시작했다. 시험기간이니, 과제니 하는 문제들은 그들의 머릿속에 없는 것처럼 설레는 표정들로 그를 기다리고 있었다.

다예 역시 다르지 않았다. 테이블에 앉으며 문밖을 바라보았다. 6시가 되려면 아직도 30분은 더 있어야 하는데도 자꾸만 시선이 그곳을 향한다. 무슨 일이 있는지 연락도 하지 않고 바쁘다는 이유만으로 잠적 아닌 잠적을 해버린 남자. 그 남자에게 다예는 섭섭함을 느끼고 있었다.

'어렵다, 연애.'

태진도 알고 자신도 안다. 우리 둘의 관계가 이런 상황을 만들어냈다는 것을. 그리고 이는 당연한 결과라는 것을. 다른 사람들이 용납할 수 없는 관계를 유지하며 키워가는 사랑이니 이 정도의 불편함은, 이 정도의 불안함은 참아내는 게 당연하다. 그러니 더 이상 신경 쓰지 말자. 이미 지나간 일이고 돌이킬 수 없다. 오늘을 보내야 내일이 오는 법이니 더 이상 머리 아프게 그리고 속상하게 신경 쓰지 말자. 다예는 고개를 끄덕이며 다짐했다.

'그나저나 언제쯤 오시려나.'

몸을 들썩이던 다예는 불편한 자세 때문인지 치맛자락이 허벅지까지 올라와 있음을 알아차렸다. 옷이 이렇게 불편할 줄은 꿈에도 생각 못 했다. 오로지 그에게 예뻐 보이고 싶었던 마음뿐이었는데. 애꿎은 치마를 몇 번이고 끌어 내리던 다예는 씁쓸하게 웃으며 휴대폰을 꺼내 들었다.

아직도 5시 32분. 왜 이렇게 시간이 안 가지. 왜 이렇게 지루하지. 왜 이렇게 보고 싶지.

'⋯⋯.'

주소록을 열어보지 않아도 그의 전화번호 정도는 또렷하게 기억하고 있다. 무슨 일이 있어도 자신의 번호는 꼭 외워두라고 하던 그 남자의 목소리가 생생하게 들려오는 듯했다.

'언제든 달려올 사람, 언제든 네 곁에 있어줄 사람은 박태진, 나뿐이라는 걸 잊지 마.'

그럴까, 정말.

다예는 심술이 났다. 언제든 달려와줄 거라면서 왜 코빼기도 안 보여요? 왜 이렇게 애간장을 태워요? 거짓말쟁이, 순 뻥쟁이.

불안감과 걱정이 사라지고 나자 남는 건 심술뿐이었다. 괜히 자꾸만 떼를 쓰고 싶어진다. 어서 오라고, 그 바쁜 일 다 미뤄두고 어서 와 예쁘다고 안아주세요. 칭얼거리고 싶어진다. 그러다 문득 미안해지고, 그러다 문득 보고 싶어지고, 그러다 문득 또 심술이 오른다.

'사랑해요. 그러니까 빨리 와요.'

이 마음이, 이 속삭임이 당신에게 닿았으면 좋겠어요.

그리움 반, 알 수 없는 미안함 반, 그리고 고마움 조금.

그렇게 다예는 그를 기다리고 있었다.

딸랑. 그 순간 고깃집에 문이 열리는 소리가 들리고 다른 일을 하던 학생들의 시선이 일제히 그쪽으로 향했다.

"엇! 교수님!"

교수님? 그가 왔나?

다예 역시 설렘 가득한 얼굴로 몸을 들썩이며 움직였다. 하지만 그것도 잠시, 간절히 기다린 사람이 아니라는 실망감에 시무룩해졌다.

"아니, 한 교수님이 여긴 어떻게 오셨어요?"

"지금 미국에 계신 거 아니었어요?"

"대박! 교수님! 보고 싶었어요!"

하지만 다른 학생들은 달랐다. 기다리던 크리브진이 아니었지만 오랜만에 본 한 교수가 반가워 환호성을 질렀다. 평소 한 교수는 아버지처럼 푸근한 성격으로, 학생들에게 인기가 많았음이 증명되는 순간이었다.

"이놈들! 어째 난 찬밥 신세야?"

"교수님이 한국에 계신 줄 몰랐어요!"

"하하. 그래그래, 어쨌든 내가 오늘 자리에 합석 좀 해도 될까?"

"환영입니다!"

학생들은 한 교수의 자리를 마련하기 위해 다들 분주하게 움직였다. 생각했던 것보다 훨씬 더 풍성한 자리가 되지 않을까에 대한 기대감에 다들 신이 난 얼굴이었다. 하지만 다예는 자신도 모르게 수그러드는 마음을 어찌할 바 몰라 애꿎은 휴대폰만 들고 이것저것 누르기 시작했다.

탕! 촤악.

"아, 제길!"

체육관은 소란스러웠다.

시작과 동시에 요란하게 튕겨지는 공의 울림과 속도를 내는 발돋움 소리, 목에서 겨우 뱉어져 나오는 힘겨운 숨소리에 욕지거리가 뒤섞였다.

래기는 땀범벅이 된 자신의 이마를 훔치며 눈앞의 남자를 노려보았다.

선수야 뭐야? 아, 제길! 태어나서 이런 굴욕감은 처음이었다.

날렵한 남자의 움직임을 파악하는 일이 이렇게 어려울 줄은, 몸싸움을 하듯 부딪쳐오는 남자의 힘이 이렇게 강할 줄은. 조금만 방심하면 그의 노련함에 당하고 만다.

지금도 마찬가지다. 촤악, 하고 멋지게 호를 그리며 골대 안으로 들어간 공은 마치 저 남자의 손에서만 놀아나는 장난감인 것 같았다.

점수를 계산할 틈이 없다. 사실 몇 점을 내야 이 경기가 끝이 나는지조차도 알 수 없다. 뭐라 말을 걸려 하면 부딪쳐오는 엄청난 힘을 감당해야 했고, 말할 여유가 생길 쯤엔 턱턱 막혀오는 숨을 뱉느라 시간을 허비해야 했다.

당장에라도 뛰쳐 나가버리고 싶은데 그러기엔 자존심이 상했다. 그뿐만이 아니었다. 묘한 반발심과 승부욕이 불타올랐다. 꼭 저 공을 빼앗아서 역전하고 말리라!

"헉헉…… . 도대체, 헉…… . 언제 끝나요?"

이를 악문 래기가 물어보는 척하며 공을 들고 있는 태진의 손을 툭 쳐냈다. 그러자 공이 바닥으로 떨어졌다. 그걸 얼른 주워 튕겨 낸 래기가 정신없이 반대편 골대로 향해 달려가는데.

"악!"

어깨에서 느껴지는 엄청난 통증과 함께 우당탕, 체육관 바닥으로 밀려나며 넘어지고 말았다. 그 순간 바닥에 부딪친 팔이 아작 날 듯 아파왔고, 넘어지면서 미처 대비하지 못했던 몸은 여기저기 아프다 아우성이었다.

"반칙 아니에요?"

"휘슬 부는 심판이라도 있나? 반칙은 무슨."

그러고서는 유유히 공을 튕겨 그의 골대로 되돌아간다. 기가 막힌 래기가 아픈 몸을 겨우 챙겨 그를 쫓아가 태클을 걸었다. 그가 했던 대로 어깨를 이용해 그를 밀어내려는 순간.

"제길!"

보란 듯이 살짝 몸을 튼 태진 때문에 래기가 다시 꼬꾸라졌다. 그러거나 말거나 촤아 하는 소리와 함께 그의 골대 안으로 공이 들어갔다.

탕, 탕, 탕. 반동에 의해 바닥에 튕겨지던 공을 손으로 주운 태진이 기진맥진한 상태로 누워 있는 래기를 바라보며 씩 웃었다.

"이대로 Die?"

래기는 기분 나쁘게 웃는 태진의 모습에 기가 차고 어이가 없었다.

아니, 이 남자가 교수면 적어도 30대 이상은 될 텐데 20대인 자신보다 이렇게 체력이 좋을 수 있나?

땀이 뻘뻘 흐르다 못해 온몸이 축축한 래기와는 달리 저 남자는 영화 속의 주인공처럼 뽀송했다. 그 모습에 짜증이 치밀었다.

"다이는 무슨 다이! 공 줘요! 아직 안 끝났어요!"

래기가 제 맘대로 움직여주지 않는 몸뚱어리를 달래 일어나자 태진은 다시 한번 씩 웃었다.

그래그래. 벌써 끝내면 쓰나. 이제 시작인데.

태진은 들고 있던 공을 그의 배 쪽으로 던졌다. 날아오는 힘과 속도를 미처 생각지 못한 래기가 공을 받지 못하고 그대로 배를 맞고 쓰러졌다.

"뭐 해? 자냐?"

"……윽."

참지 못할 신음 소리가 툭하고 흘러나왔다.

도대체 몇 번째인가, 도대체가!

악에 받친 래기가 공을 들고 일어섰다. 그러고는 바닥에 공을 튕기며 머리를 굴리기 시작했다. 이쪽으로 가면, 이렇게. 저쪽으로 틀어서 이렇게 하면 되겠지. 혼자만의 전술을 짠 래기가 서서히 움직이는 순간, 태진은 모르는 척하며 그의 앞길을 열어주었다. 그러자 그를 뚫었다는 자신감에 벅차오른 래기가 미친 듯이 골대로 뛰기 시작했다. 그리고 마침내 골대 앞에 선 그가 골대를 향해 공을 던지려는 순간, 퍽 하는 소리와 함께 균형을 잃고 그대로 고꾸라졌다. 그러거나 말거나 태진은 유유히 자신의 골대로 공을 가져가 골인시켰다.

"게임이 안 되네. 슬슬 재미가 없어."

태진이 심드렁한 목소리로 내뱉으며 공을 쓰레기통으로 던져버렸다. 그러자 래기가 이성을 잃은 듯한 얼굴로 씩씩거리며 그의 앞으로 걸어왔다. 태진은 피하지 않으며 래기가 뻗어오는 손에 멱살을 잡혀주었다. 한껏 성이 나 으르렁거리는 래기에게서 땀 냄새, 입 냄새, 심지어 언제 흘렸는지도 알 수 없는 코피의 비린내까지 흘러나와 태진의 기분을 상하게 만들었다.

"뭐 하시는 거예요? 네?"

"뭐 하는 줄 몰라서 계속 뻘짓하는 거냐? 농구 하자니까 왜 자꾸 나자빠져?"

"교수님께서 계속 반칙하고 계시잖아요! 공을 잡을 때마다 몸으로 밀치는데 안 넘어지고 배겨요?"

"스포츠의 기본은 몸싸움이야. 그런 것도 모르냐, 남자가? 설마 농구 처음 해보는 건 아니지?"

"교수님!"

"교수 멱살 잡을 시간 있으면 코피나 닦아라. 말할 때마다 코피 튀는데, 더러워 죽겠다."

"코, 코피요?"

당황한 래기가 코밑을 만져보았다. 새빨간 액체가 손에 묻어나왔다. 그 순간 눈물이 핑 돌았다.

왜 이러는 거야, 도대체 내가 지금 여기서 뭘 하는 거야! 제길, 짜증 나! 울화통이 터졌다. 도대체 이유가 뭔가? 오라고 해서 왔고, 농구 한판 하자고 해서 하고 있는데 이 남자는 농구가 목적이 아닌 듯하다. 주먹과 발을 이용하지 않았을 뿐이지 이건 명백한 폭행이다. 온몸이 욱신거리다 못해 뼈가 부러진 것과 같은 통증이 계속 그를 괴롭혔다. 그뿐인가. 앞으로 고꾸라지면서 얼굴에는 상처가, 코에는 코피가. 정말이지 미쳐버릴 것만 같았다.

"한 판 더 할래?"

"안 해요!"

"그럴 줄 알았다. 사내새끼가 쫀다 같긴."

순간 농담처럼 툭, 하고 내뱉는 말투가 묘하게 달라졌다는 것을 느낄 수 있었다. 처음에는 친한 형처럼 다가와 거절도 못 하게 하더니 경기를 하는 내내, 그리고 끝난 지금 래기를 향한 적대감과 분노가 고스란히 느껴지고 있었다. 그러고 나서야 알아차렸다. 이 남자, 뭔가 자신에게 불만이 있고 화가 나 있다는 것을.

"교수님, 저한테 왜 이러세요?"

"뭘?"

"왜 저를 괴롭히시냐고요! 제가 교수님께 뭘 잘못했는데요?"

"몇 대 처맞더니 이제야 머리가 좀 돌아가냐?"

확실했다. 능청스럽던 그의 눈빛이 차가운 얼음조각처럼 날카롭고 시리게 변했다.

"표정을 보니 지금까지 널 가지고 논 건 모르나 보네. 쫀다도 아깝다, 이 멍청한 놈아."

"교수님! 지금 말씀 다 하셨어요?"

"아니. 이해력 달리는 네놈한테 제대로 말해주마. 귓구멍 열고 잘 들어라."

사납다. 뭔가 목소리에서 느껴지는 말투가 미친 듯이 매섭다. 이 남자는 진심으로 자신에게 화를 내고 있었다. 자칫 잘못하면 주먹이 날아올 수도 있겠다, 할 정도로 분노감이 느껴졌고 위험한 분위기가 감지되었다. 래기는 얻어맞은 게 분명한 이 상황을 잊을 만큼 긴장했다. 그러고는 겁이 나는지 한 걸음 물러섰다.

"서다예 옆에서 얼쩡거리지 마."

"……!"

"한 번만 더 얼쩡거렸다가는 오늘처럼 유치한 응징으로는 안 넘어가. 다음엔 박태진식으로 상대해줄 테니까, 궁금하면 얼쩡거려 보든지."

태진은 운동으로 인해 뻐근해진 목을 스트레칭하며 아무렇지 않게 내뱉었다. 하지만 잔뜩 겁에 질린 래기의 눈에 그는 살벌할 정도로 무서운 기운을 뿜어내는 것처럼 보였다. 존재만으로도 이가 딱딱 부딪쳐오는 위압감. 협박에 가까운 말에서 느껴지는 엄청난 공포에 래기는 입을 열 생각도 하지 못했다.

태진은 얼어 있는 래기의 모습에 혀를 찼다.

말이 농구지, 사실 화풀이다. 이제 막 스물을 넘은 학생을 상대로 사회적 위치가 있는 서른 중반의 남자가 싸움을 건다는 것 자체만으로도 웃긴 일이다.

게다가 자신의 연인은 이 멍청한 놈에게 일말의 관심도 없다. 본인을 위해 준비한 꽃다발을 짓밟을 정도로, 정강이를 미친 듯이 차내면서 치를 떨 정도로 싫어한다. 그런 놈을 적수로 생각하자니 자존심상 허락하지 않을 것 같고, 그렇다고 쉽게 넘어가고 싶지도 않았다. 그래서 약간의 화풀이 겸 약간의 경고 정도?

딱 이놈의 수준에 맞춰 훈계를 해줄까 하다 그럼 너무나도 유치하고 졸렬하기 짝이 없을 것 같아 나름대로의 방법을 택한 것이다. 폭력이라는 게 꼭 손과 발을 쓸 필요는 없으니까.

"……."

태진은 래기를 훑어보았다. 억울함과 분노, 그러면서도 잔뜩 주눅이 들어 있는 얼굴은 기가 막힐 정도로 불쌍한 빛을 띠고 있었다. 게다가 온몸은 또 어떤가. 넘어지고 쓸리고 미끄러지고 고꾸라져 제 몸이 제 몸이진 않을 것이다. 이 정도면 어린 학생을 상대로 적당한 벌을 준 것 같았다. 더 이상 기분 나빠할 필요도 손을 봐줄 가치도 없었다.

하지만 이런 족속을 잘 안다. 무시하고 넘어가면 끝내 성가신 일이 생기고야 만다. 다신 일어나지 못하도록 밟되, 절대 그 어떤 상황에도 휘말리지 않도록 함께 얽히는 일은 없어야 한다.

오늘 같은 경우 다친 래기는 누가 봐도 농구를 하다 다친 것이지 누구도 의도적인 누군가의 폭행이라고 생각하지 않을 것이다. 그렇기에 합법적이고 합리적인 선 안에서 그는 충분히 실력 발휘를 했다.

"지금 저를 이렇게 굴리신 게 서다예 때문이라고요?"

"하나하나 다 설명해줘야 되나? 귀찮네, 진짜."

태진은 머리를 거칠게 쓸어 올리며 혀를 찼다. 그 여유로운 모습에 래기는 입 안의 살을 씹으며 으르렁거렸다.

"교수님이 뭔데요? 걔 애인이라도 돼요?"

"응."

"네?"

"서다예, 내 여자라고."

래기의 입이 떡 벌어졌다. 혹시라도, 그럴지언정, 설마설마, 이렇게 쉽게 인정할 줄은 몰랐다.

"교수님, 지금 무슨 말씀 하신 건 줄 아세요? 교수랑 제자랑 사귀고 있으니까 얼쩡거리지 마라. 협박하신 거 맞죠?"

"하나하나 다 확인시켜줘야 되냐? 아, 진짜. 손 많이 가네."

태진은 고개를 절레절레 흔들며 그의 태도를 귀찮아했다.

"그럼……."

래기는 잠시 말을 잃었다. 그렇다면, 그렇다면.

"서다예가 아침 일찍부터 호텔에서 나온 게, 설마."

그 순간 두 남자의 시선이 공중에서 부딪쳤다. 굳이 말하지 않아도 알 것 같은 분위기였지만 태진은 긍정의 말도, 부정의 말도 꺼내지 않았다. 그 모습에 래기는 모든 것이 파악된 얼굴로 하하, 웃었다.

"미쳤나 봐. 교수랑 할 짓이 없어서 호텔을 들락거려? 서다예 엄청 앙큼한 애였네? 교수님, 저 잘못 건드리셨어요. 제가 학교에 소문낼 거예요! 학교 게시판이고 어디고 다 소문낼 거라고요!"

"아, 그래?"

"농담인 것 같으시죠? 절대요! 우습게 봤다가는 큰코다치실 겁니다! 하하하!"

래기는 방금 전까지 주눅이 들었던 모습을 버리고 승리자의 기분을 만끽했다.

이보다 좋은 스캔들이 어딨겠는가. 동네방네 서다예의 음탕함을 소문낼 것이다. 게다가 몸을 이용해서 학점을 노렸다고 덧붙이면 더할 나위 없는 시나리오일 것이다. 그럼 서다예와 눈앞의 교수는 자신에게 싹싹 빌겠지?

생각만으로도 흥분되는 그림에 온몸이 찌릿찌릿했다. 거드름을 피우듯 낄낄거리던 것도 잠시.

"재밌겠네. 어디 한번 해봐."

자신을 무시하는 게 분명한 교수의 얼굴이 눈에 들어왔다.

기분이 상했다. 이 남자는 자신이 아무것도 못하고 말만 번지르르하게 하는 것이라 생각하고 있는 거다. 오기가 생긴 래기가 성급하게 말을 덧붙였다.

"당장 내일이라도……."

"시간이 벌써 이렇게 됐네. 가봐야겠다. 약속이 있어서."

래기는 당황했다. 뭐야, 이 남자? 느긋해도 너무 느긋하다. 여유롭다 못해 남의 일인 것인 양 군다. 더욱 기분이 나빠진 래기가 땀을 닦아내며 으르렁거렸다.

"내일까지 시간 끌 것도 없네요. 지금 당장 전화 한 통이면……."

"아, 잊고 있었네. 이거 선물. 너 주려고 가져왔다."

태진은 뒷주머니에서 무언가를 꺼내 래기에게 건네주었다. 받지 말고 거절해야 된다는 걸 알면서도 그의 손은 착실하게 그 선물을 받아냈다.

"하? 뇌물입니까? 이제 와서 선물은……."

"……."

"이, 이게 뭡니까?"

"프레젠트라니까. 몰라? 귀찮은 녀석."

태진은 벗어놓았던 카디건을 걸쳐 입으며 능청스럽게 맞받아쳤다. 그 순간 래기의 얼굴이 일그러졌다.

"나 엊그제 너 봤다. 그 호텔 로비에서."

"……."

"엊그제만 봤음 다행이게? 너 이 여자, 저 여자 만나면서 시중들더라?"

"……."

"아무리 급해도 그렇지, 여자 핸드백 들고 졸졸 쫓아다니는 건 하지 말지 그랬냐. 아오, 쪽팔려서 원."

래기는 절망의 눈빛으로 그가 건넨 선물을 바라보았다. 말 그대로였다. 딱 봐도 돈 많아 보이는 사모님 뒤를 쫓아가는 모습. 핸드백과 겉옷을 들고 잔뜩 움츠린 채 따라 들어가는 모습이 담긴 사진 한 장에 등골이 서늘해졌다.

"그 뒤는 안 봐도 뻔하겠지. 빨아라 하면 빨고, 넣어라 하면 넣고."

"……고, 교수님!"

"그 체력으로 사모님들 비위를 어떻게 맞추냐? 쯧쯧."

태진은 쯧쯧, 혀를 차며 한쪽 구석에 놓아두었던 사무용 가방을 들었다. 그러고는 마지막으로 옷매무새를 가다듬었다.

"잊지 마. 분명 경고했다. 서다예 옆에서 얼쩡거리지 말라고."

"……."

"괜한 소리 지껄이고 다니다가 걸리면 우리보다 네가 먼저 나락으로 떨어지는 거야. 알았지? 아, 그리고 하나 더. 사람을 상대할 때는 상대가 너랑 급이 잘 맞는지, 안 맞는지부터 잘 파악하도록 해. 눈치 없는 네놈이 가능할지는 모르겠지만."

"교, 교수님. 설마 이 사진……."

"농구공은 반납해라. 체육학과에서 빌려온 거니까."

태진은 손가락으로 쓰레기통을 가리켰다. 그러자 래기는 명령을 어길 수 없는 묵직한 목소리에 빠르게 걸음을 움직였다.

그의 말대로 농구공은 쓰레기통 안에 들어 있었다. 높이가 높고 폭이 넓은 파란색의 쓰레기통. 래기는 깊숙이 들어가 있는 농구공을 꺼내기 위해 테두리에 배를 걸친 채 몸을 숙였다. 하지만 닿지 않자 발을 조금씩 동동거렸다. 그 순간 빡, 하는 소리와 함께 쓰레기통이 흔들렸고 중심을 잃은 래기가 그 안으로 파묻혔다.

"컥."

그 순간 각종 쓰레기들이 래기의 얼굴에 닿자 그는 기겁하듯 몸을 움직였다. 나오려고 발버둥을 쳤지만 이미 몸의 절반 이상이 쓰레기통 안으로 들어가 있는 터라 쉽지 않았다. 또한 래기가 발버둥 칠 때마다 태진이 나오지 못하도록 발로 통을 찼다. 그러자 통이 묵직하게 원을 그리며 돌아갔다.

"인간쓰레기도 쓰레기통에 넣어도 되나? 분리수거 안 했다고 혼나는 거 아닌가 몰라. 어쨌든 잘 어울리는 것 같아 다행이네."

탕탕. 태진은 뱅그르르 돌아가는 쓰레기통의 모서리를 몇 번 두들기고는 손을 흔들었다.

"혼자만의 시간이 필요할 것 같으니 나는 이만 간다. 수고해라."

태진은 우는 듯 뭐라 중얼거리는 래기의 말을 무시한 채 체육관을 빠져나왔다. 그의 울음소리가 문밖까지 들리는 듯했으나 무시했다. 그러나 그 울음 속 자취를 감춘 분노가 이글거리고 있음을 태진은 알아차렸어야 했다.

그 시각 다예는 취해 있었다. 이미 약속 시간은 지났고, 그는 메시지에도 답이 없었다. 이따 보자, 해놓고 코빼기도 보이지 않는 연인에게 서운함을 느낀 다예는 부어라 마셔라, 들이붓고 있었다. 평소 같았더라면 술 마시는 서다예 경계령을 내렸을 은강과 유주였지만 한 교수님과의 대화에 집중하느라 다예를 잊고 있었다. 그러다 한 교수님이 화장실을 핑계로 자리를 비운 사이 만취한 다예를 알아차린 유주가 그제야 악, 하고 지끈거리는 머리를 부여잡았다.

"차은강! 차은강!"

그러고는 헤롱거리는 은강을 불렀다.

큰일이다, 큰일! 서다예가 술을 옴팡 마셨어! 우린 죽었다! 어? 하고 눈빛을 쏘아대자 흐려지는 정신을 붙잡은 은강이 자리에서 벌떡 일어났다.

"망했다. 서다 만취야. 악, 그날의 기억이 스쳐 지나가! 악! 안 돼!"

취한 서다예는 진상. 싫상. 밉상. 웩상이었다.

"밖에서 난동 부리면 안 되니까 빨리 집으로 옮기자. 엉?"

"아직 박 교수님 안 오셨는데……."

"지금 박 교수님이 문제야? 아마 취한 모습 보시면 더 열 내실 걸? 빨리. 빨리 팔 들어, 차은강!"

"아씽. 분위기 좋았는데, 이놈의 서다!"

"업어! 업으라고!"

"너한테는 써보지도 못한 내 허리를, 제길! 억울하다, 억울해! 딸꾹!"

유주 역시 술에 취해 비틀거렸지만 그래도 정신은 있었다.

사람 많은 곳에서 망신을 당하느니 집으로 데려다놓는 게 훨씬 안전할 것이다. 그곳에서 무슨 일이 일어나도 그건 책임지지 않아도 되니까! 유주는 은강의 등에 다예를 올려주었다. 그러자 끙, 소리를 내던 은강이 술기운에 부들부들 떨리는 다리를 겨우 내디디며 중얼거렸다.

가만두지 않겠다, 서다. 절대 용서치 않을 것이야!

꼬장이 섞인 은강의 목소리가 들렸지만 유주는 이를 싹 무시하고 짐을 챙겨 들었다. 느린 속도지만 분명 앞으로 나아가고 있는 은강을 응원하며 주변을 살폈다. 다행히 다들 거나하게 취해 있어서인지 세 사람을 눈여겨보는 사람은 없었다. 유주는 곁에 있는 동기에게 대충 사정을 말한 후 고깃집을 나섰다.

"아, 진짜 움직이지 좀 마! 이 화상아!"

은강의 등에 업힌 줄 아는지 모르는지 정신이 나간 사람처럼 다예는 배시시 웃으며 팔다리를 휘젓는다. 그러고는 어린아이처럼 꺄르륵 웃기 시작했다. 순간 등골이 서늘해진 은강이 유주를 바라보았다.

"드디어 미쳤다. 정신 놓은 거야, 그치?"

"그럴 만도 하지. 하루가 지랄 같았잖아."

유주는 알 수 있었다. 아침부터 곱게 차려입고 온 다예의 모습을 보며 그녀가 어떤 마음이었을지. 얼마나 오늘을 기다려왔을지.

그 기대감을 풀어내기도 전에 래기를 만났고, 태진을 말렸다. 수업 시간 내내 암울한 듯 말도 꺼내지 않던 다예였고, 그 후로도 태진에게 별다른 연락이 없는지 시무룩해했다. 평소 같았으면 다른 핑계를 대서라도 태진에게 갔을 텐데 그녀는 오늘 하루 두 사람과 함께였다.

유주는 긴 한숨을 쉬었다. 교수와의 연애 사실을 말하기 힘든 건 안다. 하지만 죽마고우인 두 사람에게도 밝히지 않고 혼자 끌어안고 있는 다예가 야속했다. 그러다 한편으로는 오죽하면 말을 안 할까, 싶다. 괜히 혼자서 속 끓지는 않는지 걱정이 되었지만 그마저도 물어볼 수가 없어 안타깝다.

"악! 움직이지 마! 떨어진다, 떨어져! 야! 서다! 에라이!"

다예를 안쓰러워하는 유주와는 달리 은강은 결국 등 위에서 춤을 추듯 나부끼며 뒤로 넘어가는 다예의 힘에 못 이겨 벌러덩 넘어지고 말았다. 그 바람에 다예를 깔고 누운 은강은 자신의 팔을 퍽퍽 때리는 유주의 힘에 겨우 옆으로 밀려났다. 그러나 상황을 알 리 없는 만취 서다예는 그것도 재밌는지 꺄르륵, 웃는다.

"확 그냥 버리고 가버릴까 보다!"

은강이 화를 내며 윽박을 지르는데도 실실거린다.

아오, 이걸 여자라서 때릴 수도 없고. 버리고 갈 수도 없고! 젠장.

은강이 승질이 난 얼굴로 씩씩거리며 다예를 노려보았다.

허벅지를 다 드러내고 있는 원피스는 엉망이 되었다. 구두는 한 짝이 날아갔고, 머리도 엉켜 사자 같았다. 그런데도 웃는다.

"미친……."

절로 욕이 나오는데 좋단다. 실실거리고 웃어서 어이가 없는데 그게 또 참 예쁘다. 넌 진짜 예쁘게 생겨서 봐주는 줄 알아라. 못생 겼으면 확 그냥! 으르렁거리며 다시 다예의 한쪽 팔을 잡아당겼다. 다시 업으려는 심산이었다. 하지만 그것도 잠시, 바람결에 무언가 가 날아오는 듯하더니 이내 뽀얀 다리를 드러내고 있던 그 위로 카디건 하나가 얹어졌다.

"내가 할게. 비켜."

어? 익숙한 목소리에 고개를 들었다. 그러자 잔뜩 얼굴을 구긴 태진이 그곳에 서 있었다. 은강은 구세주를 만난 듯 기뻐했고, 유 주는 아차, 하며 뜨끔한 표정을 지었다.

"이렇게 될 때까지 뭐 한 거야?"

"……."

"한유주."

"죄송합니다, 교수님."

무섭다. 장난기라고는 하나도 찾아볼 수 없는 그의 카리스마에 유주는 잘못한 사람처럼 고개를 숙였다.

"내가 데리고 갈 테니까 너희는 가봐라. 아무래도 송별회는 참석 못할 것 같다."

태진은 조심스레 그녀를 끌어안았다. 불편하지 않게 위치를 재정비한 뒤 멀뚱히 서 있는 은강과 유주에게로 시선을 돌렸다.

"잘 마무리해주고."

"네, 교수님."

태진은 혹시라도 다예를 놓칠까 품 안에 안으며 천천히 그곳을 빠져나갔다.

남겨진 유주와 은강은 잠시 말을 잃었다. 방금 전까지만 해도 잔뜩 먹은 술 때문에 정신이 없었는데 이젠 말끔해진 기분이 들 정도였다. 망치로 머리를 내려친 것과 같은 충격으로 바라보던 은강은 휘릭 몸을 돌려 유주에게로 한 걸음 다가갔다.

"저 그림 뭐야?"

"……"

"한유주, 너 나한테 숨기는 거 있지? 빨리 불어! 빨리이!"

은강의 닦달에 유주는 참고 있던 숨을 턱, 하고 내뱉었다.

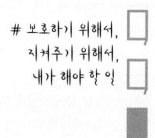

보호하기 위해서,
지켜주기 위해서,
내가 해야 할 일

태진은 어느새 잠이 들었는지 침대에 누워 고른 숨을 쉬는 다예
를 물끄러미 바라보았다.

길고 길었던 하루. 유난히도 감정 소모가 많았던 날이었다.

마지막 출근. 생각지도 못한 시원섭섭한 기분에 학교로 출근하
는 발걸음이 무거웠다. 다시는 서다예를 강의실에서 볼 수 없을 거
란 생각을 하니 심란한 기분까지 들던 터였다.

안 그래도 떨어지지 않는 발걸음을 옮기는데 하필 아침부터 수
래기 녀석을 만났다. 한 떨기의 꽃처럼 피어 있는 다예의 곁에서
까불어대던 모습에 화가 들끓었다. 웃으며 강의를 하는 그의 속은
금방이라도 터져버릴 준비가 된 시한폭탄이었다. 하지만 겉으로
화를 내는 순간 모든 건 다 제 탓이 된다. 무슨 일이 있어도 중심을

잃지 말아야 한다. 덕분에 체육관에서의 분리수거는 생각했던 방향으로 잘 마무리되었다. 아마 다시는 다예 옆에 접근하지 못할 것이다. 그것만으로도 한 학기를 잘 마무리한 것 같아 산뜻해졌었다. 그런데 문제는 서다예였다.

수그러들었던 불이 전신을 휘감는 순간은 찰나였다. 다른 남자의 등에 업혀서 발버둥 치는 그 뽀얀 살결을 보는 순간 참고 참았던 것들을 다 벗어던져버리고 싶은 충동에 휩싸였다.

그래서일까, 오늘은 서다예를 보내고 싶지 않았다. 단 한순간도 떨어져 있고 싶지 않다. 싸우든 끌어안든 그건 추후의 문제였다. 다예를 자신의 영역에 데려온 순간, 모든 것은 순식간에 사라졌다. 화도, 분노도, 끓어오르는 모든 것들이 말이다.

태진은 피곤함을 느끼며 서릿발처럼 날을 세우는 눈가를 지그시 눌렀다. 지금 상태라면 금방이라도 잠이 들 수 있을 정도로 그는 피로감을 느끼고 있었다.

태진은 아무것도 모른 채 잠든 다예를 바라보다 몸을 일으켜 침실을 빠져나왔다. 그러고는 한 치의 망설임도 없이 와인셀러로 걸음을 옮겼다.

피곤함이 묻어나는 오늘 같은 날, 가볍지만 여운이 긴 와인이 그의 입맛을 당겼다. 익숙한 손놀림으로 와인을 고른 태진은 글라스에 와인을 따랐다. 어둡고 진한, 다크레드 컬러의 와인이 쪼르륵, 흘러나왔다. 태진은 향을 들이마시며 잠시 눈을 감았다. 그러고는 조심스럽게 와인을 한 모금 머금고는 혀를 굴렸다. 달달하면서도 새콤한 맛이 입에 감겼다. 목구멍으로 넘어간 와인은 그의 기분을, 그의 모든 것을 느슨하게 만들어주며 날이 선 신경을 매만져주었다.

소파로 걸어가 기대 누운 태진은 눈을 감은 채 혼자만의 시간을 보내고 있었다. 방해받고 싶지 않은 이 순간, 지친 심신을 스스로 다독이며 위로해주는 이 순간이 좋았다. 하지만 그건 잠시였다. 편안함 끝에 느껴지는 쓸쓸한 외로움에 한숨을 내쉬었다.

"다예야."

와서 좀 안아줘라. 애쓴 나 좀 다독여줘라.

자신도 모르게 속삭여진 말에 피식, 하고 웃고 말았다.

어린 연인에게 위로받고 싶어 하는 남자라니. 이런 면도 있었네. 박태진.

자조적인 미소와 함께 그는 몇 번이고 와인을 음미했다.

윙, 그러던 중 혹시라도 다예가 깨어날까 봐 진동 모드로 바꿔놓았던 휴대폰이 협탁 위에서 부르르 떨었다. 문자 메시지였다.

이 시간에 연락할 만한 사람은 딱 둘이었다. 서다예, 아니면 겁없는 윤석우. 사랑하는 이는 제 침대에서 자고 있으니 분명 눈치코치 없는 윤석우겠지. 태진은 짓궂게 웃으며 휴대폰을 들었다.

그런데 그놈이 아니었다.

[교수님, 안녕하세요. 한유주입니다. 갑자기 연락드려서 놀라셨죠? 다예, 잘 들어갔는지 궁금해서요. 덧붙여 당부드릴 말씀도 있고요.]

유주였다. 다예가 걱정된 것까지는 좋았는데 당부드릴 말씀이란 게 무얼까. 또 한 번의 진동이 울렸다.

[음, 다예가 술에 취하면 조금 많이 과격해져요. 그리고 조금, 아

주 조금 이상한 사람이 되기도 하고요. 음, 그러니까 평소와는 다른 모습에 너무 놀라지 마세요. 술 깨면 다시 멀쩡한 서다예로 돌아오니까 너무 염려 마시고요.]

이상한 사람, 평소와는 다른 모습이라.

[오늘 다예도 힘들었을 거예요. 다 말씀드리지 않아도 아실 거라 믿어요. 그럼 좋은 시간 되세요.]

태진은 유주가 보낸 세 개의 메시지를 차례로 읽다 웃음을 터트렸다. 도대체 어떤 술주정을 하기에 놀라지 말라는 당부의 말을 들어야 하나. 은근한 긴장감과 함께 엔도르핀이 샘솟았다.

"이상한 서다예라."

도대체 뭘까. 섹시? 아, 그건 너무 식상해. 존재만으로도 이미 섹시한 서다예인걸. 벗고 있든, 온몸을 꽁꽁 싸매고 있든 서다예는 늘 섹시하고 야릇했다. 단순한 섹시를 넘어선 남자의 애간장을 녹이는, 안달복달하게 만드는 야한 모습이 있다. 하지만 그건 충분히 알고 있는 모습이었다.

그렇다면 애교? 서다예를 떠올리면 무뚝뚝, 이라는 단어가 스쳐 지나갈 정도로 그녀는 은근 무덤덤한 구석이 있었다. 하지만 그 성격 속에서 가끔씩 튀어나오는 귀여움과 애교는 이루 말할 수 없는 기분을 선사하곤 했다. 아, 생각만으로도 간지러워지는 이 느낌.

태진은 피식 웃었다.

자, 다음은 뭘까. 방향을 틀어볼까?

공포는 어때. 긴 머리를 앞으로 축 늘어트린 후, '내 다리가 몇 갠 줄 아냐?'고 할까. 아니면 '널 잡아먹겠다' 하며 눈을 치켜뜰까?

하지만 그마저도 섹시할 것 같은데.

음, 마지막으로 생각하고 싶지 않은 고성방가는 어때. 미친 듯이 춤추고 노래를 부르며 진상 피우는 거지. 아, 이건 좀 싫을 것 같다. 문제 생기기 전에 후딱 안아 소파 위에 제압시켜야지. 그러다 보면 서다예의 뽀얀 살결에 입술을 박을 테고, 그러다 보면.

아, 제길. 기승전섹시에 기승전섹스로군. 미친 박태진. 서다예한 테 완전히 미쳐버린 짐승이다, 짐승.

태진은 헛웃음을 짓고서는 와인글라스를 내려놓았다. 상상만으로도 단전에 힘이 들어가 불끈거리는 제2의 녀석을 달래며 자리에서 일어났다. 즐거운 일을 계획하는지 입술에선 휘파람이 절로 새어 나왔다. 천천히 옷가지를 벗은 태진이 욕실로 걸음을 옮겼다.

"기다려."

오늘은 절대 잠을 재우지 않을 것이다. 하루 종일 고생한 애인님을 위해 서다예, 이제 슬슬 일어나지?

희미한 미소를 지으며 욕실로 들어간 그는 문을 닫았다.

잠시 후 가운을 입은 채 욕실에서 나온 태진은 제자리에 멈춰섰다. 분명 와인을 마실 때까지만 해도 침실 문은 굳게 닫혀 있었다. 그런데 지금은 열려 있다. 깨어났나? 싶어 침실로 걸음을 옮겼지만 그녀는 보이지 않았다.

어디 갔어, 서다예? 속으로 물음을 삼키며 침실을 빠져나온 그는 잠시 후 졸졸졸, 흘러나오는 소리에 방향을 바꿔 걸었다.

"여기서 뭐 해?"

무얼 씻고 있는지 싱크대 앞에 선 다예는 자신의 물음에도 대답이 없다. 흥얼거리는 멜로디에 취한 듯 엉덩이를 살랑거릴 뿐이었다. 태진이 빠른 걸음으로 다가가 그녀의 어깨를 잡아 돌렸다.

"서다예."

그 순간 살짝 풀린, 흐리멍덩한 눈으로 배시시 웃고 있는 여자와 눈이 마주쳤다. 정말 어이없게도, 정말 바보 같게도 그 모습을 본 순간 잠재워놓았던 녀석이 불끈하고 솟아올랐다.

'미친놈. 에라이, 이 굶주린 놈아!'

밖으로는 내뱉을 수 없는 말을 꿀꺽 삼키며 다예를 훑어보았다. 졸졸졸 흐르는 물에 손을 담근 채 무얼 먹고 있는지 입을 오물거린다.

"음?"

뭔가 싶어 시선을 돌리자 잘 익어 빨간 빛을 자랑하는 방울토마토가 게임 속 물방울처럼 동동 떠 있었다. 한숨 자고 일어나서 제일 먼저 하는 일이 과일을 씻어 먹는 일이었어? 황당하면서도 한편으로는 안도감이 일어 그냥 웃고 말았다.

"맛있어?"

"……먹어, 볼래요?"

그런 그의 마음을 아는지 모르는지 방울토마토 먹는 일에 열중이던 다예가 물어온다. 먹어볼 거냐고. 그런데 그 말에 태진이 인상을 구겼다. 별게 다 섹시하다.

쉬지 않고 입 안으로 쏙 들어가는 방울토마토가 시선을 끈다. 혀로 살살 굴리다 이로 깨물자 과즙이 톡 터져 나온다. 그 바람에 태진의 얼굴로도 몇 방울 튀었지만 얼굴을 구길 새도 없이 다예의 손가락이 다가온다.

"뭐야. 얼굴에 묻었어요."

싱긋 웃는 얼굴로 태진의 볼에 튄 과즙을 손가락으로 닦아내던 다예가 자연스럽게 그 손가락을 자신의 입속으로 넣고는 쪽 빨았다. 그러고는 또 한 개의 방울토마토를 입에 물었다.

그 순간 꿀꺽, 태진의 목울대가 거칠게 오르락내리락거렸다.

한유주, 네가 말한 서다예의 이상한 모습이 섹시냐? 늘 느껴왔던 거라 별다를 거 없을 거라 생각했는데, 벌써부터 미칠 것 같다. 어쩌냐.

들리지 않는, 관심도 없을 유주에게로 묻고 싶은 태진이었다.

"씻고, 왔어요?"

태진의 눈동자가 다예의 눈동자를 집요하게 쫓아다녔다. 잠시도 제자리에 있지 못하고 태진의 이곳저곳을 훑어보는 그 눈빛이 평소와는 다르게 느릿느릿했다. 그 움직임과 박자에 숨이 가빠오는 건 자신뿐인가. 목이 마른 듯, 갈증이 일었다.

"……그래."

그래서일까, 대답이 쉽지 않다. 목에 남아 있는 수분을 모두 빼앗긴 듯 태진의 그곳은 유난히도 버석거렸다. 그 순간 다예가 태진의 목덜미로 훅, 다가왔다. 향기를 맡는 듯 킁킁거리자 그 숨결이 그의 목덜미를 자극했다.

"좋은 냄새."

"……."

"혼자만 씻고."

"……."

"……나쁘네요?"

나쁜 건 너야. 이 여자야.

태진은 가늘게 뜬 눈으로 자신을 올려다보는 다예의 시선에 온 신경이 쭈뼛쭈뼛 서는 걸 느낄 수 있었다. 평소와 다를 것 없는 분위기인데도 긴장이 돼서 미칠 것만 같다. 이게 무슨 일이지. 당장에라도 자신을 집어삼켜버릴 것만 같은 야릇함에 태진은 기대 반, 흥분 반, 그리고 자신을 먹어주길 바라는 이상한 마음이 조금 뒤섞였다. 오늘은 이 여자가 맹수가 되어 유약한 자신을 잡아먹어주길, 샅샅이 파헤쳐주길 바라는 마음이 생긴다.

태진이 자신을 홀리듯 매혹적이게 웃고 있는 다예의 허리를 감싸려 손을 뻗는 순간 다예가 호호, 웃더니 천천히 그를 스쳐 지나간다. 그러고는 아주 느릿하게 걸으며 그를 유혹하듯 손가락을 까딱인다. 태진은 마법에 걸린 사람처럼 그녀의 손짓에 천천히 뒤를 따랐다.

다예는 멀리 가지 않았다. 거실로 나온 그녀는 방울토마토가 담긴 그릇을 테이블 위에 올려놓았다. 그러고는 태진이 남기고 간 와인글라스를 들어 향을 음미했다.

"교수님."

"음?"

"우리, 게임 하나 할까요?"

그러고는 속삭인다. 태진은 그게 뭘까, 궁금해 미칠 지경이었다.

"원하는 대로."

지금이라면 게임이 아닌 게임 할아버지라도 다 해줄 기세다. 뭐든 말만 해, 뭐든. 세상의 어떤 것이라도 발아래에 내려놔줄 테니.

태진이 으르렁거리고 싶은 마음을 꾹 삼키며 여유로운 척 대답했다. 그 모습에 다예가 다시 손짓한다.

"이리로 와봐요."

태진은 못 이기는 척 그녀에게 다가가자 다예가 와인병을 건넸다.

"따라주고 싶은 만큼 따라줘요."

"······술 한잔 더 하고 싶어?"

"얼른요."

재촉하는 그 목소리가 너무나도 섹시해 그녀의 말을 들어줄 수밖에 없었다. 와인병을 비스듬히 눞혀 글라스에 쪼르르, 흘려보내며 다예와 눈을 맞췄다. 그러자 그녀가 희미하게 웃었다. 잠시 후 와인이 가득 찬 글라스가 위태롭게 흔들렸다. 그제야 태진은 와인병을 테이블 위에 올려놓았다.

"자, 다음은?"

"음악이요. 아주 야한 음악."

"야한 음악?"

"준비돼요?"

"물론."

그대가 원한다면.

태진은 피식 웃고는 걸음을 옮겼다. 잠시 후 끈적거리면서도 야

한, 신음 소리처럼 들리는 음악이 흘러나왔다.

"음악과 술. 그렇다면 이번엔 춤인가?"

"네. 안아줘요."

기다렸던 순간이다. 태진은 마치 그녀의 허락을 기다린 사람처럼 단숨에 달려가 다예의 허리를 낚아챘다. 그 순간 글라스에서 와인이 흘러 그의 가운을 적셨다.

"……그거, 계속 입고 있을 거예요?"

그리고 묻는다. 그 순간 태진의 눈이 반짝거렸다.

"벗으면?"

"……상을 줘야겠죠?"

야릇하게 웃는 모습이 너무나도 선정적이다.

다예의 목소리가, 다예의 손짓이, 다예의 몸짓이 그 어떠한 섹시 여가수의 것보다 더욱 섹시하고 요염했다. 황홀하다는 느낌이 어떤 것인지 알 것만 같았다. 또 어떤 일이 앞으로 벌어질지 기대감으로 인한 전류가 온몸에 통한다는 느낌 역시. 아찔하다 못해 찌릿찌릿, 찌릿찌릿하다 못해 온몸이 바짝바짝 선다.

태진은 다예가 그랬던 것처럼 천천히 가운을 벗으며 그녀를 유혹했다. 가운이 바닥으로 떨어지자 브리프 한 장만 남겨진 그의 몸이 다예의 눈동자에 박혀들었다. 조각상처럼 단단하지만 손가락의 움직임이 묻어날 정도로 부드럽고 매끄러운 그의 몸. 알면 알수록 더욱 탐이 나는 그 모습을 평가하듯 훑어보던 다예의 입에서 본능적인 숨이 터져 나왔다. 태진만큼이나 다예 역시 흥분했다는 증거였다. 태진은 천천히 다가가 다예가 입고 있는 원피스의 목덜미를 손가락으로 훑었다.

　오늘 아침, 다예를 본 순간 심장이 두근거렸다. 예쁘다, 예쁘다 장난처럼 내뱉었던 말은 부메랑처럼 날아와 그의 심장에 박혀들었다. 그리고 그녀의 존재를 확인시켜주듯 흔적을 남겼다. 어디든 데려가 입술을 탐하고 싶을 만큼, 어디든 데려가 그 안을 샅샅이 헤매고 싶을 만큼 엄청난 소유욕이 들끓었다.

　그랬는데, 그랬었는데……. 예쁘다는 말 한마디 건네주지 못하고 하루가 훌쩍 지나버렸다. 처음처럼 단정하고, 깨끗한 모습은 아니었지만 여전히 눈이 부실 정도로 예쁜 그녀를 뜨거운 시선으로 훑고 또 훑었다. 그러다 문득 그의 시선이 멈췄다.

　없는 것 같은데, 아니 분명 없다.

　“……속옷은?”

　“기브 앤 테이크.”

　“…….”

　“교수님도 한 장, 나도 한 장.”

　꿀꺽. 태진의 목울대가 다시 거칠게 움직였다. 그 말인즉 태진은 브리프 하나를, 다예는 원피스 하나만을 입고 있다는 얘기였다.

　“말려 죽일 작정이군.”

　입 안이 바짝 타들어가는 것과는 달리 그의 것은 불끈불끈, 크기를 키우며 존재감을 과시했다.

　“좋아. 게임을 시작해보자고.”

　그래서 도전을 받아주기로 했다. 서다예가 말하는 게임이 뭔지, 그것이 승리해야만 하는 거라면 무엇이든 이겨주고 말리라는 전투적인 의지에서였다.

다예가 글라스를 든 반대편 손으로 그의 목을 끌어안았다. 오로지 원피스만을 입었다는 그녀의 말이 거짓이 아닌지 흥분으로 바짝 일어선 그녀의 정점이 그의 맨살을 지분대듯 괴롭히기 시작했다. 태진은 이를 악물었다. 조금만 방심하면 툭 하고 터질 것만 같다.

"이 글라스에 담긴 와인을 쏟지 않은 채 춤을 춰요."

"……그리고?"

"음악이 끝나면 입을 맞추고."

"……."

"우린 서로를 가져요."

"……제길. 와인이 쏟아지면?"

"게임 종료."

쿵. 태진의 가슴에서 무거운 돌덩이가 바닥으로 추락하는 것만 같았다. '게임 종료'. 무엇을 끝내는지 정확히는 알 수 없지만 희미하게나마 알 수 있을 것도 같았다.

제길. 한껏 애를 태우고, 한껏 미친 듯이 자신을 달궈놓고서는 쏙 빠지시겠다. 그게 가능해, 서다예?

태진은 들리지 않게 으르렁거렸다. 그러고는 글라스에서 찰랑이는 와인을 가늠해보았다. 가운에 쏟은 양이 얼마 되지 않아 아직도 와인은 넉넉했다. 어쩌면 충분히 가능한 일이 될지 모른다. 태진은 씩 웃으며 다예의 허리를 낚아챘다.

"와인만 남아 있다면 두 번, 세 번. 상관없는 거지?"

"……그대의 능력대로."

오호. 다예가 자신의 허리를 감은 손을 톡 쳐내고는 한 걸음 물러섰다. 그 모습에 태진이 씨익 웃었다.

도발, 좋아. 게임? 좋지. 그런데 서다예, 넌 오늘의 게임을 후회하게 될 거야. 왜냐고? 난 목적을 위해서는 수단과 방법을 가리지 않는 남자니까.

"자, 그럼 춤추실까요, 레이디?"

태진은 정중하게 한쪽 무릎을 꿇으며 손을 뻗었다. 청을 들어주길 바라는 신사의 행위였다. 그 모습에 작게 웃던 다예가 손을 잡으며 무릎을 살짝 굽혔다 폈다. 그 순간, 한 곡이 끝났는지 재즈풍의 새로운 음악이 흘러나왔다.

두 사람은 음악에 맞춰 서로의 허리를 감싸며 입을 맞췄다. 처음엔 가볍게 입술을 부딪치고, 그다음엔 혀가 엉켜들었다. 박자에 맞춰 그의 손이 그녀의 얼굴을 감싸 여기저기 호흡을 불어넣었고 같은 온도의 숨을 나눠 쉬며 눈을 맞췄다. 그러고는 음악에 맞춰 뱅그르르, 돌았다.

여자가 그의 가슴으로 손을 올렸다. 의도적인 지분거림이 시작되자 남자가 그녀의 허리를 더욱 세게 안아 들었다. 그 순간 그녀가 들고 있던 글라스가 흔들리고 와인이 살짝 흘러내렸다. 하지만 다시 입을 맞춰온 남자는 멈추지 않았다. 그녀의 입술을 빨아들이던 것도 잠시, 하얀색 원피스 위로 오롯하게 서 있는 정점을 살며시 물고 핥았다. 그러자 그 부분의 색이 진해졌다.

아찔한 감각에 여자의 허리가 휘청, 그 순간 태진의 한 손은 그녀의 허리를, 또 한 손은 그녀의 손목을 움켜쥐었다. 와인을 흘리도록 두지 않겠다는 의미였다.

그것도 잠시, 손목을 움켜쥐던 손이 치마 밑으로 불쑥 들어갔다. 옷에 걸친 게 하나라는 걸 알면서도 혹시, 설마 했었다. 그의 손에 닿는 까슬까슬 느낌의 정체가 파악되자 그의 입에서 흐느낌 가까운 신음이 흘러나왔다. 참지 못한 그의 입술이 다예의 입술을 강하게 빨아들였다.

"이 요부."

이렇게 과감할 수가, 이렇게 섹시할 수가.

타들어가는 갈증을 해결해달라 애원하고 싶을 지경이었다.

"춤에 집중해야죠, 응?"

다예가 그의 귓가를 잘근잘근 씹었다. 그 감각이 소름 끼칠 정도로 달콤해 정신을 잃을 것만 같다.

늘 이런 감각을 전해주었던 건 자신이었다. 손길에, 온몸을 타고 내리는 열에 쓰러질 듯 반응하는 건 다예였고.

리드에 익숙한 태진임에도 불구하고 숫총각처럼 조급해졌다.

태진은 그녀의 허리를 더욱 강하게 이끌며 춤을 추었다. 같은 방향으로 한 걸음, 뒤로 한 걸음, 옆으로 팽그르르 돌며 또 한 걸음. 그녀의 엉덩이를 강하게 움켜쥐며 방향을 틀었다. 찰랑, 그러자 와인이 속도를 이기지 못하고 태진의 가슴으로 쏟아졌다.

"조심, 해야 될걸요?"

다예가 도발하듯 흐른 와인을 핥으며 야하게 웃었다. 그의 몸이 움찔하는 게 느껴졌지만 이내 평정을 되찾은 태진이 그녀를 따라 의미심장하게 웃었다.

"글쎄."

그의 긴 손가락이 원피스 자락에 숨어 있는 삼각지 부분을 쓰
윽, 훑었다. 그러고는 연결된 길을 찾아 천천히, 아주 느리게 훑고
지나가며 자극을 주자 그녀의 몸이 부르르 떨렸다.

"조심해야 될 사람이 나일까, 너일까?"

"흐응······!"

다예의 은밀한 곳을 누르며 손톱으로 자극하자 다예의 몸이 한
껏 비틀렸다. 동시에 와인이 그의 가슴을 적셨지만 태진은 멈추지
않았다. 더욱더 느릿하게, 더욱더 깊게. 몇 번을 반복하자 다예의
손에 들린 글라스가 위태롭게 흔들렸다.

"이런. 예쁜 드레스 물들잖아."

결국 다예의 가슴 위로 한껏 쏟아져버린 와인을 보며 태진이 안
타까운 목소리를 냈다. 그러면서도 표정은 그 어느 때보다 짓궂었
다. 그 속에 담긴 짙은 욕망은 발톱을 감춘 채 다예를 몰아붙였다.
순식간에 빨라진 박자에 다예가 신음했다. 그 신음마저 모두 삼킬
듯 태진은 다예의 입술을 거칠게 집어삼켰다.

"아, 흐읏."

여유로워 보이던 여자는 어디로 사라진 걸까.

게임을 핑계로 들고 있는 글라스를 당장에라도 던져버리고 싶
다. 속 안에서 터질 듯 맺혀 있는 모든 감각들을 한 방에 터트리고
싶다. 울먹일 듯 신음하며 도움을 요청하는 다예의 표정을 즐겁게
바라보던 태진은 코웃음 쳤다.

집요하게, 345

찰랑거리는 와인의 움직임이 어느새 격렬하다. 흐트러질 대로 흐트러져 방향을 잃은 와인은 금방이라도 쏟아져버릴 듯, 금방이라도 곤두박질쳐질 듯 위태롭게 글라스 안에서 흔들렸다.

그 모습이 꼭 지금의 서다예 같아서. 서다예를 저 와인처럼 한입에 털어버릴 수만 있다면, 온전히 흡수해 나의 일부처럼 느낄 수 있다면 얼마나 좋을지를 생각했다. 날이 갈수록 더욱 짙어지는 서다예의 빛, 색, 향. 그건 오로지 박태진의 것이어야만 하는, 모조리 소유해 씹어 삼켜버리고 싶은, 욕심이 나 미칠 것만 같은 것이었다.

태진은 점점 가빠지는 호흡을 터트리며 빠르게 손을 움직였다. 그러자 다예가 넘어갈 듯 신음한다. '안 돼요, 안 돼!'라고 하면서도 그의 손가락을 물고 있는 곳은 더욱 강렬한 무언가를 갈구하고 있었다.

"하, 교수님!"

그리고 그 순간, 절정에 이른 듯 진득한 애액이 새어 나왔다. 발끝까지 전율을 느끼게 하는 황홀감에 몸을 축 늘어트리던 다예의 허리를 더욱 강하게 옭아매며 그녀의 귓불을 핥았다.

"레이디, 다음 곡에도 춤추시겠습니까?"

야릇한 속삭임. 하지만 다예는 고개를 절레절레 흔들었다. 절정의 여운을 느끼느라 정신이 없을뿐더러, 이렇게 기운이 빠진 몸으론 무엇도 할 수 없었기 때문이다. 그 모습에 태진이 피식 웃더니 그녀의 손에 들려 있는 글라스를 빼앗았다. 그러고는 단숨에 입에 털어 넣었다. 잠시 여유롭게 숨을 고르던 다예는 태진이 당기는 힘에 끌려가듯 움직였다.

"뭐, 뭐 하는."

정신을 차릴 틈이 없었다. 소파 등받이를 양손으로 의지한 채 몸을 기울이는 순간 툭 하고 그의 마지막 옷가지가 바닥으로 떨어졌다. 다급하게 그의 행동을 막으려던 다예는 순식간에 허리까지 걷어 올려진 치맛자락을 의식할 새도 없이 파고드는 강렬한 통증에 이를 악물어야 했다.

"교, 교수님!"

"읏."

조금 전까지 절정의 여운을 머금고 있었기 때문일까. 태진을 물고 있는 다예의 동굴은 미칠 듯이 그를 집어삼켰다. 그 감각에 태진은 어지럼증을 느끼며 허리를 움직였다.

퍽퍽, 퍽퍽. 거침없이, 조금의 배려도 없는 속도로 박아대자 다예의 몸이 휘청거렸다.

"하읏! 앗!"

숨이 차오른다. 그가 높이는 열과 속도에 다예는 숨이 가빴다. 하지만 그것도 잠시, 무언가가 주르륵 엉덩이 사이로 흘러내리는 느낌에 깜짝 놀라 고개를 퍼뜩 들었지만 치켜들듯 박아대는 태진의 허리놀림에 눈을 질끈 감아야만 했다.

태진은 머금고 있던 와인이 그녀의 엉덩이 골로 사라지며 연결되어 있는 두 곳이 촉촉이 젖어 들어가는 것을 보며 야릇한 기분에 휩싸이고 말았다. 선정적이다 못해 퇴폐적인 모습에 퓨즈가 탁, 나가 버린 것만 같다. 태진은 참고 참았던 것들을 풀어낼 듯 허리를 움직였다. 퍽퍽, 탁탁. 음란한 소리가 거실을 가득 메우던 것도 잠시.

"윽!"

거칠게 차오른 그가 그녀의 안에서 분출했다. 그러나 그는 멈추지 않았다. 마지막 감각까지 모조리 삼킬 듯 허리를 움직이며 그녀의 양쪽 가슴을 거칠게 애무했다.

끝날 듯 끝나지 않는 감각의 물결에 두 사람이 할 수 있는 것은 아무것도 없었다. 오로지 서로를 느끼는 것밖에는.

"……이 게임의 승자는 누구야?"

그녀의 안에서 모든 걸 다 내려놓은 그는 진득한 목소리로 그녀의 목덜미를 물며 물었다.

와인으로 시작된 게임은 결국 형태도 없이 사라지고 말았다. 처음부터 불가능한 게임이었음에도 불구하고 굳이 시작하는 서다예나, 그걸 그냥 넘어가지 않는 박태진이나 똑같은 부류임은 확실했다. 태진은 여유롭게 물었지만 다예에게선 대답이 없었다.

"어이, 서다예."

"……치사해요."

"음? 뭐가?"

"뭔가 내가 억울한 것 같아."

"왜? 못 느꼈어?"

적나라하게 묻자 다예가 힘겨운 듯 숙이고 있던 고개를 홱 돌려 보았다. 그 순간을 놓치지 않고 입술을 빨아 문 태진이 큭큭거리며 웃었다.

"완전 느낀 얼굴인데? 한 번도 아니고, 두 번씩이나?"

"교수님!"

"……술은 다 깬 거야?"

못내 아쉬운 목소리로 물으며 그녀의 몸에서 살짝 빠져나온 태진은 테이블 위에 놓아둔 휴지로 다예의 몸을 닦아주었다. 그 작은 손길에도 다예의 몸은 끊임없이 떨려왔다.

"처음부터, 훗. 안 취했어요."

"아, 그래? 완전 만취했던데."

"제가요?"

"응. 다른 남자 등에 업혀서 팔다리를 오리처럼 휘두르던데?"

"……."

"차은강한테 고맙다고 해."

다른 놈이었으면 죽여놨을 테니까.

태진은 뱉지 못할 말을 곱씹으며 다예의 치마를 내려주었다.

방금 전까지만 해도 요부처럼 자신을 유혹하던 서다예가 지금은 어리고 청순한 모습으로 돌아와 심술궂게 떼를 부린다. 그 모습마저 귀여워 깨물어주고 싶다.

"취하고 싶으면 언제든 환영. 내 앞에서 미친 듯이 취해줘라, 서다예."

이런 진상이라면 정말정말 두 팔 벌려 환영이다. 그나저나 한유주는 뭐가 그렇게 걱정이었던 걸까? 전혀 긴장할 일이 없는 주사였다. 물론 이 모습을 다른 놈들이 봤다면 눈앞이 컴컴했겠지만 말이다. 유주의 걱정과는 다르게 환상적으로 흘러가는 자신의 상황이 만족스러워 자꾸만 웃음이 터져 나왔다.

"오늘도 안 취했어요!"

"아, 그래? 그래그래. 안 취했다. 아이고, 서다예 말술이다. 말술! 안 취하는 여자, 난 그런 여자가 좋더라~"

장난처럼 노래를 부르며 놀리자 다예가 확 돌아선다. 그러고는 욕실을 향해 성큼성큼 걷기 시작한다. 뾰족하게 날을 세우는 모습에 더욱 장난기가 발동한 그가 다시 한번 다예를 놀려주려는데.

"아얏!"

쿵, 하는 소리와 함께 다예의 비명 소리가 들려왔다. 놀란 태진이 소파를 넘어 다예에게로 달려갔다.

"왜 그래?"

이마를 움켜쥔 채 인상을 쓰는 다예의 모습에 태진은 배꼽을 잡고 웃었다. 부딪친 모양이네, 라며 이마를 만져주는 척하다 손가락으로 아픈 곳에 딱밤을 놓았다. 그러자 다예가 악! 하는 소리와 함께 눈을 흘겼다. 태진은 메롱, 하고 혀를 내밀고는 후다닥 욕실을 빠져나갔다. 그러자 또 성큼성큼 걷는 소리가 들려오더니.

"악!"

한다. 뭐야? 싶어 돌아보니 소파 모서리 앞에서 무릎을 잡고 낑낑거리는 모습이 눈에 들어온다. 그리고 그것도 잠시, 또 성큼성큼 걷는다. 그러고는.

"형!"

이번에는 테이블 모서리다.

"너 뭐 하냐?"

태진이 가만히 팔짱을 끼고 묻자 다예는 눈에 눈물을 달고서는 잔뜩 억울한 표정을 짓는다.

"거기 가만히 있어요! 응? 움직이지 말고!"

으름장을 놓으며 씩씩거리던 다예가 성큼성큼 걷더니 이번엔 풀썩, 하고 자리에 주저앉는다. 카펫에 발이 걸린 모양이다.

"뭐 하냐니까?"

태진이 재차 묻자 다예는 속이 터지는 듯 바닥에 풀썩 앉았다. 그러고는 주먹을 쥐더니 바닥을 마구 내리쳤다.

"아악!"

대리석 바닥이다. 아프지 않을 리가 없다.

이 상황을 이해할 수 없다는 듯 하는 양을 지켜보고 있는데도 다예는 멈추지 않는다. 바닥을 치던 손을 입으로 호호, 불더니 이번에는 카펫 위의 바닥을 퍽퍽 때린다.

그럼 덜 아프냐? 그것도 아프지.

당연한 일을 하면서도 미처 몰랐다는 듯 주먹을 호호 불던 다예는 갑자기 자리에서 벌떡 일어났다. 그러고는 소파에 앉으려는 듯 자리를 잡다가 갑자기 앞으로 확 고꾸라졌다. 발등이 의자 밑에 걸려 중심을 잃은 탓이었다.

"하여튼 다들 제 주인 닮아가지고 성격들 참 못났다!"

그러고는 되레 큰소리다.

왜 저러냐고. 태진은 알 수 없는 행동을 반복하는 다예를 바라보며 절레절레 고개를 저었다. 그러다 문득 유주의 문자 메시지가 머리를 스치고 지나간다.

"설마, 너 지금 주사 중?"

"무슨 주사요? 주사는 병원으로 가셔야죠."

"맞군."

참 느리게도 온다. 먹을 거 다 먹고, 할 거 다 하고, 응? 남들 같았으면 술이 깨고도 남을 시간인데 넌 이제 술주정이냐.

아무래도 여기저기 부딪히고 다니는 걸 보니 술에 취하면 평소와 다르게 칠칠맞아지는구나. 남자 등에 업혀서 오리놀이 할 때부터 알아봤어야 하는데.

미약한 두통을 느낀 태진은 손바닥으로 이마를 감싸며 다예에게로 다가갔다. 그 짧은 시간에 그녀의 이마와 무릎, 발등이 빨갛게 부어올랐다.

"어휴, 이 바보 같은 게."

태진의 긴 한숨에 다예가 배시시 웃는다. 그러고는 손을 뻗어 그의 얼굴을 잡아당겼다. 입술이 부딪치는 건 당연한 수순인 것처럼 쪼옥, 하고 뽀뽀를 한다.

뭐야, 이건? 하고 묻자 다예가 태진의 머리를 쓰다듬는다.

"교수님, 수고하셨습니다."

"……뭐냐?"

"한 학기 동안 열심히 잘 배웠고요, 덕분에 공부 열심히, 아주 재밌게 했어요."

"그래?"

"네. 고생하셨어요. 수업하시느라, 어려운 과제 내시느라, 빡센 시험 주제로 내리 협박하시느라."

"마무리가 어째 좀 이상하다?"

"쓰레기 처리하시느라, 예쁜 여친 지켜주시느라."

"……."

"미안하고 고맙습니다."

"……거참, 무진장 생뚱맞네."

생각지도 못한 다예의 말에 태진은 목소리를 가다듬으며 겸연쩍게 웃었다.

미안하다는 말, 고맙다는 말 한마디를 위해 이렇게 오랜 시간 공을 들이고 있는 건가. 서다예의 방식이라지만 참 어렵게 산다, 싶었다. 그럼에도 불구하고 이 말을 하기 위해 얼마나 많은 용기를 냈을지 알 것만 같아 마음이 짠했다.

"서다예."

"넵!"

"앞으로 잘해라."

너 때문에 없는 시간 쪼개가며 교수를 하고, 공부를 하고, 쓰레기 처리하고, 마음 졸인 거 생각하면…… 아오, 말을 말자. 그러니까 잘해!

목 끝까지 차오른 말을 하려다 꾹 삼킨다. 본인 때문에 교수가 된 걸 알면 어떤 반응일지 궁금했지만 꾹 삼킨다. 그러고는 다예의 입술에 입을 맞췄다.

"근데 시험 준비는 잘돼가냐? 내가 낸 주제에 대해 공부 좀 하고 있어?"

"헙."

"이거 이거 영 농땡이구만? 내가 점수에 인색하다고 말했다. 너라고 쉽게 점수 줄 거란 생각 마."

"치사해. 이렇게 매일 붙잡아놓는 사람이 누군데!"

"누구긴 누구야, 네 애인이지!"

"그러니까 점수 잘 줘요!"

"어쭈? 이젠 생떼냐?"

"쳇. 안 주면 안 놀아!"

"놀지 마라, 놀지 마!"

"진짜예요?"

"아니."

"그럼 점수 잘 줄 거예요?"

"주제에 잘 맞는 답안지를 내면."

야박하다는 듯 흘기는 눈초리가 쏟아졌지만 태진은 신경 쓰지 않았다. 공은 공! 사는 사! 단호하게 표정을 바꾸자 다예의 입술이 툭 튀어나온다.

"입술 넣어라. 그런다고 점수 안 준다."

"내 입술은 내 거예요! 자유가 있다고요!"

"점수는 내 거야! F의 자유는 내 몫이다!"

"어우, 교수님. 완전 유치."

허, 웃겨. 먼저 대든 게 누군데? 갑자기 표정을 바꾸고는 유치하대?

그러거나 말거나 태진 역시 흥, 하고 고개를 돌리자 다예가 '나 씻을 거니 욕실엔 얼씬도 하지 마요!'라고 외친다. 그러자 태진 역시 '거기 내 욕실이거든?' 하고 맞받아쳤다.

"음, 그래요? 그럼 좀 빌릴게요. 이만."

현실에 빠르게 순응한 서다예가 욕실로 사라졌다. 가는 내내 쿵,

으악. 쿵, 악. 쿵, 헝…… 하는 소리가 번갈아 들려왔다.

"큭큭."

결국 참지 못한 태진이 소파에 몸을 기댄 채 뒹굴거리며 웃기 시작했다. 정말 한시도 가만두질 않는구나. 응? 사랑스러워 죽겠다, 서다예. 넌 어쩜 그렇게 허술한 모습도 마냥 귀여울 수가 있냐.

들어오지 말라 엄포를 놓은 욕실로 몰래 들어가면 아마 토끼 눈을 한 채로 놀라 입을 쩍 벌리겠지?

그 모습이 눈에 선했다.

아, 정말 저 여자를 어떻게 하지.

아무에게도 보여주고 싶지 않다. 오로지 박태진만 보고, 박태진만 사랑하며 살라 하고 싶다. 잠시도 떨어져 있기 싫다. 아무것도 하지 않은 채 저 여자만 품에 안고, 물고, 빨며 행복하고 싶다.

째깍, 째깍. 째깍, 째깍.

고요한 침실. 내리쬐는 햇살이 통유리를 투과해 침대 위로 쏟아졌다. 제법 무게감이 느껴지는 공기가 더위를 느끼게 했다.

평소라면 더위가 싫어 커튼을 쳤을 것이다. 하지만 그는 그럴 생각이 전혀 없어 보였다.

평소와 다름없는 아침, 그러나 분명 다른 아침.

침대 위에 앉은 자리를 하고 턱을 괸 그는 손에 든 메모지를 30분째 쳐다보며 미동조차 하지 않았다. 째깍거리는 시계만이 그의 여유로움을 탓하고 있을 뿐이었다.

태진은 손에 든 그것을 읽고 또 읽으며 이마를 구겼다.

어젯밤, 잠들기 전까지만 해도 품 안에서 뜨거운 숨을 내뱉던 다예였다. 평소 예민한 박태진이 서다예의 숨결에 안정을 취하며 잠들 수 있었던 건 아침도 함께하리라는 믿음이 있었기 때문이다.

눈을 떠 제일 먼저 한 일은 그의 단 하나뿐인 여자를 찾기 위해 손을 뻗는 것이었다. 눈도 제대로 떠지지 않는 비몽사몽한 상태에서도 오로지 서다예를 품에 안고자 하는 의지로 손을 움직였다. 따뜻한 여체가 사르륵, 안겨들길 바라면서.

그런데 없다. 한참을 더듬어봐도 없다.

눈을 떴을 때 다예가 누워 있던 그 자리를 대신하고 있는 건 이 쪽지 한 장이었다. 대국대학교 포스트잇 위에 휘갈긴 글씨가 처음, 그 어느 날을 떠올리게 했다. 이 작은 포스트잇 하나로 두 사람이 다시 엮일 줄은 꿈에도 몰랐겠지. 그런 반가움도 잠시.

< 내일 아침부터 시험이에요. 그래서 먼저 가요. >

아침부터 심통이 난다.

도대체 이런 계획을 언제 세웠던 거지.

"밉다, 진짜."

얄미운 서다예.

태진은 쪽지를 손에 들고 벌러덩 누워 눈을 감았다. 허전함이 물밀 듯이 밀려온다. 만취한 서다예에게 푹 빠져 지냈던 그날이 꿈

356

만 같다. 마지막 수업이라고 다독여주던 그녀는 태진을 녹일 만큼 충분히 유혹적이었고, 충분히 아름다웠다.

그런데 딱 거기까지였다.

이른 아침, 혼자 맞이하는 아침은 굉장히 이상한 기분에 휩싸이게 했다.

"뭐지."

이건 정말 되돌아볼 필요가 있는 문제였다.

33년의 인생을 살아오면서 단 한 번도 느껴보지 못했던 외로움과 쓸쓸함이다. 약간의 허무함과 더불어 야속함이 물밀 듯이 밀려오는 이 기분.

침대가 이렇게 넓어 보인 적도, 외로워 보인 적도 없었다. 필요한 물건들만 제자리를 찾아 존재하는 이 공간 역시 찬 공기가 느껴질 만큼 설렁하리라고는 생각도 못 했다. 분명 내리쬐는 햇살은 여름의 문턱에 가까워져 있는데도 어깨가 서늘하게 느껴졌다. 참 기묘하고, 판단을 내릴 수 없는 기분이다.

왜일까, 어쩌다가 이렇게 되었을까.

그러다 문득 주말의 자신을 떠올렸다. 불과 몇 달 전까지만 해도 이런 여유는 생각지도 못했었다. 분 단위로 쪼개 일을 한다는 건 정말 타이트한 일상을 의미한다. 인간의 기본적인 욕구만 간단히 해결하고 일에 매달려야 하는 그런 일상 말이다. 그런데 지금은 어떤가. 쪼아대는 석우의 말을 못 들은 척하며 서다예에게 몰두하고 있지 않은가. 공부하는 서다예의 눈에 조금이라도 들기 위해 옆에서 강아지처럼 꼬리를 흔드는 모양새라니.

지나가던 윤석우가 들으면 세상에나 만상에나를 외치며 뒤로 나자빠질 일이었다.

솔직히 말해 사랑하는 연인 앞에서 무슨 일을 못 하겠는가. 그게 어떤 일이든 창피할 일일 수도, 수치심을 느낄 수도 없는 일은 분명하다. 그런데 왠지 자꾸만 짝사랑 같다. 일방통행 같다. 품에 안지 않고서는 서다예의 애정을 느끼기가 어렵다.

"좋은 시절 다 갔다, 박태진."

이래서 늦연애가 무섭다. 늦사랑이 이래서 무서워.

조금만 돌아봐주지 않으면 심통이 나고 야속함이 밀려든다. 저 조그마한 여자를 곁에 두지 않으면 하루 종일 신경 쓰이고, 어디서 무얼 하나 하루 종일 그립기까지 한다. 어쩌다 이렇게 됐나.

이 넓은 세상, 오로지 박태진 스스로가 법인 것처럼 당당하고 거칠 것 없이 살아오던 인생이었다. 그런데 서다예를 만나고 나서부터는 확 달라졌다. 중심이, 법이, 1순위가 서다예다.

그런데 서다예는 어떨까.

일단 서다예는 쿨하다. 자신에게 얽매여 있지 않은 자유로움.

확실한 가이드라인 안에서 움직이며 자신의 일에 몰두한다. 더하지도 덜하지도 않고 딱 그만큼 자신의 몫을 확실히 해낸다. 엄청난 집중력으로, 단기간에 원하는 목표의 것을 끌어올린다.

태진은 기억한다. 서다예의 공부하는 모습을.

무언가를 집요하게 바라보는 눈빛과 중얼거리는 입술엔 단호함이, 그리고 정확함이 서려 있었다. 집요할 정도로 파고드는 그 모습은 흡사 자신과 닮아 있어 기분이 좋기까지 했다.

똑 부러지고 완벽한 여자, 서다예. 지금은 학생이지만 날개를 달기 시작하면 훨훨 날아갈 준비가 되어 있는 멋진 서다예. 그런 여자가 자신의 연인인 건 좋은데 조금 더 태진에게 의지하고 매달려주었으면 하는 욕심이 생긴다.

조금 더 안달복달해주길, 이것저것 사달라 애교도 부리고 이것저것 해달라 귀찮게 굴어주길. 서다예를 만나기 전이라면 극구 사양했을 여자 타입이다. 그런데 그 진상스러운 짓마저도 그녀가 한다면 뭐든 다 해줄 수 있을 것만 같다.

"팔불출은 별것도 아냐. 이건 뭐 완전……."

정의 내릴 단어조차 없다. 이건 무슨 병이고, 무슨 진단을 내려야 하는 것인지.

"이 와중에도 보고 싶으면 이건 진짜 맛이 간 거 아니냐?"

공부에 열중하는 다예를 꼬드긴 건 자신이었다. 딱 한 번만, 딱 한 번만 안아줘, 뽀뽀해줘. 조른 것도 자신이었다. 그러다 보니 한 번이 두 번이 됐고, 두 번이 여러 번이 됐다. 결국 마지막에 기진맥진한 서다예는 쓰러지듯 잠이 들었었다.

피곤해하던 다예의 모습이 떠오르자 마음이 쓰인다. 한 번만 할 걸. 그랬으면 자고 갔을지도 모르는데.

결국 자신이 잠든 틈을 타 집으로 돌아가버린 다예였다. 그 모습에 화가 나기도, 미안하기도 해져 태진은 메모를 한참이나 읽고 또 읽었다.

"에휴."

하아, 깊은 한숨이 절로 흘러나온다.

너를 어떻게 할까. 너를 어떻게 해야만 온전히 내 곁에서 움직이게 할까. 확 그냥 보쌈을 해다 못 나가게 해? ……미친놈.

아니면 확 애를 만들어버려? ……완전히 미친놈.

아무리 애가 타도 반칙은 절대 사절. 아름답게 시작하기도 모자란 시간을 오해와 미움으로 시작할 마음은 절대 없다.

그렇다면 역시 결혼뿐인가.

결혼, 결혼, 결혼.

한때는 인생의 굴레처럼, 족쇄처럼 느껴졌던 것이 그 결혼이었다. 거추장스럽고 요란하기만 한 그 형식적 발표. 먼저 장가간 놈들이 우스갯소리로 하는 말들을 또렷하게 기억한다.

'좋아. 결혼하면 좋은데, 다음 생에는 혼자 살까 봐.'

'맘껏 즐기다 해! 아예 안 하면 더 좋고.'

'능력 있고 잘생기고. 응? 여자 잘 꼬이면 결혼, 그까짓 거 왜 하는데?'

지들도 팔푼이처럼 마누라한테 잡혀서 끽소리도 못 하면서 밖에 나와서는 저러고 허세를 떨어댔다. 하지만 그 말이 아예 거짓은 아닐 것이다. 누군가에게 얽매이고, 누군가를 책임져야 한다는 건 어마어마한 책임감이 뒤따르는 일이었다. 무를 수도 없고, 무른다고 해도 모두에게 낙인이 찍히는 그 행렬을 따르고 싶지 않았다.

그런데 서다예를 온전히 자신의 여자로 만들 수 있는 방법이 그거라면, 박태진이라는 울타리 안에서 살게 할 수 있다면 그 결혼이라는 것도 나쁘진 않을 것 같다.

"문제는 서다예란 말이지."

과연 그녀의 마음 역시 자신과 똑같을지, 그게 의문이었다.

생각의 생각을 거듭하다 보니 보고 싶다. 어젯밤까지 함께 있었는데도 또 보고 싶다. 결국 참지 못한 태진이 꺼두었던 휴대폰을 켰다. 잠시도 방해받고 싶지 않아 꺼두었는데, 기다리는 시간이 너무나도 길다. 지금쯤 서다예는 어디서 무얼 하고 있으려나. 고민하던 찰나 휴대폰이 완전히 켜졌는지 쉼 없이 울리기 시작했다. 아무래도 꺼져 있는 동안 온 연락이 많았던 모양이다. 태진은 긴 한숨을 내쉰 후 통화 목록을 훑었다.

석우, 석우, 석우, 윤석우. 이 징그러운 놈은 누가 안 잡아가나. 휴대폰만 꺼놓으면 득달같이 달려들어 전화를 하니 이젠 무서워질 지경이다. 태진은 석우의 번호를 무시하며 낯선 번호의 조합으로 시선을 돌렸다. 오늘 새벽에 도착한 문자 메시지였다. 뭐지? 태진은 메시지를 클릭했다.

"잘난 척하지 마, 재수 없는 놈?"

태진은 잘못 읽었나 싶어 몇 번을 읽고 또 읽었다. 그런데 자신이 읽은 글이 분명했다. 게다가 발신자의 번호를 유심히 보니 181818이었다. 처음에는 번호로 관심을 끄는 광고인 줄 알았는데 아니었다. 나쁜 의도가 담긴 메시지임이 분명했다.

그런데 이 휴대폰 번호를 아는 사람이 많지 않다. 일을 할 때 쓰는 휴대폰을 따로 두고 있었기에 지극히 사적인 관계가 아니고서는 알 수 없는 번호이기도 했다.

"윤석우, 이 새끼. 진짜 이럴래?"

보아하니 밤새 전화를 걸어도 받질 않으니 복수를 한 게 분명했다. 그렇지 않고서는 이 번호로 이런 장난을 할 사람은 없다. 어쩜 일을 해도 이렇게 태가 나게 저지르는지. 월급 삭감의 의지를 다시 한번 불태울 때가 되었다. 태진은 조금의 망설임도 없이 그의 번호를 눌렀다. 신호가 얼마 가지 않았음에도 불구하고 기다렸다는 듯한 목소리가 들려왔다.

-형님! 왜 이제 전화받으세요, 네?

"사랑스러운 너의 문자 메시지가 나를 부르더구나. 네 이놈, 번호 없이 문자를 보내면 넌 줄 모를 줄 알았냐? 아무렴 전화를 씹는다고 해서 181818이 뭐냐? 게다가 재수 없는 놈?"

-무슨 소리세요?

"모른 척해도 소용없어. 자수하면 봐준다."

-형님, 지금 농담할 때가 아니에요!

"아니겠지. 너의 월급이 왔다 갔다 하는 시점이니까. 어때? 이제 자수할 마음 생기냐?"

장난을 치며 침실을 빠져나온 태진은 주방으로 걸음을 옮겼다. 물을 마실 요량이었다. 그런데 냉장고에 도착하기도 전에 식당 위에 놓여 있는 샌드위치를 발견했다. 샌드위치를 담고 있는 그릇의 센스를 알아차린 태진의 얼굴에 미소가 피어올랐다. 예쁜 우렁각시 같으니라고.

-자수고 나발이고 일단 제 말 좀 들어보세요!

"변명할 타이밍이냐? 어디 한번 해봐. 들어줄 만하면 재고해줄 테니까."

그 순간 한숨 소리가 전화기를 타고 흘러나왔다. 월급으로 장난을 치면 쳤지 단 한 번도 10원 한 장 까고 준 적 없다. 더 주면 더 줬지. 그런데 이놈의 한숨 소리가 전화기를 뚫을 것처럼 울려댄다. 무슨 일이 있나? 그제야 밤새도록 전화를 걸었던 그의 통화 목록이 떠올랐다. 태진은 냉장고에서 냉수를 꺼내 잔에 따랐다. 시원하게 한 모금 마신 후에도 말이 없는 석우의 태도가 심상치 않음을 느꼈다.

"왜 그러는데?"

-형님, 놀라지 말고 들으세요.

"음."

-기사가 터졌어요. 형님 스캔들 기사요.

스캔들. 지겹게 터지는 그놈의 스캔들. 하루 이틀도 아닌데 뭐가 그렇게 심각해? 따져 물으려다가 아차, 싶은 태진이 컵을 내려놓으며 급하게 주방을 빠져나갔다.

-아무래도 의도적으로 쓴 기사 같아요. 막는다고 막는데도 시간 차를 두고 계속 기사를 올리고 있어요.

"확인해볼게."

-급해요, 형님.

석우의 재촉에 태진은 종료 버튼을 누른 후 휴대폰을 들고 서재로 향했다. 컴퓨터가 켜지는 동안 알 수 없는 초조함에 입이 바짝 말랐다. 잠시 후 연예부 기사가 실시간으로 조회되는 사이트를 열었다. 그러자 석우의 말이 농담이 아니었던지 상위에 링크된 그의 기사가 눈에 들어왔다.

[광고계의 이단아 크리브진, 그의 은밀한 연애.]

[수업은 호텔에서. 교수 크리브진의 아슬아슬한 연애놀이.]

태진의 가슴이 철렁, 하고 내려앉았다.

여느 때와 다름없는 흔한 스캔들인데 기사들은 하나같이 자극적이다 못해 눈살을 찌푸리게 하는 제목들로 시선을 끌고 있었다. 태진이 클릭하자 조회수는 이미 3만이 넘어간 후였고, 기사에 댓글은 400개 이상이 달리고 있는 중이었다. 태진은 침착하려 애쓰며 기사를 읽어 내려가기 시작했다.

[광고계에서 가장 영향력 있는 인물로 뽑히고 있는 핫피플, 크리브진(33, 본명 박태진)이 현재 초빙교수로 활동 중인 D대학의 학생과 열렬한 연애 중임이 밝혀졌다. 상대는 4학년의 학생으로 크리브진과는 열 살 차이, 연하의 연인이었다. 두 사람의 데이트는 사람들의 시선이 닿지 않은 호텔에서 은밀하게 이루어졌으며 함께 밤을 지새우는 일도 잦았다. 그뿐만 아니라 공개된 장소에서 손을 잡고 걷거나 함께 장을 보는 등을 서슴지 않았다.]

기사의 내용은 분명 악의적이었다. 대놓고 욕을 하는 건 아니었으나 분명 어린 학생을 꼬셔 호텔을 들락날락거리는 남자로 표현하고 있었다. 그뿐만이 아니었다. 이 기사가 관심을 받는 이유는 바로 사진이었다. 두 사람이 호텔에 들어가는 모습과 다예가 이른 새벽, 혼자 호텔을 빠져나가는 모습이 나란히 찍혀 있었다. 아무래도 오늘 아침에 찍힌 모습인 것 같았다. 그나마 다행인 것은 다예의 얼굴이 정면으로 나오지 않았다는 것이었지만 주변의 사람들이라면 충분히 알아보고도 남을 사진이었다.

태진은 기사에 달린 댓글을 읽어 내려가기 시작했다.

[대박, 스캔들메이커로 쉴 새 없이 존재감 뽐내시더니 빼박, 리얼 캔트네?]

[교수가 학생을 꼬시다니. 아무리 젊어도 열 살 차이면 좀 징그럽다.]

[그렇게 안 봤는데 완전 인간쓰레기ㅋㅋㅋㅋ]

[여자가 꼬신 거 아님? 이런 경우는 거의 여자가 교수 꼬신 거지~ 학점 따내려고. 게다가 관련 학과면 말 다 했지 ㅎㅎ 인맥 늘리기 수법인가? ㅋㅋㅋ 대박. 똑똑한 여자들이 더 무섭~~~]

[D대학이면 빼박 대국대네. 예전에 크리브진 대국대학교 초빙교수 나간다고 기사 뜬 거 봤었음. 그럼 저 여자는 헐 ㅋㅋㅋ]

기사만큼이나 더러운 댓글들이 수백 개씩 달려 있었다. 욕은 별일도 아니었다. 두 사람을 성적으로 묘사해 안줏거리처럼 씹으며 웃는 글들이 수두룩했다. 읽으면 읽을수록 최악이라 더 이상 읽지 못하고 인터넷 창을 꺼버렸다. 메인 기사를 자극적으로 뽑아놓았으니 후발적으로 올라오는 기사들의 수위 역시 보지 않아도 알 수 있었다.

태진은 참을 수 없는 모욕감을 느끼며 휴대폰을 꺼내 들었다. 아직 다예에게서 연락이 없는 걸로 보아 기사를 보지 못했을 가능성이 높았다. 어떻게든 처리를 해야 되는데, 최대한 보지 못하게 막아야 하는데 이미 기사가 올라온 지 몇 시간이 지난 후라 가능할지 앞일이 막막했다. 태진은 석우의 번호를 눌렀다.

-네, 형님.

"최초로 기사 올린 새끼 신상 파악됐어?"

-XX일보에 수영기 기자요. 평소 스타들의 사생활을 물고 뜯는 놈인데 잠복해서 파파라치 사진으로 특종을 터트리는 놈으로도 유명합니다. 얼마나 진득한지 별명이 수득이래요.

태진의 이가 박박 갈렸다. 의자에서 거칠게 일어서자 그 반동으로 의자가 날아갔다. 하지만 그것까지 신경 쓸 겨를이 없는 태진이 흘러내리는 머리칼을 쓸어 올리며 서재를 돌아다니기 시작했다.

"그래서?"

-수영기 기자 쪽으로 접촉해보고 있는데 잠수를 탄 건지 도무지 연락이 닿질 않아요. XX일보에서도 모르는 일이라고 입 다물고 있고요. 일단 혹시 모를 사태를 대비해서 학교 홈페이지 게시판은 이상한 글이 올라오지 않도록 요청해두었구요. 후발적으로 올라오는 기사들 최대한 막을 수 있도록 각 사이트별로 압력 넣어두었어요.

"그리고?"

-저희 측 변호사들도 준비 중입니다.

발 빠른 석우의 대처로 그나마 사태가 더 이상 커지지 않은 모양이었다. 하지만 사진과 함께 올라와 상위에 랭크되어 있던 그 기사. 그 메인 기사를 아직까지 막지 못했다는 건 이미 끝난 일이나 마찬가지였다.

"최대한 다 막아! 쓰레기 같은 댓글 다는 새끼들도 증거 모아서 다 고소해. 알았어?"

-네, 형님.

"스케줄 전면 취소하고. 아 참."

전화를 끊으려던 태진이 새벽에 도착한 그 메시지를 떠올렸다. 석우가 장난한 줄 알았던 그 181818의 메시지.

"통신사 연락해서 내 개인휴대폰 통화 목록 조회 좀 해봐. 발신 번호 181818로 보낸 문자, 누가 보낸 건지. 그 새끼 전화번호까지 다 알아와."

-네. 형님!

거칠게 전화를 끊은 태진은 분이 풀리지 않는지 주먹으로 서재 책상을 내려쳤다. 욱신욱신, 주먹이 아파왔지만 터져버릴 것 같은 머릿속에 비하면 아무것도 아니었다. 화가 난 태진이 휴대폰과 차키를 든 채로 집을 나섰다. 펜트하우스 전용 엘리베이터를 타고 주차장을 눌렀으나 로비에서 멈춰 섰다. 황당한 얼굴로 엘리베이터의 문이 열리는 어처구니없는 상황을 지켜보고 있는데 그 사이로 직원 하나가 급하게 달려왔다.

"고, 고객님."

"뭡니까?"

VVIP인 태진의 등장에 난색을 표하던 직원이 땀을 삐질삐질 흘리며 조심스럽게 말을 걸었다.

"지금 호텔 밖과 주차장에 기자들이 쫙 깔려 있습니다. 아침부터 진을 빼며 기다리고 있는 터라 조금 위험할 거란 생각이 들어서요. 필요한 게 있으시면 호텔 측에 지시를 내려주세요. 도와드리겠습니다."

오늘 아침, 망나니로 전락해 요란을 떨고 있는 문제의 VVIP를 어찌 대해야 할지 몰라 불안하게 발을 동동 굴리는 직원의 모습에 태진은 깊은 한숨을 내쉬었다. 기자들이 깔려 있다면 나갈 수가 없다. 게다가 석우까지 발에 땀나게 뛰고 있으니 도움을 청할 수도 없고. 괜히 상황을 키울 필요가 없다는 걸 누구보다 잘 아는 태진이기에 펜트하우스로 올라와야만 했다. 집 안으로 들어온 태진은 거실 소파에 쓰러지듯 누워버렸다. 생각지도 못한 공격에 숨이 턱턱 막혀온다. 이게 집인지, 감옥인지 알 수조차 없다.

기사가 터지고 밖의 상황이 이렇게나 시끄러운데 서다예에게서는 여전히 연락이 없다. 혹시나 다 알고 있으면서 곤란한 상황에 처해 연락을 하지 못하는 건 아닌지 걱정이 되었다. 태진은 잠시의 망설임도 없이 휴대폰을 들어 그녀에게 전화를 걸었다.

-여보세요?

조마조마했던 태진의 가슴은 다예의 목소리를 듣는 순간 더욱 불안해졌다.

"……뭐 해?"

-내일이 시험이라니까요? 설마 농땡이 치고 있을까 봐 걱정돼서 전화한 건 아니죠? 걱정 마세요. 근사한 답안지를 낼 거니까.

모르고 있는 것 같다. 평소와 다름없는 목소리였다. 게다가 장난을 치는 말투에서 1프로의 불안도 느껴지지 않는다. 내일이 시험이라 책만 보고 있는가 보다. 다행이라는 생각이 들면서도 한편으로는 걱정이 돼서 미칠 것만 같다. 그러나 먼저 내색할 수 없어 일단은 장난처럼 대답했다.

"얼마나 근사한지 기대해도 돼?"

-아뇨. 기대는 하지 마세요. 원래 기대심리가 만렙을 찍은 대상

에게는 그 어떠한 만족도 느낄 수 없는 거니까요. 어쨌든 저는 아직 학생이고, 교수님은 유능한 크리브진이니까 평가는 살살, 학점은 팍팍. 이해하셨어요?

"미안하지만 난 학점에 인색한 교수라고 말했던 것 같은데?"

-에이, 얼렁뚱땅 넘어가줘도 좋으련만. 거참, 너무하시네. 이래 가지고는 연애하는 보람이 없잖아요?

다예의 장난에 태진의 가슴이 아프다.

아무것도 모르고 천진난만하게 대답하는 다예의 목소리는 이렇게나 맑고 깨끗한데 어찌 당사자들과는 상관없는 더러운 이야기들이 덕지덕지 엉켜 두 사람의 색을 흐리는 걸까. 단지 교수와 학생이라는 이유로? 정식으로 교수가 된 것도 아닌데, 고작 3개월이다. 실무에 대해 강의를 해주는 초빙교수. 그런데도 이렇게 큰 이슈가 되어야 하는 걸까? 불륜을 저지른 것도 아닌데, 왜 이렇게까지 더러운 관계로 추락해야 되는 것일까? 태진은 답답함에 한숨이 터져 나왔다.

-엇, 지금 한숨 쉬는 거예요? 알았어요. 열심히 할 테니까 정직한 점수 주세요. 전 최선을 다해 최고의 결과물을 낼 거니까요.

자신감이 넘치는 이 여자는 참으로 매력적인 여자다. 자신의 일에 늘 열심인, 어느 것 하나 최선을 다하지 않는 게 없는 욕심쟁이.

"기대하지 말라고 해놓고서 잔뜩 기대하게 만드는데? 가끔 보면 바보라니까."

-흥! 바보는 열공해야 되니까 이만 전화 끊어주실래요?

"……오늘 하루 종일 공부만 할 거야?"

-아뇨! 교수님 욕도 잔뜩 할 거예요. 융통성 없는 못난이 교수님! 좋아한다면서 보고 싶다는 말도 한마디 안 하는 바보 똥개 교수님! 그런 교수님을 좋아하는 나는 더 멍청이! 이렇게요!

"풉. 그래. 그런 욕이라면 24시간도 들을 수 있어. 그러니까 열공, 열욕해."

-욕먹는 거 좋아하는 거 보니 변태 맞네요. 윽.

"그런 변태를 좋아하는 당신은 뭔데?"

-끊습니다.

"네. 열공하세요. 톱 오브 더 변태 씨."

-네. 다음에 만나면 정강이 말고 강냉이 조심하세요.

가, 강냉이? 설마 치아를 말하는 건가? 태진의 입이 자신도 모르게 딱 다물어졌다. 정강이를 차이고 얼마나 오래 아팠던가. 근육통처럼 번지는 통증에 끊임없이 서다예를 떠올리며 더욱 빠져들게 되었다고 하면 정말 이상한 사람이 될 것 같아 꾹 삼켰다. 그 사이 뭐라 따져 물을 새도 없이 성질 급한 다예의 전화가 끊어졌다. 태진은 입가에 남은 미소를 지우며 휴대폰을 내려놓았다.

"서다예를 보호하기 위해 가장 먼저 해야 될 일이 뭘까."

보호하기 위해서.

지켜주기 위해서.

내가 해야 할 일.

태진은 깊은 한숨을 쉬며 눈을 감았다.

그저 호감으로 시작된 서다예를, 이젠 진심으로 좋아하게 되었다. 그 마음은 하루하루 더욱 커져가 더 이상은 함께하지 않는 순간을 떠올릴 수조차 없게끔 되었다. 결혼에 비관적이던 내가 결혼을 떠올릴 정도로, 그 안에 함께하는 두 사람의 모습을 생각할 때마다 가슴이 뛸 정도로 서다예에겐 진심이었다.

그런데 그런 서다예를 다치게 할지도 모르는 일이 생겼다. 아마 언젠가는 닥쳐올 일이라는 것을 알고 있었지만 암묵적으로 서로 모른 척했을지 모른다. 조심스럽게 움직이면서도 가끔은 여느 연인처럼 당당하게 데이트를 즐기던 자신들을 떠올렸다. 어째 어느 한순간도 행복하지 않은 순간은 없었던 것 같다. 즐겁고, 투닥거리는 그 순간도 마냥 웃고 있었다.

야속하기도 하지. 행복이 반나절도 지나지 않아, 아니 한 시간도 지나지 않아 나락으로 떨어졌다. 그건 순식간이었다. 지키고자 했던 그 사랑과 행복은 순식간에 태진을 욕심쟁이로 만들어놓았다. 조금 더 천천히, 조금만 속도를 늦출 걸 그랬다. 서다예의 마음을 얻기 위해 온갖 정성을 쏟을 땐 몰랐던 사실들이 수면으로 오르자 그의 가슴은 타들어갈 듯 아파왔다.

서다예를 만나기 위해 잠시나마 교수가 되었다. 그리고 모든 건 끝이 났다. 내일부터 시작되는 시험은 더 이상 태진이 교수로서 출근하지 않아도 됨을 의미했다.

'이젠 저만 성공하면 되겠죠? 꼭 광고 쪽으로 성공할 거예요. 그래서 오지 어디에서든 내가 쓴 카피를, 내가 만든 광고를 볼 수 있게끔, 딱 그만큼만 훌륭한 사람이 되고 싶어요.'

'교수님이 많이 도와주세요. 카피라이터 쪽으로 진로를 정한 순간, 크리브진의 많은 응원과 사랑이 필요합니다.'

자신의 꿈을 향해 달려나가는 그녀의 진정성을 지켜주고 싶었다. 막연히 터지는 스캔들은 한동안 시끌벅적하겠지. 하지만 그건 어디까지나 시간이 해결해줄 문제일지 모른다. 문제는 서다예의 꿈, 진로라는 것이다.

같은 업계에서 일을 하기 시작하면 자연스럽게 크리브진의 꼬리표가 그녀를 따라다닐 것이다. 열심히 노력하고, 최선을 다해도 언제나 그녀는 크리브진의 뒤에 서 있어야 할지 모른다. 그 망할 놈의 그림자는 다예를 있는 그대로의 서다예로 보여주지 않을 것이다. 이제 막 첫걸음을 떼려는 사회 초년생에게 그의 그림자는 너무나도 무겁고, 어둡고, 힘든 짐이 될 것이다.

그녀를 지키기 위해서, 그녀를 보호하기 위해서 내가 할 수 있는 일이 뭘까. 어떻게 해야 될까.

Ripen, 익어간다는 것은

다예는 무거운 가방을 들고 미친 듯이 뛰고 있었다. 어제 하루 종일 공부한 것도 모자라 새벽까지 뜬눈으로 밤을 새우며 공부한 탓에 늦잠을 자고 말았다. 다행히 시험은 늦은 오후여서 지각할 일은 없었지만 어쩐지 마음이 급했다.

잰걸음으로 정신없이 학교에 도착했을 때쯤 마음의 안정을 찾은 다예가 가방에서 종이 하나를 꺼내 읽기 시작했다. 오늘 태진이 낸 시험문제의 답이었다.

어차피 오픈 형식의 시험이라 미리 기획해둔 지면광고를 답안지에 옮겨 적으면 시험은 끝이 난다. 달달 외울 필요도, 여러 번 바라보며 공부할 필요도 없었다. 그런데도 보고 또 보고, 조금이라도 부족한 부분을 찾아 수정하며 연구했다. 감동까지는 아니더라도 자신의 실력을 조금이나마 인정해주었으면, 조금이나마 놀래주었으면 하는 작은 바람에서였다. 다예는 그 답안지를 몇 번이고 바라보며 읊고 또 읊었다.

한참을 바라보며 걸어서일까, 어느새 도착한 문사대 건물 앞에서 다예는 걸음을 멈췄다. 시험을 보기 위해 강의실로 가던 학생들이 어쩐지 걸음을 늦춘 채 자신을 바라보고 있는 기분이 들어서였다. 그뿐만이 아니었다. 눈이라도 마주치려 하면 정신없이 시선을 돌리는 게 느껴졌다.

평소 시선을 받는 일은 익숙했다. 그 시선이 좋은 것이든 나쁜 것이든 상관없었다. 하지만 오늘은 좀 이상한 기분이 들었다.

"어이, 서다! 시험공부 많이 했어?"

그 순간 큰 목소리로 달려와 다예의 어깨를 툭 치는 은강의 손길에 정신이 번쩍 들었다. 깜짝 놀란 다예가 뒤를 돌아보자 씩 웃으며 브이를 그리는 유주가 보였다.

"난 엄청 열심히 했다? 왠지 박 교수님 시험지엔 영혼을 담아야 할 것만 같았어. 왜냐고? 꿈에 신령님이 나타나 A+를 외쳐주셨거든."

"에라이, 퉤. 아니고? 정말 A+이래?"

시비를 거는 은강의 목소리에 유주는 무시하듯 노래를 흥얼거렸다. 그러고는 멍하니 서 있는 다예의 손을 낚아채며 강의실로 끌어당겼다. 그 모습에 은강이 다예와 유주의 뒤를 쫓으며 걸어 들어갔다. 마치 보디가드처럼 두 사람은 다예에게로 쏟아지는 시선들에서 지켜주고 있는 기분이 들 정도였다.

강의실은 조용했다. 시험을 보는 날이어서 그런지 다들 고개를 책상에 파묻은 채 공부에 열중하고 있었다. 잠시 후, 강의실의 문이 열리고 조교가 들어왔다. 인원을 체크하듯 훑어보던 조교가 다예와 눈이 마주치자 어색하게 고개를 돌렸다. 흠흠, 목을 가다듬는 모습이 어째 좀 이상하다. 하지만 다예는 일말의 의심도 없이 앞사람이 건네주는 답안지를 받았다. 그리고 준비해온 답을 그려나가기 시작했다.

'사랑 그리고 결혼' 그가 내건 주제를 떠올리며 그를 생각했다. 다예의 손길이 빨라졌다.

시험은 예정된 시간보다 빠르게 마무리되었다. 답안지를 작성한 학생들이 하나둘씩 빠져나가고 다예 역시 작성을 끝냈다. 아직도 남아 있는 유주와 은강에게 먼저 나가 있겠다고 속삭인 뒤 강의실을 빠져나와 건물 밖 벤치에 자리를 잡았다.

어느새 무더웠던 여름이 지나가고 서늘한 바람이 분다. 그 바람엔 가을의 냄새가 담겨 있어 왠지 외롭게 느껴졌다. 평소 같았으면 처지를 탓했을 다예였지만 오늘은 그러지 않았다. 그를 만나고 난 후 다예는 조금 더 성숙해졌기 때문이다.

외로움이라는 건 정말 순식간에 한 사람을 잠식시킨다.

벗어나려 해도 쉽게 벗어날 수 없으며 부정하려 해도 쉽게 부정되지 않는다. 사람은 누구나 외로울 수밖에 없다. 그건 태어날 때부터 정해진 수순이기에 받아들이지 못하는 사람만 힘들어지는 감정이다. 그래서 잊기로 했다.

혼자서 겪어야 할 외로움 따위는 없다고, 함께 나누면 그 외로움은 어느새 그리움과 사랑으로 바뀌어간다고 마음먹으며 살아가기로 했다.

바람이 좋다. 그 바람에 실린 가을의 냄새도. 그리고 어렴풋이 떠오르는 그 사람의 모습도. 그 사람을 떠올리는 지금의 자신도 다 좋다.

벤치에 앉아 얼마간의 시간이 흘렀을까. 어느덧 시험 시간은 끝나가고 있었다. 하지만 유주와 은강의 모습이 보이지 않는다. 공부를 열심히 했다고 하더니 대단한 답안지를 준비한 모양이다. 나오면 물어봐야지, 라는 생각으로 휴대폰을 찾을 때쯤, 급하게 나오느라 식탁 위에 올려놓고 그만 나왔다는 생각이 스쳐 지나갔다.

교수님한테 혼나겠다. 연락 안 되는 거 싫어하는데.

걱정스러운 마음이 들었다.

"……진짜 뻔뻔하지 않아? 어쩜 저렇게 멀쩡한 얼굴로 있을 수가 있어?"

"그러게. 하긴 저 정도로 뻔뻔하니까 겁 없이 교수를 꼬시는 거겠지."

뭐? 의도적으로 들려오는 신랄한 표현에 다예는 뒤를 돌아보았다. 그러자 같은 학과 동기인 여학생 두 명이 다예를 노려보고 있었다. 그들의 얼굴엔 경멸스러운 표정이 가득했고, 주변의 학생들은 동요하듯 두 사람의 뒤에 서서 다예를 지켜보고 있었다.

"왜? 우리가 틀린 말 했니? 서다예, 너 인생 그렇게 살지 마. 예쁘장한 얼굴로 이 남자, 저 남자 꼬시면서 사는 거 진짜 재수 없으니까."

잘못 들은 게 아니었다. 다예는 그녀를 바라보고 있는 주변의 시선들을 찬찬히 훑어보았다. 학교에 왔을 때 느꼈던 그 이상한 기분, 그건 착각이 아니었다.

"……무슨 말이야?"

"몰라서 물어? 너 박 교수님이랑 연애한다면서? 보아하니 호텔도 들락날락거리는 것 같던데, 몸이라도 판 거야? 그렇게 해서라도 학점 잘 받고 싶었어?"

순간 다예의 심장이 쿵, 하고 내려앉았다.

이게 무슨 소린가? 어떻게들 알고 있는 거지?

"낸들 아니? 크리브진 꼬셔서 좋은 취업 자리 얻어낼지."

"같은 여자로서 정말 수치스럽다. 그동안 과 톱 유지하더니 그거 다 같은 수법 쓴 거 아냐? 우리 학과 교수님들 거의 남자분이시잖아. 물론 아빠뻘이긴 하지만. 윽, 더러워."

다예는 자리에서 벌떡 일어났다. 순간 세상이 하얗게 부서져 내리며 핑, 도는 기분을 느껴야만 했다. 하지만 휘청거리지 않으려 발에 힘을 주며 걸었다. 시끄럽게 떠들어대며 다예를 노려보던 여학생들이 걸어오는 다예의 기세에 주춤하듯 한 걸음 물러섰다.

"다시 한번 지껄여봐. 뭐?"

이를 악문 다예의 목소리와 싸늘하게 식은 눈빛이 두 여학생에게 날아들었다. 두 여학생이 잠시 움찔하는 듯싶더니 금세 눈을 부라리며 다예에게로 다가갔다.

"우리가 틀린 말 했어? 그러니까 처음부터 몸을 함부로 굴리지 말았어야지? 지금 네 행동이 잘났다고 고개 빳빳이 쳐드는 거야?"

"몸을 함부로 굴려? 너 지금 말 다 했어?"

"아니? 다 못 했다면 어쩔래? 그리고 이미 증거가 인터넷에 쫙 깔렸는데 아니라고 부정하면 그래, 아니구나, 라고 알아줄 것 같았니? 정말 뻔뻔한 짓도 너같이 더러운 걸 모르는 애들이나 하는……."

짝! 그 순간 부들부들 떨리던 다예의 손바닥이 여학생의 뺨으로 날아갔다.

"왜 내 친구를 때리고 그래? 미친년! 더러운 년!"

옆에서 함께 다예를 욕하던 여학생이 분을 참지 못하고 그녀의 머리카락을 잡아당겼다. 악, 소리가 절로 나오는 아픔에 다예는 이를 악물었다. 그 순간 뺨을 맞은 여학생까지 가세했다. 가방으로 후려치는 고통이 등 쪽에서 느껴졌지만 다예는 울지 않으려 애를 쓰며 두 사람의 폭력을 버티고 서 있었다.

"더러워! 더러워! 너 같은 년들이 제일 더러워!"

쏟아지는 폭력과 폭언이 계속될수록 주변의 사람들은 점점 늘어갔다. 영문을 알든 모르든 여자들의 싸움이 제일 재밌는 광경이라며 박수치며 흥분하는 사람도 섞여 있었다. 그 사이에서 다예는 만신창이가 되어가고 있었다. 단순한 주먹질에 통증을 느끼는 게 아니었다. '창녀, 교수랑 놀아먹은 더러운 계집애!', '학점에 몸을 파는 년!' 칼날처럼 파고드는 그 학대의 언어들은 다예를 난도질했다.

그 순간 따뜻하게 자신을 안아주던 태진의 손길이 그리워졌다. 이런 상황을 보고 있으면 누구보다 마음 아파해줄 한 사람, 태진이 떠오르자 다예는 참고 참았던 반격을 시작했다. 그건 살기 위한 본능적인 행동이었다.

머리카락을 잡아당기는 여자의 팔을 거칠게 밀어내며 악을 지르자 깜짝 놀란 여자가 나가떨어졌다. 그런 후 다예는 가방으로 온몸을 후려치던 여자의 가방을 낚아채 바닥에 던져버렸다. 그사이 날아드는 주먹질에 맞으면서도 끝끝내 울음을 참으며 똑같이 되돌려주었다.

뭐가 잘못인데? 내가 뭘 잘못했는데? 난 그 사람을 좋아하는 것뿐이야! 그 사람이 교수든, 남자든 상관없어. 내가 좋아하는 건 박태진이라는 사람이니까! 그러니 너희들에게 이런 모진 학대를 받을 필요도 없다고!

다예는 다시 달려드는 두 여학생의 손길에 속수무책으로 당했지만 끝끝내 무릎 꿇지 않았다. 머리가 엉망이 되고 입술이 터져도, 온몸이 만신창이가 돼도 끝내 울지 않고 버텼다.

"이 미친년들이 뭐 하는 짓이야?"

그 순간이었다. 은강이 달려와 다예를 괴롭히는 여학생들을 떼어냈다. 그러고는 보기 싫다는 듯 휙, 하고 밀어버리자 남자의 힘에 여자들이 바닥으로 내팽개쳐졌다.

"괜찮아?"

유주가 다가와 다예의 상태를 살폈다. 이미 꽤 오랜 시간 몸싸움을 한 터라 온몸에 힘이 하나도 없었다. 다예는 쓰러지듯 바닥에 주저앉았다. 그 모습을 보고 있던 유주가 참지 못하고 여학생들에게 다가갔다.

"나이가 몇 살인데 쌈박질이야? 할 일이 그렇게 없냐? 왜 사람을 때려, 때리긴!"

"한유주, 너도 정신 차려. 서다예랑 같이 다니다가 너도 걸레 소리 듣고 싶어?"

"이년이 덜 처맞았냐? 먼지 나게 패줘?"

유주의 협박에 이미 지쳐버린 두 학생은 시선을 피했다. 다예 혼자 있을 때는 어떻게든 해볼 만했는데 은강까지 3 대 2가 되니 불리해졌다고 판단한 모양이었다. 슬금슬금 뒷걸음질 치던 두 명의 학생이 뛰기 시작하면서 욕을 했다. 그러거나 말거나 유주는 씩씩거리며 다예에게로 다가갔다. 엉키고 뜯긴 머리카락을 정리해주며 괜찮냐 물어온다. 그 물음에 왈칵 눈물이 쏟아진다.

"구경났어? 꺼져."

은강의 목소리에 구경꾼처럼 몰려 있던 사람들이 뿔뿔이 흩어졌다. 유주가 주저앉아 있는 다예를 일으켜 세웠다.

"일단 집으로 가자."

휘청이는 다예의 반대편 팔을 이끌어준 건 은강이었다.

가장 가까운 다예의 집으로 모인 세 사람은 기운을 소진한 사람들처럼 거실에 널브러졌다. 그러고는 한참 동안이나 아무런 대화가 없었다. 평소라면 대화 한마디 없어도 어색할 리 없는 공기가 오늘따라 무겁고도 불편하다. 그걸 느낀 은강이 자리에서 일어나 냉장고로 걸어갔다.

"시원한 맥주 없어? 이럴 때는 맥주에 오징어가 딱인데. 오, 있다!"

더도 말고 덜도 말고 딱 세 캔이 있었다. 그것을 들고 온 은강이 하나씩 나눠주며 자신의 캔을 땄다. 정말 목이 말랐는지 시원하게 들이켠 은강이 유주를 힐끔 바라보았다. 뭔가 말을 하고 싶은데 쉽사리 입이 떨어지지 않는 모양이었다. 유주는 긴 한숨을 내쉬고 캔을 따 한 모금 들이켰다. 그런 후 잔뜩 엉망이 된 다예의 얼굴로 시선을 돌렸다.

"기사 난 거 알아, 몰라?"

"……기사라니?"

다예의 말에 유주는 이럴 줄 알았다며 답답한 얼굴로 맥주를 마셨다.

"교수님과 네 스캔들이 어제 하루 동안 실시간 1위였어. 그 기사를 낸 기자가 교수님께 앙심을 품은 건지는 몰라도 기사 내용의 질이 아주 저급했어. 그 탓에 댓글들도 다들 악플이었고."

자신에게 달려들던 여학생들의 말에 얼추 짐작은 하고 있었지만 실시간 1위를 할 정도로 시끄러웠다는 건 조금 놀라운 일이었다. 그럼에도 불구하고 당사자는 몰랐다는 게 황당할 따름이었다.

"네가 몰랐다는 게 말이 돼? 말이 안 되잖아."

"정말 몰랐어. 하루 종일 시험공부만 했거든."

"교수님은? 별말 없으셨어?"

"……아직 연락을 못 했어. 내가 휴대폰을 두고 가는 바람에."

"네 폰 맞지? 교수님이신 것 같은데."

양반은 못 되시네, 라고 투덜거린 은강이 휴대폰을 건네주었다. 그러고는 유주에게 눈짓을 하자 그녀가 자리에서 일어났다. 두 사람은 잠시 슈퍼에 다녀오겠다며 집을 나섰다.

그러지 않아도 되는데.

편하게 통화할 수 있도록 자리를 비켜주는 친구들의 배려에 코끝이 찡하다. 맞아서 그런가, 욱신거리는 것 같기도 하고. 다예는 울었던 기색을 들키지 않으려 목소리를 가다듬었다. 그리고 집요하게 울리는 전화를 받았다.

-서다예! 너 인마, 어디야?

그러자 다급한 목소리 하나가 툭 하고 달려들었다.

"집이에요. 놀라셨죠? 제가 휴대폰을 놓고 가는 바람에……."

-별일 없었어?

"……네? 무슨 별일이요? 혹시 시험 망쳤을까 봐 전화하셨어요? 에이, 그럴 리가 없다니까요. 얼마나 열심히 준비했는데요."

-…….

"A+ 줄 생각이나 하고 계세요. 아셨죠?"

-……울었어?

뜨끔. 순간 훅하고 들어온 태진의 말이 잠시 멈추었던 울음보를 툭, 툭 건드리기 시작했다.

-어떤 새끼가 그랬어? 기자들이야? 아니면…….

"무슨 말씀을 하시는 거예요? 기자들은 또 뭐구요. 제가 기자 만날 일이 뭐가 있어요?"

-……서다예, 넌 내가 네 앞에서 바보처럼 헤헤 웃으니까 정말 등신처럼 보여? 내 여자가 울고 있었던 걸 알아차리지 못할 만큼 병신 같아 보이냐고.

"……."

-기다려. 갈 테니까.

"아니요! 아뇨, 오지 마세요. 절대!"

-…….

"별로 상황이 좋지 않은 것 같아요. 괜히 이상한 꼬투리라도 잡히면 일이 더 커지는 거 아니에요?"

괜히 다급해졌다. 금방이라도 달려올 것처럼 구는 태진의 모습에, 절대 오면 안 된다고 말려야 할 것 같았다.

사실 기사의 내용이 정확히 무엇인지는 모른다. 어쩌면 알고 싶지 않은지도 모르고. 하지만 보지 않아도 알 수 있는 건 언제나 그 상황을 마음속에 염두에 두고 있었기 때문이다. 처음 그에게 마음을 열기까지 시간이 걸렸던 이유도 다 이러한 상황이 벌어질 것을 걱정했었기에 조심스레 추측해볼 뿐이었다.

연인이 된 지 얼마 되지도 않았는데 벌써 시련이 닥쳤다. 다예는 다예대로 망가졌고, 태진은 태진대로 데미지를 받고 있으리라. 그걸 알기에 그가 이곳에 오면 안 된다는 것도 안다. 보고 싶고, 위로받고 싶다. 안겨서 엉엉 울고도 싶다. 그런데 그러면 안 된다. 지금은 서로 각자의 위치를 지키는 게 가장 현명한 방법일 것이다.

"그러니까 오지 마요. 며칠만 참아요. 네? 시간 지나면 금방 가라앉을 거예요. 괜히 일 크게 만들지 않는 게 좋겠어요."

-……다예야.

"괜찮아요. 다 견뎌내기로 마음먹고 시작한 거예요. 이 정도 가지고 흔들리는 일 없어요. 교수님도 그럴 거죠?"

-서다예!

"……곧, 지나갈 거예요."

그러니까 조금만 참아요.

곱씹고 곱씹었던 그 말을 전하는 게 왜 이렇게 힘든지 모르겠다. 누군가에게 받은 상처보다 내 안에 스스로 내는 상처가 더욱 아프다. 괴롭다 못해 죽고 싶을 정도로 가슴이 저렸다.

-날 믿어. 모든 걸 다 버려서라도 널 지킬 테니까.

"네. 믿고 있을게요. 그러니 조금만요."

다예의 말에 태진의 답은 끝내 들려오지 않았다. 묵묵히 서로의 숨소리를 들으며 침묵을 지켜갈 뿐이다. 그러다 결국 전화를 먼저 끊은 건 다예였다.

아무것도 오고 가지 않는 대화 속에서도 두 사람의 호흡은 전해진다. 서로를 격렬히 원하면서도 참아야만 하는 그 애달픈 마음이 때로는 서로를 위로하기도 혹은 힘이 되어주기도 한다. 그렇기에 조금만 참아요, 라며 스스로를 다독였다. 끝내 참지 못한 눈물이 흘러나왔지만 그건 모른 척하기로 해요.

얼마나 울었을까. 현관문 비밀번호를 해제하는 소리에 시선을 옮기자 양손 가득 장을 봐온 유주와 은강이 보였다. 잔뜩 울었는지 눈이 퉁퉁 부은 다예를 보고는 잠시 머뭇거리는 듯했다. 하지만 그것도 잠시, 그들은 뭔가 어색하게 움직이며 집 안으로 밀고 들어왔다.

"워, 원래 서다예 얼굴이 약간 개구리상이잖아? 뭐랄까. 얼굴은 조그마한데 눈만 크고. 음, 그러니까 일단 장 봐온 건 냉장고에 넣을까? 하하. 너무 마, 많이 사왔나. 손가락이 끊어지는 줄 알았네."

"차은강, 애쓰지 말고 빨리 가서 할 일 해."

"어? 어어."

은강은 개구리처럼 눈이 통통 부어 있는 다예를 안쓰럽게 바라보고는 주방으로 사라졌다. 남은 유주가 다가와 다예의 어깨를 세게 때렸다.

"아야!"

"멍청한 게 왜 자꾸 혼자 울어? 뭐가 서러워서 혼자 우냐고. 넌 친구 없어? 애인 없어? 다 가진 게 웬 청승이야?"

"……유주야."

"지랄도 가지가지 해, 아주! 울고 싶으면 울어, 이 멍청한 계집애야."

울컥. 다예는 다시 치미는 울음을 터트렸다.

교수님, 태어나서 처음으로 누군가에게 흠씬 맞았어요. 얼마나 아픈 줄 알아요? 눈물이 자꾸 나올 정도로 아파요. 너무 아파서 자꾸만 울어요. 너무 아파서 자꾸만 운다고요. 그런데, 더 아픈 건 교수님을 못 보는 거예요. 잠시라고 말하면서도 그 잠시도 떨어지고 싶지 않아서, 당장에라도 달려가서 울고 싶어서 아파요.

유주가 다예를 끌어안았다. 다예가 오열할수록 그녀의 셔츠도 젖어갔다. 유주 역시 울고 있었기 때문에. 소리 내지 않았을 뿐이지, 다예보다 더 서럽게 울고 있었다.

"다 지나가. 별스럽지 않은 일들이야. 그러니까 오늘만 울고 홀

홀 털자. 그래야 교수님도 기운 내시지."

"······다 알고 있었던 거지?"

"······."

"고마워."

"······."

"미리 말하지 못해서 미안해, 흡."

"에휴. 너 같은 거 애인이라고 데리고 다니실 교수님이 안쓰럽다. 울보, 찔찔이. 이거 감당하려면 힘드실 텐데."

유주가 눈물을 가득 담은 눈으로 웃어 보였다. 그 웃음에 다예의 눈시울이 붉어졌다.

마음을 나눌 수 있는 친구가 있다는 건 참 따뜻하구나.

"울지 마, 유주야."

내 마음만큼 울어주는 친구가 있다는 것도.

"왜 나는 빼먹어? 남자라고 차별하는 거야?"

툴툴거려도 언제나 자신을 아껴주는 친구가 있다는 것도.

그러니 나를 아껴주는 사람들을 위해 울지 말아야 한다. 그래야 교수님도, 유주도 은강도 모두가 견뎌낼 수 있을 것이다.

다예는 웃었다. 그 어느 때보다 행복하게.

전화를 끊은 태진은 답답한 마음에 테라스로 나갔다. 담배를 꺼내 입에 물고 불을 붙였다. 잠시 후 긴 한숨과 함께 담배 연기가 공중을 갈랐다. 그 모습을 물끄러미 보고 있던 태진은 답답함에 눈을 감았다.

씩씩한 척하고 있는 연인의 목소리는 조금 젖어 있었다. 평소와 다름없이 씩씩한데 끝내는 목소리가 가늘게 흔들렸다. 주의 깊게 듣지 않으면 알아차리지 못할 변화였지만 태진은 단박에 알아차릴 수 있었다. 그럴 수밖에 없을 테니까, 갑작스럽게 다가온 시련은 그 작고 여린 서다예를 통째로 흔들어놓았을 테니까. 그게 짜증이 났다. 울고 있는 다예를 안아줄 수 없다는 것과 달려나갈 수도 없는 것이 그를 무능력하게 만들고 있었다.

스캔들이 터짐과 동시에 기사를 내리느라 애를 썼지만 실시간으로 치고 올라오는 모든 기사를 다 막아낼 순 없었다. 물밀 듯이 쏟아지는 댓글과 악플들.

그뿐만이 아니었다. 태진에게도 기업에서 계약 해지 및 컴플레인이 들어오기 시작했다. 이미지가 바닥을 치는 지금, 그에게 광고며 카피를 맡길 수 없다는 거였다. 실제로 마지막으로 일을 진행했던 후일전자의 사장인 정후에게로 익명의 컴플레인이 들어왔다는 이야기를 전해 들었다.

후일전자에서 야심차게 내놓은 에어컨의 광고 콘셉트는 '맑고 깨끗한 바람'이었다. 언제 어디서나 자연의 공기로 여름을 시원하게 해주는 에어컨. 메탈 소재의 고급스러운 디자인으로 더욱 각광받았던 제품이다. 콘셉트와 제품의 이미지가 잘 맞아떨어져 매출 1위를 찍고 있던 제품이 태진의 스캔들로 판매가 주춤하기 시작했다는 거다.

사실 광고의 제작자는 이러한 일에 언급돼도 큰 타격을 받지 않는다. 누가 만들었는지 드러내고 작업하는 게 아니기 때문이다.

다만 이 말도 안 되는 상황이 업계에 소문이 나고, 크리브진이 만든 광고의 제품들은 쓰지 말자는 불매운동까지 이어지기 시작했다. 이러한 컴플레인이 지속되는 이유는 누군가의 의도적인 접근이 있다는 것이었다. 태진에게 앙심을 품었다거나 아니면 라이벌로 상대를 견제하기 위한 수를 두었다거나. 대부분 비슷한 경우이기에 쉽게 파악할 수 있었다. 이번 사건은 전자였다.

석우에게 부탁했던 181818의 발신자는 수래기였다. 너무나 황당하고 기가 막혀 한참 동안이나 말을 잃었다. 단순히 우연이겠지 싶었는데 최초 기사 유포자가 그의 형인 수영기였다는 사실을 알아차리면서 분노는 극에 달했다. 지금도 그의 만행은 계속되고 있을 것이다. 하지만 태진은 잠자코 있었다. 그의 약점을 쥐고 있는 것은 태진이었고, 움직여야 한다면 그건 자신이 아니라 그의 법률 팀이었다.

래기는 복수를 가장한 움직임을 신중히 했어야 했다. 물론 이번 스캔들로 다예가 언급되면서 태진이 쉽게 반격에 나설 수 없게 된 건 사실이다. 호텔에서의 사진을 찍힌 후라 더욱 그랬다. 괜한 움직임이 지금보다 더 최악의 상황을 만들까 봐 조심스러운 것 역시 사실이었다.

하지만 간과한 것이 있었다. 사람들은 늘 새롭고 강한 자극을 기다린다. 마치 실험쥐와 같이 자주 언급되고 반복된 자극에는 익숙해져 무감각하게 된 것처럼 그다음에 있을 자극을 기대하게 된다. 그리고 그 자극의 용도로 쓰이게 될 것은 바로 수래기 녀석이었다. 그날, 깔끔하게 처리했다고 믿었는데, 실수였다. 이런 종류의 인간을 잘 알고 있었으나 방심했다. 그 사실을 인정하기까지 많은 걸 잃어야 했지만 이미 엎질러진 물을 주워 담을 수는 없는 일이었다.

태진은 마지막 담배 한 모금을 빨아들인 후 테라스를 빠져나왔다. 잠시 후 샤워를 마친 그가 침실로 돌아왔을 때, 문자 메시지 하나가 도착해 있음을 알렸다. 다예일까, 싶어 서둘러 열어봤지만 유주였다.

[교수님, 다예가 아파요. 자는 내내 끙끙 앓기만 해요. 약을 먹어도 차도가 없는 걸 보니 아무래도…… 힘든 모양이에요.]

휴. 태진은 결국 참지 못할 숨을 내쉬었다. 일이 일어나고 나서부터 계속 가슴 언저리가 얹힌 듯 아파왔다. 혼자서 아프면 참아볼 만한데 서다예도 아프단다. 예쁜 서다예가 자신 때문에 아프단다. 모든 게 다 그의 탓 같다. 만나지 않겠다고 하던 서다예를 흔들어 놓은 건 자신이었으므로 이 모든 괴로움은 자신에게 와야 맞다.

결국 태진은 아무렇게나 던져놓은 카디건과 차 키, 휴대폰을 들고 엘리베이터에 올랐다. 밤이 늦었으니 좀 잠잠해졌겠지, 싶어서였다. 하지만 그건 기우였다. 기자들은 아직도 그 억지스러운 '교수와 학생의 사랑'에 대한 취재에 목이 마른 모양이었다.

로비를 스쳐 지나가는 엘리베이터 틈으로 진을 치고 서 있는 기자들이 보였고 이내 지하 주차장에 도착했다. 띵, 하는 소리와 함께 문이 열리자 태진은 거침없이 걸음을 옮겼다. 멀리 보이는 차를 향해. 생각보다 조용해서 일이 순탄하게 풀리려나, 싶은 순간 태진의 차 근처에 잠복하고 있던 기자들이 불쑥 튀어나와 그의 앞을

막았다.

"크리브진 씨, 한 말씀만 해주시죠! 기사에 대해 긍정이든 부정이든 말씀해주십시오! 이렇게 침묵을 유지하는 건 좋은 상황이 아닙니다!"

"증거가 있으니까 사실 아닙니까? 호텔, 아니 크리브진 씨의 집을 오고 갈 정도면 이미 깊은 사이 아닙니까? 대답해주시죠!"

"크리브진 씨! 누가 먼저 대시한 거죠? 학생이었던 서다예 씨가 크리브진 씨를 꼬신 건가요?"

그때였다. 거침없이 걸어가던 태진의 발걸음이 우뚝 멈춘 것은. 그리고 천천히 뒤를 돌아보았다. 방금 전 '꼬신다'의 표현을 썼던 기자가 태진을 낚았다는 표정으로 의기양양하게 서 있었다. 그사이 플래시가 터졌다. 생각했던 것보다 많은 기자들이 숨어 있다 모습을 드러냈다. 하지만 그건 이미 태진의 머릿속에서 사라진 후였다.

"당신, 방금 뭐라고 했어?"

"어떤 분이 먼저 대시했냐고 물었습니다. 나이 어린 서다예 씨가 아무래도 유명한 크리브진 씨를 꼬셨을 거란 추측이 돌고 있는……."

퍽. 그 순간이었다. 태진의 퓨즈가 나가버린 것이.

태진의 주먹에 맞아떨어진 기자가 바닥으로 내리꽂혀졌다. 그리고 그의 주먹은 쉴 새 없이 기자의 얼굴로 날아들었다. 두 사람을 에워싼 다른 기자들의 카메라가 정신없이 찰칵 소리를 내며 그 상황을 찍어대기 시작했다.

해도 해도 너무한 사람들이었다.

본인들의 특종을 위해 소중한 한 여자를 무참히 짓밟는다. 사생활을 탈탈 털어 상처 준 것도 모자라 지저분한 표현들로 다예를 끌어내린다. 그게 참을 수가 없었다.

퍽, 퍽, 퍽. 어느새 피투성이가 된 기자는 더 이상 말을 잇지 못하고 죽은 듯 누워만 있었다. 기자들 역시 말리지 못한 채 카메라 셔터만 누르느라 정신이 팔려 있었다. 태진은 몸을 일으켰다. 분노가 극에 달한 듯 카메라 하나를 빼앗아 바닥에 던졌다. 그 순간 비싼 몸값을 자랑하던 카메라가 와장창 분리되며 깨져버렸다. 하지만 태진의 눈에 그런 것 따윈 보일 리 없었다. 보이는 카메라마다 손을 뻗으며 위협하자 기자들이 기겁을 하고 뒷걸음질 쳤다.

"더 지껄여봐. 어? 손가락으로는 잘도 지껄이더니 왜 입은 다물고 있어? 이 새끼처럼 얻어터질까 무서워? 그랬으면 신중했어야지! 니들이 뭔데! 니들이 뭔데 상처 줘? 곱디고운 그 여자를, 니들 따위가 뭔데!"

폭발의 순간이었다. 화를 주체하지 못한 태진이 손에 잡히는 기자들의 멱살을 잡아 올렸다. 큰 키에 넘치는 힘을 가진 태진의 악력에 다들 컥컥거리며 그의 손을 쳐내느라 바빴다. 하지만 그건 발작에 가까운 반항이었다. 자비를 베풀지 않는 태진은 무자비하게 기자들을 바닥에 던져버렸다. 던져진 기자들은 숨을 턱턱, 뱉으며 겨우 호흡했다.

"수영기가 누구야?"

"……네?"

"XX일보 수영기. 없어?"

으르렁거리며 먹이를 찾는 맹수의 소리에 다들 기가 죽은 듯 어깨를 움츠렸다. 하지만 그 사이에서도 덜덜 떨며 눈을 피하는 한 남자가 있었다. 누군가와 닮은 얼굴. 쓰레기통에 박혀 울던 모습과 비슷하게 생긴 남자를 발견한 태진이 성큼성큼 그의 곁으로 다가갔다.

"내놔."

"……네?"

대답을 하기도 전이었다. 그는 카메라에서 저장 칩을 분리한 채 카메라를 벽으로 던져버렸다. 수백만 원을 호가하는 그 카메라는 그 자리에서 부서졌다.

"뭐 하는 겁니까, 지금?"

"왜? 고작 저 카메라 하나 부서진 게 아까워?"

"변상해주세요!"

미친 새끼. 이 와중에 변상? 태진의 표정이 잔인하게 일그러졌다.

"네놈이 마구 지껄여댄 기사로 인해 내가 본 피해는 어떻게 변상해줄 건데? 어? 너 돈 많아? 빽이라도 있어? 뭐 믿고 이렇게 겁도 없이 덤벼?"

"크, 크리브진 씨. 일단 진정하시고."

퍽. 그 순간 태진의 발이 그의 복부를 가격했다. 그는 힘없이 널브러지며 피를 토해냈다. 태진은 다예를 따라다니며 괴롭히던 래기를, 동생의 부추김에 두 사람을 바닥으로 끌어내렸던 영기를 절대 용서할 생각이 없었다. 거칠어지는 숨소리, 더욱 격렬해지는 그의 주먹질에 영기의 숨이 턱턱 막힐 때쯤.

"형님! 태진 형님!"

석우가 달려와 그를 끌어안았다. 영기는 그의 손에 바스락거리며 구세주라도 나타난 듯 살려달라 외쳤다.

"형님, 제발요. 제발 진정하세요! 네? 태진 형님!"

"놔. 이 새끼 죽여버릴 거야."

"형님!"

"놔!"

역부족이었다. 말리는 석우를 밀쳐낸 태진이 다시 영기에게로 달려들었다. 일이 점점 커진다. 이러면 안 되는데. 다급한 석우가 태진과 영기의 사이에 끼어들며 태진을 말렸다. 그 순간, 그의 주먹이 영기에게로 날아들었고 그걸 막으려던 석우가 얼굴을 들이밀었다. 퍽, 하는 소리와 함께 석우의 얼굴이 반대편으로 돌아갔다.

"……형님, 제발요. 진정……."

"젠장!"

순식간에 뺨이 부어오르는 석우의 얼굴을 확인한 태진은 거칠게 몸을 세우며 머리를 쓸어 올렸다. 화가 치민다. 머리부터 발끝까지 온갖 화가 끓어오른다. 누군가를 죽이고 싶은 충동은 난생처음이었다.

누구도 서다예를 함부로 하게 놔두지 않을 것이다. 절대로!

태진은 석우의 간절한 눈빛을 무시하듯 획 돌아섰다. 아직 남아서 두 사람의 모습을 훔쳐보고 있는 기자들을 훑어본 후 성큼성큼 걸음을 옮겼다. 그러고는 차에 올라탔다.

"형님!"

석우의 목소리가 들렸지만 이미 태진은 주차장을 빠져나간 후였다.

방금 전 주차장에서 일어난 일이 꿈만 같다. 한산하다 못해 썰렁한 도로를 빠르게 달리던 태진은 주먹에서 느껴지는 통증에 인상을 구겼다. 33년을 살아가면서 어렸을 때 빼고 주먹을 쓸 일이 별로 없었다. 그럴 일이 생기더라도 유연하게 대처했고, 어린아이처럼 컨트롤에 실패해 이성을 잃는 일도 없었다. 그런데 서다예 일이라면 통제가 되질 않는다.

어느새 다예의 집 앞에 도착한 태진은 혹시라도 있을 파파라치에 주변을 살폈다. 하지만 이내 성큼성큼 걸었다.

있으라면 있으라지. 그깟 게 무서워서 조금만 참자고? 웃기는 소리. 누구 맘대로. 누구 맘대로?

엘리베이터에 몸을 싣고 다예의 집 앞까지 가는 동안 그의 바람은 단 하나였다. 아프지 않게 해주세요, 우리 서다예.

바라는 건 명예 회복도, 재기도 아니었다. 오로지 사랑하는 서다예가 아프지 않기를 바랄 뿐이었다.

태진은 다예의 집 앞에 서서 한참을 망설였다. 문을 열고 들어가자니 혹시라도 잠든 다예가 깰 것 같고, 기다리자니 애가 타고. 한참을 고민하며 결정을 내리지 못할 때쯤 기적처럼 문이 열렸다. 은강이었다.

"……오셨어요?"

"한유주는?"

"안에 있어요. 이제 슬슬 가려는데, 때마침 잘 오셨네요. 그나저나 괜찮으세요?"

은강의 조심스러운 질문에 태진은 답하지 않았다. 괜찮을 리 없는 상황이라는 걸 태진도, 은강도 모두 알고 있기 때문이었다. 태진은 다예의 집 안으로 들어갔다. 식사를 했는지 음식 냄새가 미세하게 남아 있었지만 집은 깨끗했다. 은강과 유주가 애써준 덕일 것이다. 그사이 다예의 방문을 조심스럽게 닫으며 나온 유주가 태진을 발견하고 놀란 듯 바라보았다.

"방금 다시 잠들었어요."

"고생했다. 내일 시험도 있을 텐데 어쩌냐, 미안해서."

"그런 말 마세요. 교수님의 부탁이 있기도 했지만 어쨌든 저희에게는 둘도 없는 친구예요. 그러니 미안하다는 말씀 하실 거면 아예 마세요."

"고맙다."

유주는 꽤나 담담하게 말을 이어갔다. 아예 눈도 마주치지 않은 채. 마치 박태진이라는 사람이 꼴도 보기 싫다는 듯. 그 눈빛을 태진은 알아차렸지만 이유를 묻지 않았다. 자신만큼이나 다예를 아끼는 친구들이니 이런 상황을 만든 태진이 야속하고 미운 건 당연한 일일 것이다.

"먼저 가겠습니다. 다예, 잘 좀 봐주세요."

"……제발, 잘 좀 봐주세요. 제발요."

끝까지 시선을 주지 않던 유주가 결국 참았던 말을 내뱉고는 그대로 집을 나섰다. 그러자 은강이 겸연쩍게 웃으며 그녀의 뒤를 따랐다. 할 말이 많은 얼굴이라는 걸 알기에 속이 쓰리다.

태진은 조심스레 방문을 열자 잠들었는지 이불 속에 누워 있는 다예가 보였다. 멀리서 봐도 한눈에 알 수 있는 퉁퉁 부은 얼굴에 태진의 가슴이 덜컥 내려앉는다. 혹시라도 그의 움직임에 다예가 깰까 발소리마저 죽이며 다가간 태진이 침대 맡에 다리를 굽히고 앉았다. 그제야 누워 있는 다예와 눈높이가 맞았다.

얼마나 힘들었던 걸까. 얼마나 벅찼으면 이렇게 병이 날까.

주변에서 쏟아지는 시선은 물론이고, 스스로도 견디기 힘든 일들이었을 것이다. 함께 웃고 행복해하던 게 엊그제 같은데 오늘은 생이별을 한 것처럼 아프다. 태진도, 다예도.

태진은 식은땀이 맺힌 다예의 이마를 살며시 쓸었다. 깊이 잠들었는지 미동도 없다. 푹 자줘서 다행이라고 해야 할까, 아니면 섭섭하다고 투정을 부려야 할까. 마음이 편해지니 괜한 심술이 돋는다.

매일같이 동그랗게 눈을 뜨고 달려드는 모습을 생각하니 질끈 감은 모습이 안쓰럽고, 종알종알 잠시도 쉬지 않는 저 개구진 입술이 닫혀 있으니 그것마저 마음이 쓰인다. 예쁜 서다예, 일어나 봐. 일어나서 수다 좀 떨어봐, 응? 울음 섞인 목소리 말고 씩씩하고 예쁜 목소리로. 눈을 치켜떠도 화내지 않을 테니 날 좀 봐주면 안 될까? 태진은 작게 속삭이며 다예의 얼굴을 아낌없이 보고 또 보았다. 그러다 그의 얼굴이 눈에 띄게 굳어졌다.

"……."

어두워서 잘 보이지는 않지만 분명 그의 눈에 닿는 그 흔적은 상처였다. 눈가에 살짝, 입술 끝에 살짝. 미세하지만 그건 분명 상처였다. 도대체 오늘 무슨 일이 있었던 거야? 꼭 누구한테 맞은 것 같…… 뭐? 맞았다고? 하지만 누구에게? 감히 서다예에게 누가 손찌검을 한단 말인가? 태진은 주먹을 움켜쥐었다. 수그러들었던 분노가 다시 한번 치밀어 오른다. 어떤 새끼야, 도대체!

태진은 자리에서 벌떡 일어났다. 당장에라도 찾아내 아작을 내지 못하면 미쳐버릴 것만 같다. 일단 상황파악부터 하기 위해 주머니에서 휴대폰을 꺼내며 방 안을 빠져나가려 했다. 그런데, 태진의 손목에 무언가가 닿았다. 따뜻하면서도 약간의 열을 담고 있는 그 온도에 그가 놀란 듯 뒤를 돌아보았다.

"……서다예?"

눈을 뜬 듯, 감은 듯 다예는 힘겨운 숨을 내뱉고 있었다. 태진은 성큼, 다예에게 다가가 그녀의 손을 붙잡았다. 그 뜨거운 손을.

"나, 꿈꿔요?"

"……."

"말이 없는 것 보니까 꿈꾸는 것 맞네. 에이."

"누가 그래? 꿈에서는 말 못한다고?"

"……와. 말을 하네?"

약 기운에 정신이 없는 모양이다. 눈앞에 있는 그가 꿈인지 현실인지 구분을 하지 못한다. 그럼에도 불구하고 몽롱한 시선 안에 태진이 가득하다. 태진은 그 사실만으로도 벅차올랐다.

"많이 아파?"

"조금요."

"……거짓말."

"진짠데? 난 조금밖에 안 아파요."

"근데 왜 그렇게 누워 있어?"

"……교수님 올까 봐요. 이렇게 누워 있으면 꿈에서라도 만날까 봐."

울컥. 태진의 가슴이 요동친다.

"……보니까 좋아?"

힘겹게 숨을 내뱉는 다예가 안쓰러워 미칠 것만 같다. 자신을 알아보지 못할 정도로 힘겨워하는 모습에 그의 가슴이 한없이 무너져내렸다.

"안 좋아요."

"……."

"나보다 더 아파 보이는 표정으로 서 있으면 누가 좋아해?"

"……내 표정이 그래?"

"네. 환자 침대 빼앗은 기분이라 별로네. 에이, 다른 꿈 꿔야겠다."

다예는 장난스레 웃으며 눈을 감았다. 하지만 태진은 그런 다예의 모습에서 눈을 뗄 수가 없었다. 예뻐서, 아픈데도 웃는 다예가 미칠 듯 예뻐서. 견디기가 참 힘들다.

"우리 집으로 갈래? 나 너 여기 두고 못 갈 것 같아."

"……싫어요."

"왜?"

"내일 시험 봐야 돼요."

"……하, 정말 못 말린다."

아픈 와중에도 시험 걱정이라니. 기가 차서 말이 안 나온다. 이걸 칭찬해줘야 돼, 아니면 혼을 내줘야 돼? 하지만 어떤 것도 해줄 수가 없다. 잘하고 있다고 말해주기엔 가슴이 아프고 혼을 내기엔 내키지가 않는다. 이 바보는 이렇게 열심히 살고 있는 거다. 상황이 상황인데도 불구하고 학생으로서의 하루를 충실히 살아가고 있는 거다.

"장하네."

이런 서다예에게 크리브진이라는 꼬리표는 잔인하다. 무슨 일을 하든 크리브진의 그림자가 다예의 가치를 깎아내릴 것이다. 그게 걱정이 되었더라면 조금 더 마음을 숨기고 꽁꽁 감춰뒀어야 했다. 그런데도 이 예쁜 서다예가 탐이 나서 그걸 참지 못했다. 미련하고 바보 같은 남자를 사랑하게 만든 죄는 고스란히 태진에게로 돌아왔다.

"어쩌면 앞으로는 더 많이 힘들어질지도 몰라. 사람들의 시선이 달라졌고, 그 시선은 널 곧이곧대로 봐주지 않을지도 몰라. 그래도 괜찮을까? 널 내 곁에 둬도 괜찮은 걸까?"

아픈 다예를 보니 새삼 자신이 얼마나 이기적이었는지를 깨닫는다. 곁에 두지 못해 안달 낸 결과가 고작 이거였다. 아프게 했고, 울렸고, 상처 주었다. 그럼에도 불구하고 이 여자를 놓고 싶지가 않다는 거다. 아프더라도 함께 나누면 나아지지 않을까. 고통이 반으로 줄지 않을까. 자꾸만 내 편한 생각만 하게 된다.

"다예야, 태어나 처음으로 무섭다. 누군가가 너를 아프게 한다는 사실이 목을 조여와. 그 누군가가 나라는 사실을 깨달을 때마다 더욱 숨이 가빠오고. 그런데도 괜찮을까?"

"……."

"내 이기심으로 인해 서다예는 한없이 추락할 것만 같아. 더 이상 온전한 서다예를 잃게 할까 봐 겁이 나 미치겠다, 다예야."

잠이 들었는지 다예는 말이 없다. 들어주길 바라서 하는 말은 아니었다. 오히려 나약한 남자의 마음을 들키고 싶지가 않다. 그런데도 어찌해야 할 바를 알 수 없어 답답하다. 그사이 자세가 불편한지 무의식적으로 등을 돌렸다. 그 탓에 마주 보고 있던 시선이 벽에 갇힌 듯 사라졌다. 그 순간이었다. 그의 인내심이 툭, 하고 끊어진 게.

고작 등을 바라보는 일인데, 헤어지는 것도 아니고 고작 뒤를 돌았을 뿐인데 조바심이 일었다. 다신 그와 눈을 마주쳐주지 않을까 봐. 너의 나약한 마음이 나를 아프게 해서 싫다며 그를 밀어낼까 봐. 덜컥 겁이 난 태진이 침대 위로 올라갔다. 그녀가 누웠던 자리가 땀으로 축축하게 젖었으나 개의치 않았다. 오히려 다가가 그녀의 등을 끌어안았다.

"네가 등 돌리는 걸 보는 건 더 죽을 것 같다. 싫다. 그냥 보는 것만으로도 싫어. 싫다, 다예야."

"……그럼 더 세게 안아줘요."

"……!"

잠이 든 게 아니었나 보다. 울음을 참듯 먹먹한 목소리가 그의 귀를 타고 흘렀다.

"부서져도 교수님 품에 안겨 부서질래요. 그게 사랑이라면 그렇게 할래요."

수줍은 고백. 그 안에 담긴 절절한 마음에 태진의 눈에서도 눈물이 흘렀다.

이렇게나 서로를 깊이 사랑하고 있는데, 누가 두 사람에게 돌을 던지나요. 부서짐을 두려워하지 않는 이 예쁜 사람에게 누가 칼날을 휘두르나요.

"사랑해요, 교수님."

작은 목소리가 그 어떤 것보다 생생하게 들려온다. 한 글자도 빠짐없이 톡, 톡, 톡 그의 귀에 새겨진다. 태진은 다예의 목덜미에 입을 맞췄다.

'사랑' 그 지독한 것에 대한 대가로 우린 많은 걸 잃었지만 서로를 얻었으니 세상의 그 무엇도 두렵지 않을 것이다. 태진은 단단해진 마음으로 다예를 부서져라 안았다.

아침이 밝아왔다. 다예를 안은 채로 잠이 든 태진은 어느새 열이 떨어진 듯 곤히 자고 있는 다예를 물끄러미 바라보았다. 듣고 들어도 다시 듣고 싶어지는 그 고백. 태진은 지난밤의 고백이 꿈이 아니었음을 깨달으며 기분 좋은 아침을 맞이했다. 늘 이렇게 함께 하면 좋을 텐데. 눈을 뜨면 네가 있고, 내가 있는 그런 아침. 태진은 불쑥 떠오르는 생각들을 곱씹으며 몸을 일으켰다.

시험이 있는 날이라 아마 일어나면 학교 갈 준비를 할 것이다. 아프니 가지 말라 말려도 절대 들을 다예가 아님을 알기에 태진은 아침을 준비할 요량으로 주방으로 걸음을 옮겼다. 그러다 문득 발에 걸리는 가방을 집어 들었다. 학교 갈 때 메고 다니던 다예의 가방이었다. 얼마나 급했으면 정리도 못 하고 아무 데나 둬? 하여튼 칠칠이. 함박웃음이 피어올랐다. 가끔 이런 애기 같은 면이 너무나도 귀엽다. 허술한 모습, 챙겨줘야만 될 것 같은 그런 모습. 그게 이상하게 가슴을 간질인다.

가방을 한쪽으로 치워놓으려다 문득 삐져나온 종이 한 장을 발견했다. 우연히 꺼내 본 종이는 태진의 힘에 의해 아주 가볍게 제 모습을 드러냈다.

"……."

A+을 외치며 신신당부했던 답안지였다. 아무래도 제출하기 전 구상했던 최종 시안인 듯했다. 최선을 다하든, 최고의 결과물을 내라던 교수의 말을 깡그리 무시한 심플하고도, 깔끔한 답안지에 그의 미간이 찌푸려졌다. 어째 날로 먹으려는 것 같다? 장난스레 중얼거렸다.

"아니면 최고의 답을 낼 수 있다는 자신감인가?"

태진은 피식 웃었다. 누구보다 기대했던 그 답안지, 오로지 그녀를 위해 만들었던 그 답안지를 떠올리며 천천히 살펴보았다.

시험 주제는 '사랑 그리고 결혼'이었다.

그에 맞는 제품을 고르고 카피를 써내는 지면광고가 이번 시험 문제였다.

다예의 답안지에는 그녀가 선택한 제품의 사진과 카피 한 줄, 그리고 교수의 이해를 돕기 위한 해석이 있었다.

눈에 보이는 제품은 아주 오래된, 구식의 김치냉장고였다. 요즘처럼 화려한 디자인과 뛰어난 기능을 가진 제품이 아닌, 이젠 단종되어 찾아볼 수도 없는, 아무도 찾지 않는 구식의 김치냉장고. 컬러를 담지 않은 흑백의 제품 사진은 그것을 더욱더 오래된 제품처럼 보이게 했다.

〈Ripen〉

유일한 컬러를 가진 그 단어로 눈을 돌렸다.
그리고 한 줄의 카피.

〈흐르는 시간만큼, 우린 여전히 함께 익어갑니다.〉

태진은 잠시 말을 잃었다.
'익어간다'라는 게 뭘까.
김치냉장고를 제품으로 선정했기 때문에 '익다'라는 표현을 쓴 것일까. 주제는 '사랑 그리고 결혼'인데.
태진은 쿵쾅거리는 가슴을 달래며 코멘트로 시선을 돌렸다.

〈Ripen. 사전적 의미로는 '익다', '숙성하다'라는 표현입니다.
한국 사람으로 태어난 이상 김치는 떼려야 뗄 수 없는 존재가 되었죠. 아주 오래전부터 그 김치의 맛을 살리고자 많은 노력을 해왔습니다. 그 시간이 흘러 지금에 이르기까지 우린 여전히 그 맛을 지키고자 노력합니다.
사랑과 결혼도 마찬가지 아닐까요?

김치와 양념이 조화를 이뤄 최상의 맛을 내기까지는 많은 주의를 필요로 합니다. 예를 들면 온도나 매뉴얼 선택 같은 거요. 또한 맛이 시어지면 신 김치가 되고, 더욱 깊어지면 묵은 김치가 되듯이 사랑 역시 많은 변화를 가져오고 다양한 형태로 변합니다. 하지만 본질은 변하지 않죠. 그런 면에서 사랑과 결혼도 같은 맥락이라는 생각이 들었습니다.

성질이 다른 두 사람이 만나 많은 것들을 맞추고 조화해내며 서로에게 숙성되고, 익혀 들어가는 것. 함께 어우러지며 최고의 맛을 내는 것. 그 맛을 지키기 위해 열심히 가동 중인 냉장고의 희생처럼 사랑 또한 희생이 따르지만 서로가 함께 조화를 내주기에 최고의 맛을 내는 거라 생각합니다.

그래서 제 사랑도 무르익어갔으면, 누군가와의 결혼 생활도 오랜 시간 동안 숙성되어가기를 바라는 마음으로 표현해보았습니다.

감사합니다.>

태진은 그 답안지를 여러 번 읽고 또 읽었다. 그 어느 날 침대 위에서 혼자 남겨진 채 쪽지를 여러 번 반복해 읽었던 것처럼.

그럼에도 불구하고 그때와는 전혀 다른 감정들이 북받쳐 올랐다.

도대체, 이 여자는.

어쩌자고, 이 여자는.

태진의 가슴을 울리는 걸까.

도대체, 이 여자는.

어쩌자고, 이 여자는.

이 작은 한 줄의 카피로 태진을 흔들어놓는 걸까.

올컥올컥 치밀어 올랐다.

쉽지 않은 풀이였다.

하지만 알 것도 같은 풀이이기도 했다.

함께 익어간다라는 표현은 어쩌면 늘 혼자였던 다예에게 꼭 이루고 싶었던 미래가 아니었을까?

늘 외롭기만 했던 다예가, 누군가의 행복의 중심이 될 수 없었던 다예가 그리는 삶은 그리 어려운 게 아니었다. 그저 함께할 수 있다면, 오랜 시간 서로의 곁에 있을 수만 있다면, 하는 작은 바람. 그게 태진의 마음을 강하게 울렸다.

이제 알겠다. 서다예를 지켜야만 하는 이유. 좋아하고 사랑하는 맹목적인 감정이 아니었다. 서다예라는 존재, 늘 아프기만 했던 그 사랑스러운 존재를 그 자신이 안아주고 보듬어주고 싶은 거다. 그럴 수만 있다면 태진은 무슨 일이든 할 수 있을 것 같았다. 그게 태진의 모든 것을 다 잃는다고 해도 말이다.

"형님, 지금 뭐, 뭐 하신 거예요? 네? 어제 기사난 거 못 보셨어요?"

결국 또 기사가 났다. 이번에는 기자들을 폭행했다는 기사였다. 어린 학생을 꼬신 파렴치한 교수가 연인을 호텔로 끌어들인 것도 모자라 이젠 폭행 기사까지 더해졌다. 그의 이미지는 더 이상 추락할 것도 없었다. 그런데도 여유로운 모습이라니. 도대체 어젯밤 무슨 일이 일어난 것일까? 게다가 저분은 왜 또 여기 있어?

"봤어. 어제 기사만 봤게? 오늘 아침 기사도 봤는데."

오늘 아침 기사는 정말 가관이었다. 호텔도 모자라 이번엔 연인의 집 앞에서 찍힌 사진이었다. 학교를 가는 다예를 차로 모시고 가 고스란히 다시 그의 호텔로 모시고 왔다. 덕분에 부록처럼 딸려온 다예는 어색하게 웃으며 책으로 시선을 돌렸다. 어찌 되었건 민망한 상황은 피하고 싶은데 어째 자꾸 불편해지는 것 같다. 다예는 결국 참지 못하고 자리에서 일어나 2층으로 걸음을 옮겼다. 그러자 석우의 뒤통수로 주먹이 날아들었다.

"악! 왜 때려요?"

"누가 눈치 주래? 너 불편해서 자리 피한 거잖아?"

"제가 언제 눈치 줬어요? 알아서 피하는 거구만!"

"죽고 싶냐?"

"네. 요즘 같아서는 딱 일 때려치우고 죽고 싶네요! 형님, 양심이 있으시면 사고 좀 그만 치시죠? 하룻밤만 지나면 기사들이 눈덩이처럼 불어나고, 그거 뒤치다꺼리하느라고 저희가 얼마나 힘든 줄 아십니까? 이제 돈벌이도 팍 줄었으니 좀 아끼세요. 아무리 형님을 위한 법률팀이라지만 유지 비용이 장난 아니게 들어갑니다. 네?"

마누라처럼 잔소리를 퍼붓는 석우의 모습에 태진은 능청스럽게 귀를 팠다. 불과 몇 시간 전까지만 해도 화를 참지 못하고 주먹질을 날리던 태진이 본래의 모습으로 돌아왔다는 건 꽤 충격적인 일이었다. 석우는 2층으로 올라가 종적을 감춘 다예의 뒷모습을 떠올렸다. 예쁘긴 예쁘다지만 도대체 저 여자의 매력이 뭐기에 이 망나니 같은 태진이 하루아침에 다른 사람이 되는 걸까? 새삼 궁금해지는 순간이었다.

"그래서 뭐, 일처리는 잘되고 있냐?"

"네. 일단 법적인 문제들은 착착 정리돼서 이번 주 안에 소송 들어갈 것 같습니다."

"기사는?"

"죽도록 막고 있는데 심심하신 어느 분께서 열정적으로 기삿거리를 제공해주셔서 그 부분은 포기했어요. 그러니 알아서 움직이시구요. 당분간 스케줄 없으시니까 벌어놓은 돈 까먹으면서 푹 쉬세요. 영원히 쉬지 않게끔 미리 미리 노후 준비하시고요."

"야, 너 나 돈 안 번다고 무시하냐? 어째 말투가 영 거슬린다?"

태진의 장난에 속이 터진 석우는 들고 있던 파우치를 던지며 씩씩거렸다. 도무지 참을 수 없는 한계에 부딪혔기 때문이다.

"아니, 그럼 어쩌라는 겁니까? 하루에도 수십 개씩 기사는 쏟아지고 저 지겨운 기자들은 호텔에서 죽치고 나가질 않는데 당사자인 형님은 사고만 치고. 호텔 측에도 얼마나 미안한 줄 알아요?"

"……"

"제발 이제 사건을 정리하자고요. 네? 기자회견이라도 해서 어떻게든 여론을 긍정적으로 돌려놔야죠. 안 그러면 재기 불가능하다니까요?"

"흠."

"아이고, 속 터져! 아이고, 속 터져!"

석우는 털썩 주저앉았다. 당사자는 멀쩡한데 석우의 속만 바싹바싹 타들어갔다. 태진은 건방지게 앉아 꼰 다리를 휙휙 돌리더니 자리에서 벌떡 일어났다.

"따라와."

"네?"

"너 살려줄 테니까 따라오라고."

서재로 들어간 그는 졸래졸래 쫓아오는 석우의 눈앞에서 문을 쾅 닫아버렸다. 그 바람에 문에 코를 찐 석우가 그것을 부여잡고 발을 동동 굴렀다. '이 망할 놈의 181818 박태진!'을 외치던 찰나 어디서 픕, 하는 소리가 들려왔다. 고개를 드니 2층에서 빼꼼히 자신을 바라보고 있다 후다닥 숨는 다예가 보였다. 순간 얼굴이 빨개진 석우는 서재의 문을 벌컥 열더니 급하게 자취를 감췄다.

"왜?"

"아주."

"……?"

"잘~ 어울리십니다요."

"누가? 다예랑 나?"

"그럼 형님이랑 저겠습니까?"

"짜식이 이제야 안목이 트이는구나? 한동안 눈깔이 병신…… 아니, 뭐 어쨌든 드디어 사람 된 것 같아서 다행이다."

"여자친구분 앞에서도 그렇게 입이 거치십니까?"

"거칠다기보다 섹시한 편이 맞지?"

이런 퉤. 석우는 결국 서재 바닥에 침을 뱉는 시늉까지 해야 했다. 이 정도면 제정신이 아닌데. 스캔들로 인해 스트레스를 심하게 받은 건 아닌지 궁금해졌다. 하지만 그것도 잠시, USB 하나를 건네는 그의 눈이 사뭇 진지해졌다.

"뭐예요?"

"USB. 사건의 원흉들을 처단할."

"원흉이요?"

"일단 그 USB를 기자들에게 돌려. 아마 좋은 먹잇감이 될 거야."

"……"

"그리고 기자회견 준비해. 아무래도 그거, 해야 될 것 같아."

"정말입니까? 드디어 입장표명 하시는 거예요?"

"먹고살려면 해야지."

"오! 잘 생각하셨어요! 금방 스케줄 잡아서 올리겠습니다!"

석우는 발걸음이 보이지 않을 정도로 신이 나서 뛰쳐나갔다. 하지만 남겨진 태진의 얼굴엔 표정이 없었다. 한참을 홀로 남아 있던 그는 자리에서 일어나 서재를 둘러보았다.

이곳은 태진의 작업공간이자 혼자만의 영역이기도 했다. 책상 뒤로는 크고 높은 책장이 자리 잡고 있었다. 빼곡하게 채워진 책만큼 수두룩한 자료들이 그동안 태진의 치열했던 삶을 대변해주었다. 그래서 이 공간이 좋았다. 종이 냄새가 나는 이 공간에서 치열하게 전투에 임한다. 쏟아져 나오는 머릿속의 글들을 종이에 옮기는 일. 휘갈기듯 써 내려가는 그 카피 하나로 인해 울고 웃었던 시간들.

그저 돈이 들어가지 않는 일을 찾다 보니 아이디어를 떠올리게 되었고, 그 아이디어를 그려나가다 보니 돈이 들어왔다. 돈맛을 알게 되고, 일의 보람을 알게 되면서 그는 크리브진으로 성장했다.

까칠하고 거만한 그가, 예민하기 짝이 없는 그가 온전히 살아 숨쉴 수 있던 나날들이었다.

하지만 돌이켜보면 그 삶이 너무나 치열해서 다시 돌아가고 싶지 않기도 했다. 일에 치여 시간을 쪼개 사는 인생은 많은 부와 명예를 쌓아주지만 박태진이라는 인간은 점점 잃게 됐다. 크리브진이라고 불리는 일이 많아지고, 그로써 쌓아올린 이미지를 지키기 위해 나를 숨기며 살아가야 하는 날이 많아질수록 삶의 한계는 금방 찾아왔다. 버텨내야 하는 순간들, 버틸 수밖에 없었던 순간들. 이제 조금 버겁다.

"……기분이 참 묘하네."

그럼에도 불구하고 미련이 남는 건 아마도 그때의 박태진이 가장 빛이 났던 순간이었기 때문일지도 모른다. 하고 싶은 일을 하면서 누군가의 존경을 받는 것은 꽤나 으쓱한 일이었으니까. 다시 돌아갈 수 있을까. 아니. 아마도 힘들 것이다. 그러고 싶은 마음도 없고. 찬란했던 그 순간들은 이미 과거로 돌아갔고, 미래의 순간들은 서다예로 하여금 더욱 반짝일 것이기에. 그 어떠한 것에 대한 미련도 서다예보다 우선순위가 될 수 없다. 그러니 이걸로 됐다.

마음을 굳히자 더 이상의 미련들은 하나씩 자취를 감췄다. 누구보다 추진력이 좋고 결단력이 확실한 것이 그의 장점이었던 것처럼 오늘의 이 결정을 후회하지 않을 것이다.

태진은 의자에서 일어나 한참이나 서재를 훑어본 후 그곳을 빠져나왔다. 다시는 들어갈 일이 없는 사람처럼 문을 꼭 닫은 채.

그로부터 3일 후, 또 다른 기사가 터졌다. 태진이 기자회견을 연다는 기사였다. 그동안 침묵을 유지하며 사회의 악적인 존재로 당당한 기세를 펼쳤던 크리브진이 기자회견을 연다고 하니 많은 기자들이 몰려들었다. 열애설, 폭행에 이어 당당한 행보를 못마땅해 하던 기자들은 조금이라도 악의적인 글을 남기기 위해 혈안이 된 상태였다.

저녁 7시 30분. 정확한 시간에 기자회견장에 나타난 태진은 미리 준비해온 듯한 연설문을 가지고 들어왔다. 인사도 없었다. 거만하게 앉아 기자들을 훑어보고서는 써온 글을 읽기 시작했다.

"안녕하십니까. 크리브진입니다. 일단 모든 상황에 앞서 물의를 일으킨 점 사과드립니다. 사건의 진실을 막론하고 많은 분들에게 심려를 끼쳐드린 점은 인간으로서 반성하며 뉘우치고 있습니다."

기자들의 손이 빨라졌다. 진심이든 진심이 아니든 그는 사과하고 있었기 때문이다. 반성했다는 말에 갸우뚱하는 몇 명의 기자들이 보였지만 태진은 멈추지 않고 계속 읽어 내려갔다.

"먼저 저의 스캔들에 대한 진실 여부에 대해 가장 궁금해하실 거라 생각이 들어 이 자리에서 고백합니다. 스캔들의 주인공과는 현재 연애 중이 맞으며 사진에 찍힌 모든 정황 역시 조작이 아닌 사실임을 밝힙니다. 교수로 활동하기 전 지금의 연인을 만났고, 첫눈에 반했습니다. 그녀를 만나기 위해 먼저 다가갔고 최근에 저흰 결혼을 전제로 한 만남을 이어가고 있었습니다."

술렁. 생각지도 못한 태진의 발언에 기자들이 놀라움을 금치 못했다. 모든 걸 다 인정할 줄은 몰랐다. 심지어 상대에게는 큰 상처가 될 스캔들이었다. 그런데 그걸 한순간에 인정하다니. 기자들의 손이 빨라짐과 동시에 플래시가 쏟아지듯 터져 나왔다.

"하지만 이 모든 사실이 수면 위로 오르는 과정에서 바로잡을 것이 있습니다. 평소 저에게 앙심을 품었던 누군가가 일방적으로 위험한 소문을 퍼트렸고, 기자로 활동 중인 그의 형이 그 제보를 받으면서 기사가 올라가게 된 겁니다. 그 두 사람은 평소 행실이 바르지 못한 사람으로서 약점에 취약한 스타들을 쫓아다니며 괴롭히는 악질 중의 악질입니다. 실제로 그들에게 당한 스타들의 증언이 있습니다. 이 USB에 그들의 행실, 실제로 피해를 본 연예인들의 증언 등이 담겨 있습니다. 추후에 확인하시길 바랍니다. 덧붙여 저희 법률팀에서는 적극적으로 나서 두 사람의 죄를 물을 것이며, 절대 좌시하고 넘어가지 않을 것임을 밝힙니다."

태진은 들고 있던 종이를 꽉 움켜쥐며 잠시 눈을 감았다 떴다. 짧았다면 짧고 길었다면 길었던 순간들이 스쳐 지나간다. 그러고는 이내 준비해왔던 종이를 쫙쫙 찢었다. 그러다 기자들의 눈이 커졌다.

"여기까지는 미리 준비해놓은 이야기들입니다. 중요한 포인트는 거의 전달했으니 이제부터 제 이야기를 하겠습니다. 기자분들 잘 들으십시오."

"……."

"당신들은 그게 직업이니 어쩔 수 없었다 백번 양보해도 사람이 지켜야 할 선이라는 게 있는 겁니다. 폭행 기사를 올리면서 양심의 가책을 느끼진 않았습니까? 당신들이 내뱉었던 그 비수 같은 말들은 도무지 죄로 느껴지지 않는 겁니까? 왜? 이름이 알려진 사람들

412

은 무조건 참고 또 참아야 돼? 왜? 우리도 인간인데?"

태진의 숨소리가 거칠어졌다. 답답한 듯 목을 조이고 있는 넥타이를 거칠게 풀었다. 순간 그의 눈이 사납게 빛났다.

"열애설? 스캔들? 좋다 이거야. 그런데 그 선을 넘지 말았어야지. 이제 막 스물세 살 된 여자한테 호텔이니 뭐니, 꼭 그런 단어를 써서 사람을 괴롭혀야 했습니까? 입장 바꿔 생각해봐. 당신들의 딸이 혹은 동생이 그런 단어로 저급한 여자로 취급받는 입장이 되면 그 손가락, 제대로 움직일 수 있었겠습니까?"

"……."

"사람을 죽이는 게 칼이나 총, 그런 게 아닙니다. 악플러들은 쓰레기 취급하면서 왜 당신들이 멋대로 그보다 더한 악취를 풍기면서도 뻔뻔합니까? 무슨 자신감이고, 무슨 자부심입니까? 정신들 좀 차리세요."

종이를 찢은 순간부터, 태진이 준비한 말을 포기하면서부터 타자를 두들기던 기자들의 손이 더뎌졌다. 기사로 남겨봤자 좋은 건수가 아니라는 걸 알아차린 모양이었다. 하지만 태진은 개의치 않았다. 기자들은 넘쳐났고, 무조건적으로 나쁜 놈들만 있는 건 아니니까. 태진이 직접 초대한 그의 편 기자들의 손은 그 누구보다 빠르게 그의 말을 옮겨 적고 있었다.

"난 연예인이 아니에요. 그저 광고를 만들고 카피를 적어내는 평범한 사람일 뿐입니다. 직업이 카피라이터일 뿐이지, 기사 쓰려 쫓아다닐 만큼 유명한 사람이 아니란 말입니다. 고작 크리브진이라는 이름이 주는 피해가 이 정도라면, 내가 크리브진이라는 이유만으로 내 여자가 상처받아야 한다면 그 이름, 내놓겠습니다."

"그, 그게 무슨 말씀이십니까?"

질문 시간이 아닌데도 기자가 다급하게 물어왔다. 진행자의 저지가 있었지만 태진은 괜찮다 손을 들어 보이며 대답을 이어갔다.

"오늘부터 크리브진이라는 사람은 없습니다. 두 번 다시 그 이름으로 활동할 일은 없을 것이며, 그 어떠한 작업도 하지 않을 것입니다."

그가 은퇴를 선언했다. 서른셋의 나이로 한창 주가를 올리고 있는 광고계의 맹수, 크리브진이. 선망의 대상이자 영향력 있는 인물 1위의 명사, 크리브진이. 아이디어만으로 환산할 수 없는 수입을 벌어들이는 그가.

타자를 두드리는 속도가 빨라짐과 동시에 기자들의 술렁거림도 전염병처럼 퍼지기 시작했다. 눈치를 보듯 불편한 기색들이었다. 연애도 연애지만 기자와 연루된 폭행 기사들을 써 내려갔던 것이 누군가의 은퇴로까지 이어질 줄은 꿈에도 생각지 못한 일이었기 때문이다.

"이제 더 이상 크리브진이 아니니 이 자리에 설 필요도 없겠군요. 많은 관심을 받을 일도, 누군가에게 쫓기듯 연애할 일도 없으니 홀가분합니다. 그럼, 안녕히들 가세요."

태진은 일말의 미련도 없이 단상에서 내려왔다. 그 모습에 조급해진 건 기자들이었다. 마치 그를 궁지로 몰아넣은 게 기자인 것처럼 뉘앙스가 흘러갔기 때문이다.

"크리브진 씨! 이러는 이유가 뭡니까? 연인 때문입니까?"

"……제 사랑을 지키기 위해, 내 여자를 세상으로부터 보호하기 위해서는 이게 최선의 방법, 아닙니까?"

"아쉽지 않으십니까? 은퇴를 번복할 가능성은요?"

"전혀요. 단 1프로도 없습니다. 전 인간 박태진으로서 그 여잘 지키며 사는 일에 충실하겠습니다. 그럼."

수많은 플래시와 질문 세례에도 태진은 뒤돌아보지 않았다. 돈, 명예. 그 어떤 것도 사랑보다 우선일 수 없었던 그 남자는 일말의 미련도 없이 걸어나갔다. 오히려 다 끝났다는 듯 홀가분한 얼굴이기도 했다.

사회적으로 큰 이슈를 몰고 왔던 만큼 생방송으로 진행된 그 기자회견은 다예를 울게 만들었고, 석우를 패닉에 빠트렸다. 하지만 태진은 후회하지 않았다. 이 여자를 품에 안았으니, 그거면 충분했다.

은퇴 선언 후 사건은 점점 정리가 되어갔다.

교수와 학생의 연애는 여전히 충격적인 사건이었지만 두 사람의 러브스토리, 태진의 은퇴로 인해 여론의 반응이 조금씩 달라지기 시작했다.

한 여자를 위해 일궈온 모든 것을 내던진 태진의 사랑이 한편으로는 한없이 가엽고, 한없이 근사했기 때문이다. 옹호하는 사람들이 늘어나면서 변함없는 두 사람의 사랑을 응원해주는 편이 생기기도 했다. 여전히 우려의 목소리는 높았지만 날이 갈수록 조금씩 관심을 잃어갈 것이다.

그리고 얼마 후 또 다른 이슈들이 수면 위로 떠올랐다.

[막나가는 대학생들.

-취업에 시달리고, 학점에 시달리는 학생들. 하는 일마다 실패를 맛보던 젊은 학생은 정처 없이 길을 떠돕니다. 그러다 브로커로부터 고액 알바를 소개받습니다. 철저하게 프라이버시가 존중되는 호텔에서 은밀하게 만나 처음 보는 상대와 하룻밤을 보냅니다. 그러면 적게는 50만 원에서 많게는 수백만 원까지 돈을 벌 수 있게 됩니다. 그뿐만이 아닙니다.]

기사 밑에 동영상이 함께 게재되어 있었다. 플레이를 누르자 증거자료로 보이는 화면들이 연달아 나오기 시작했다. 호텔 로비에서 돈 많아 보이는 사모님의 뒤를 따르는 젊은 남자가 보인다. 가방과 옷을 들고 흡사 매니저처럼 따라붙으며 이것저것 시중을 드는 모습이었다. 그러다 은밀한 사각지대로 가 야릇한 행위를 이어 갔다. 그 장면은 여러 번, 다양한 곳에서 이루어진다. 여자가 손짓하면 그 남자는 아무 데서나 바지를 벗었다. 모자이크 처리되어 자세히 보이진 않았지만 그 장면은 누구나 유추할 수 있는 모습들이었다.

기사는 장황하게 이어졌고 그 동영상의 주인공은 제대로 보호받지 못했다. 뒤로 갈수록 흐려지는 모자이크 속 그는 마지막 장면에서 실수로 얼굴이 노출되고 만 것이다. 그리고 이내 그는 D대학의 누군가로 지명되면서 논란을 일으켰다. 그뿐만이 아니었다. 그와 연루된 부잣집 사모님들이 언급되면서 사건은 점점 열기를 더해갔다.

더불어 태진과 다예의 스캔들을 최초 유포했던 기자도 소송에 휘말렸다. 명예훼손 및 사생활 침해 등의 죄목으로 기자생활을 접기 일보 직전의 상황까지 이어지고 있었다.

이 모든 것이 태진이 건넨 USB에 들어 있는 자료들을 토대로 만들어낸 상황이었다.

 # 그날에 우린

그날, 기자회견을 하고 돌아온 태진을 맞이한 다예는 참 많이도 울었다. 입 밖으로 소리도 내지 못한 채 한없이 울기만 했다.

바보같이 왜 울어, 라고 물어오는 그의 첫마디에 오열하듯 가슴을 부여잡고 울었다.

생각해보면 너무나 과한 결과였다. 억울한 결과이기도 했고.

고작 사랑 하나를 지키기 위해 이 남자가 내놓아야 했던 것은 너무나도 큰 대가였다.

글을 쓰는 태진의 모습은 언제나 즐거워 보였다.

언젠가의 인터뷰에서 그는 말했다.

일하는 자신의 모습을 볼 때 살아 있음을 느낀다고. 내가 느낀 감정을 누군가에게 전달할 땐 롤러코스터의 정상을 향해 천천히 올라가는 기분이고, 그 감정을 상대가 흡수해주는 순간 롤러코스터는 정상에서 바닥으로 떨어지는 기분이라고 했다. 어떤 순간이든 가슴이 터질 듯 떨리는 것이라고, 그 순간만큼은 죽어도 좋을 정도로 심장이 날뛴다고 표현하곤 했었다. 그만큼 카피라이터로서의 삶을 누구보다 즐기던 사람이었다.

전부, 그래. 맞다. 아마 그 표현이 맞을지도 모를 정도로 그의 일생은 크리브진으로 정의되었었다.

그런 그가 일말의 미련도 없이 은퇴를 선언하다니. 왜, 왜?

나란 여자를 지키기 위해, 두 사람의 사랑을 지켜내기 위해 이 남자는 왜 이렇게 많은 걸 포기해야 하는 것일까. 우리의 사랑이 이렇게도 지탄받아야 할 일이란 말인가?

속이 상했다. 아닌 척 덤덤하게 들어오는 그의 얼굴엔 미소까지 걸려 있었다. 다예만이 알 수 있는 그 표정. 마음의 준비조차 하지 못한 채 그의 은퇴를 보고만 있었어야 했던 그녀를 안심시키려는 얼굴이었다. 그게 가슴이 미어져 눈물이 흘렀다.

"바보같이 왜 우냐? 이제 보니까 울 때 되게 못생겼다?"

장난을 건네며 그녀를 안아주는 그의 품은 예전처럼 따뜻했다. 하지만 저 가슴속은 얼마나 시리고 아릴지 짐작도 하지 못했다. 그래서 울었다. 그래서 울 수밖에 없었다.

"우와, 서다예, 울 때 보니까 콧구멍 되게 크다."

"어어, 눈가는 예민하다니까? 그렇게 문지르면 주름 생겨!"

"인마! 젊을 때 가꿔야 되는데!"

달래는 농담치고 꽤 심각한 그의 말투에 다예는 고개를 휙 돌렸다. 지금 위로받아야 할 사람이 누군데. 오히려 그가 그녀를 위로하고 있지 않은가. 다예는 성큼성큼 걸어가 욕실로 들어가버렸다. 뒤따라오려는 그를 피해 문도 야무지게 잠갔다. 그러고는 무릎을 세운 채 주저앉아 얼굴을 파묻었다.

"놀려서 삐쳤냐? 거참. 왜 토라지고 그래. 인마, 농담이야. 농담."

"······."

"서다예 학생, 이러면 학점 안 나갑니다."

"······."

"학점 입력하는 날이 내일이던가? 시간이 촉박하네."

태진은 장난치듯 욕실 문을 두드리고는 '서다예 학생은 교수의 말씀을 깡그리 무시하는 깡다구를 보여주었으니 F다.'라고 속삭였다. 잠시 후 성큼성큼 욕실에서 멀어지는 소리가 들렸다. 그 발소리에 화가 난 다예가 욕실 문을 벌컥 열었다. 그러고는 멀어지는 태진의 뒷모습을 향해 다가가 그의 정강이를 가격했다.

'윽' 하는 소리와 함께 그의 몸이 폴더처럼 접혔다.

"······장난해요? 지금 이 상황에 그런 농담을 하고, 웃는 게 말이 돼요?"

"F 준다고 해서 화났어? 아, 이 여자 성질 안 되겠네. 삐쳤다고 해서 달래주려 했더니 이젠 화를 내? 너 인마 자꾸 그렇게 성질부리면······."

와락. 그 순간이었다. 그의 품 안으로 다예가 안겨든 것은. 그리고 평정심을 유지하기 위해 애써왔던 감정의 끈이 툭 떨어진 것 역시 그때였다.

"미안하다는 말을 해야 될지, 고맙다는 말을 해야 될지 모르겠어요. 고맙다는 말을 하자니 난 너무 이기적인 여자인 것 같고, 미안하다는 말을 하자니 고마운 마음이 너무 크고."

"……."

"제가 카피라이터가 되고 싶었던 순간부터 내게 교수님은 롤 모델이자 유일한 이상형이었단 말이에요. 교수님을 보면서 꿈을 키웠는데…… 그런 사람이 나 때문에, 흑. 나 때문에……."

자신의 품 안을 파고드는 다예의 머리를 쓰다듬어주려던 태진의 손이 허공에서 움직일 줄을 몰랐다. 생각지도 못했던 충격은 그의 가슴으로 고스란히 날아들었다.

잊고 있었다. 서다예의 꿈이 그라는 것을.

사랑하는 연인을 지키기 위해 내린 결정이 그 여자의 꿈을 꺾어버린 것같아 태진의 가슴이 묵직하게 내려앉았다.

미안하다고 말해야 될 사람은 다예가 아니라 태진, 자신이었다.

"……인마, 다예야."

"내가 뭐라고 이렇게까지 해요? 이 사랑이 뭐라고 이렇게까지 하냐구요. 시간 흐르면 언젠가는 잊힐 텐데, 왜 교수님이 모든 걸 다 내려놓았어야 했냐구요. 상의해볼 생각은 없었어요? 왜 나한테 한마디도 안 했어요?"

이제야 하지 못했던 말들을 털어놓는다. 저 조그마한 아가씨가 기자회견을 하는 자신을 보며 얼마나 많은 걸 묻고 싶었을까. 얼마나 가슴이 철렁했을까. 그런데도 한마디를 꺼내지 못하고 엉엉 울던 얼굴이 생각나 그의 가슴이 미어졌다. 태진은 다예의 허리를 감싸 안으며 그녀의 어깨에 이마를 기댔다.

"늘 그랬던 것 같아. 어릴 때부터 모든 선택은 내 스스로 결정해 왔고 뒤따르는 모든 것 역시 내가 감당해야 될 부분들이었어. 성공 과 실패를 거듭하면서 깨달은 건 지금 해결해야겠다 마음먹은 건 망설이지 말아야 한다는 것이었지."

"……"

"하지만 이번 결정은 좀 달랐던 것 같아. 망설일 수가 없었다고 나 할까. 이래야만 했고, 이럴 수밖에 없는 상황이 내겐 너무나 당 연한 것이었으니까. 왜 그래야만 했냐고 묻지 마. 나 역시 알 수 없 어. 그냥 본능적이었을 뿐이야."

내가 널 지켜야 한다는 그 본능.

그건 누구보다 확실하게 다가왔고, 그 확실은 일말의 주저함도 주지 않았으니까.

처음 너를 만난 순간부터, 너에게 다가가기 위해 준비했던 그 순간, 너를 안은 순간, 너를 잃지 않기 위해 애썼던 그 순간들까 지. 난 오로지 본능적으로 움직였을 뿐이다. 그렇기에 가식일 수 도, 거짓일 수도 없다라는 걸 그는 잘 알고 있었다.

"그러니, 다예야."

"……"

"잘했다고 해줘."

"……네?"

생각지도 못한 태진의 말에 다예의 눈이 커졌다. 그 앞으로 태 진의 머리가 불쑥 밀고 들어왔다.

"머리도 쓰다듬어주고."

다음엔 얼굴이.

"뽀뽀도 해주고."

그다음엔…….

"사랑한다 말해줘. 그거면 돼."

환하게 웃는 얼굴에서, 근심걱정이라고는 하나도 보이지 않는 그 행복한 얼굴에서 다예는 처음으로 이 행복을 지켜주고 싶다라는 생각이 들었다.

어린 시절, 늘 행복의 대상이 되고 싶었고 관심에 목이 말랐다. 보고 싶어요, 사랑해요, 라는 말 한마디의 무게를 알아차린 순간부터 그녀의 감정은 어렵기만 했다. 그런데 그런 그녀에게 사랑해달라 말하는 남자가 생겼다. 이 남자는 무서울 정도로 솔직하고 겁이 날 정도로 진심이다. 자신을 위해 모든 걸 내려놓아도 행복하다는 사람, 다시 처음으로 돌아가 시작해야 된다는 걸 알면서도 사랑해달라는 사람. 전부를 그녀에게 주고도 전혀 주눅 들지 않고 자신을 이끌어주는 사람.

"……."

그런 사람을 만났다.

그런 사람이 눈앞에 있다.

그런 사람이 날 원한다.

다예는 멈췄던 눈물샘에서 눈물이 흘러나오는 것을 알아차렸다. 그의 말대로 본능적인 감정이었다. 그럼에도 불구하고 가슴이 따뜻해진다. 그 온도가 너무나 감격스러워 웃음이 흘러나왔다.

눈은 울고, 입은 웃는. 누가 봐도 이상하고 못난 얼굴이었지만 그 얼굴을 바라보는 남자의 얼굴이 너무 아름다워 그녀까지 행복해지는 기분이었다.

"사랑해요."

그래서일까. 고백하지 않으면, 이 마음을 전하지 않으면 안 될 것 같았다.

"이렇게 큰 사랑 받아도 되는지, 그런 자격이 있는지 모르겠는데……. 어쩌면 평생 모를지도 모르는데 그런데도, 난…… 난 교수님 사랑해요."

다예가 손을 뻗었다. 그러자 몸집이 큰 사내가 그녀의 품 안을 파고들었다.

그제야 느껴진다. 그녀의 품 안에서 묵묵히 가슴을 적시는 그의 눈물이 그 어느 때보다 찬란하다는 것을. 그 누구보다 멋지다는 걸.

이제야 깨닫는다. 이 사람으로 하여금 나 역시 찬란하게 빛나고 있음을. 그 누구보다 멋진 사랑을 하게 되었음을.

"행복하게 해줄게요."

"……그래."

"많이 사랑해줄 거예요."

"……음."

"절대 떠나지 않고 태진 씨 옆에서. 평생, 평생 그렇게 살래요."

다예의 고백에 태진은 살며시 눈을 감았다.

그동안 참고 견뎌왔던 모든 감정들이, 긴장으로 얼룩졌던 모든 몸과 마음들이 와르륵 무너져내렸다.

잘 해왔고, 잘 견뎠다고 생각했다.

하지만 그건 어디까지나 혼자만의 생각이었나 보다.

"……."

이 여자의 품은 늘 따뜻하다. 늘 다정하고, 늘 포근하다.

그 언젠가 엄마의 배 속에서 느꼈던 심장박동과 비슷한, 심리적으로 안정을 주는 것처럼 느껴졌다. 하지만 그게 또 미묘한 차이를 가지고 있어 더욱 이상한 기분이었다.

이럴 때 보면 나이라는 건 참 쓸모없는 것인지도 모른다.

가끔은 여전히 성장기인 누군가의 위로가 힘이 되기도 하니까.

때 묻지 않은 위로, 담담한 듯 건네는 진실한 위로.

표현하지 않아도 알 수 있는 감동이자 위안이었다.

그래서일까, 자꾸만 졸음이 몰려온다.

철옹성처럼 세워두었던 담이, 넘실거릴 듯 채워 넣었던 둑이 무너지듯 그의 안에 모든 것이 사르륵 녹아내린다.

걱정, 근심, 불안.

그건 이미 이 여자의 품 안에서 사라진 지 오래였다.

이 여자, 서다예.

내 여자의 품.

그것만으로도 세상을 다 가진 듯 가슴이 벅차오른다.

태진은 더 이상 눈을 뜨려 애쓰지 않았다.

지금 이 순간이 두 사람의 새로운 시작이자 마지막일 미래이기 때문에.

행복이고, 사랑이기 때문에.

에필로그 |

그로부터 몇 개월이 지나, 해가 바뀌고 완연한 봄이 찾아온 어느 날. 더위를 빨리 느끼는 한 남자가 에어컨이 빵빵하게 나오는 차 안 시트에 앉아 핸드폰을 허공에 든 채 뚫어져라 바라보고 있었다.

"뭐 하세요?"

"……없다, 없어."

"뭐가요?"

"하……."

궁금해하는 석우의 목소리가 성급하게 끼어들었지만 태진은 깊은 한숨을 내쉴 뿐이었다.

다사다난했던 해가 지나가면서 두 사람은 어느새 연애 2년 차

커플로 접어들었다. 4학년 1학기를 마지막으로 실습을 나갈 계획이었던 다예는 태진과의 스캔들이 터지면서 그 기회를 조금 미뤄야만 했다. 덕분에 2학기까지 모두 마치고 졸업을 한 다예는 한 교수의 추천으로 광고 회사로 실습을 나갔다. 인턴의 개념으로 일을 배우고 그 기간이 끝나면 계약 여부를 결정하게 된다. 그날이 얼마 남지 않아서인지 다예는 더욱 바빠졌다.

그래서일까, 드문드문 날아오는 다예의 연락에 갈증이 난다. 밥은 먹고 일하는지, 혼나고 있지는 않은지 궁금한데도 일하는 데 방해될까 열 번은 망설이다 문자 메시지를 보내는 태진이었다.

"아니, 근데 형님. 언제까지 제가 형님 매니저 노릇을 해야 됩니까?"

속이 시커멓게 타들어가는 줄도 모르고 건방진 윤석우가 삐딱한 목소리로 툭 내뱉었다.

"예전처럼 형님이 스케줄에 쫓기는 것도 아니시고, 한량처럼 놀고먹고 주무시는 분께서…… 악!"

태진의 주먹이 깨끗한 포물선을 그리며 그의 뒤통수를 가격했다. 그러자 식겁한 석우가 룸미러로 그를 노려보았다.

"왜 때려요? 저 이제 이런 대접 받으면서 운전 못 하겠어요!"

"닥치고 얌전히 운전해라. 엉?"

"저도 자존심이 있는 사내란 말입니다!"

"자존심 있는 놈이 월급 따박따박 받아가면서 그런 소리 하고 싶냐? 막말로 내가 지금 백순데, 엉? 그간에 정을 생각해서라도 '형님, 힘드실 텐데 월급은 괜찮습니다. 무보수라도 좋으니 형님 곁에 있게 해주십시오!'라고 해야 되는 거 아니냐고."

태진의 적나라한 비수에 석우는 목을 가다듬었다.

"그, 그러니까요. 어쨌든 형님 지금 백수신데 고액의 운전기사가 필요하냐, 이 말씀이죠."

"내가 언제 운전기사 필요하다고 했냐?"

"……네?"

"단 한 번도 너 운전기사 취급한 적 없고, 매니저라고 가볍게 생각한 적도 없어. 가끔은 친구 같고, 가끔은 동생 같아서. 그런 네놈이 좋아서 데리고 다니는 거야."

"……혀, 형님. 지, 진심이십니까?"

"거짓말이었으면 너같이 굼뜨고, 꼬박꼬박 말대답하고, 멍청한놈 몇 년씩이나 안 데리고 다녔어."

네? 이, 이거 감동해야 될 포인트 맞나요?

석우가 어리둥절한 얼굴로 눈을 깜빡이던 순간 퍽, 하는 소리와함께 그가 앉아 있던 시트가 요동쳤다.

"운전해, 신호 바뀌었어."

"……아, 네."

"경고하는데 방지턱 살살 넘어라. 죽는다?"

감동의 쓰나미가 몰려오는 것 같긴 한데 이상하게 된통 당한기분이 든다. 그 간극이 얼떨떨해 뭐라 반박할 수가 없었다. 그사이, 통화를 하는지 툴툴대는 목소리가 그의 귀에 꽂혀들었다.

"아, 이거 대놓고 찬밥 신세네. 이럴 수 있어요? 하, 진짜."

-그러게, 잘나갈 때 겸손하지 그랬냐? 기억 안 나? 계약서 한번

쓰려다가 내가 몇 번을 까였는지?

"사내대장부면 탈탈 털어야지, 그걸 아직도 꽁해놓고 있답니까? 참 나. 알았어. 형 어딘데. 내가 그쪽으로 갈게. 아쉬운 사람이 가야지, 그쵸?"

통화를 끝낸 태진이 구시렁거리며 U턴을 지시했다. 아무래도 오늘 만날 상대가 약속 시간을 코앞에 두고 장소를 바꾼 모양이었다.

일그러진 태진의 얼굴을 보며 고거, 쌤통이다를 외치는 석우였다.

잠시 후, 후일그룹 본사 앞 카페에 자리 잡은 태진은 아이스커피를 벌컥벌컥 마시며 문을 노려보았다. 문제의 상대가 도착했기 때문이다. 태진은 여유로운 척 손을 흔들며 아는 체했지만 상대는 무표정으로 일관한 채 자리에 앉았다.

"……백수가 좋긴 좋은가 보네. 얼굴 색 좋아진 걸 보니."

"백수라서 그런 게 아니고, 사랑받고 있어서."

능청스러운 태진의 말에 정후의 시선이 석우에게로 향했다.

넌 왜 아직도 이놈 옆에 붙어 있냐?는 얼굴이었다. 석우가 자신의 운명이 한탄스럽다는 듯 고래를 절레절레 흔들자 정후가 보이지 않게 웃으며 단도직입적으로 물었다.

"부탁할 일이 뭔데."

"이거."

부탁, 이라고 해놓고 뻔뻔하게 서류봉투를 건네주는 태진의 모습에 기가 찬 정후가 헛웃음을 지으며 그 것을 건네받았다.

도대체 뭐기에 저렇게 자신만만해?

한참을 바라보던 그의 눈빛이 처음의 것과 판이하게 달라졌다.

"왜 이걸 나한테 부탁해? 충분히 혼자서도 할 수 있잖아."

"할 수 있는 거라면 혼자서 했지. 근데 제가 좀 큰 그림을 그리고 있어서."

"……큰 그림?"

"더 자세한 이야기는 계약서에 사인부터 하신 후에 천천히 설명해드릴까 하는데."

태진의 얼토당토않은 제안에 정후는 웃고 말았다.

크리브진으로서의 삶을 은퇴했어도 그 배포가 죽지 않았다. 저 자신만만한 표정과 거만해 보이는 태도는 어이없게도 그를 '집요한 맹수'의 모습으로 보이게끔 만들었다. 그게 기묘할 정도로 사람을 끌어들이는 힘이 있어 더욱 그랬다.

정후는 재킷 안쪽에 넣어두었던 핸드폰을 꺼내 전화를 걸었다.

"윤정후입니다. 계약서 출력해서 카페로 가져다주세요."

그 모습을 지켜보던 태진은 여유롭게 웃으며 남은 커피를 단숨에 삼켰다. 그럴 줄 알았다는 듯 의기양양한 표정 속, 그의 눈빛은 그 어느 때보다 반짝였다.

퇴근 길, 시계를 바라보던 다예가 피곤함에 짓눌려 있던 어깨를 겨우 펴며 긴 한숨을 내쉬었다. 밤 11시가 넘어간 시각. 요즘 한창 진행 중인 프로젝트로 인해 야근을 하고 겨우 막 회사를 빠져나오는 길이었다. 며칠째 이어지는 야근이건만 익숙해지지 않는 밤의 풍경이란. 다예는 집에 가서 눈을 붙인 후 다시 출근을 해야 하는 현실에 피로감을 느끼며 천천히 걸음을 옮겼다. 그러다 문득 늦은 시간까지 자신의 연락을 기다리고 있을 누군가가 떠올라 핸드백을 뒤졌다. 배터리가 간당간당해 곧 꺼질 것 같아 급하게 메시지를 확인한 후 전화를 걸었다. 핸드폰이 꺼지기 전에 연결이 되었으면 좋겠는데, 조바심이 났다.

"받아요, 받아!"

신호가 간다. 그리고 딸깍.

-여…….

삐로롱, 그의 목소리가 들리려는 순간 핸드폰이 꺼져버렸다.

어쩜 이렇게도 냉정한지. 다예는 허탈한 얼굴로 꺼진 액정을 한참 바라보다가 이내 포기하고 말았다. 최대한 빨리 집에 가서 충전한 후 전화를 거는 게 더 빠르겠다는 생각이 들었기 때문이다. 그때까지 그가 잠들어 있지 않기를 바라면서 걸음을 재촉했다.

버스 정류장에 도착한 다예가 의자에 앉았다. 이미 막차가 끊길 시간이라 택시를 기다려야 했지만 다리가 아파 서 있기가 힘들었다. 다리를 주무르며 택시가 오는지를 확인하려고 상체를 앞으로 쑥 내미는 순간, 그녀의 앞으로 큰 그림자 하나가 툭 튀어나왔다. 꺄악! 놀란 다예가 몸을 뒤로하며 소리를 질렀다.

"어쩜 목청도 이리 섹시할까."

그러거나 말거나.

늘 그렇듯 능청스럽게 말을 걸어오는 상대의 모습에 그녀의 눈이 커졌다. 바지 주머니에 양손을 꽂은 채 자신을 내려다보며 웃고 있는 남자는 바로, 태진이었기 때문이다.

"우와! 박태진이다!"

교수님이라는 호칭은 그날 이후로 정리되었다. 그러면서 다예는 그를 태진 씨라 부르기 시작했는데, 장난을 섞어 콧노래처럼 부른다는 게 문제였다. 부를 때마다 흥이 나서 그런다는 핑계를 대긴 했지만 어째 놀림받는 기분이 들 때가 한두 번이 아니었다. 그것도 황당한데, 요 발칙한 아가씨는 가끔씩 '박태진', '태진아'라고 부르기도 했다.

"……머리 위까지 기어오르지 그러냐?"

"그래도 돼요?"

"그러도록 가만 둘 줄 알고?"

"흥, 가만 안 두면 어쩔 건데? 배 째라, 배 째!"

연애 2년 차. 이 아가씨는 점점 태진을 닮아 능청스러워지기 시작했다.

늘씬한 배를 내밀며 째라는데 어찌 웃지 않고 넘어갈 수가 있겠는가.

태진은 장난꾸러기 다예의 머리에 꿀밤을 내려주고는 그녀의 옆에 자리를 잡고 앉았다.

봄이라 그런지 아침과 밤엔 쌀쌀한 기운이 감돌았고 꽃가루와 미세먼지로 인해 조금은 탁한 공기와 마주해야만 했다. 평소 같았으면 입을 틀어막고 집에 들어가느라 급급했을 자신이었지만 서

다예를 만나고 나서는 조금 달라졌다.

먼지 좀 마시면 어때. 꽃가루에 재채기 좀 하면 어때.

같이 있는 이 순간이 행복한데.

"언제부터 기다렸어요?"

태진이 앉아 있는 방향으로 자세를 튼 다예가 큰 눈을 뜨며 물어왔다. 피곤함이 잔뜩 묻어 있는데도, 그 속엔 반가움이 가득했다. 그런 다예의 모습을 보는 게 좋아 태진은 종종 그녀의 퇴근길을 기다리곤 했다.

태진은 헝클어진 다예의 머리칼을 쓸어 넘기며 미소 지었다.

"얼마 안 됐어."

"그러니까 얼마나요?"

"왜? 알면 칭찬이라도 해주게?"

칭찬은 고사하고 혼내지나 말았으면 좋겠다.

늦은 밤, 퇴근한 연인이 무사히 집에 들어가기를 집에서만 바라는 한심한 바보는 되고 싶지 않았다. 피곤한데 왜 그런 고생을 하냐고 따져 물을 다예였지만 그 피곤함마저도 사랑이라는 걸 알아주었으면 하는 마음이었다.

"좀 걸을까?"

태진의 말에 다예가 고개를 끄덕였다.

이미 한참이나 늦은 시간이었지만 가끔씩 함께 걷는 이런 여유는 두 사람이 함께 느낄 수 있는 소소한 즐거움이었다.

한적한 거리를 나란히 손을 잡고 걷기 시작했다.

애타게 기다린 연인의 손을 잡은 남자는 이제야 마음이 편안해

집요하게, 433

지는 걸 느꼈고, 하루 종일 그를 그리워했던 여자는 이제야 휴식을 취하는 것과 같은 평온함을 느꼈다. 어느새 서로에게 그런 존재가 되었음을, 말하지 않아도 서로의 존재만으로도 느낄 수 있는 관계가 되어가고 있었다.

"……난 이런 데이트도 좋은데, 서다예 피곤할까 봐 걱정된다."

"괜찮아요. 나도 충전의 시간이 필요하니까."

"충전?"

"몰랐어요? 내 사랑의 배터리가 태진 씨라는 거."

그 어느 가수의 노랫말을 흥얼거리며 사랑의 총알을 쏘아대는 다예의 모습에 태진은 가던 길을 멈추고는 배꼽을 잡았다. 큭큭거리는 웃음소리에 용기를 얻은 건지 윙크까지 더해 까불어댄다.

언제 이렇게 친해졌을까.

언제 이렇게 편해졌을까.

함께한 시간이 길어질수록, 서로에 대해 모르는 것보다 아는 것이 많아질수록 조금씩 무뎌지기 마련이다. 긴장의 연속이었던 연애는 여유로움을 가장해 서로에게 익숙해져 조금씩, 조금씩 무감각해진다. 그런데 서다예는 좀 달랐다. 꽁꽁 싸고 있던 알에서 깨어난 느낌이랄까? 이런 모습이 있었나 싶을 정도로 마음을 활짝 열어 다가온다. 장난기 많은 사람이라는 것을, 애교가 넘치는 사랑스러운 연인이라는 것을 매일 같은 모습으로 다르게 표현한다. 그게 미치도록 예쁘다. 태진은 그 모습을 놓치지 않으려고 애를 썼다. 아까운 서다예, 이렇게 예쁜 모습 하나하나 기억해야지.

"아 참, 은강이 군대 간대요."

"한유주가 슬퍼할 소식이네."

"그래서 헤어지기로 했대요."

"음?"

어릴 때부터 함께해온 세 사람이 나란히 4학년 2학기를 마쳤다. 다예는 나름의 사정이 있어 그런 것이었지만 은강과 유주는 학점 미달로 부득이하게 2학기를 함께했다. 1, 2학년 때 너무 놀았다며 한탄을 하던 그때가 떠오르던 것도 잠시, 은강이 군대를 간댄다. 대한민국 사내라면 한 번은 꼭 가야 할 군대지만 연인인 유주의 마음은 헛헛할 터였다.

"군대 간 남자 기다리지 말라면서 유주한테 헤어지자고 한 모양이에요. 2년 동안 혼자서 외롭게 지내는 거 못 보겠다면서 다른 남자 만나도 좋다고 했대요. 은강이, 생각보다 되게 멋지지 않아요?"

다예의 말에 태진의 눈썹이 삐죽거렸다.

멋지긴 뭐가 멋져? 좋아하는 여자를 다른 남자한테 가라고 등 떠미는 놈이 뭐가? 태진의 입장에서는 전혀 이해가 되지 않는 선택이었다.

"2년 후에도 변함없이 서로를 그리워하면 다시 만나자고. 그렇지 않더라도 평생 친구 하자고 했대요."

"……한유주는 뭐래?"

"그러겠다던데요? 매일 바퀴벌레 커플이라고 놀려댔었는데 생각보다 쿨해서 놀랬어요."

쿨하기는 개뿔. 서로 안 좋아한 거 아니야? 보내주겠다는 사람이나 알았다고 하는 사람이나. 쯧쯧. 어려, 어려.

그러다 문득 태진은 가슴을 쓸어내렸다. 만일 자신이 은강처럼 군대를 가야 할 상황에 처했더라면, 저 예쁜 서다예를 2년 동안이나 자신이 없는 곳에 방치해두어야 한다면? 아, 생각만 해도 끔찍하다. 절대, 절대 그런 일은 없어야만 한다.

"서다예는 걱정 없겠네. 군필자 애인 둬서?"

뉘예, 뉘예. 성의 없는 대답이 들려왔다.

못마땅했다. 어쩐지 서다예는 박태진이 없어도 지금과 별다를 것 없이 무심한 얼굴로 살아갈 것 같다. 그게 심통이 났다.

태진은 먼 산을 보듯 시선을 멀리 둔 다예의 얼굴을 감싸 안았다. 그런 후 다짜고짜 입술을 부딪쳤다. 다소 난폭하고 배려 없는 뽀뽀였다. 마치 도장을 찍듯 거친 뽀뽀.

"아프잖아요!"

"내가 도장 찍었어."

"……무슨 도장?"

"너 내 거라는 도장. 난 너 두고 멀리 안 가. 절대로."

"……."

"가더라도 너 데리고 갈 거야. 나는 쿨한 남자가 못 돼! 무슨 일이 있어도 찰떡처럼 붙어 떨어지는 일 없을 테니까 각오해라."

아픈 입술을 쓰다듬던 다예의 눈이 커짐과 동시에 얼굴이 시뻘겋게 타올랐다. 갑작스러운 그의 고백에 가슴이 두근, 하고 뛰었기 때문이다. 다행히 밤이라서 태가 많이 나진 않았지만 뜨거울 정도로 빨개진 얼굴을 들키고 싶지 않아 몸을 획 돌려 걷기 시작했다. 그러자 그녀의 걸음보다 더 큰 보폭에 금세 따라잡혔다.

"너도 어디 가지 마."

"……가긴 어딜 가요."

"대답해."

"안 가요."

"내 옆에 있을 거지?"

"네."

화르륵, 또다. 다예의 얼굴이 아까보다 더 뜨겁게 타올랐다. 그 순간 태진의 입술이 다시 한 번 와닿았다. 난폭했던 방금 전 뽀뽀와는 달리 한없이 자상하고 부드러운 입맞춤이었다.

"……열 있어? 왜 이렇게 얼굴이 뜨거워?"

"……내가 모, 못 살아. 정말! 다 큰 어른이 길거리에서 무슨 짓이에요?"

양쪽 귀까지 뜨거워진 다예가 손부채질을 하며 주변을 살폈다. 개미 한 마리 지나가지 않는다는 걸 알면서도 그걸 핑계 삼아 자신의 마음을 들키고 싶지 않았기 때문이다.

"누가 보면 엄청난 짓 한 줄 알겠다. 키스도 아니고 겨우 뽀뽀다, 뽀뽀."

"윽. 갈수록 뻔뻔해지기만 해! 멀리 떨어져 걸어요. 응? 따라오지 마!"

쑥스러우면 쑥스럽다고 할 것이지, 서다예의 어설픈 투덜거림이 태진은 마냥 즐겁기만 하다. 태진은 조금 더 속도를 내 걸었다. 그러자 멀어졌던 두 사람의 거리가 단숨에 좁혀졌다. 다시 맞잡은 손에서 열기가 느껴졌다. 만지작만지작, 다예의 손바닥을 손가락으로 살살 긁던 태진이 깍지를 낀 그녀의 손등에 입을 맞췄다. 그 행동이 묘하게 느린 박자를 타고 있어 야한 기분까지 들게 만들었다.

"……제육볶음 먹고 갈래?"

"갑자기 무슨? 이 시간에 여는 곳이 있어요?"

"음. 있어. 갈래?"

"설마……."

조금 전과는 다르게 탁해진 그의 목소리엔 분명 진한 욕망이 서려 있었다. 당장에라도 서다예를 탈탈 털어 입에 꿀꺽 삼키고 싶어하는 맹수의 본능적인 모습이었다. 다예는 흥, 소리를 내며 눈을 가늘게 떴다.

"……이 시간에 고기가 웬 말? 미안하지만 저 다이어트 중이거든요?"

"그럼 간단하게 곤약 한 접시라도."

"픕. 고, 곤약이요?"

"살 안 쪄. 양껏 먹게 해줄게. 그러니까……."

퍽. 생각지도 못한 곤약 드립에 다예는 배꼽이 빠져라 웃었다. 방금 전 태진의 모습과 별반 다를 게 없는 모습이었다. 마치 데칼코마니처럼, 그렇게 다예는 눈가에 맺힌 눈물을 닦으며 웃었다.

"아무리 그래도 그렇지, 곤약은 너무한 거 아니에요? 픕. 어떻게 여자를 곤약으로 꼬셔요?"

"좋아하는 음식으로 꼬셔보려 했는데도 안 넘어오잖아."

"곤약에는 넘어갈 거라 생각했어요?"

"아니. 노력이 가상해서 넘어와줄 거라 믿었어. 근데 영 꽝이야. 서러워."

태진은 상처받은 얼굴을 하며 허공을 바라보았다. 인생 부질없네. 함께하고 싶어 노력하는 나의 마음은 안 보이는 겐가, 떨어지기 싫어하는 건 나의 짝사랑에서 비롯된 마음인 겐가. 하는 모습이었다. 어느 옛날 만화에서나 나오는 노파의 모습처럼 느껴져 다예는 또 한 번 웃었다.

다예가 일을 하기 시작하면서 좀처럼 짬이 나지 않던 두 사람이었다. 연락하는 일도, 만나는 일도 쉽지 않았다. 오늘도 태진이 마중 나와주지 않았더라면 며칠째, 얼굴조차 보지 못했을 것이다. 그러니 이 남자가 얼마나 자신을 그리워했을지, 보고 싶어 했을지 알 것도 같았다. 태진의 마음만큼이나 다예 역시 그를 그리워했으니까.

다예는 토라져 있는 태진의 앞으로 쪼르르 달려갔다. 그러고는 제자리에서 점프하듯 뛰어올라 그의 입술에 입을 맞췄다. 방금 전 다 큰 어른이 길거리에서 뭐 하는 짓이냐고 타박하던 다예였기에 생각지도 못한 행동이었다. 깜짝 놀란 태진의 눈이 휘둥그레지자 다예가 씨익 웃었다.

"보리차 맛있게 끓이는 집 있는데, 올래요?"

보리차라니, 이 여자가 또 장난을 하네? 하려다 끝에 붙은 '올래요?'라는 말에 태진의 고개가 격하게 끄덕여졌다. 초대하는 거다, 그녀의 집으로! 한껏 상기된 그의 눈이 토끼의 것처럼 초롱초롱, 빛을 밝혔다.

집요하게, 439

"맛있게 구운 떡도 좋아해요?"

"음."

"그럼 딸기잼 바른 빵은요?"

"좋아해."

"고기 팍팍 넣은 찌개는요?"

"환장하지!"

태진의 안색이 환해졌다. 보리차도 황송한데 찌개까지? 기대감이 한껏 부풀어올랐다.

"……미안해서 어쩌죠, 우리 집엔 없는데."

"음?"

"그럼 나중에 준비되면 뵙겠습니다. 안녕히 가세요!"

다예는 장난처럼 혀를 날름 내밀고는 뛰기 시작했다. 하, 남겨진 태진은 그녀에게 농락당했다는 것을 깨닫고는 주먹을 움켜쥐었다. 어쭈, 아주 그냥 나를 들었다 났다, 올려났다 내려났다 하네? 태진의 승부욕이 발동한 순간이었다. 어느새 저만치 멀어진 다예의 뒤를 전속력으로 뛰어 따라잡은 태진이 그녀의 목덜미를 낚아챘다.

"아얏!"

"잡았다, 요놈!"

"이건 반칙이야!"

"반칙은 무슨? 사람 놀려놓고 도망간 녀석이 누군데? 너 잘 만났다. 오늘 그냥 보내주나 봐라."

그의 손에 덜렁덜렁 들린 다예가 울상을 한 채 칭얼거리자 태진은 득의양양한 얼굴로 웃어 보였다. 그러고는 다예의 어깨를 감싸 안으며 주차된 차로 걸어갔다. 잡힌 다예는 조수석에 앉혀진 채로 그녀의 집으로 향해야 했다. 그리고 그날 밤, 사냥꾼에게 잡힌 사냥감은 그를 놀린 대가를 철저히 치러야만 했다.

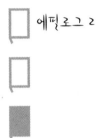 에필로그 2

-MBJ에서 11시 40분, 온에어 될 거야. 대략 11시 42분쯤.

태진은 서재 안 시계를 올려다보았다. 정후가 말해준 시간이 20분도 채 남아 있질 않았다. 시간이 촉박했다.

"고마워. 마지막으로 픽스했던, 그대로 맞지?"

-음. 건투를 빈다.

정후의 응원과 함께 통화가 끝이 났다. 그와 동시에 의자에서 몸을 일으킨 태진은 조바심이 나는 모습으로 서재 안을 돌아다녔다.

12시가 지나면 서다예의 생일이었다. 그에 맞춰 두 달 동안 공을 들였던 일이 드디어 공개되는 날이기도 했다.

앞으로 20분. 얼마나 기다리고, 얼마나 애를 썼던 순간이던가.

태진은 떨리는 마음을 애써 누르며 다예에게 전화를 걸었다.

길고 길었던 프로젝트를 마무리한 오늘, 이른 퇴근을 할 수 있을 거라며 좋아하던 다예가 회식이 잡히는 바람에 늦어질 것이라 통보해왔다. 사회생활의 일환이라 생각하며 인내하기를 몇 시간째, 일생일대의 일을 앞두고 그의 인내심은 폭발했다.

-교수님?

전화가 연결되자마자 들리는 다예의 목소리에 태진은 깊은 한숨을 내쉬었다. 교수님이라니. 제길, 그렇게 신신당부를 했건만 서다예는 취해 있는 게 분명했다.

"어디야? 오고 있어?"

분명 30분 전에 전화를 걸었었다. 석우를 보낼 테니 집으로 오라고. 무슨 일이 있어도 오늘은 함께 있어야 한다고 몇 번이고 당부를 했던 차였다. 그런데 고집불통 서다예는 석우를 돌려보내더니 택시를 타고 오겠다고 고집을 부렸다. 빠득, 하고 화가 치밀었지만 좋은 날이니 좋게, 좋게 마무리하고 싶어 알았다 하며 참고 있던 차였다.

그런데 30분이 지나도록 연락이 없다. 택시를 타면 금방 도착할 거리에 있음에도 불구하고 오질 않는다. 아무래도 데리러 가야 될 것 같아 겉옷을 집어 들며 움직이려는데 엘리베이터가 올라오고 있음을 알아차린 태진이 통화에 집중했다.

-다 왔어요. 올라가요, 올라가.

그리고 잠시 후, 기다리던 서다예가 나타났다. 하지만 태진은 멈춰 선 자리에서 움직일 수가 없었다. 거나하게 취해 비틀거리는 모습에 화가 치밀었기 때문이다.

"너 인마, 술을 얼마나 마신 거야?"

휘청휘청, 그러다 퍽.

가만히 있는 벽에 가서 부딪치기를 몇 번. 태진은 거칠게 앞머리를 쓸어 올리며 다예를 부축했다.

"서다예!"

"……교수님, 욱."

"빌어먹을. 어떤 새끼가 술 먹였어?"

"김 대리님이랑, 신 팀장님이랑. 욱. 오늘 인턴 마지막 날이라고, 우움."

"……죽여버릴까 보다."

분노가 샘솟았다. 오늘을 위해 공들인 시간이 얼마며, 하루 종일 긴장 속에서 이 순간만을 준비해왔던 노력이 얼마였는데! 잔뜩 취해버린 서다예를 본 순간 모든 것이 물거품이 되었다는 생각이 들었다. 하, 정말 허탈하고 황당했다.

"교수님, 저 화장실……. 우움……."

다예는 급하게 입을 틀어막으며 태진의 손길을 쳐내더니 미친 듯 뛰기 시작했다. 목적지는 화장실인 듯 거침없이 움직였다. 하지만 그것도 잠시, 우당탕. 아니나 다를까, 또다. 이건 데자뷔인가.

카펫에 걸려 넘어진 다예는 아픔을 느낄 새도 없이 벌떡 일어나 걷더니 화장실 문턱에 걸려 또 한 번 넘어지고 말았다. 그 모습을 방관자처럼 지켜보던 태진이 그제야 급하게 다예에게 다가가자 그녀의 몸이 용수철처럼 튕겨 올랐다. 그 순간 휙, 고개를 돌린 다예가 태진을 매섭게 노려보았다.

"……마!"

"뭐?"

"따라오지 마! 알았어?"

"괜찮아. 내가 도와줄……."

"오지 마! 죽는다!"

"뭐, 뭐? 죽는다?"

"여자의 프라이버시야! 박태진, 스톱!"

하. 기가 막혀.

금방이라도 모든 걸 다 쏟아낼 것처럼 위태로운 와중에도 그의 대답을 들어야 한다며 떼를 썼다. 태진은 포기하듯 두 팔을 하늘로 번쩍 들며 항복 의사를 표했고, 그 순간 쾅! 하고 화장실 문이 닫혔다.

"위험해, 위험해."

어쩜 저렇게 술만 마시면 잘 넘어지고 부딪치는지. 온 다리가 멍이겠네. 걱정이 돼서 가볼까, 했지만 여자의 프라이버시라는 말에 태진은 모른 척 소파에 앉아 TV를 틀었다. 만취해서 오늘의 부끄러움 따위 생각도 안 나겠지만 일종의 배려랄까. 시원하게 모든 걸 다 쏟아내고 내일 고생하지 않았으면 하는 마음에 그는 볼륨 버튼을 눌러 소리를 키웠다.

그러다 문득 거실의 중앙에 걸려 있는 시계로 시선을 옮겼다. 11시 35분. 앞으로 7분 남았다. 긴장으로 똘똘 뭉쳤던 근육들은 어느새 무장해제한 후였다.

생일에 맞춰 준비한 오늘의 일들이 모두 물거품이 되기 일보 직전이다. 허탈하고 허무했다. 하필이면 오늘, 하필이면 서다예의 생일 전날 회식을 할 게 뭐람.

답답한 마음에 긴 한숨을 내쉬었다.

잠시 후 화장실에서 나온 다예의 얼굴은 파리하게 질려 있었다. 안 그래도 하얀 얼굴이 몽달귀신처럼 허옇게 변했고, 입술 역시 색을 잃은 지 오래였다. 온몸에 기운이 빠진 사람처럼 휘청휘청 걷던 다예는 소파로 걸어와 철퍼덕, 쓰러졌다.

"서다예, 괜찮아?"

걱정 반, 속상함 반. 감추지 못한 섭섭한 목소리가 그녀에게로 날아들었다. 그러자 다예는 기운 없는 손을 들어 생존을 알려왔다.

"잘한다, 엉? 내 말은 어디로 들은 거야? 절대 취하지 말고, 곱게 들어오라고 했지?"

"……그러려고 했어요."

"누군 사회생활 안 해봤어? 이렇게 요령 없이 굴면 앞으로는 어쩌려고 그래? 적당히 마실 땐 마시고, 빠질 땐 빠질 줄도 알아야지."

"……미안합니디아."

"죽을래, 진짜?"

"죽여주시옵소서……."

에휴. 이 여자를 진짜 어쩌면 좋나?

태진은 쓰러지듯 누워 있는 다예의 머리맡에 엉덩이를 걸치며 안색을 살폈다.

"……진짜 괜찮겠냐? 내일 고생할 것 같은데."

"조금 어지러울 뿐, 멀쩡해요!"

"말이나 못하면."

"그런 의미로, 태진 씨."

"······뭐."

"뽀뽀나 한번 할까요?"

이게 진짜.

태진의 주먹이 허공을 갈랐다. 진짜 때릴 마음은 없었지만 괘씸해 꿀밤이라도 내려줄 참이었다. 그런 속을 아는지 모르는지 서다예가 배시시 웃는다. 본인이 생각해도 이 상황에 어울리지 않는 말인 걸 알아차린 모양이었다.

"미안해요. 근데 정말 괜찮아요. 말짱하다니까요?"

"······."

"진짜예요. 진심! 저 내일 일어나도 오늘 일 다 기억할 수 있어요."

부대끼는 속을 게워낸 덕일까? 서다예의 안색이 많이 좋아진 것 같은 착각을 불러일으켰다. 게다가 처음처럼 휘청거리지도 않고, 말이 꼬이지도 않는다. 정말 단 한 번 게워낸 것만으로도 이렇게 순식간에 상황이 좋아질 수도 있는 건가?

"정말이래도요? 못 믿겠어요?"

다예가 큰 눈을 깜빡이며 자신의 멀쩡함을 어필했다. 정말 믿어달라는 간절한 눈빛에 잠시 풀어졌던 근육들이 활개를 치기 시작했다. 그리고 그 순간, 어쩌면 하는 생각이 들었다.

태진은 급하게 시계를 바라보았다. 11시 40분! 2분 남았다.

"서다예, 약속해. 오늘 일 절대 잊지 않겠다고! 술김에 한 말이 아니라고!"

"맹세할 수 있어요!"

다예가 손을 번쩍 들었다. 그 순간 태진이 몸을 벌떡 일으켰다. 맹세, 라는 말을 들은 순간 더 이상 망설일 필요가 없었던 것이다.

"TV 봐."

"……네?"

"집중!"

"……네에?"

갑작스러운 태진의 말에 다예가 어리둥절한 표정을 지었다. 제가 취한 거예요, 아니면 태진 씨가 취한 거예요? 묻고 싶은 얼굴이었다. 하지만 그걸 대꾸해줄 시간이 없다. 마음이 급해진 태진이 다예의 시선을 TV에 못박아둔 후, 빠르게 움직이기 시작했다.

"……이 시간에 웬 TV?"

시야에서 태진이 사라지고 나자 긴장이 풀리듯 몸이 녹아내렸다. 그와의 약속을 지키지 못한 미안함에 정신줄을 붙잡고 버텼으나 술기운이 잠식한 몸은 한계에 부딪혔다. 지금의 이 황당한 상황을 따져 물을 기운조차 없어 등을 소파에 기댄 채 휘황찬란한 색을 뽐내는 광고로 시선을 돌렸다.

아, 어지러워. 졸려. 메스껍다.

당장에라도 잠들고 싶어 하는 몸을 겨우 붙잡으며 시끄럽게 느껴지는 TV의 볼륨을 낮추려는 순간, 평소 나긋나긋한 목소리로 여심을 자극하는 남자 배우의 내레이션이 그녀의 귀에 꽂혀들었다. 그래서일까, 눈이 번쩍 떠졌다.

-처음의 맛과 끝의 맛이 다르다는 것.

그건 당연한 일일지 모릅니다.

수줍던 마음이 성숙해지고 그만큼 진해지는 것.

사랑하는 사람을 위한 마음을 담아 선물하세요.

사랑하는, 그녀에게. Ripen.

"······어?"

익숙한 광고였다. 어디서 많이 본 광고. 이거, 이거······?

내레이션이 끝나자 흑백의 화면에 서서히 색이 물들어간다. 화려하리만큼 화사한 색들이 브라운관에서 쏟아져 나오며 노래가 흘러나온다.

잔잔하면서도 포근한 느낌의 BGM.

이게 정말 조화가 되는 걸까, 싶을 정도로 단조로운 광고임에도 불구하고 너무나도 로맨틱하게 느껴지는 건 역시나 연출자의 능력인 것일까. 그사이 광고는 막바지를 달려가고 두 사람이 나타났다. 그리고 또 두 사람의 모습이 보였다. 같은 듯 다른 네 사람이 서로를 감싸 안는다.

젊은 부부, 그들이 흘러간 시간만큼 변한 사랑의 맛. 세월을 함께한 노부부의 모습이 차례로 나왔다.

-그 맛을 지켜가는 힘.

서로 함께 노력하는 것.

평생 함께해주실래요?

마지막 카피를 끝으로 15초의 짧은 광고는 흔적도 없이 사라졌
고 새로운 광고가 시작되었다.

침묵이 흐른다. 고요함을 넘어선 정적이 거실을 가득 채웠다.

"……."

잠시 후, 그 침묵을 깨고 드레스룸의 문이 열렸다. 편안한 옷차
림이던 그가 슈트를 갖춰 입은 채 서 있었다. 어색함이 물밀 듯이
몰려와 그를 멋쩍게 만들었다. 가빠오는 숨을 나눠 쉬며 천천히 걸
음을 옮겼다. 그 걸음에 다예가 뒤를 돌아봐주기를, 그러면서도 절
대 돌아보지 않기를 바라는 마음이 뒤섞였다.

다예는 시험 답안지로 제출했던 본인의 지면광고를 TV에서 봤
다는 충격으로 인해 당황한 것인지, 아니면 감동한 것인지 잔뜩 굳
은 모습으로 미동조차 하지 않았다. 그 모습에 태진은 엉뚱한 생각
이 들었다. 그녀가 생각한 사랑과 결혼에 대한 광고를 프러포즈라
생각하지 못하는 건지도 모른다. 혹시 자신의 아이디어를 도용당
한 게 아닌가, 하며 따져 묻고 있을 것 같아 웃음이 터졌다. 하지만
그건 잠시였다. 시간이 지날수록 움직임이 없는 그녀의 뒷모습에
그의 마음이 조급해졌다.

태진은 품에 안은 커다란 꽃다발을 들고 그녀와의 거리를 좁혀
갔다.

"흠, 자, 잘 봤어? 몇 날 며칠을 고민하고 연습했는데 역시 실전
은 다르네. 심장이 터질 듯 떨린다, 서다예."

그의 목소리가 평소와 다르게 떨렸다. 심장의 울림이 온몸을 강
타한 듯 사지가 벌벌 떨리는 기분이었다. 하지만 태진은 결심한 듯

이를 악물고는 준비했던, 달달 외웠었던 그 진심을 고백했다.

"살아온 인생을 되돌아보면서 한 번도 반짝이지 않은 순간이 없다고 생각했어. 어릴 땐 어렸기 때문에, 젊었을 땐 젊었기 때문에, 실패도 좌절도 내 인생에선 반짝이는 순간들이라고 생각했다. 그게 진실이고 나를 이끌어주는 힘이었어. 그런데 너를 만난 이후로 그 반짝이던 순간은 고작 내가 견뎌내기 위한 핑계였다는 생각이 들어."

"……."

"그리고 깨달았지. 내 인생 최대의 위기. 너를 놓친다면, 네가 없는 삶을 살게 된다면 나는 아무것도 아닌 사람이 되는구나, 라는 걸."

"……."

"결혼하자, 서다예. 서로 다른 너와 내가 만나 여러 가지의 맛을 내고, 여러 가지의 형태로 변하는 모습들이 기대가 돼. 즐거울 거야, 우리가 함께라면. 그러니 나와 함께해줘. 어떤 모습의 너라도 사랑할 나를 받아주라, 다예야."

더 많은 말을 준비했었다. 여자들이 들으면 설렐 말들도, 눈물을 주룩주룩 흘린다는 달콤한 말들도. 하지만 끝내 꺼낼 수가 없었다. 머릿속이 뒤죽박죽된 것은 둘째 치고 예쁘기만 한 말들은 진심을 담을 수 없었기에, 자신의 진실이 조금이라도 왜곡될까 우려가 되었기 때문이다. 그래서일까, 본능적으로 진심을 전하게 되었다.

태진은 말없이 고개를 떨구고 있는 다예의 뒤로 걸어갔다. 소파를 가운데 두고 태진은 다예의 가녀린 어깨와 등을 바라보았다. 지금은 얼굴을 볼 수 없다는 게 다행스럽기도, 조금 아쉽기도 했다.

침묵은 꽤 오래 지속되었다. 혹시나 자신의 프러포즈가 마음에 들지 않은 걸까? 막상 고백을 받고 나니 결혼이라는 제도 앞에 모든 게 다 겁이 나는 걸까? 마음이 졸아든다. 당장에라도 싫어요, 라고 할까 봐 그게 무서워진다.

태진은 들고 있던 꽃다발을 그녀의 뒤에서 품으로 안겨주었다. 그건 마치 백허그를 하는 것과 같은 자세가 되었고, 그 순간 느껴지는 온기를 빼앗기기 싫은 태진은 그대로 다예를 안아버렸다.

"청혼하는 날까지 날 애태우다니. 정말 심장이 쪼그라들어서 어떻게 해야 될지 모르겠다."

"……"

"말 좀 해봐, 다예야. 청혼이 마음에 들지 않으면 다른 날 다시, 네가 좋아할 만큼 크고 아름다운 고백을 할게. 마음에 들 때까지 다양한 프러포즈를 준비할 마음도 있어. 그러니 거절만 하지 말아줘라, 응?"

태진은 다예의 목덜미에 이마를 기댔다.

원래 이렇게 초조하고 떨리는 건가. 원래 이렇게 미칠 것처럼 입이 바짝 마르는가.

긴장감에 숨이 턱턱 막힌다. 덜덜 떠는 남자의 순정을 들키고 싶지 않아 그녀를 안고 있는 손을 더욱 세게 맞잡는다.

대답 좀 해줘, 다예야. 1초가 1분 같아. 너무나도 길고 외롭다.

그의 마음을 아는지 모르는지 다예는 여전히 답이 없다.

태진은 걱정스러운 마음에 조심스레 그녀를 불렀다.

"……다예야."

여전히 묵묵부답.

"다예쁨 씨."

여전히 침묵.

토라졌나, 화가 났나, 아니면 울고 있나.

별의별 생각이 다 든다. 조급해진 태진이 참지 못하고 소파 앞으로 성큼성큼 걸어갔다. 그러자 고개를 푹 숙이고 있는 다예의 정수리가 보였다. 도대체 왜 이래. 걱정스러운 마음에 무릎을 굽혀 앉은 후 다예를 올려다보았다.

그 순간 들려오는 그녀의 숨소리. 품에 내려놓았던 100송이의 장미꽃. 그 향에 취해 머리가 어지러울 때쯤 다시 한번 들려오는 숨소리에 태진은 말을 잃었다.

"……자?"

설마, 그, 그럴 리가.

"자, 자냐? 서다예, 진짜 자냐?"

말도 안 돼. 말도 안 돼! 이렇게 감동적인 순간에 잔다고?

"어이, 서다예! 다예쁨! 제길."

스르륵, 그 순간 다예가 꽃다발을 안은 채 소파로 미끄러졌다.

잔다. 정말 잔다. 자고 있다. 자고 있어!

도대체 언제부터? 하…….

태진은 긴장감으로 똘똘 뭉쳤던 온몸이 한순간에 녹아내리는 기분이 들었다. 그리고 그 순간 털썩, 바닥에 주저앉았다.

"나 뭐 한 거냐……."

머리가 어지럽다. 비정상적으로 뛰던 심장박동이 제자리를 찾았음에도 불구하고 그는 좀처럼 마음을 다잡지 못했다. 태진은 다리를 세워 그 위에 얼굴을 묻었다. 긴 한숨을 몇 차례 내쉬며 이 상황을 어찌해야 될지 고민을 했다.

가끔 보면 진짜 엉터리야, 서다예. 이런 중요한 순간에 잠을 자는 게 말이 돼? 내가 저 광고 만들자고 얼마나 애를 썼는데!

"하……."

헛웃음이 터져 나왔다. 프러포즈랍시고 차려입은 슈트가, 품 안 가득 채운 100송이의 장미가 너무나도 어색해 어찌할 바를 몰랐다. 옆으로 누워 새근새근 잠들어 있는 어린 연인 앞에서 원맨쇼라도 한 기분이 든다.

"……그 와중에 꽃다발은 손에서 안 놓네."

죽부인이라도 되는 양 꼭 끌어안고 있는 저 꽃다발이 자신이었으면 하는 생각을 해본다.

마음이 급했다. 빨리 결혼하고 싶어서. 이 여자를 온전히 자신의 아내로 맞이하고 싶어서 성급했다. 아무리 오래 준비하고 기다린 게 무슨 소용인가, 상대가 들어줄 준비가 되어 있지 않은데.

오늘 일을 다 기억할 수 있다고, 멀쩡하다고 외치는 다예를 조금 더 신중하게 살펴봤어야 했다. 이미 만취한 상태로 들어온 연인을 상대로 일생일대의 프러포즈라니. 한심하다, 한심해.

에휴. 길게 한숨을 쉰 태진은 재킷을 벗었다. 목과 손목에 채워두었던 단추들도 모조리 풀자 해방된 기분이 들었다. 허무함과 동시에 몰려드는 이 해방감이란. 정말 아이러니했다.

태진은 에라 모르겠다, 하며 소파 위로 올라가 잠들어 있는 다예를 뒤에서 끌어안았다. 소파 헤드에 머리를 기대며 눈을 감았다.

서다예가 옆에 있으니 그걸로 됐다.

이 순간이 행복하니 좋다.

태진은 잠들어 있는 다예의 머리를 쓰다듬었다.

"다음 청혼에는 꼭 대답해줘야 된다, 서다예. 사랑해."

투정 어린 목소리가 그녀의 귓가에 닿기를.

한가득 담긴 그의 사랑이 그녀에게 닿기를 간절히 바라며.

"……생일 축하해."

이제 막 12시가 넘은 시간, 비좁은 소파 위에 나란히 누워 잠든 이 순간을 기억하며 태진은 잠에 빠져들었다.

따스한 온기가 그녀를 감쌌다. 익숙하면서도 낯선 온기. 알고 있으면서도 알고 싶은 온기. 다예는 천천히 눈을 떴다.

아직은 새벽인 듯 거실이 어둡다. 하지만 곧 해가 뜰 것이다.

다예는 뒤에서 느껴지는 익숙한 향에 고개를 돌렸다.

좁디좁은 이곳에서 그녀를 안고 자는 그의 얼굴이 평온해 보인다.

다예는 다시 자세를 고쳐 잡았다. 처음의 그 자세로 다시 잠에 들 생각이었다. 하지만 눈을 감는 시선 끝에 네모난 벨벳 상자가 눈에 들어온다. 그리고 어젯밤의 기억들이 스쳐 지나갔다.

Ripen.

어지러운 상황에서도 본능적으로 알아본 자신의 아이디어.

태진의 시험 주제에 맞춰 몇 날을 고민했던 자신의 미래.

그것이 TV 속에서 흘러나왔다.

믿을 수가 없었다. 어떻게 된 일이지? 생각도 하기 전에 15초의 광고는 그녀의 마음을 울리며 빠르게 스쳐 지나갔다.

그리고 마지막 남겨진 카피.

'평생 함께해주실래요?'

그건 그녀를 위한 그의 고백이었다.

그리고 이내 들려오는 그의 목소리.

'결혼하자, 서다예.'

꿈이 아니었다. 분명 그건 술에 취해 혼자서만 기억하는 허상이 아니었다.

울컥, 하고 치밀어 오르는 뜨거운 무언가를 겨우 삼키며 천천히 몸을 일으켰다. 피곤했는지 미동조차 하지 않는 태진을 바라보며 또 한 번 가슴이 저민다. 저 불편한 셔츠를 입은 채로 자신을 끌어 안고 잠든 그에게 미안해서. 그리고 고마워서.

눈가에 눈물이 맺혔다. 들키지 않게, 몰래 훔친 다예가 테이블 위에 올려져 있는 벨벳 상자를 열었다.

"……욕심쟁이."

반지였다. 이걸 끼워주며 고백할 생각이었을 텐데.

잠들어버린 자신을 바라보며 무슨 생각을 했을까?

"……예쁘네."

한눈에 봐도 서다예 거, 라고 알 수 있을 정도로 취향을 저격한 그 반지는 서다예에 대한 욕심으로 꽉 찬 남자의 진심이 담겨 있어 더욱 감동스러웠다.

다예는 그가 깨지 않기를 바라며 조심스럽게 몸을 움직였다.

어디선가 새 소리가 들린다면, 꿈일까.

어디선가 향긋한 꽃 내음이 맡아진다면, 그것 역시 꿈일까.

태진은 눈을 떠 자신의 품에 안겨 있는 다예를 제일 먼저 확인했다.

꿈이 아니네. 내 품 안에 서다예가 있다면 그건 꿈이 아닌 거네. 태진은 살며시 미소 지었다.

정신없었던 밤이 지나가고 아침이 찾아왔다.

바쁠 것 없는 주말의 아침. 평소와 같은 혹은 평소와 판이하게 다른 아침이었다. 하지만 그 느긋함을 놓치고 싶지 않다. 여유롭게 손바닥으로 머리를 받쳐 들며 상체를 세워 잠든 다예를 힐끔 바라보았다.

이 여자는 자는 것도 참 예뻐.

앞에서 봐도 예쁜데, 뒤에서 봐도 예쁘다.

예쁘지 않은 구석을 찾는 게 더 빠를 것 같아.

혼자 중얼거리며 실실대던 태진이 웅크리고 자고 있는 다예의 모습에 담요를 찾았다. 하지만 눈에 보이질 않는다. 이러다 혹시 감기 걸리면 어쩌나, 걱정이 된 마음에 조심스레 몸을 일으켰다. 그러고는 소파 밑에 항상 비치되어 있는 담요를 꺼내 다예의 몸에 걸쳐주었다.

잘 자네, 예쁜 서다예. 토닥토닥.

한참을 감상하듯 바라보고 있는데 그새 답답한지 담요 속에 넣어두었던 손을 밖으로 꺼낸다. 그러고는 휘휘~ 허공에서 몇 번 휘젓더니 다시 잠에 든다.

"으이구, 누가 애 아니랄까 봐."

그마저도 걱정스러운 태진이 다예의 손을 담요 속에 넣어주려던 순간, 그의 손끝에 무언가가 걸린다.

뭐야? 싶어 시선을 돌리자 그녀의 왼쪽 네 번째 손가락에서 무언가가 반짝였다.

"……반지?"

분명 청혼 반지다. 다예에게 주려고 미리부터 사두었던 그 반지. 태진은 놀란 얼굴로 테이블 위 벨벳 상자로 눈을 돌렸다. 열려 있다. 그렇다면 이건 서다예가 직접 꼈다는 의미인가?

두근두근, 생각지도 못한 심장박동은 이제 막 잠에서 깨어난 사람답지 않게 비정상적으로 뛰고 있었다. 태진은 덜덜 떨리는 마음을 다잡으며 반지를 낀 다예의 손을 살짝 들어올렸다.

"이건 뭐야?"

가늘고 긴 것이 마치 쪽지라도 되는 양 손가락과 반지 사이에 끼워져 있었다. 태진은 천천히 그것을 빼냈다.

꿀꺽. 마른침을 삼켰다. 이 쪽지 안에 무슨 메모가 남겨져 있는지 알 수 없음에도 불구하고 미친 듯이 두근거렸다. 펼쳐봐도 될까? 이유를 알 수 없는 두근거림에 태진은 길게 심호흡을 했다. 잠시 후 눈을 질끈 감은 채 쪽지를 펼쳤다. 잠시 침묵. 그리고 꿀꺽. 태진은 살며시 눈을 떴다. 쪽지 안에는 분명 그녀의 것으로 추정되는 글씨들이 가득 채워져 있었다.

　　<사랑을 크기로 정한다면 당신께는 제일 작은 걸 선물할 거고, 향기로 사랑을 정할 수 있다면 제일 고약한 향을 선물할 거예요. 그래야 내가 당신을 크게 채워줄 수도, 향기롭게 해줄 수도 있을 테니까요.

　　박태진 씨, 당신 닮은 아들 셋. 나 닮은 딸 셋.

　　어때요? 자신 있어요?

　　PS. 자신 없으면 다이하시든가! 음하하^^

　　　　　-당신의 와이프가 될 준비를 마친 사랑스러운 다예가->

　　귀엽게 옹기종기 모여 있는 글씨체를 본 순간 웃음이 나왔다. 그런데 눈가가 뜨뜻해진다.

　　"이상한 얼굴. 눈은 울고 입은 웃고."

　　혹시라도 다예가 깰까 숨을 죽이던 태진이 갑작스레 들려오는 목소리에 고개를 돌렸다. 그러자 이제 막 잠에서 깬 듯한 다예가 조금 푸석한 얼굴로 해사하게 웃고 있었다.

　　"자신 없어요?"

　　"……있어, 왜 없겠어."

　　"근데 왜 울어요?"

　　"너 인마."

　　태진은 장난처럼 히죽히죽 웃고 있는 다예가 얄미워 그녀의 네 번째 손가락을 꽉 깨물었다. 통증이 느껴지는지 다예가 인상을 구기자 물었던 그 부분을 살살 어르고 달랬다.

"여섯, 낳으려면 부지런 떨어야겠다."

울먹이는 듯, 울음을 가득 담은 태진의 목소리에 다예의 눈시울도 붉어진다.

지나가버린 하루와 새롭게 맞이하는 하루가 특별하면서도 이상하리만큼 감격스러워서.

그 의미를 두 사람만이 알고 있어서 더욱 그랬다.

아마 이 여운이 오래갈 것 같다.

"태진 씨."

"음?"

태진은 다예의 손을 어루만졌다. 그 작은 손에 끼워진 반지의 무게가 그에게로 전해지는 것 같았다. 마음을 받아준 다예에게 더욱 잘해야지, 앞으로 살아갈 일이 마냥 황금빛만은 아닐 것임을 알기에 더욱 잘 해내야지. 하는 다짐이 새로이 새겨진다.

"고마워요."

"……"

"매일 깨닫게 돼요. 이 사람은 어제보다 오늘 더 날 사랑하고, 오늘보다 내일 더 사랑해주겠구나, 하는 그 마음이요."

알아주니 고맙다고 해야 될까, 이 똑똑한 다예쁨.

"그래서 나도 분발하려고요. 내가 많이 사랑할게요."

"……어째 내가 청혼받는 기분이 드냐? 이상하게 설렌다."

"그러니까……."

"음?"

"결혼할래요. 결혼하게 해주세요. 제발, 박태진 씨의 아내가 되게 해주세요."

장난스럽게 말하곤 있지만 그녀 역시 얼마나 많은 용기를 내고 있는지 알 수 있었다. 손끝이 덜덜 떨리는 간절한 고백이 어젯밤, 자신의 고백을 잊은 채 잠들었던 미움을 한 방에 날려버리는 것만 같았다.

"어쭈, 이렇게 쉽게 넘어가려고?"

"……태진 씨에 비하면 난 너무 날로 먹죠?"

"알면 잘해."

"……예썰!"

"……내게 와줘 고맙다, 다예야."

사랑한다는 말도, 고맙다는 말도, 미안하다는 말도.

그 모든 말보다 가장 먼저 하고 싶었던 말은 '내게 와줘서'였다. 이제야 비로소 제자리를 찾은 기분이다. 모든 걸 다 이룬 느낌. 가슴이 벅차올라 눈물이 왈칵 쏟아져버릴 것과 같은 행복.

태진은 다예를 품에 안은 채 눈을 감았다. 그런 그를 바라보던 다예의 눈도 스르륵 감겼다.

둘은 같은 날, 같은 공간, 같은 순간을 행복이라 여겼다.

시간이 흐르고

이제 막 씻고 나온 태진은 수건으로 머리를 털며 드레스룸으로 들어가 옷장을 열었다. 잠들기 전, 태진의 의상을 미리 코디해 옷장 맨 앞에 걸어 놓아주는 아내의 습관은 생각보다 근사한 기분을 느끼게 했다.

태진은 드레스룸에 걸려 있는 결혼사진을 바라보며 미소 지었다. 집안 곳곳에 걸려 있는 사진들 중 제일 마음에 들지 않는 사진이라며 투덜거리던 다예였지만 그의 눈에 아내가 예쁘지 않은 순간이 있을 리 만무했다.

지금으로부터 3년 전, 지구 반대편에 계시는 다예의 부모님이 그곳에서의 생활을 접고 한국으로 오시던 해에 결혼식을 올렸다. 프러포즈를 하고, 그것을 수락한 다예의 마음을 놓치고 싶지 않았던 태진은 양가 부모님께 양해를 구하고 혼인신고를 먼저 했다. 그러니 정확히 따지면 그들은 엄연히 6년차 부부였다.

태진은 늘 그렇듯 다른 옷에는 일말의 관심도 두지 않은 채, 오늘의 의상을 꺼내 들었다. 하얀색 셔츠와 블루빛이 감도는 슈트였다. 오늘은 그 어느 때보다 중요한 날이니만큼 점잖으면서도 센스가 돋보이는 컬러를 선택한 모양이다.

와이셔츠에 팔을 끼운 후 단추를 잠갔다. 팬츠를 입고 발목이 드러나지 않는 양말도 꺼내 신었다. 의상과 잘 어울리는 시계를 차고 향수도 뿌렸다. 마지막으로 넥타이를 찬 후 머리 손질을 마쳤다. 거울 속 자신의 모습을 흡족하게 바라보던 태진은 그 어느 때보다 멋진 남자의 모습으로 탈바꿈한 후였다. 집을 나설 때 걸칠 재킷을 손에 든 채 거실로 나왔다. 그러자 미리 도착해 있던 석우가 그를 반겼다.

"와우, 오늘도 패션 죽이십니다, 형님."

"……하루이틀이냐? 새삼스럽게."

석우의 칭찬은 자신을, 그리고 그의 아내를 으쓱이게 만들기 충분했다.

"어떻게 진행되고 있어?"

외출 준비를 마친 태진이 재킷에 팔을 끼우며 묻자 석우가 손목시계로 시선을 돌렸다.

"아마 지금쯤이면 도착하셨을 것 같은데요? 셋팅도 해야 되고, 이래저래 정신이 없으실 거예요."

석우의 말에 태진은 긴 한숨을 내쉬었다. 어젯밤도 야근을 하고

집요하게, 463

들어온 다예는 씻고 나오자마자 머리도 말리지 못한 채 잠이 들었다. 바쁘다는 이유로 밥 먹을 시간도, 잠자는 시간도 아끼는 다예가 기특하면서도 안쓰러워 속이 상했다. 살이 빠져 핼쑥해진 얼굴을 몇 번이고 쓰다듬으며 잠든 태진이 눈을 떴을 때 다예는 이미 출근한 후였다. 그렇게 피곤한데도 옷은 언제 다 챙겨놓는 건지. 하여튼 게으름이라고는 모르는 자신의 아내는 생각했던 것보다 훨씬 더 부지런했고, 훨씬 더 완벽했다.

"가실까요?"

석우가 물었다. 태진은 고개를 끄덕이며 다예가 미리 준비해준 구두에 발을 끼웠다. 그리고 이제 막 나가려는 순간, 그가 뒤돌아섰다.

"왜요?"

"끝났나 보다."

"네?"

"잠깐 기다려."

신었던 신발을 벗은 태진이 다시 집으로 성큼성큼 들어갔다. 기다리라는 말에 멀뚱히 서서 기다리는데, 점점 시간이 흐르자 궁금증이 생긴 석우가 태진이 사라졌던 곳으로 그를 찾아 나섰다. 그러자 생각지도 못한 광경이 눈앞에 펼쳐졌다.

"⋯⋯하, 형님. 뭐 하세요?"

"다 했어."

탈탈.

소리와 함께 구겨져 있던 티셔츠 하나가 반듯한 모양새로 옷걸이에 끼워진 후 건조대에 걸렸다. 그 모습을 보며 입이 떡 벌어진 석우가 놀란 듯 물었다.

"빠, 빨래도 직접 하고, 막 그러세요?"

"당연한 거 아니냐? 맞벌이 부부에게 집안일 분담은 당연한 일이라고."

"……설마 설거지도 하시고, 청소기도 돌리시고 그러시는 건 아니죠?"

"걸레질도 한다. 왜?"

"하, 제발, 결혼에 대한 환상을 깨지 말아주세요."

석우는 울먹이듯 외쳤다. 결혼을 하고 달라진 그의 모습이 낯설었다. 박태진이 빨래를 널고, 걸레질을 한다고? 하, 정말 상상도 못할 모습이었다. 그 모습에 자신도 결혼하면 이렇게 변하는 걸까, 싶어 소름이 돋았다.

"남자가 돈 벌고 여자가 집안일 하는 시대는 지났어. 봐, 우리 서다예가 나보다 일 더 잘하잖아? 이러다가 돈도 더 잘 벌 것 같아 위기의식 느낄 정도라고."

"하, 설마요. 아무리 그래도 서 팀장님이 대표님 연봉을 따라잡을 수 있겠습니까?"

"그만큼 우리 서다예가 출중하다 이 말이지. 다 했다. 안 늦었냐? 빨리 내려가서 시동 걸어라."

슈트를 입고, 넥타이를 찬 채로 빨래 바구니를 정리하는 그의 뒷모습에 석우는 뒷목을 잡았다. 내가 왜 진작 이 일을 때려치우지 않았는가. 그가 힘들 때, 백수로 놀고먹을 때 다른 일을 알아봤어야 했는데. 아, 빨래하는 박태진 안 본 눈 삽니다.

석우는 고개를 절레절레 흔들며 집을 빠져나왔다. 잠시 후, 빨래 널던 사람이라고는 안 믿을 정도로 말끔한 모습의 태진이 차에 올라탔다.

"어째 날이 갈수록 운전 실력이 후져지냐? 늦었잖아."

빨래만 안 너셨어도 이렇게 늦진 않았어요, 라고 따져 묻고 싶은 말을 꾹 눌러 참은 석우는 멀어지는 태진의 뒷모습을 바라보며 입을 삐죽거렸다. 일진은 사나우나, 오늘의 결과는 좋았으면 좋겠다는 생각에 후다닥 그를 쫓았다.

오늘은 JS기획의 최종 경쟁 프레젠테이션이 있는 날이었다. JS기획은 태진이 크리브진으로서의 삶을 접은 1년 후, 새롭게 설립한 광고 회사였다. 이미 오래 전부터 독립된 사업체를 구상하고 있던 그에게 은퇴는 또 다른 기회로 다가온 셈이었다. 크리브진으로서 활동할 당시 팀을 이루었던 몇 명의 인재들을 스카우트하며 작게 시작된 사업이 굵직한 광고들을 진행하고 성황을 이루자 입소문이 퍼져 이제 알만한 사람들은 다 아는, 제법 튼튼한 회사로 성장했다. 그러는 동안 다예 역시 실력을 쌓으며 6개월 전, 서른 살이 된 해에 JS기획의 기획 1팀 팀장으로 스카우트 되었다.

오늘의 PT는 다예가 팀장이 되고 나서 맡은 첫 프로젝트였다. 처음 1차 PT에는 총 열 팀이, 그 중 살아남은 세 팀이 2차 PT에 참여했다. 그리고 오늘, 최후의 한 팀이 되기 위한, 최종 경쟁 PT의 프리젠터로, 그녀가 강단 위에 섰다.

"다행이네요, 안 늦었어요!"

세 팀 중 첫 번째 순서가 JS기획이었다. 두 사람이 자리에 앉자 마자 실내가 어두워지기 시작했다. 프로젝트 빔으로 쏟아진 화면에는 그녀의 팀이 몇 달간 준비했던 마지막 자료들이 떠 있었다. 그리고 그 앞에 다예가 서서 방싯 웃었다. 사람을 홀리고도 남을 그 미소로, 누구보다 여유롭고 자신만만한 얼굴로.

"안녕하십니까, JS기획의 서다예입니다."

짝짝짝. 자리에 앉아 있던 사람들의 박수소리가 들려왔다. 오늘의 경쟁 PT는 일반인들도 함께 참여할 수 있는 공개 형식으로 진행되었다. 그래서인지 긴장하는 분위기가 아닌 자유로우면서도 편안한 분위기로 흘러갔다. 물론, 그건 어디까지나 강단에 서 있는 프리젠터의 능력이기도 했다.

잠시 후, 다예의 프리젠테이션이 시작되었다.

태진은 턱을 괸 채 그녀의 모습을 뚫어져라 바라보았다.

지나치게 여유롭고, 지나치게 완벽하다.

준비한 자료도, 그것을 토대로 움직이는 다예의 모습도. 토씨 하나 틀림이 없고, 발음 하나 부정확한 것이 없다. 완벽할 정도로 처음부터 끝까지 분위기를 압도해나가는 모습에서 태진은 넋을 잃었다.

다예의 이런 모습, 오랜만이었다.

서다예 팀장은 늘 완벽주의자에 가까울 정도로 일에 매달렸고, 깐깐할 정도로 집요했다. 그러나 그의 아내 서다예는 목이 늘어난 티셔츠와 화려한 컬러의 바지를 입고 거실을 배회하는 일이 잦았고, 가끔은 몇 안 되는 그의 트렁크 팬티가 편하다며 입고 있는 일도 있었다. 과자 부스러기를 소파 위에 흘리면 폭풍 잔소리를 하는 일도, 양말을 거꾸로 벗어놓으면 눈을 흘기는 일도, 사용한 물건을 제자리에 놓지 않으면 버럭 화를 내는 일도 있었다. 그런 그녀의 모습이 무색할 정도로 완벽한 지금의 모습에 태진은 헛웃음을 지었다. 그러다 문득 눈에 들어오는 그녀의 의상을 본 순간 언제 웃었냐는 듯 얼굴을 구겼다.

"······어쭈, 결국 저 옷을 입으셨어?"

며칠 전, 오늘을 위해 옷을 샀다며 자랑하던 다예의 모습이 떠올랐다. 몸 전체가 완벽하게 맞아 떨어지는, 굴곡 하나하나에 신경을 쓴 디자인의 셔츠와 치마를 본 순간 그의 눈이 확 뒤집혔다. 풋풋한 대학생 시절, 자신을 철없는 남자로 만들었던 생수 사건이 떠오를 정도의 분노였다. 절대 안 돼, 절대! 라고 외치던 그의 앞으로 비슷한 디자인이지만 품이 큰 의상을 흔들며 안심하게 했던 다예였다. 그런데!

"후······."

강단에 서 있던 다예가 성큼성큼 걸어 나왔다. 무대의 중앙에서 걸음을 멈추고 레이저포인터로 핵심 키워드를 가리키자 모든 이들의 시선이 한 번 더 집중되었다.

"볼 때마다 진짜 예쁘다. 그치?"

"그러니까. 오길 잘했다."

불편한 심기를 꾹 꾹 누르며 마인드컨트롤을 하려는 순간, 앞쪽에서 들려오는 소리에 그의 미간이 확 구겨졌다. 젊은 남자 둘이서

다예를 보며 쑥덕이고 있었기 때문이다. 주먹을 쥔 손에 시퍼런 핏줄이 툭하고 튀어 올랐다. 그것도 잠시, 석우는 그의 손을 잡으며 고개를 절레절레 흔들었다.

"대표님, 릴렉스. 네?"

"……."

쿵. 골치가 아파진 태진이 그의 손을 거칠게 떼어내고는 관자놀이를 지그시 눌렀다.

짧았던 프레젠테이션이 끝나고 Q&A시간이 시작되었다. 심사단과 일반인을 가장한 광고관계자들의 질문이 쏟아졌다. 그럼에도 불구하고 다예는 끝까지 웃으며 맞대응했다.

"이상 JS기획의 서다예였습니다. 감사합니다."

프레젠테이션을 마친 다예가 무대 뒤쪽으로 사라졌다. 잠시 후, 두 번째 팀의 순서가 돌아왔지만 태진은 이미 컨퍼런스룸을 빠져 나간 후였다.

무대 뒤 대기실로 빠져나온 다예가 가슴을 쓸어내리며 의자에 몸을 실었다. 아닌 척했지만 긴장으로 온몸이 뻣뻣하게 굳어 있었기 때문이었다. 후들거리는 다리를 주무르며 다예가 길게 숨을 내쉬자 팀원들이 다가와 그녀의 안색을 살폈다.

"나 안 틀렸어?"

"전혀요!"

"하……."

다예는 또 한 번 긴 한숨을 내쉬었다. 끝났다는 해방감과 결과에 대한 부담감이 동시에 몰려들지만 어찌 되었건 주사위는 던져졌고, 다예는 할 수 있는 최선의 것을 끝냈다. 반쯤은 홀가분해진 마음으로 자리에서 일어나려는데 벌컥, 대기실의 문이 열렸다.

"대표님!"

태진이었다.

"미안한데, 자리 좀 비켜줄 수 있을까?"

다예에게로 꽂힌 시선 그대로, 팀원들에게 양해를 구했다. 그 순간 서로 눈짓을 하던 팀원들이 후다닥 대기실을 빠져나갔다.

어째 표정이 심상치 않다. 다예는 어색하게 웃으며 조심스레 물었다.

"……나 실수했어요? 틀렸나? 긴장해서 그런지 기억이 하나도 안 나요. 응? 나 뭐 잘못했어?"

"후……."

"이번 PT 못 따내면 나 짤려요? 대표님, 째려보지만 마시고 말씀을 좀."

"반지 어딨어?"

"……응?"

"거 손가락, 엄청 허전해 보이는데. 엉?"

아차. 다예의 입이 딱 다물어졌다. 그 모습을 본 태진은 자제심을 잃은 사람처럼 으르렁거렸다.

딱 달라붙는 셔츠, 짧은 치마도 마음에 안 드는데 네 번째 손가락에 결혼반지조차 없다.

이 덜렁이 유부녀를 어쩌면 좋을까? 엉? 나이는 도대체 어디로 먹는 거야? 여전히 대학생처럼 파릇파릇하게 피어오르는 다예의 모습에 태진은 한시도 마음을 편히 놓을 수가 없다. 눈앞에서 사라지면 불안하고, 안 보이면 안절부절하게 되는 이 여자는 이렇게도 조심성이 없어 그의 마음을 애타게 만들었다.

차라리 출근길에 목 늘어난 셔츠를 입혀야 되나. 아니면 반지를 손가락에 붙여놓아야 하나. 별의별 생각이 다 스쳐 지나간다.

"씻느라고 세면대에 빼놨다가 깜빡 잊었나 봐요. 알잖아, 나 씻을 때 손에 반지 있으면 불편해하는 거."

"……그것만 잘못했어? 이 옷은 또 뭐야?"

"아무리 생각해도 이 옷 산 돈 아깝잖아요. 비싼 돈 주고 샀는데, 중요한 자리에서 입어야 본전 뽑지."

"……."

"대표님, 화났어요? 오늘같이 중요한 날에 이런 일로 화내면 안 돼, 응?"

다예의 말에도 태진은 미동조차 없다. 서늘한 기운이 감돈 다예가 마른 입술을 적시며 애교를 부렸다.

"한 번만 봐주세요, 네엥?"

"싫어."

"자기야아."

"그거 하지 마. 상황을 모면하기 위한 애교, 딱 거기까지야."

별일이 아니고서는 웬만하면 다예의 뜻에 맞춰주는 그의 남편이지만 한 번 고집을 부리는 문제에 대해서는 일절 타협이 없었다. 이럴 땐 무조건 애교 장전에 사과 모드여야 한다. 어찌 되었건 반지 빼놓고 다니는 걸 질색하는 그임을 알고도 조심하지 못했고, 입지 말라는 옷을 입고 왔으니 잘못한 건 다예임이 분명했다.

"대표님."

살랑살랑 콧속에 애교를 넣어 그를 불렀다.

"……내가 지금 대표로 보여? 아직 정신 못 차렸지?"

이 남자를 어쩌면 좋을까.

날이 갈수록 자신에 대한 애정과 사랑이 넘치는 남자였고, 그만큼 질투의 산이 한없이 높아지는 남자이기도 했다.

"오늘 PT 꼭 따내고 싶어서 그랬어. 응?"

"내 속 썩여가면서 따낸 PT가 무슨 소용인데?"

"어쭈. 이제 돈 좀 만진다 이거야? 이번 광고 몸집이 얼마나 큰데! 이걸 따내면 JS기획이 얼마나 성장할지……."

"……죽는다, 엉?"

"잘못했습다."

다예는 더 이상 발악하지 못한 채 고개를 푹 숙였다. 그러고는 두 손을 모아 그의 앞에서 흔들었다. 잘못했습니다, 네에? 라는, 전혀 미안한 구석이 보이지 않는 모양새에 그의 심기가 뒤틀렸다. 싸한 분위기를 알아차린 다예가 숙였던 고개를 퍼뜩 들었다.

"태진 씨."

"왜."

"앞으로는 절대 절대 태진 씨의 심기를 거슬리지 않게 하겠습니다. 반지도 잘 차고 다니고, 약속도 잘 지키겠습니다앗!"

"진짜야?"

태진의 물음에 다예가 격하게 고개를 끄덕였다. 그러고는 그의 입술에 입을 맞췄다.

"또, 또 이렇게 넘어가지?"

"헤헤."

"……으휴."

내가 진짜 어이가 없어서.

버럭, 하고 화내기도 모자란데 이 애교 섞인 입맞춤 하나에 무장해제된다. 학습의 결과랄까. 상황을 모면하기 위한 애교임을 알면서도 자꾸만 봐주게 되는 묘한 입맞춤이었다.

태진은 이 중요한 날, 중요한 일을 마친 아내에게 유치한 질투심에 휩싸여 화를 낸 게 미안해졌다. 수고한 다예를 품에 안은 태진이 그녀의 목덜미에 입을 맞추며 칭얼거렸다.

"아직도 넌 아가씨인 것 같아. 유부녀 같지 않아서 짜증 나."

"거짓말. 시장에서 흥정하면 아줌마처럼 왜 그러냐고 그러질 않나, 남은 밥 싹싹 긁어먹으면 아줌마 다 됐다고 그러질 않나, 드라마 보면서 깔깔거리고 웃으면 어이 아줌마~ 라고 부르질 않나. 완전 아줌마 취급이면서 아가씨는 무슨!"

큭큭, 결국 태진은 웃고 말았다. 현실의 벽은 어쩔 수 없는 노릇이다. 집에서는 영락없이 애 셋 딸린 아줌마처럼 구는 모습을 떠올리자 웃음이 터졌다.

"애만 없지, 진짜 아줌마라니까."

"거봐, 거봐! 또, 또!"

"억울하면 애를 만들든가."

"……왜 이야기가 거기로 튀어요?"

잠요하게, 473

마음이 조급해서, 어떻게든 함께 살고 싶어서 어린 나이의 다예를 법적 유부녀로 만들었다. 두 사람은 사랑했고, 함께 있고 싶었기에 별 문제가 되지 않았으나 태진의 마음은 늘 무거웠다.

시간이 흘러 지난날을 되돌아보았을 때, 또래 여자들과 다른 삶을 살아온 다예가 혹시나 후회할까 봐, 조금 더 치열한 삶을 살지 못했던 젊은 시절을 그리워할까 봐 아이는 천천히 갖자 했었다.

처음 카피라이터를 꿈꿨던 다예는 광고를 만드는 일에 재미를 붙이기 시작했다. 기획부터 실행까지 못하는 일이 없을 정도로 성장하기 시작하더니 프리젠터로서의 매력을 느낀 후, 더욱 일에 매진했다. 일하는 다예는 시시각각 찬란하게 빛났고, 하루가 다르게 쑥쑥 자랐다. 그 모습을 바라보는 태진 역시 가슴이 벅찼다. 크리브진으로서의 삶은 끝이 났지만 박태진이라는 남자는 JS기획의 대표로서, 서다예의 남편으로서 다시 태어난 기분이었다. 그런데 이젠 욕심이 난다. 아이의 아빠라는 건 어떤 기분일까, 하는.

"······아이, 갖고 싶어요?"

다예가 물었다. 진지하리만큼 깊은 그의 눈동자를 무시할 수 없었기 때문이었다.

태진은 말없이 고개를 끄덕였다. 갖고 싶지 않을 이유가 없었으므로. 그녀를 닮은 아이, 그를 닮은 아이. 상상만으로도 가슴이 벅차오른다.

"여섯 명 낳아줄 것처럼 이야기했던 사람이 누구더라? 기억도 안 나, 이젠."

6년 전, 프러포즈를 했던 그날을 떠올리며 투덜거리는 태진의 모습에 다예는 웃지 않을 수가 없었다.

그동안 모든 걸 내려놓고 자신을 서포트해주었던 남편이었다. 그 마음의 깊이를 알기에, 모든 걸 양보해준 남자에게 고마운 마음이 크기에, 다예는 그동안 미뤄두었던 이야기를 속삭였다.

"이번 PT 끝나면 얘기해주려고 했는데."

"뭘?"

다예는 성큼 다가가 그의 귀에 속삭였다.

"아빠 된대요, 태진 씨."

"……뭐?"

"8개월 후에요."

"뭐?"

바보처럼 묻고 또 물었다. 정말이야? 진짜야? 라는 말보다 뭐? 뭐라고? 라는 말만 되물었다. 그러자 다예가 입을 가리고 웃기 시작했다.

"표정, 되게 바보 같아."

얼빠진 사람처럼 한참을 얼어 있던 태진은 믿을 수 없다는 표정으로 다예를 힘껏 끌어안았다.

"정말이지? 진짜지?"

"응. 축하해요, 태진 씨."

"……고마워. 정말 고맙다, 예쁨아."

이럴 때만? 다예가 놀리듯 물었으나 태진은 말이 없다. 꼭 끌어안은 팔에 힘이 실릴 뿐. 하지만 그것도 잠시, 태진이 품에 안은 다예를 살며시 밀어냈다.

"너 인마."

"······방금 전에 예쁨아, 라고 하지 않았어요?"

"임신한 걸 알면서도."

"······?"

"야근을 밥 먹듯이 하고."

"······!"

"이런 타이트한 옷을 입어?"

"아, 그, 그게요."

헉. 다예는 당황한 얼굴로 먼 허공을 바라보았다.

젠장, 망했다.

당황한 다예가 빠르게 변명할 거리를 떠올리며 머리를 굴리는 순간, 대기실의 문이 벌컥 열렸다.

"대표님!"

잔뜩 상기된 얼굴로 달려온 석우였다.

"나가."

그가 달갑지 않은 태진이 으르렁거렸다.

"얼른 나오세요, 곧 결과 발표한대요!"

"어머, 시간이 벌써 그렇게 지났어요?"

아무리 그래도 그렇지, 상대 팀들의 PT는 구경도 못 했다. 다예는 석우의 등장에 감사하며 태진의 손을 덥석 잡았다.

"얼른 가요, 대표님."

"······서다예."

"나머지는 집에서, 오케이?"

이런 능구렁이! 다예가 그의 손을 잡아당기자 못이기는 척 끌려가는 태진이었다. 그러면서도 조급하게 뛰는 다예와 배 속의 아이를 끌어안듯 그녀의 허리를 감싸 안았다. 심술궂은 얼굴을 하면서도 감싼 허리의 온기는 제법 따스했다. 그 온도에 다예는 태진을 바라보며 웃었다. 그 미소에 태진도 못 이기는 척 웃어버렸다.

잠시 후, 최종 결과가 발표되었다.

"축하드려요, 서 팀장님! 박 대표님!"

JS기획의 승리였다.

"수고했어."

태진이 수고한 아내의 이마에 입을 맞췄다. 우레와 같은 환호성이 쏟아졌다. 축하의 메시지가 오고 가는 사이에도 태진은 보디가드처럼 그녀의 곁을 지켰다. 그러다 잠시 한산해진 틈을 타 다예의 아랫배를 쓰다듬었다.

'너도 수고했다.'

다예가 일에 매달리느라 밤낮을 잊고 고생했을 시기에도 굳건하게 자리를 지키고 엄마와 함께 해줬을 그 아이에게, 태진은 어색하게나마 고마움을 전했다. 그게 참 쑥스러운 행동이었지만 세상에 없을 기분을 느끼게 했다.

8개월 후, 두 사람의 사랑스러운 딸이 태어났다.

-마침-

작가 후기

안녕하세요, 초절정진서방입니다.

어느새 세 번째 종이책으로 인사드리게 되었네요.

오랜만에 뵙지요? 기다려주신 르브님들께 먼저 감사의 말씀을
전합니다.

드디어 『집요하게』가 종이책으로 출간되었네요.

피치 못할 사정들로 인하여 근 일 년을 붙잡고 있던 작품이라
떠나보내는 마음이 홀가분합니다. 잘들 살아라! 외치고 싶은 마음
이 크다고나 할까요? 두 주인공의 케미로 봐서는 걱정 안 해도 잘
살 듯하지만요. (호호).

프로불만러 은강이와 필터 없는 직진녀 유주 커플, 쫄더라도(?)
할 말 다 하는 매니저 석우, 존재감만으로도 반가운 『계약서부터
씁시다』의 정후와 설아. 모두들 고마웠습니다.

늘 그렇듯 집필을 시작할 땐 즐겁고 행복합니다. 감정들이 고조될 때쯤이면 뇌가 떠올리기를 거부하기 시작하면서 슬럼프라는 어마무시한 놈을 투척하기도 합니다. 그럴 땐 정말 미치고 팔짝 뛰는 상황에 이르는데, 그 시기가 지나면 언제 그랬냐는 듯 말끔(?)해집니다. 그 탄력으로 완결을 찍고 나면, '아, 이 맛이로구나!'를 외치며 다음 작품을 구상하게 되는, 이상한 굴레 속에서 살아가고 있는 초작가입니다.

그럴 때마다 저는 생각합니다.

흔한 소재로 글을 쓰더라도 저만의 컬러가 묻어 있기를, 초절정 진서방의 코드를 알아차려주시기를 간절히 바라며 오늘도 키보드를 두드립니다.

『집요하게』는 어떠셨는지.

독자님들의 관심과 후기가 궁금해 귀를 쫑긋 세우는 저라는 걸, 아실지 모르겠어요. (후훗)

아, 문득 생각이 난 김에 예전에 읽었던 댓글을 공유해봅니다.

어떤 독자님께서 왜 필명이 '초절정진서방'이냐고 궁금해하시더라고요. 제가 이 필명을 쓰게 된 건 덕심 때문이라고나 할까요? 어릴 적에 캇툰(KAT-TUN)이라는 일본 아이돌 그룹에 꽂혔었죠. 그중 '아카니시진'님의 열렬한 팬이었는데, 초절정 꽃미모에 섹시미를 뿜뿜하시는 매력에 빠져 헤어나오질 못해 지금도 저 필명을 사용하고 있습니다. 덕분에 지금 남편의 이름에는 '진'이 들어가지 않는데, 과거 남친이었냐며 오해(?)도 받았지만 사실의 전말은 그렇습니다.

사실, 필명으로 인해 작품까지 선입견을 가지고 보시는 독자님들이 계셔서 바꿀까도 고민했지만 반대로 기억해주시는 분들도 계셔서 '초절정진서방'으로 살아가려 합니다. 작품의 콘셉트마다 분위기가 달라 와닿는 느낌이 다르실 거라 생각됩니다. 그것이 초작가의 다양한 시도와 노력의 연속이라 응원해주시면 감사하겠습니다.

 차기작은 이전과는 다른 그림을 그려볼까 합니다.
 어떤 그림이 그려질지는 저도 잘 모르겠지만, 새로운 글에 대한 갈증은 쭉 이어질 것 같습니다.
 많은 기대 부탁드리면서 이만 물러갑니다.
 『집요하게』와 함께 해주신 독자님들, 늘 애써주시는 박지은 담당자님, 응원해주신 모든 분들께 다시 한 번 감사의 말씀을 전합니다.

 그대의 삶이, 어제보다 오늘 더 무르익기를.
 오늘보다 조금 더 행복한 내일이 되시기를.
 그 내일 안에 집요한 행운이 따르시기를.

2017년 5월의 어느 날,
평생 로맨스를 꿈꾸는 초절정진서방 올림.